U0459694

天津《红楼梦》与古典文学论丛

赵建忠 ◎ 主编

红楼梦

鲁德才 ◎ 著

HONGLOUMENG
SHUOSHUTI XIAOSHUO XIANG
XIAOSHUOHUA XIAOSHUO ZHUANXING

——说书体小说向小说化小说转型

知识产权出版社

全国百佳图书出版单位
·北京·

图书在版编目（CIP）数据

红楼梦：说书体小说向小说化小说转型/鲁德才著.—北京：知识产权出版社，2020.7

（天津《红楼梦》与古典文学论丛 / 赵建忠主编）

ISBN 978-7-5130-6727-0

Ⅰ.①红… Ⅱ.①鲁… Ⅲ.①《红楼梦》研究 Ⅳ.①I207.411

中国版本图书馆CIP数据核字（2020）第006189号

内容简介

本书为作者多年研究《红楼梦》及中国古典文学的成果总结，分为红学篇、明清小说篇两部分。红学篇中《〈红楼梦〉八十回解读》详细摘录了《红楼梦》前八十回中部分回目的解读。《〈红楼梦〉读法》《传统文化心理与〈红楼梦〉的典型观念》等为作者研红文章，涉及红学的普及以及心理学研究等领域。明清小说篇从古代白话小说的发展系统、文言文本、历史中的侠与小说中的侠等小说诸要素，对明清小说的发展成就展开细致分析研究。

责任编辑： 李小娟　　　　　　　　　　**责任印制：** 刘译文

天津《红楼梦》与古典文学论丛　　赵建忠　主编

红楼梦——说书体小说向小说化小说转型

鲁德才　著

出版发行：	知识产权出版社有限责任公司	网　址：	http：//www.ipph.cn
电　话：	010-82004826		http：//www.laichushu.com
社　址：	北京市海淀区气象路50号院	邮　编：	100081
责编电话：	010-82000860转8531	责编邮箱：	lixiaojuan@cnipr.com
发行电话：	010-82000860转8101	发行传真：	010-82000893
印　刷：	北京中献拓方科技发展有限公司	经　销：	各大网上书店、新华书店及相关专业书店
开　本：	880mm×1230mm　1/32	印　张：	11.5
版　次：	2020年7月第1版	印　次：	2020年7月第1次印刷
字　数：	319千字	定　价：	78.00元

ISBN 978-7-5130-6727-0

津沽红学研究概述

——《天津〈红楼梦〉与古典文学论丛》导言

　　"津沽红学"系指出生于或籍贯为天津以及长期在津工作的学者作出的学界公认的红学成果。早在中华人民共和国成立之初，周汝昌先生就出版了红学代表作《红楼梦新证》，奠定了其红学大家的地位。老一辈学者中取得重要红学成果的还有：出生在天津并且在这座城市学习、生活过的杨宪益先生及其英籍夫人戴乃迭女士共同完成的《红楼梦》英文全译本，得到了红学界和翻译界的广泛肯定，他们的译作在忠实原著的基础上，文学性和创造性都很突出；出生在天津的美籍华人学者余英时的文章《近代红学的发展与红学革命》，由于涉及百年红学发展历程的很多问题，在红学界产生了巨大反响，围绕此文论点中对索隐、考证、批评等红学主要流派的争鸣思想交锋激烈，至今余波未息；长期在南开大学任教的加拿大籍华人学者叶嘉莹先生，写过《从王国维〈红楼梦评论〉之得失谈到〈红楼梦〉之文学成就及贾宝玉之感情心态》的长篇论文，系统地评析了王国维红学的得失，这是一篇很有分量的红学力作；"脂学"是红学的重要分支，毕生致力于中国古代小说文献整理的南开大学朱一玄老教授，其红学资料整理方面的成果就包括《红楼梦脂评校录》。

　　由天津红学家与古典文学教授共同策划完成的《天津〈红楼梦〉与古典文学论丛》（以下简称"论丛"）即将由知识产权出版社郑重推出，这不仅是天津红学及学术圈的大事，也是值得进入天津文化史的事件！出版前夕，出版社审稿人和论丛撰稿人希望我写一篇"导言"性质的文字置于卷首，以便向广大读者介绍这套书的基本内容和特色，作为本论丛主编，于公于私都是义不容辞的。《天津〈红楼梦〉与古典文学论丛》收录的文章以红学为主，兼及明清小说及古典文学，本论丛集中收录了改革开放后天津学人取得的重要学术成果。下面按照出版社编排次序重点介绍本论丛收录的相关红学论述：

宁宗一教授《走进心灵深处的〈红楼梦〉》分为上、中、下三篇，上篇为小说研究总论性质，中篇为经典文本赏析，下篇专谈天才伟构《红楼梦》。其中，《心灵的绝唱：〈红楼梦〉论痕》，开宗明义强调"读者面对小说中人生的乖戾和悖论，承受着由人及己的震动。这种心灵的战栗和震动，无疑是《红楼梦》所追求的最佳效应"。《追寻心灵文本——解读〈红楼梦〉的一种策略》具体指出"《红楼梦》心灵文本的追寻，使这部旷世杰作的多义性成了它艺术文化内涵的常态，而对《红楼梦》任何单一的解读都成了它艺术内涵的非常态。事实上，对《红楼梦》心灵文本的追寻，极大地调动了读者思考的积极性。每一位读者都有可能根据自己的生活经验和审美体验，思考《红楼梦》文本提出的问题并且得出完全属于自己的结论"。面对《红楼梦》"死活读不下去"的尴尬与困窘，作者仍提出应努力进入心灵世界去解读曹雪芹这部文学经典，为读者构建一条心灵通道。本书结尾篇《为新时代天津〈红楼梦〉研究进言》，系作者在京津冀红学研讨会上所提三点建议，即：第一，珍重、维护和强化《红楼梦》研究共同体，使《红楼梦》研究群体得以健康发展；第二，"红学"永远在进行时，为此，反思旧模式，挑战新模式是必然的前进过程；第三，为了拓展《红楼梦》的研究空间，我们亟须创造性思维。此文最后仍满怀深情地呼唤"曹雪芹以他的心灵智慧创造了他的小说，我们同样需要智慧的心灵去解读《红楼梦》"，足见与作者倡导的回归"心灵文本"一脉相承。

陈洪教授《红楼内外看稗田》收《由"林下"进入文本深处——〈红楼梦〉的"互文"解读》篇，该文结合《世说新语·贤媛》《晋书·列女传》记载，尝试对《红楼梦》的深层内涵进行探索。作者通过互文研究的方法，找到孳乳《红楼梦》的文化和文学的渊源。与此相联系，运用"互文"的思路，在《红楼"碍语"说"木石"》篇中对小说成书背景等方面的研究也有新收获。作者指出，"《红楼梦》中的'只念木石''偏说木石'，和历代文士歌咏的'木石'有着文化血脉的联系，显示出作者在价值取向上的自我放逐，同时又是和当时统治者标榜的主流话语'非木石'构成特殊的互文关系，曲折地流露出作者倔强地'唱反调'情绪"。"碍语"者何？该文认为"木石"系其首选，并引述瑶华对爱新觉罗·永忠《因墨香得观〈红楼梦〉小说吊雪芹三绝句》诗批注"此三章诗极妙。第《红楼梦》非传世小说，余闻之久矣！而终不欲一见，恐其中有碍语也"为证，可备一说。而《〈红楼梦〉中癞僧跛道的文化血脉》一篇，也是把目光向文化传统的深层透视，认为"癞"与"跛"承载了讽世、批判的思想内涵。至于《〈红楼梦〉脂评中"囫囵语"说的理论意义》篇，则是站在中国古代小说批评发展史的角度去论证，按脂砚斋批语云"宝玉之语全作囫囵意……只合如此写方是宝玉"，而在贾宝玉囫囵难解的话语中，最有代表性，与全书主题密切相关的，莫过于"水、泥论"，印证这观点的，正是所收《〈红楼梦〉"水、泥论"探源》。

《畸轩谭红》系赵建忠教授红学论文选，分四个专题。（1）红学新史迹。近年来作者一直致力于红学史方面的探索，并获批2013年度国家项目"红学流派批评史论"，有些思考形成了文章发表，如《红学史模式转型与建构的学术意义》等。（2）红学新观点。如作者提出的《红楼梦》作者问题的"家族累积说"以及《曹雪芹家世研究存在的观点争鸣及当代新进展》《〈红楼梦〉后四十回的不同观点论争及新进展》等，介绍了改革开放以来较重要的红学争鸣。（3）红学新文献。本专题侧重收录了一组与《红楼梦》续书新文献相关文章，如《新发现的程伟元佚诗及相关红学史料考辨》《红学史上首部续书〈后红楼梦〉作者考辨》《〈红楼梦〉续书的最新统计、类型分梳及创作缘起》等。（4）红学新视角。如收入本专题的《"非经典阅读理论"在〈红楼梦〉续书研究中的尝试》，系作者为《红楼梦学刊》编审张云专著《谁能炼石补苍天：清代红楼梦续书研究》所作的书评。还有《大观园"原型"探索及〈红楼梦〉研究中的两种思路》，是作者对大观园问题研究、思考的产物。《〈红楼梦〉小说艺术的现当代继承问题》一篇，系作者为女作家计文君《谁是继承人：红楼梦小说艺术现当代继承问题研究》写的书评，意在借助于《红楼梦》经典在传播中的呈现特别是对后世作家的影响，以逆向的方式显现《红楼梦》的文学意义和真实内容。另外，为方便读者明了红学发展史的轮廓概貌、脉络流变，书末附了"曹雪芹与《红楼梦》研究史事系年（1630—2018）"。

鲁德才教授《红楼梦——说书体小说向小说化小说转型》，专门收录有"红学篇"，其中《〈红楼梦〉读法》特别强调，第一回至五回是《红楼梦》总纲，读者尤其应该仔细品味，并具体指出"第一回开篇作者就明确向读者提示小说的创作意旨，不否认和作家的经历有关，可又特别强调将真事隐去，'假语村言（贾雨村言），敷演故事'，别把小说看成是作者的自传"；"第二回，积极入世的贾雨村充当林黛玉教习，不过是为日后由他护送林黛玉至荣国府做引线。而冷子兴向贾雨村演说荣、宁二府，则概括介绍了荣、宁二府的发展历史及主要代表人物的性格特征"；"第三回，由于小说家将宝、黛设置为表兄妹关系……这样，林黛玉进入荣国府同贾宝玉会合，透过林黛玉的视点介绍荣国府"；"第四回，贾雨村借贾政题奏，复职应天府……为小说中的人物提供了社会背景。贾家由盛而衰的历程，也影响了人物发展的轨迹，可能是小说家要表现的一种意旨，但不是主题。贾雨村为讨好薛家而徇情枉法的错判，却又把薛宝钗推进贾府，这样，宝、黛、钗拧在一起，展开了木石前盟与金玉良缘的矛盾冲突"；"第五回，小说家虚构贾宝玉神游太虚境，看金陵十二钗正副册，听唱红楼梦曲子预示了贾宝玉与众裙钗的悲剧命运。红楼幻梦仍是小说的主色调，甚或是作家认识世界的主要视点"。此外，同专题文章还包括《传统文化心理与〈红楼梦〉的典型观念》《〈红楼梦〉打破传统写法了吗?》《贾宝玉的理想人格与庄禅精神》等,也颇给人启发。

《〈红楼梦〉论说及其他》系滕云先生所著,除外篇部分收录的评论明清小说《三国演义》《水浒传》《儒林外史》及当时的评点家李卓吾、金圣叹外,内篇全部讨论红学方面内容,如《也谈贾宝玉的鄙弃功名利禄》《曹雪芹典型观初探——〈红楼梦〉人物性格刻画的艺术成就》《〈红楼梦〉人物形象的客观性》《〈红楼梦〉文学语言论》等。值得注意的是,《抽丝剥茧说脂批》一文系统地表述了作者的学术见解,如认为脂批不具备李卓吾、金圣叹、毛氏父子、张竹坡之批所显示的各自的世界观、历史观、政治观、哲学观、文学观、小说观,尤其是社会现实观的大理识。脂砚斋不懂得曹雪芹何以发愤、何所发愤、所发何愤作《红楼梦》……尽管脂砚斋作为评点名家成色不足,但脂砚斋毕竟做出了具有历史性的、属于他的大贡献:第一,脂评本有传承并开来的贡献。请注意笔者说的是脂评本而非脂评的贡献。脂评本是曹雪芹创作《红楼梦》未完成就已经以手抄本形式流传于世的众多抄本之一……第二,由于脂评本原藏带雪芹自评注,或混入小说正文,或被裹入脂批混同脂批,遂使在《红楼梦》文本之外,雪芹思想的另一种载体,记录雪芹初创《红楼梦》时措笔情形和想法的另一种亲笔,获得保存,这也是脂评本贡献于中国文化史的特功……第三,脂批提供了有关雪芹生平的若干信息……第四,脂批提供了有关《红楼梦》八十回后情节的若干信息,包括贾家及一些人物的命运变迁、结局,包括若干关目,以及八十回后全书回数规模的信息。

《〈红楼梦〉与明清小说研究》系李厚基先生遗著,由其早年所带的研究生林骅、郑祺整理完成。"明清小说研究部分"的文章有《〈聊斋志异〉刻画人物性格的几点特色》《浅谈〈聊斋志异〉的艺术心理节奏美》《〈三国演义〉的主题和它的认识作用》《试论〈三国演义〉的结构特色》等；红学部分主要包括《闪闪发光的思想性格 无法摆脱的悲剧命运——谈贾、林等为代表的恋爱婚姻悲剧》《漫话〈红楼梦〉的作者和读者——红楼艺苑掇琐之一》等。收入论丛中的《景不盈尺 游目无穷——从金钏儿事件看〈红楼梦〉艺术构思》，体现出作者的治学特色。文章透过金钏儿这个"小人物"，进入《红楼梦》的整体宏观艺术构思，诚如作者所论述的"从金钏儿事件来看，真是以小概大，咫尺千里。虽然景不盈尺，但令人游目无穷。一个情节包涵了多少丰富的内容：不仅清晰地写出了这个天真的少女惨遭残害，以此对封建社会提出强烈的抗议；通过这个事件也巡视了许多人物的思想性格，烛照了他们（她们）的灵魂；同时，从一旁有力地推进了全书的主要矛盾线索，用来揭示出恋爱婚姻悲剧的必然的社会原因，反映出这个行将崩溃的封建贵族家庭的真实的生活面貌。自然，还必须从整体来看，曹雪芹所创造的每一个情节、故事，每一个人物，既有独立存在的意义，又互相依存，与其他各个方面有千丝万缕的联系，如果脱离了整个作品，是难以理解它的作用和所居的地位的"，正所谓"景不盈尺 游目无穷"。作者毕业于北京大学，曾受教于中国红楼梦学会首任会长吴组缃教授，收入本论丛的文章就有《吴组缃先生教我们读〈红楼梦〉》。

《〈红楼梦〉与史传文学》系汪道伦先生遗著，宋健同志整理完成。红学部分主要由《人性发展的艺术画卷——试论〈红楼梦〉是怎样一部书》《〈红楼梦〉风格浅论》《无材补天 枉入红尘——〈红楼梦〉思想赘述》《中国传统文化中的情学与〈红楼梦〉》《中国封建伦理文化的解体与〈红楼梦〉女冠男亚的新座次》《〈红楼梦〉彼岸世界中的文化雏形》《〈红楼梦〉的真假两个世界》《〈红楼梦〉中的隐线脉络》《哲理与艺术的交融——〈红楼梦〉哲理内涵探微》《〈红楼梦〉"注彼而写此"的艺术手法管见》《〈红楼梦〉塑造形象中的人物相生法》《以虚出实 以幻出真——谈〈红楼梦〉中的虚幻手法》《〈红楼梦〉平中见奇的艺术》《以儿女常情谱写儿女真情——论林黛玉性格内涵》《〈红楼梦〉对曲艺的融会贯通》《〈红楼梦〉中的枢纽性人物——贾母》《试说"说不得"的贾宝玉》《美丑正反的辩证人物——王熙凤》《兼并立冠军之美而居殿军——秦可卿排位深思》等研究文章组成,文章侧重于《红楼梦》的艺术理论研讨,作者对古代史论、文论、诗论、画论和小说理论具有极为丰富的知识,且能融会贯通,左右逢源。此外,作者对中国古典小说与史传文学的关系问题也进行了探讨,收入本论丛的文章就包括《从踵事增华到虚实相生——中国古典小说与史传文学艺术渊源发微》《略其形迹 伸其神理——中国小说与史传文学艺术渊源探微》《文其言与文其人——谈经典与小说的渊源关系》《传奇事写奇人——谈经史与小说的渊源关系》《记言与写心——谈经史与小说的渊源关系》等。

孙玉蓉先生著《荣辱毁誉之间——纵谈俞平伯与〈红楼梦〉》,上编重点谈了俞平伯的学术经历及与友朋的交往,下编系俞平伯《红楼梦》研究年谱。作为"新红学"的开创者之一,俞平伯的《红楼梦辨》在红学史上具有不可替代的地位,但晚年对自己曾主张的"自传说"进行了反省,指出"自传之说,明引书文,或失题旨,成绩局于材料,遂或以赝鼎滥竽,斯足惜也",进而认为,"虚构原不必排斥实在,如所谓'亲睹亲闻'者是。但这些素材已被统一于作者意图之下而化实为虚。故以虚为主,而实从之;以实为宾,而虚运之。此种分寸,必须掌握,若颠倒虚实,喧宾夺主,化灵活为板滞,变委婉以质直,又不几成黑漆断纹琴耶"。他还进一步指出自己早年对高鹗续补的《红楼梦》后四十回肯定得不够。在他生命的最后时刻,念念不忘的是对《红楼梦》后四十回的再研究,感到自己对高鹗保全《红楼梦》的功劳评价得还不够。俞平伯认为《红楼梦》续书的版本很多,唯有高鹗是成功的。不管怎么说,《红楼梦》现在是完整的,如果只有前八十回,它是否能有现在的影响都很难说。他为高鹗辩护说:续书中有败笔,不能求全责备。前八十回就没有败笔了吗?他要重新撰文评论后四十回的价值,给高鹗一个公正恰当评价，然而，晚年的俞平伯已力不从心。

《文学·文献·方法——"红学"路径及其他》，系由南开大学两位青年博士孙勇进、张昊苏合著。他俩的共同导师陈洪教授在"序"中谈及高足时说："入选论丛的作者多为红学界的耆宿，八十高龄以上者超过半数。这显示了津门红学悠久而深厚的传统……不过，'江山代有才人出'，诸多前辈奠定了坚实的基础，发展还要寄希望于后昆……勇进、昊苏的研究，对于方法与路径有较多的关注。二十年前，霍国玲姐弟活跃于京师时，勇进便著长文讨论文献材料使用的学术规则问题。黄一农'e考据'提出后，昊苏也就其价值与限度著文讨论。"具体而言，"勇进篇"主要包括《"索隐"辩证》《索隐派红学史概观》《一种奇特的阐释现象：析索隐派红学之成因》《尢法走出的困境——析索隐派红学之阐释理路》《〈红楼梦〉与中国人生悲剧意识》《〈红楼梦〉对中国古代小说叙事艺术的全面继承与创新》《〈红楼梦〉的写实艺术与诗化风格》等；"昊苏篇"主要包括《〈红楼梦〉文本研究的初步反思》《经学·红学·学术范式：百年红学的经学化倾向及其学术史意义》《对胡适〈红楼梦〉研究的反思——兼论当代红学的范式转换》《红学与"e考据"的"二重奏"——读黄一农〈二重奏：红学与清史的对话〉》《〈红楼梦〉书名异称考》《"作践南华庄子"考：兼及〈红楼梦〉涉〈庄〉文本的学术意义》《畸笏叟批语丛考》等。

收入本论丛中的《红楼与中华名物谭》与前九种写作风格迥异，作者罗文华多年来致力于文物收藏和鉴赏，因而从屏风、如意、茶具、钱币这四种《红楼梦》中的重要名物为主题和角度切入就比较得心应手。作者充分挖掘和利用历史文献和实物资源，详征博引，不仅提示和解读了《红楼梦》中一些很有价值的文化问题，而且在更加广阔深厚的中华文化背景下证实了这些名物的重要意义和特殊作用。从解读《红楼梦》的角度看，作者写出了名物在标志人物身份、塑造人物性格、展示人物关系、推动情节发展等方面所发挥的特殊作用。作者还通过很多名物与《红楼梦》文字之间关系的解读，印证了《红楼梦》的写作年代。如名物中的如意，是中国特有的一种象征吉祥的民族传统器物，古代帝王、豪族、文士、僧人等都有执握如意之好，以此求得称心如意与平安祥和。尤其是清代中期，是中国封建文化和传统工艺集大成时期，也是如意发展的鼎盛时期。帝王们的推崇，更使如意的制作水平登峰造极，而最喜欢如意的人则非乾隆皇帝莫属，他不仅刻意搜集民间的精美如意，还令宫中造办处制作如意，而且大量接受地方官员进贡的如意。作者介绍了很多乾隆皇帝喜爱如意的史实，指出"《红楼梦》中，对贾府这个皇亲国戚之家，多有关于如意的描写，尤其是元妃对贾府最高人物贾母的赏赐，首选金、玉如意，这些情节完全符合乾隆皇帝重视如意的历史背景。"证明《红楼梦》写作于乾隆时期，有力地支持了曹雪芹对《红楼梦》的著作权。

这套论丛是对天津地区《红楼梦》与古典小说研究成果的一次集中检阅。论丛中的老、中、青三代学人的十部著作，基本代表了天津该领域学人研究的总体水平，反映出天津《红楼梦》与古典文学小说研究的发展历程及方向。某种意义上讲，这套论丛也折射出天津《红楼梦》与古典文学小说研究史。需要说明的是，上述文字只是作为论丛主编的简单介绍以便导读，作品究竟如何，读者才是最权威的裁判。

赵建忠　己亥仲夏于聚红厅

目　　录

红学篇

明清小说篇

红学篇

《〈红楼梦〉八十回解读》摘要

第一回　甄士隐梦幻识通灵　贾雨村风尘怀闺秀

真事隐去与假语村言

小说开篇说："作者自云曾历过一番梦幻之后，故将真事隐去，而借'通灵'说此《石头记》一书也，故曰'甄士隐'云云……我虽不学无文，又何妨用假雨村言，敷演出来，亦可使闺阁昭传，复可破一时之闷，醒同人之目，不亦宜乎？故曰'贾雨村'云云。"

空空道人与石头的辩论中，石头把作者的创作方法阐释得更为明确，即作者是根据"我这半世亲见亲闻的几个女子""其间离合悲欢，兴衰际遇，俱是按迹循踪，不敢稍加穿凿，至失其真"。而空空道人"将这《石头记》再检阅一遍，因见上面大旨不过谈情，亦只是实录其事"，所以才从头至尾抄写回来，闻世传奇。

用现代人的语言来解释，所谓"实录其事"，就是把过去经历过的事件作为描写对象，并且要不失其真，要追踪蹑迹，"不敢稍加穿凿"，即符合客观现实生活发展逻辑的真实，符合人物性格的真实。

所谓"实录其事"，并非将生活中的"事"直接转"录"至小说，而是遵照小说的创作规律，进行艺术虚构，"用村言敷演"，创作出符合"事体情理"的小说。但是，曹雪芹创作的大旨谈情的小说，突破了历史演义小说，"假借'汉''唐'的名色"，演义英雄传奇的模式；也不同于明清"淫秽污臭，最易坏人子弟"的情爱小说，如《痴婆子传》《肉蒲团》《欢喜冤家》；也不同于"千部一腔，千人一面"的才子佳人小说，如清初的《平山冷燕》《玉娇梨》，等等。

这里笔者特别强调的是，曹雪芹在第一回中多次提到"情"，如

"大旨不过谈情"，如"或情或痴"，如"由色生情，传情入色"等，都指的是人的内心的真实情感。《石头记》正文中记述的绛珠仙草还泪之情，恰表现了那个时代青年男女对自我真情的追求。

述说谁的故事？谁是叙述者？

说来好奇怪，既然开篇自云《石头记》是"作者"创作的，何以在正文中又掩盖第一创作者的身份，只承认是增删者，而经历者和作者是石头，空空道人抄录传世呢？其实脂砚斋早已看出了这个矛盾，甲戌本眉批云："若云雪芹披阅增删，然（后）〔则〕开卷至此这一篇楔子又系谁撰？足见作者之笔，狡猾之甚。后文如此处者不少。这正是作者用画家烟云模糊处，观者万不可被作者瞒（蔽）了去，方是巨眼。"脂砚斋指出的恰是曹雪芹的"狡猾之甚"，如果把"作者自云"一段文字也看成是小说正文，那么同"看官，你道此书从何说起"中所谓石头的经历合二为一，现实的作者就是小说的第二作者，岂不是公开招认《红楼梦》是曹雪芹自己创作的，岂不是自打耳光，自相矛盾？

倘若按甲戌本《脂砚斋重评石头记》的形态解读，那么，一切疑团就可以冰释了。原来甲戌本第一回是以"列位看官，你道此书从何而来"作为开端的，在正文"列位看官"之前有一"凡例"，其中第一段从书题名极多而论证《红楼梦》旨义，特别强调"此书不干涉朝廷。凡有不得不用朝政者，只略用一笔带出，盖实不敢以写儿女之笔墨，唐突朝廷之上也"。紧接下文，第二段是"此书开卷第一回也，作者自云"的长段文字，最后以"诗曰"作结。再对照己卯、庚辰脂砚斋评本及程伟元、高鹗排印本，小说的开头语都是"此开卷第一回也"，有学者认为这是抄手不察，把"凡例"中的一段话当作了小说正文。

抛开哪一种体制是原本的形态，也抛开凡例（楔子）中文字是否是曹雪芹故设的狡狯之笔，但有一点作者没有回避，即现实的作者说他"经历过一番梦幻""欲将已往所赖天恩祖德，锦衣纨绔之时，饫甘餍肥之日，背父兄教育之恩，负师友规训之德，以致今日一技无成，半生潦倒之罪，编述一集，以告天下"。小说中隐含的作者石头"上面字迹分明，编述历历"，同样是幻形入世后的记忆，都属于回顾性叙述。

我们不必因小说是虚构的艺术，而否认《红楼梦》中有曹雪芹家世和身世的影子，否则脂砚斋在庚辰、甲戌本十八回评语中何以说"与余三十年前目睹身亲之人，现形于纸上……然非领略过乃事，迷陷过乃情，即观此茫然嚼蜡，亦不知其神妙也"，甲戌本十三回也说"三十年前事见书于三十年后，今余想恸血泪盈"呢？反之，亦不必认定《红楼梦》就是曹雪芹的自传，混淆了传记同小说之间的区别，总之是你中有我，我中有你，不必切割得那么清楚。

通常而论，回顾性的小说为了证明自己的真实性，常常用第一人称叙事观点追忆往事。

也许《石头记》载着幻形入世后的经历，石头是整个事件的亲身经历者和观察者，因而学人有理由怀疑石头是叙事者并采用第一人称叙述故事，何况在小说中有四处石头直接面对读者对话。

第六回甲戌本：

按荣府中一宅中合算起来……你道这一家姓甚名谁，又与荣府有甚瓜葛，诸公若嫌琐碎粗鄙呢，则快掷下此书，另觅好书去醒目，若谓聊可破闷时，待蠢物逐细言来。方才所说这小小一家姓王……

第十五回甲戌本、庚辰本：

凤姐怕通灵玉失落，便等宝玉睡下，命人拿来，塞在自己枕边。宝玉不知与秦钟算何账目，未见真切，不曾记得，此系疑案，不敢篡创。

第十八回庚辰本、己卯本、王府本、有正本：

按此四字并"有凤来仪"等处，皆系上回贾政偶然一试宝玉之课艺才情耳，何今日认真用此匾联？……岂无一名手题撰，竟用小儿一戏之辞，苟且搪塞……岂《石头记》中通部所表之荣宁贾府所为哉。据此论之，竟大相矛盾了。诸公不知，待蠢物将原委说明，大家方知。当日……

第十八回庚辰本、己卯本、王府本、有正本：

此时，自己回想当初在大荒山中，青埂峰下，那等凄凉寂寞，若不亏癞僧跛道二人携来到此，又安能得见这般事（世）面？……按此时之景即作一赋一赞，也不能形容得尽其妙，即不作赋赞，其豪华富丽，观者诸公亦可想而知矣。所以倒是省了这工夫纸墨，且说正经的为是。

上述四条中，明确标志叙述人"蠢物"的有两条，第十八回"说不尽这太平气象，富贵风流"之后的"自己回想"，在甲辰本则为脂砚斋的评语，庚辰、己卯、王府、有正诸本将其混入正文。因此，严格说来，属第一人称回顾性叙述的也只有两条，这说明曹雪芹曾想把石头的第一人称和第三人称的说话人的语式并存于小说叙事中，这就形成了脂评八十回本的残留。程甲本、程乙本干脆统统删除，全部变为第三人称叙事，大约是为了统一艺术风格而做的修饰，可是并未抹掉作家的经验自我与石头叙述自我合二为一之嫌，因此，叙述人在叙述时，常常不自觉地由第三人称滑落到第一人称，将"他"换作"自己"，这样的例子俯拾皆是。而这正是《红楼梦》的叙事特点。

如庚辰本第六十三回：

贾珍下了马，和贾蓉放声大哭……尤氏等都一齐见过，贾珍父子忙按礼换了凶服，在棺前挽伏；无奈自己要理事，竟不能目不睹物，耳不闻声，免不得减了些悲戚，好指挥众人。

庚辰本第六十九回：

凤姐虽恨秋桐，且喜借她先可发脱二姐，用"借剑杀人"之法，"坐山观虎斗"，等秋桐杀了尤二姐，自己再杀秋桐。

庚辰本第七十七回：

宝玉……他独自掀起草帘进来，一眼就看见晴雯睡在芦席土坑上，幸而衾褥还是旧日铺的，心内不知自己怎么才好……宝玉听说，先自己尝了尝，并无茶味……宝玉看着，眼中泪直流下来，连自己身子都不知为何物了。

即便是第三人称的有限视角，《红楼梦》也不同于其他小说，它站在故事之外叙事，同人物和小说之间保持一定距离，进行客观的叙述或是含有主观判断的叙述。而《红楼梦》的第三人称的叙事则是存在于故事之内，如同小说世界中的一个角色，家族中的一个成员讲述家族中他或她们的故事，贴近人物情感。那富有感情色彩的话语，细微的观察与描述，同人物的感觉大体一致，并不比小说中人物知道得多。请看第四十六回的一段描述：

凤姐知道邢夫人禀性愚弱，只知奉承贾赦以自保，次则婪取财货为自得；家下一应大小事务，俱由贾赦摆布，凡出入银钱，一经他的手，便克克异常，以贾赦浪费为名，"须得我就中俭省，方可偿补"。儿女、奴仆，一人不靠，一人不听。

谁在评价邢夫人呢？是作者还是叙述者？两者都是。叙述者的观察角度和凤姐的判断是一致的。对一些重大事件，有的也采取了客观态度。例如，第三十二回，王夫人午睡时听见宝玉与金钏的戏言，翻身起来打了金钏，不顾金钏的苦苦哀求，仍将其撵了出去。对此作者评论道："王夫人固然是宽仁慈厚的人，从来不曾打丫头们，今忽见金钏行此无耻之事，这是平生最恨的，所以气愤不过，打了一下子，骂了几句。"把戏语看成是"无耻之事"，这是王夫人的认识而不是叙述者的判定。既然行此"无耻之事"，由打而骂再撵出去，看起来好像是作者为王夫人的行为辩解，可细思之又并非如此。王夫人"从来不曾打过丫头们一下子"，这是事实，但是爱打人的主子不算是最凶的，不动手的主子反而更凶狠。再联想第七十七回，王夫人命人把"四五日水米不曾沾牙"的晴雯，现打坑上拉下来揪架出去，并吩咐："把她贴身的衣服都撂出去，余者留下，给好的丫头们穿。"看来王夫人并不怎么"宽仁慈厚"，照样是很凶狠的。这里，叙述者的态度是冷峻、客观并带有反讽意味，没有明显看出叙述者对王夫人行为做如何判断，他只是写出了生活的复杂性、多样性。从叙事学的角度而言，客观的、不带叙事者任何主观判断评价的叙述，无疑是突破了中国传统小说爱发议论的全知全能的叙事模式，可是细思这位第三人称叙事者，好像是第一人称被追忆的"我"（石头并包含作者）在用当时的眼光看待事物，由于他和王夫人的亲密关系，而有一种难言的苦痛，因此只能是客观的就事论事而已。

石头、美玉与神瑛侍者、贾宝玉

小说开篇讲了个说来虽近荒唐，细玩又颇有趣味的石头、神瑛侍者和绛珠仙草的故事。

在中国古代白话小说的入话、第一回和楔子中，最明确不过地表现了叙述者的观点。而这是受我国说话艺术形式制约的。受说话艺术影响的白话小说，叙述者不向观众保守任何秘密，总是用一条符合逻辑发展的线索把一连串的事件连缀起来。诸种事件中有一个中心事件，而这个中心又有它的前因后果、来龙去脉，故事情节的发展也始终保持在符合前因后果的范围之内。这样，说话人或作家开篇便向观众或读者交代故事内容、创作动机。读者知道故事的中心意思，但不知道怎样发展；知道人物有所行动，却不知如何行动，从而引起了思考和期待，不同于西方小说家隐藏自己创作意图的写法。

中国小说的楔子或第一回，引导读者进入小说情境的叙述方法，它的性能和作用是多样的，有如长篇小说《二十年目睹之怪现状》《九命奇冤》《痛史》等，直接发表主观判断，点明主题；或如《三国志平话》《三遂平妖传》《水浒传》用隐喻、象征的模式，安排一个虚构的超现实的世界，然后敷以神话色彩。这样，第一回书就把过去和现在、现在和将来联系起来，好像是故事情节发展的条件、人物之间发生冲突的缘由。它决定着，也预示着人物的命运和结局。

《红楼梦》的第一回，既有以象征比喻来勾画出故事发生的背景原因，也有作者的评述，两种叙述方法并存。

值得研究的是，小说写了一个弃在青埂峰下的石头，赤霞宫中的神瑛侍者和衔于贾宝玉（胎儿）口中降临人间的"通灵宝玉"，这三者是怎样的关系？谁是贾宝玉的前身？在小说中起着怎样的作用？

本来脂评八十回本对这几者的关系交代得很清楚，但程甲本做了改动，这几者的关系就混乱不清了。请看脂评甲戌本原文：

　　那僧笑道："此事说来好笑，竟是千古未闻的罕事。只因西方灵河岸上三生石畔，有绛珠草一株。时有赤瑕宫神瑛侍者，日以甘露灌溉，这绛珠草便得久延岁月。后来既受天地精华，复得雨露滋养，遂得脱却草胎木质，得换人形，仅修成个女体。"

　　程甲本则改为：

　　那僧道："此事说来好笑。只因西方灵河岸上三生石畔有绛珠草一株。那时这个石头因娲皇未用，却也落得逍遥自在，各处去游玩。一日来到警幻仙子处，那仙子知他有些来历。因留他在赤霞宫居住，就名他为赤霞宫神瑛侍者，他却常在灵河岸上行走，看见这株仙草可爱，逐日以甘露灌溉，这绛珠草始得久延岁月。后来既受天地精华……"

　　按脂评本的描写，弃在青埂峰下的石头与神瑛侍者是两个不同的形体。石头被弃在青埂峰下，自经锻炼，灵性已通，后听一僧一道谈论红尘中荣华富贵，不觉打动凡心，也想到红尘中经历，那僧大展幻术，将其变成一块鲜明莹洁的且又缩扇坠大小的玉石，袖了那石，不知投奔何方何所。后来，又过了几世几劫，有个空空道人从青埂峰下经过，看到石头上记述的离合悲欢、炎凉世态的一段故事，方从头至尾，抄录回来，向世传奇。
　　神瑛侍者是已具人形的神仙，由于日以甘露灌绛珠草，绛珠草后来脱了草木之胎，幻化人形修成女体。她向警幻仙子表示，神瑛侍者要下世为人，她也要下去为人，把一生所有的眼泪还他，这就预示神瑛侍者是贾宝玉的前身，绛珠仙草是林黛玉的前身，演出了一段具有深层意蕴的凄美的爱情悲剧。而那个"蠢物"也被夹带其中，"使他去经历经历"，也就是被宝玉衔于口中落世的宝玉。一方面，它既当故事的见证人，记述了它能看到和听到的贾家由盛而衰的过程、大大小小发生的事件、宝黛的爱情悲剧；另一方面，它象征着贾宝玉的神界的生命与灵魂，它知道宝玉的前身和今身以及未来。每当贾宝玉的心智被世俗迷失，实际是通灵玉被蒙蔽时，癞和尚、跛道人便提醒宝玉，勿被声色货利所迷。

不过，我们不必把神瑛侍者和石头即"通灵宝玉"分得很清楚，以为各自独立，彼此毫无关联。其实按古文献所记，瑛即"美玉"，有石头的属性，它虽不同于青埂峰下的顽石，但你中有我，我中有你。石头作为一种意象，对应着贾宝玉顽石的性格。所谓贾（假）宝玉——真顽石；真顽石——贾（假）宝玉。

如果说《红楼梦》描绘了三个世界：大荒山的本体世界、大观园内的女儿世界与大观园之外的男人世界。那么，超现实的大荒山的本体世界，为神瑛侍者下世的贾宝玉提供了最基本的性格特质：纯洁的本性，真挚的情感，对美好事物和弱者的同情与爱护，绛珠仙草"还泪"酬报灌溉之德，预示了正文故事中贾宝玉与林黛玉的爱情悲剧结局的主线，林黛玉最终"泪尽而逝"。

当然，大荒山并没有造就神瑛侍者完整的人格结构，需要他在现实的男人世界和女人世界中继续锻造。事实是，他按照自己的真性，追求理想的人格模式，抵抗世俗观念的改造，可又不能不接受传统的世俗观念的改造。所谓"那宝玉原是灵的，只因声色货利所迷，故此不灵了"。所谓"失去本来面目，幻来新旧臭皮囊"。

下世之前，这块玉石如同顽石在女娲氏炼石补天之时，"众石俱得补天，自己无才，不得入选"，幻形入世之后，仍然是"无才可去补苍天，枉入红尘若许年"，用我们意识形态化的语言说，像贾宝玉这类顽石，虽然生存于封建社会的母体，可是既不为那个社会他所属的阶级所用，也无力挽救家族和末世社会必然颓败的命运，所谓"纵然生得好皮囊，腹内原来草莽"，所谓"可怜辜负好韶光，于国于家无望"，所谓"天下无能第一，古今不肖无双"，在许多根本问题上，同那个社会、同贾政所代表的正统观念格格不入。第二回贾雨村与冷子兴演说荣国府时，品评了历史上各种类型的人物，判定宝玉既非"大仁"者，又非"大恶"者，恰是灵秀气与邪气搏击之后，"一丝半缕误而逸出者"的邪气赋之以人体而后生。这种人"上则不能为人君子，下亦不能为大凶大恶""其聪俊灵秀之气，则在万人之上；其乖僻邪谬不近人情之态，又在万人之下"，总之是非传统的人格形态。

传统文化设计的理想人格模式，无非是儒家的"归仁养德"，道家的"顺天从性"，以及行侠仗义的侠士人格。儒家以仁为核心的人格结构和理想，随着在封建社会意识形态中占据正统和主导地位，日益精密具体，积淀为民族的深层的文化意识，成为当时人们的普遍追求。然而，儒家的理想人格与现实生活的人格往往距离很大，因为在中国古代，任何人格都必须屈从于政治，服从某种政权的需要，按照当权者的标准修正自己的设计。仕途是士人取得一定社会地位的首要选择和途径，于是，理想人格设计一旦服从于实际政治需要而成为脱离现实的抽象时，这种人格设计，不仅不能体现时代精神，反而成为社会进步和人格发展的负性力量，永远还原不到理想主义的人格设计。于是受控于家族血缘关系和封建专制主义的束缚，道德化的政治与政治化的道德矛盾，从道与从势的两难，儒家的入世与佛道超然出世的两重思维的影响，滋养了林林总总的双重人格的人物。他们在社会上要换用几套人格面具，处处以封建道德的价值系统作为人的普遍人格特征，为适应社会规范，个人的真实情感被掩饰、扭曲了。按照贾宝玉的判断，人们为声色货利所迷，"空有皮囊，真性不知往哪里去了！"因此，贾宝玉才痛骂那些像狗马一样的卑贱、匍匐在"功名仕进"底下的所谓"读书上进"为

"禄蠹""国贼"。对当时的八股，他也鄙视为"沽名钓誉"之阶，一提到"科举""仕途经济"便要激愤起来，"最厌这些道学话""懒与士大夫诸男人接谈，又最厌峨冠礼服"，甚或把"文死谏""武死战"的封建最高道德骂得一钱不值，"都是沽名钓誉"罢了。显然贾宝玉否定了这条道路。

贾宝玉的"真性"观如同李贽的"童心说"、汤显祖的"至情"、三袁的"性灵论"，无疑是传统人格定势的悖论，对禁锢人性的反叛，对人性全面复归的期冀和追求，带有个性解放的色彩。也因此他才敢于冒犯贾政的威严，针对贾政不爱那个人工造成的"稻香村"的呵责，发表了一通"正畏非其地而强为地，非其山而强为山"，破坏天然本色的议论。同样，贾宝玉的"爱物论"也反映了他的自然本性的思想。认为"这些东西，原不过是借人所用，你爱这样，我爱那样，各有性情"，顺乎人的自然情感自由行动，不必把自己的意志强加于人。他也正是按照自己的情感，在女子圈里，"喜欢时，没上没下，大家乱玩一阵；不喜欢时，各自走了，他也不理人。我们坐着卧着，见了他也不理，他也不责备。因此，没人理他，只管随便，都过得去"。这一切，显然是"不大合外人的式"——传统的礼法规范。

不过贾宝玉追求的自由人格或人格理想，只是心中幻想的、有限度的自由，而不是健全的灵与肉的自由。贾宝玉渴求个性的复归，又必须接受封建伦理规范。这两重心理，一方面，表现为真性我为社会所囚禁，真性处处受封建礼法的限定，不论贾宝玉对当时文人八股怎样"深恶此道"，仍要遵从贾政的训示，"一律讲明背熟"，只"因孔子亘古第一人，说下的不可忤慢，只得听他的话"。对子侄可以"不求礼数"，对弟兄"尽其大概"，对长辈却"礼数周全"，不敢有半点越礼。在贾府的樊笼里，他甚至连走出大门一步的自由也没有，"我只恨天天圈有家里，一点儿做不得，行动就有人知道，不是这个拦着，就是那个劝的，能说不能行"。这一道藩篱，贾宝玉无时无刻不想冲出去，但欲出不得，欲抗不能。

另一方面，是真性我与社会我的激烈冲突。贾宝玉的叛逆性格，渴望自我价值的实现与满足，冲击着传统儒家思想和伦理规范对个性自由和人格独立的戕害。众所周知，这种冲突有时竟发展到了你死我活的地步。

既然贾宝玉保守全真，鄙弃经世致用的道路，那么走什么道路呢？不明确。他具备历史上创造性人物敏感、幻想、怀疑、审视事物的天赋，却缺少创造性人物的特殊素质和行为。面临僵化没有生机的传统，他没有适应社会发展所需要的思想武器作为"支援意识"，最终只能走向庄禅的虚空。

这说明传统文化缺乏一种在历史大变动时期进行自我更新的机制，代表市民阶层的新思潮难以指导人们从传统观念向一个新观念的转变，因而贾宝玉既不能也不可能在那个时代超升为"战士"，又不肯做峨冠礼服的"君子"或淫魔色鬼，唯有在以自我为中心的传统文化的旋涡中挣扎、奋争、哀怨，寻求解脱之路。

用什么思想武器去解脱呢？贾宝玉曾向庄禅寻找过精神上的力量。第二十一回贾宝玉剪灯看《南华真经》，至《外篇·胠箧》一则引起共鸣，趁着酒兴，提笔写了《续〈庄子·胠箧〉文》，想以"焚花散麝"的办法求得精神上的自我解脱。尽管林黛玉讥讽他无端弄笔，作践"南华"，脂砚斋也评曰"岂有安心立意与庄叟争衡"，但庄子"殚残天下之圣法"，张扬"归返自然""全性保真"的思想对贾宝玉是不无影响的。

此后，"听曲文宝玉悟禅机"，贾宝玉非常赞赏《醉打山门》中《寄生草》的曲子。后来为了调解黛玉和湘云之间的小冲突，奔走来往于两人之间，不料越调解越糟，反而"落了两处的贬谤"，联想到自己也如《寄生草》所说"赤条条来去无牵挂"，又援笔立占一偈，并亦填一支《寄生草》。显示的层次，好似贾宝玉调解林黛玉与湘云的矛盾失败后而触发了禅机；隐藏的意识层次，透露出贾宝玉已领悟到人生的苦恼，试图摆脱人生困扰，追求真如世界。然而，此时的贾宝玉缺乏全面系统的世界观作为评判现实生活观点的基础，他的参禅不过是薛宝钗批评的，"美则美矣，了则未了"，或如脂砚斋的判断，"宝玉不能悟也"。

贾宝玉不能悟还有一个重要原因，就是他排斥大观园外男人的世俗世界，主要活动在大观园的"女儿国"，不能长大成熟的原因也在这里。

在贾府周围，贾宝玉看到的男子，要么有如正统、权威、冷酷、精神空虚的贾政；有贾珍、贾琏、薛蟠之流，道德沦丧、行止污浊、思想贫乏、识见浅薄；也有如贾雨村似的虚伪势利、见利忘义、反复无常。而从女子身上，确切地说，在丫鬟婢女和未出嫁的姐妹身上，他发现了美和纯洁，由此也形成了一套"呆论"。按他的话说："女儿是水做的骨肉，男人是泥做的骨肉。我见了女儿便清爽，见了男子便觉污浊逼人。"不过贾宝玉对女人的肯定有一个条件，必须是未出嫁的纯真少女。"奇怪，奇怪。怎么这些人只嫁了汉子，染了男人的气味，就这样混账起来，比男人更可杀了。"他把女子的变化分为三个阶段："女孩子未出嫁，是颗无价之宝。出了嫁，不知怎么样就变出许多不好的毛病来，虽是个珠子，却没有光彩本色，是颗死珠子。再老了，更变得不是珠子，竟是鱼眼睛了。分明一个人怎么变出三样来。"宝玉这番议论使守园门子的婆子不禁发笑，她们问宝玉："这样说，凡女儿个个是好的，女人个个是坏的了？"宝玉点头说："不错，不错。"联系宝玉对史湘云出嫁以后又回到贾府的态度，不难明白他所说的"珠子""男人的气味"的含义指的是什么。贾宝玉心里想道："我只说史妹妹出阁必换一个人，我所以不敢接近他，他也不来理我，如今听他的话，竟如先前一样。"就是说史湘云接近男人气味之后并没有完全变成一个"死珠子"，还保持着女性的某些光彩。但他憎恶史湘云也包括薛宝钗劝他留心读书应举，与"为官作宦的，谈讲谈讲那些仕途经济"的"混账话"，而喜欢没有说过

"混账话"的黛玉。很明显，宝玉认为"更可杀了"的不只是"嫁了汉子"的女人，而是痛恨沾染了利欲熏心"气味"的一切男女。可见贾宝玉对"女儿"的崇拜，实际上是对青春、生命、纯真的肯定与追求，这也如同"时常没人在眼前，就自哭自笑的；看见燕子就和燕子说话，河里看见鱼就和鱼说话，见了星星月亮，他不是长吁短叹的，就是咕咕哝哝的……"追求一种有情的世界，保有赤子之心的美好品性，按他的话说："你可知古圣贤说过'不失赤子之心'？那赤子之心有什么好处？不过是无知、无识、无贪、无忌。我们生来已陷溺贪、痴、爱中，犹如泥污一般，怎能跳出这般尘网？"所以贾宝玉常常为生成了一个男子之身而感到厌恶，在异性面前感到自卑，自贬自己为"浊物""浊玉""俗而又俗"，连焙茗都替他向洛神或是故去的女儿阴魂祷告说："你在阴间，保佑二爷来生也变个女孩儿！"

如果说薛宝钗体现传统文化高度自我完善的人格典型，具有传统文化所提供和所需要的一切最具体、最现实的美，成为大观园内道统的体现者；如果说林黛玉不同于宝玉那种强烈自我超越的人格追求，始终为生命的自我不得实现而苦，获得了一种象征的意义，那么，作者赋予贾宝玉双性同体的性格，反映男女两个世界的意识模式，也是对理想男人性格的追求，也同样是超越了本体结构，具有象征意义。

问题是贾宝玉在铸造整个性格的过程中，沉溺在女儿王国里"心满意足，再无别项可生贪求之心。每日只好姐妹丫鬟们一处……以至描鸾刺凤，斗草簪花，低吟悄唱，拆字猜枚，无所不至。"平时"甘心为丫头充役"，乐意为他们"换裙"，顺着晴雯的性子撕扇，痴迷地随着龄官画"蔷"字，只想到雨淋湿了龄官，而不知道淋了自己。甚至希望和女儿们永远生活在一起，"只愿常聚，生怕一时散了，虽有万种悲伤，也就无可如何了"，到那时，"等我有一日化成了飞灰——飞灰还不好，灰还有形有迹，还有知识的——等我化成一股轻烟，风一吹便散了的时候儿，你们也管不得我。我也顾不得你们了，凭你们爱哪去就完了"。但他希望死后浮泳在女儿们的眼泪所冲击的水流上，漂到一个无法叫出名字来的"鸦雀不到的幽僻之处"。

这样一来，由于贾宝玉过分眷恋执着女性世界和女性意识，排斥男人世界，结果为完成自我整体发展与超升的追求面发生了偏差，感性直觉的部分过度发展，理性的层面却受到遏制。早在第五回，警幻仙姑便受荣、宁二公之托，引领宝玉神游太虚境，先醉以美酒，沁以仙茗，警以妙曲，再许配以可卿，令其领悟尘世情欲声色之虚幻，跳出迷人圈子，改悟前情，留意于孔孟之间，委身于经济之道。就是说从女人世界和女性意识中解脱出来，认同男性群体的思想和心理，体现双性共存之美，完成人格的完整创造。

笔者无意否定大观园的"女儿国"和女性意识对贾宝玉自我人格铸造过程中的作用，如大观园是寄托贾宝玉人本主义理想的圣地，提供了他所需要的安全感与舒适感，在女孩身上获得了审美情趣，引发了他的想象力和创造力，或者说从女孩们身上寻求庄严的人生、美好的品格，来抗衡世俗男子社会。但是，在以男子为中心的封建社会，仅仅依靠女性意识能否构筑完整的人格结构和世界观呢？当然不能。反传统的价值取向和思想，哪怕是对传统的封建思想进行局部性的否定，必须有新的规范和价值观作为武器；厌恶内容陈腐、形式僵化和正宗文化，必须拿出值得人们认同的文化。不具备处理复杂多变的世界的能力，丧失了对于创造活动的深切意识就很难充当强有力的社会角色，到头来只有做一个"富贵闲人"。贾宝玉的悲剧就在这里。正因为如此，他只有直观的感性而无深刻系统的理性，对僵硬的文化意识不可能做实质性的批判；他既怀疑、厌恶传统理性和道德，同时又不能信奉某些传统价值，没有切实可行的行动；在大观园内我行我素，遇到贾政却像避猫鼠似的，"一溜烟"跑掉，乃至连他和林黛玉的爱情都不敢公开地向贾母、王夫人宣明，只会在梦中喊出几声反抗的声音。意识中强烈的紧张，在理想与现实的矛盾冲突不可调和时，只有"你死了我做和尚"的逃脱。只有随着大观园内外矛盾的加剧，几个奴婢惨死，特别是晴雯之死，家世衰败，黛玉弃世，爱情理想破灭，万事成空，百念俱灰，终于悬崖撒手。到此时，贾宝玉经历痛苦人生的洗礼，似乎找到了人格超生的支点，远非是早期的逃禅，似乎更理性地看透了人生而悟出了人生的价值，于是消除了一切欲求愿望，超越了时空、因果、生死、主客、是非的限制，他的精神又重新返回到大荒山那个本性世界。

甄士隐与贾雨村

小说开头说作者经历过一番梦幻之后，故将真事隐去，用假语村言敷演出来，说的是小说与现实的关系；而甄士隐、贾雨村则是具有生命的真人，但却是一组对应的人物：一个看破红尘而出世，一个俗缘未灭而积极入世。

甄士隐禀性恬淡，不以功名为念，每日以观花种竹、酌酒饮诗为乐，倒是神仙一流人物，这使他有条件与神仙交接，于是在白日梦中，甄士隐从僧道谈话，得知神瑛侍者甘露灌溉绛珠仙草。那仙草五内郁结着缠绵不尽之意，常说神瑛侍者要下世为人，她也要同去走一遭，把一生所有眼泪还他。事实是那僧已在警幻仙子案前挂了号，那绛珠仙草也在其中。甄士隐不仅听到"木石前盟还泪说"的秘闻，而且亲眼看见了"通灵宝玉"由僧道领引来到太虚幻境，亲见"假作真时真亦假，无为有处有还无"的对联，这对甄士隐的人生观无疑是有深刻影响的。因此，由"白日梦"回到现实生活，此后女儿英莲丢失，又遭葫芦庙大火牵连，居屋烧成一堆瓦砾，搬到田庄去住，偏值近年水旱不收，贼盗蜂起，官兵剿捕，田庄难以安身，只得投到岳父家。可是他岳父半用半赚，勉强支持一二年，越发穷了，加之贫病交加，渐渐露出下世的光景。这种种艰难历程，对于本来聪慧有点隐士性格的甄士隐来说，一旦跛足道人现身，口中念《好了歌》，便迅即体悟歌词的隐意，同着疯道人飘飘而去。

如果说甄士隐看透了世道而走出梦境，那么，贾雨村则仍在梦中翻滚，热衷于功名富贵，追求风月，一联"玉在椟中求善价，钗于奁内待时飞"，鲜明地表达了贾雨村的自命不凡的抱负、生不逢时的感叹。正因为如此，当甄家丫头娇杏看到贾雨村，觉得"这人生的这样雄壮……必非久困之人"，不免回头多看了一两次时，贾雨村"狂喜不禁，自谓此女子必是个巨眼英豪，风尘中之知己"，于是口占一律，其中"自顾风前影，谁堪月下俦？蟾光如有意，先上玉人楼"，说他萍踪浪迹、壮志未酬之时，娇杏竟能慧眼识英雄，那么月光之下，自顾身影想到娇杏是他的知音，除了娇杏没人配做他的伴侣，所以应请月下老人系红线。幸得甄士隐资助，科举及第，感激娇杏识人，娶其为妾，又侥幸扶正。可是，他却忘恩负义，把恩人甄士隐的女儿硬是徇私枉法，判给了薛蟠，从此经常出入贾府，为非作歹，充当封建贵族的鹰犬。他因贾家和王家而升迁，贾家也因他而受牵累。

善于制造多种语义的曹雪芹，设置一甄一贾两个人物，实际也象征着贾宝玉的两种道路、两种归宿。因为贾宝玉原本就是"石"与"玉"的复合体。"石"象征着神话的本体世界，"玉"则象征着世俗世界。早在秦可卿绣房中的"白日梦"，警幻仙子就向贾宝玉提示了人生"到头一梦，万境归空"的结局和归宿，宝玉不能悟。他虽多次拒绝贾雨村追求的功名利禄俗世界的诱惑，追求真性的世界，可他又贪恋俗世界中"女儿国"的生活环境和生活方式。一旦他的追求破灭，如同甄士隐看透了人生，回归本体。谁为甄（真）？谁为贾（假）？

从小说构思而言，甄士隐为沟通神界与俗界的中介。由他听到石头与木石前盟的神话故事。最先听到《好了歌》并为之作注，传达了作者的人生意旨，也是由甄士隐引进贾雨村。第二回贾雨村被朝廷革职，独自游至维扬，做了盐政林如海女儿林黛玉的教席，同转世的绛珠仙草发生了联系。而在同冷子兴演说荣、宁二府时，贾雨村发表了对贾宝玉之类异人的哲学判断，并以在金陵甄府处馆时的甄家公子作类比，这样又引出贾宝玉的对应者甄宝玉，而甄家与贾家既是老亲又是世交，甄家在小说中时隐时现，好像是贾家的幻影。紧接着第三回，贾雨村受林如海委托，护送林黛玉进荣国府，宝黛会合，展开还泪盟誓，妙的是贾雨村经贾政的关系复任顺天府，判的第一件案子便是薛蟠家人抢夺英莲而打死冯渊案。英莲恰是甄士隐走失的女儿。贾雨村错判，刻画了他忘恩负义、攀附权贵的嘴脸，从此同四大家族的薛家和王家搭上了关系。也因贾雨村这一判，促动了薛姨妈、薛宝钗和薛蟠投奔贾家，于是木石前盟与金玉良缘的婚姻路线展开了尖锐的斗争。由贾雨村一人而串联各路人物和情节，实在是省而又省的省笔。

真与假、有与无、好与了

甄士隐在梦中见一僧一道谈论"蠢物"因果，要求看一看那"蠢物"，原来是块鲜明美玉。正欲细看时，那僧说"已到幻境"，夺回美玉，此时竟过"太虚幻境"，见两边有一副对联道："假作真时真亦假，无为有处有还无。"

接着女儿英莲看社火花灯时丢失，甄家隔壁的葫芦庙中炸供，油锅火逸，烧了一条街，甄士隐家成了一堆砾坊，只好投奔到岳丈家。谁知士隐乃读书之人，不懂生理稼穑之事，越发穷了，加之贫病交攻，更露出下世光景。一日在街上散心，见一跛足道人，口中念着："世人都晓神仙好，唯有功名忘不了！古今将相在何方，荒冢一堆草没了。……"甄士隐迎上去，请他解释"好了，好了"的原意，那道人笑道："你如果听见'好了'两字，还算你明白，可知世上万般，好便是了，了便是好；若不了，便不好；若要好，须是了。"士隐一闻此言，心中早已悟彻，将《好了歌》作了注解，最后同着痴道人飘飘而去。

从字面上看，《好了歌》包括贾瑞迷恋的风月宝镜两面形象，好似表现了曹雪芹人生的体悟，明示任何事物都由"好"到"了"，由"有"到"无"，由"真"到"假"的过程，有虚无主义的观念在。可细思之，曹雪芹在《红楼梦》中，不只向读者提供了他的人生体验，更重要的是，指出解读《红楼梦》的思维方法，即透过表层结构、表层意义，探究潜藏的艺术精神。要透彻了解曹雪芹的艺术精神，就必须明了庄禅的思维方法，因为曹雪芹深受庄禅意识影响而写成《红楼梦》。先说庄子的艺术影响。

比较而言，庄子的哲学思想和艺术精神对于后代文学艺术家的影响，实较深远而有意义。把"道"当作追求的最高境界，老子和庄子几乎并无二致，对"道"这个概念把握的方法，徐复观先生在《中国艺术精神》书中分析庄子的艺术精神时说：

当庄子从观念上去描述他所谓道，而我们也只从观念去加以把握时，这便是思辨地形而上学的性格。但庄子把它当作人生的体验而加以陈述，我们仍应付于这种人生体验而到了悟时，这便是彻底的艺术精神。

所谓人生体验的了悟，据徐先生的论证，说的是超越物质的、感情的可视的本体，发现非物质的、非感情的、不可视的精神内容，从而使自己的精神获得自适感和充满感。要达到上述境界，则须破无用为有用，即从社会束缚中、从现实的实用观念中解放出来，不以社会的价值判断为判断，其或要"无己"和"丧我"，进入"心齐"（彻底排除真理上的欲望）、"坐忘"（排除由知识而来的是非）的意境，铸成"虚""静"（无欲无知的虚静之心）、"明"（由虚静而来把握宇宙万物本质的观照）的知觉主体。这个主体在进行美的观照时，能把万物的杂多归为一，主客两忘，主体与客体同属为一，所谓庄周化为蝴蝶，蝴蝶化为庄周，尔后才能天地万物相通而有共感，感悟到万物皆有灵性，有性格，有生命价值，将宇宙万物拟人化、有情化。

如果说老庄的道具有多义性和无规定性，从"无"中去体验无限的内容，求得精神上的满足与平衡，那么老庄的艺术精神对中国艺术的最大影响与贡献，莫过于把认识判断转换为趣味判断，推进了对艺术本质的认识，即超越审美价值的第一自我，而捕捉第二自然潜藏着的本质（精神），探求事物和人生永恒存在的价值和意义。换言之，捕捉由"有"到"无"、由"好"到"了"，不是我们的终极，由"了"中再继续探求第二自然，挖掘永恒的意旨，才是观照《红楼梦》的思维路线。

庄子超逸的运思方式，同禅宗有相同之处。禅家自证自悟的宁静审美观照，富有实践精神的想象力，更能开拓作家的思维空间。且看《指月录》卷二十八唯信向他的学生述说他参禅过程：

老僧三十年前未参禅时，见山是山，见水是水。及后来亲见知识，有个入处，见山不是山，见水不是水。而今得个休歇处，依前见山只是山，见水只是水。

在禅家看来，宇宙是个有机的整体，有动必有静，有空必有有，有正必有偏。动静相摄，明暗交参，空有不离，正偏妙挟，万物的每一范畴都是由相对相因两种相反的作用构成，不可偏执一方，这就是见山是山，见水是水，或谓对法相因，参禅顿悟的第一步。

但是，佛家是讲究空的。对法相因的提法，并非是让人们徘徊于有或无两边，只注意对待作用，因为有和空、动和静、正和邪都是现象界的相对法，倘若进入佛界所说的本性世界，悟到真性，自然要舍弃两边，超越两边，所谓求本体而舍本体，由相对而相舍，这是顿悟第二个修为过程，亦即见山不是山，见水不是水。

第三个过程，禅宗认为舍弃两边不是终极追求，而是处相对世界而不黏着于相对，也不必离开现象世界，不规避外境，只要消除心中的执着，心与万物同游而毫无挂碍，说不定某个时候禅机触发而顿悟，悟到了真性而成佛，到此时，依然是见山只是山，见水只是水，所谓不舍不破进入佛的境界。

我们不能武断地说曹雪芹是按照庄禅意识写作《红楼梦》，弘扬庄禅的；但我们可以肯定地说庄禅为曹雪芹提供了观察世界的方法，而我们读《红楼梦》时，也应沿着禅宗思维三层次，透过表层的所谓家族盛衰过程，阐释小说深层的创作意旨。

曹雪芹在小说开头交代得很清楚，他把社会的一切世相都建立在真假、有无、色空上来考察，而又超越两边。"从此空空道人因空见色，由色生情，传情入色，自色悟空"，从"空"出发，把现实世界的一切事物看作虚幻不实的假象，由假象产生种种妄念是"由色生情"。"传情入色，自色悟空"，是对上两句的还原。

再看太虚幻境的那副对联："假作真时真亦假，无为有处有还无。"第十二回，贾瑞病故，代儒夫妇哭得死去活来，大骂妖道，命人架起火来，烧那镜子，只听空中叫道："谁叫他自己照正面呢！你们自己以假为真，为何烧我此镜！"说的也是假中有真，真中有假，不能执着一边。《好了歌》则把事物的对法相因的关系说得更为明确。所以曹雪芹在《红楼梦》中提供的不只是一种观照事物的标准，而是一个审美价值系统。他不再把事物看作单向直线运动，而是透过对立的生活现象，观察社会发展的走向。这就是曹雪芹在肯定一种价值的同时，又发现了相反的价值，这如同"风月宝鉴"的两面涵旨，"月满则亏，水满则溢""登高必跌重""乐极生悲""否极泰来"。"烈火烹油，鲜花着绵之盛"的贾府，到头来，"好一似食尽鸟投林，落了片白茫茫大地真干净！"千红的美女都要向一个坟穴，喜庆的宴席紧跟着不如意的事情发生。贾宝玉在他快乐的生日宴会中，跟群芳饮酒作乐，唱的是《赏花时》曲，可是曲中竟曰"春梦随云散，飞花逐水流"。总之，无论功名富贵，娇妻儿孙，都有二律背反的性格。

正因为曹雪芹惨痛的生活经历、二元背反的观照，才使他艺术地显现了封建社会面临着重重危机，这种危机不仅反映在意识形态领域，也表现在政治、经济、社会道德等方面。

但是，曹雪芹如同禅家，不仅仅黏着于两边，他是要超越两边的。具体一点说，曹雪芹采取两重认识形式的最终目的，绝不只是揭露贾府由盛而衰的过程，悲悼各色人等的悲剧命运，从而预示封建社会不可克服的内在矛盾和必然走向衰败的命运，或是提出后继无人的问题。这统统是我们的价值判断，而且是从政治观点和实用理性主义角度出发，未必是曹雪芹的原旨。超越价值的第一自然，苦苦探求第二自然潜藏着的本质——人生爱、欲、悲、欢、散、毁、败、老、死的内因，及主宰万物变易的原动力，探索人生命的真正价值是什么。我以为这可能是《红楼梦》作者的本意。

倘若我们对《红楼梦》的旨意理解得不错，那么，曹雪芹感到最痛苦的，或者在小说里着重说明的，是对人生永恒的生命价值的探究上。既然"好便是了""了便是好"，何以能由"好"转化到"了"，为什么"了"便是"好"呢？曹雪芹不可能也不会用阶级分析和经济分析的方法指出由盛而衰的原因，较多的是从文化意识方面感悟到所属阶层和生存社会的腐败无能，而其判断又涵盖对前代历朝成败的观察，浸透着老庄的悲剧意识。

第二回　贾夫人仙逝扬州城　冷子兴演说荣国府

戏剧化的对话

传统白话小说的说话人，上知天文地理，下知鸡毛蒜皮，可谓无所不知，无所不能。问题是人物之间的关系、身世经历、事件背景，不断由叙述者切入向读者交代，乃至某些情节也靠说话人推动，这并非是聪明的选择。因此，有些小说，包括《红楼梦》的作者也采用戏剧化的表现方式，即借人物对谈分担叙述责任，省去作者描述，如第一回，空空道人与石头讨论小说故事来源与创作目的。第五回，借贾宝玉神游太虚幻境预示十二钗归宿。第六回，贾瑞家的向刘姥姥介绍王熙凤的霸气，尤氏交代焦大的历史功绩。第十六回，赵嬷嬷和王熙凤回忆贾家与王家接驾的盛况。第四十八回，平儿痛骂"饿不死的野杂种"贾雨村，怎样利用职权帮助贾赦夺取石呆子祖传古扇的恶行。第六十五回，兴儿笑嘻嘻的，在炕沿下，一头喝着酒，一头将荣府之事告诉尤氏母女；特别是兴儿对王熙凤两面三刀的性格鉴定，等等。

本回冷子兴演说荣国府，同样属于戏剧化叙事。由于冷子兴是贾政王夫人房中有头脸的老奴仆周瑞家的女婿，又在都中古董行贸易，对荣、宁二府历史现状了如指掌，都中各路信息极为灵通，有资格也有条件充当贾府新闻发言人。在结构上，第一回"通灵宝玉"与绛珠仙草于甄士隐梦中引出，和尚曾对石头说："携你到那昌明隆盛之邦，诗礼簪缨之族，花柳繁华地，温柔富贵乡那去走一遭"，了结一段风流奇案。贾宝玉落世的地方是都中贵族之家荣国府，包括宁国府有几百号人，家族的代表人物就有几十位，不可能由叙述者一一说出，必须采用极简便的省笔交代贾家的历史和人员结构，于是由冷子兴与贾雨村一问一答的对话中，概括介绍贾家的主要代表人物。这正如脂砚斋第二回批语中说："其演说荣府一篇者，盖因族大人多，若从作者笔下一一叙出，尽一二回不能得明白，则成何文字？故借用冷子兴一人，略出其大半，使阅者心中，已有一荣府隐隐在心，然后用黛玉、宝钗等两三次皴染，则耀然于心中眼中明矣。"

"如今养的儿孙竟一代不如一代"

冷子兴私下议论贾府和贾府的主要代表人物毫不留情面，甚至带有一种蔑视的口吻，但很有可信度。

一、贾家已是衰败之家，外面的架子虽没倒，内囊却也尽上了。这不仅表现为贾府财政上的危机，阶级关系、制度管理、接班人、意识形态等层面也都出现了危机。

二、这个钟鸣鼎食的人家儿，如今养的儿孙竟一代不如一代了。宁国府的宁公生有两个儿子，宁公死后，长子贾代化袭了官，也有两个儿子，长子名贾敷，很小就夭折，只剩次子贾敬为第三代。此公按冷子兴的评论是一味好道，追求所谓长生不老的肉体飞升之术，幻想到天国里做神仙。实际结果呢，第六十三回说由于过量"吞金服砂，烧腹而死"。第四代为贾敬儿子贾珍，也同样不干正事，"只一味高乐不已，把宁国府竟翻了过来，也没有人敢来管他"。第五代是贾蓉，此人也是个坏小子。可冷子兴却一笔带过，不做评定。

接着说荣国府。荣国公死后由贾代善袭官，娶金陵世家史侯的小姐为妻，即为贾母，生两个儿子——贾赦、贾政，是为第三代。贾代善去世追由贾赦袭官，"为人却也中平，也不管理家事"。对贾政，冷子兴给予了很高评价："自幼酷喜读书，为人端方正直。"到了第四代，贾赦的儿子贾琏，则"不喜正务，于世路上好机变"。贾政的夫人王氏，头胎生的公子名叫贾珠，不到二十岁，一病就死了。隔了十年王夫人又生了一公子，"一落胞胎，嘴里便衔下一块五彩晶莹的玉来，上面还有许多字迹"。贾母爱如珍宝、命根子一般，可是宝玉周岁测试将来志向时，只抓取脂粉钗环，政老便认为"将来不过酒色之徒，因此不甚爱惜"。冷子兴虽觉得贾宝玉聪明乖巧，然而说起"女儿是水做的骨肉，男子泥做的骨肉，我见了女儿便清爽，见了男子便觉浊臭逼人"的"孩子话"，冷子兴却认为好笑。显然，冷子笑不理解贾宝玉人格模式的价值，特别是他认为好笑的水做与泥做骨肉的名言，恰恰反映了贾宝玉对青春、生命价值的追求。在贾宝玉看来，女儿如水似的纯洁，而男子沾染了仕途经济的气味，因而是泥做的骨肉。不过，贾宝玉所谓的女儿是指没有结婚的年幼的女孩子，结了婚的女孩子，沾染了男人的气味之后，就不在纯情女孩子之列。按此推理，贾母、王夫人结了婚的老女人不属于水做的，刚刚结了婚的史湘云，好像也被排除在外，因为她沾染了男人气味，也变了；那么，没有结婚的，年少貌美的薛宝钗算不算水做的呢？看来区别的关键，在于是否说读书应举、仕途经济的"混账话"。

"可惜你们不知道这人的来历"

贾雨村不同意冷子兴把贾宝玉看作是色鬼："非也！可惜你们不知道这人的来历。大约政老前辈也错以淫魔色鬼看待了。若非多读书识事，加以致知格物之功，悟道参玄之力，不能知也。"言外之意，他认为一般人都不能理解贾宝玉性格的意义，包括贾政在内。据贾雨村论证，天地生人，一般人不论，顶级人物无非两类：一为大仁者；一为大恶者。尧、舜、禹、孔、孟等为大仁者，应运而生修治天下。大恶者如蚩尤、共工、秦始皇、曹操、秦桧之类，应劫而生，扰乱天下。大仁者秉清明灵秀，天地之正气；大恶者秉残忍乖僻，天地之邪气。

但是，灵秀之气随甘露和风漫然四海时，残忍乖邪之气，一丝半缕露泄出来，遇到灵秀之气，正不容邪，邪复妒正，两不相下，相互搏击掀发。如若赋着于人，上不能做仁人君子，下亦不能为大凶大恶之人。而其聪俊灵秀之气，则在千万人之上；其乖僻不近人情之态，又在千万人之下。这种人如生在公侯富贵之家，则为情痴情种，如陈后主、唐明皇；若生于诗书清贫之族，则为逸士高人，如许由、陶潜；纵然生于薄祚寒门，甚至为奇优、名娼，也不会做下等人为所驱制，如红拂、崔莺莺，等等。

毫无疑问，贾雨村的"秉气说"反映了曹雪芹的哲学意识。小说家的形象塑造规律告诉读者，一旦小说家创造出一个人物之后，人物可以按自己的性格逻辑行事，同作者的自我意识完全是两码事；但是也有的人物承担传达小说家的观点的任务，尽管这个人物，如贾雨村，同曹雪芹处世的价值取向是截然相反的。

作为一般读者，无须去深究贾雨村、曹雪芹的"秉气说"是唯心的，还是唯物的。气是指物质的，抑或归入精神层面。简而言之，曹雪芹要强调的是贾宝玉具有多面性格，不同于传统人格模式。情痴情种只是性格的一个侧面，其性格核心特质，必然是有悖于封建礼法和世俗的意识，对此贾雨村没有再推说下去。值得注意的是，贾雨村却提出了另一个"这派人物"甄宝玉，同贾宝玉有些相似，暴虐顽劣，种种异常，可极尊重女孩子，读书时让两个女孩子陪着，挨打时叫姐姐妹妹解痛。词题是哪个是真（甄），哪个是假（贾），曹雪芹设置这个人物的目的何在呢？

第三回　托内兄如海荐西宾　接外孙贾母惜孤女

只见、但见

本回书林黛玉正式出场亮相。第二回贾雨村被革职后，两个旧友认得林盐政，便推荐贾雨村做了林家的塾师，教一个"年方五岁"的小女生，叙述人补充交代说：林如海之祖，也曾做过列侯，到林如海这一代，便从科第出身，虽系世禄之家，却是书香之族。林家支庶不盛，人丁有限，没甚亲支嫡派的。林如海曾有一子，惜去岁夭亡，只剩独女，乳名黛玉，生得聪明俊秀。这女学生年幼小，身体又弱，不料女学生之母贾夫人一病而亡，女学生侍奉汤药，守丧尽礼，过于哀痛，素本怯弱，因此旧病复发，有好些时不曾上学。贾雨村闲居无聊，饭后便出来散步，村肆中偶遇冷子兴，两人便谈起荣、宁二府。由于林黛玉非是贾家的嫡派子孙，不在冷子兴的排行榜内，只是在提到赦、政二公有一胞妹，在家时名字唤"敏"者，贾雨村才补充说他这学生名叫黛玉，读书凡"敏"字皆写作"密"字，写字遇着"敏"字亦减一二笔。贾雨村判断说其"言语举止另是一样，不与凡女子相同，度其母不凡，故生此女；今知荣府之外孙，又不足罕矣。"贾雨村强调了林黛玉不是一般的"凡女子"，可怎样的不平凡，雨村没有说下去，是否"今知为荣府之外孙"，而故作恭维之词呢，叙述者不作评论。

无论是贾雨村评论，或是叙述者补白，都只是抽象的、鉴定式的交代，轮廓式的描述，只有黛玉走进荣国府，以其言语行为再现独特性格，读者才看到一个立体的活生生的形象。

林黛玉第一次进都中，也是第一次进荣国府，在家时常听母亲说"外祖母家与别人家不同"，必然怀有好奇感；作为外孙女，贾母会亲自迎接她，她也要拜访长辈和同辈；还有，林黛玉初进荣国府，"依傍外祖母及舅氏姊妹"，实际是寄人篱下的投靠，今至其家，"都要步步留心，时时在意，不肯轻易多说一句话，多行一步路，生恐被人耻笑了他去"，这诸种关系和内心矛盾怎样表现呢？

妙得很，作者很少去作主观抒情性的叙事或大段的说明，而是把叙事任务交给小说中的人物，透过林黛玉的眼睛来看世界。先是从轿子的纱窗中"瞧了瞧"，街市之繁华，人烟之阜盛，自非别处可比的。接着行了半日，"忽见"街北蹲着两个大石狮子，三间兽头大门，门前列坐着十来个华丽冠服之人，正门不开，只东西两角门有人出入；正门之上有一匾，匾上大书"敕造宁国府"五个大字。黛玉想道："这是外祖的长房了。"黛玉去的是荣国府，只从黛玉眼中看宁国府的气派。到了荣国府，大约大门与宁国府相似，故省去不写，只写轿子进角门，走了一箭之远，转弯时，另换了四个眉清目秀的小厮抬着轿子，至一花门落下，小厮退去，进花门，走游廊，穿中堂，转过屏风，过厅房，再进入正房大院。正面五间上房，皆是雕梁画栋，两边穿山游廊厢房，挂着各色鹦鹉、画眉等雀鸟。台阶上坐着几个穿红着绿的丫头云云，看似作者的描述，实际还是林黛玉眼中看到的贵族之家房屋结构和规矩。

紧接着，"只见"两个人扶着鬓发如银的老奶奶上来，抱住林黛玉"心肝儿肉"叫着大哭起来，这位老母自然是外婆贾母。由贾母再一一指与黛玉："这是你大舅母，这是二舅母，这是你先珠大哥的媳妇珠大嫂子。"然后一笔带过。不一时，又是"只见"三位姑娘来了，只描述形体，先给读者一个印象，一句"互相厮认"，也是轻轻带过，好像描写的重点不在这几位身上。

此前都是林黛玉的"只见"，视点有点单一，没有被见的人的"只见"，于是视点转向众人的"见"：黛玉年纪虽小，其举止言谈不俗，身体面貌弱不胜衣，却有一段自然的风流态度，便知她有不足之症，因问服何药，黛玉讲起癞头和尚说如不能出家，只怕一生也不能好，若要好时，除非从此以后总不许见哭声，这照应第一回绛珠仙草以泪报神瑛侍者灌溉之德，也预示后文黛玉泪尽而逝。

"我来迟了"

王熙凤的出场很特别，先闻其声后见其人：只听后院中有笑声，说："我来迟了，不曾迎接远客！"黛玉思忖道："这些人个个皆敛声屏气，这来者系谁，这样放诞无礼？"贾母向黛玉介绍："她是我们这里有名的一个泼辣货，南京所谓'辣子'，你只叫她'凤辣子'就是了。"众姊妹告诉黛玉是琏二嫂子王熙凤。

这熙凤携着黛玉的手，上下细细打量一回，便仍送至贾母身边坐下，因笑道："天下真有这样标致的人儿！我今日才算看见了！况且这通身的气派竟不像老祖宗的外孙女，竟是嫡亲的孙女似的，怨不得老祖宗天天嘴里心里放不下。只可怜我这妹妹这么命苦，怎么姑妈偏就去世了呢！"说着便用帕拭泪。贾母笑道："我才好了，你又来招我。你妹妹远路才来，身子又弱，也才劝住了，快别再提了。"熙凤听了，忙转悲为喜道："正是呢！我一见了妹妹，一心都在她身上，又是喜欢，又是伤心，竟忘了老祖宗了，该打，该打！"又忙着拉着黛玉的手问道："妹妹几岁了？可也上过学？现吃什么药？在这里别想家，要什么吃的，什么玩的，只管告诉我；丫头老婆不好，也只管告诉我。"黛玉一一答应。一面熙凤又问人："林姑娘的东西可搬过来了？带了几个人来？你们赶紧打扫两间屋子叫她们歇歇去。"

林黛玉判断得没有错，在贾母、王、邢三位长辈面前，竟然笑语高声，如果不是在贾府中占据特殊地位，是不敢如此放诞无礼的。但作者并不直接说出熙凤在贾府中的特殊地位，王熙凤"我来迟了"的亮相，接着一连串的动作和言语，都说明了王熙凤的特殊地位，而她表演动作的变换，都围绕着贾府权力核心的最高统治者贾母的喜恶而移步换形。王熙凤劈头就把林黛玉的美提到绝对的高度，所谓"天下真有这样标致人儿"，言外之意是现实生活中她没有看见过，包括贾府内的三位姑娘，迎春、探春、惜春也不属于"标致人儿"之列。有这样标致的人儿，所以才说"我今日才算看见了"。王熙凤说这句话不怕得罪贾府的三位姑娘，三位姑娘也猜测到王熙凤说这话的真正目的，何况林黛玉初进荣国府，琏二嫂子夸赞林黛玉无可厚非。接下来，王熙凤说："况且这通身气派竟不像老祖宗的外孙女，竟是嫡亲的孙女似的。"本是"外孙女"偏要偷换为"嫡亲孙女"，拉近了林黛玉和贾母的血缘关系。如果说林黛玉是天下少见的标致人儿，如果说林黛玉的通身气派像是嫡亲孙女，那么，贾母在年轻时岂不也是一个标致的人儿？王熙凤表面上夸赞林黛玉，实际是捧贾母，受益者是王熙凤。如同下一句"怨不得老祖宗天天嘴里心里放不下"，更是捧贾母对林黛玉的深切关爱，而"只可怜我这妹妹这么命苦，怎么姑妈偏就去世了呢"，也同样是说给贾母听的，表明她同老祖宗站在同一立场上，对林黛玉有相似的认同感，再配合"用帕拭泪"的表演动作，贾母听着当然舒服高兴。"贾母笑道（请读者注意是'笑道'）：我才好了，你又来招我……"善于在贾母和众人面前做戏的王熙凤，听到贾母亲昵的责备，"忙转悲为喜"，她说是"一心都在"林黛玉身上，"竟忘了老祖宗了"。其实王熙凤的每一句话都在讨老祖宗的欢心，包括她拉着林黛玉的手，连续问三个问题，告诉林黛玉有什么需要，下人不服管的都要告诉她。接着又命下人为林姑娘准备房子，搬运东西。这一切都真实地反映了王熙凤巧言令色的权谋，喜好卖弄指挥别人的心理，以及显示她在贾家的管家婆的特殊地位。

"倒像在那里见过"

最后一个出场的应是贾宝玉。有趣的是，小说家并未让林黛玉马上见到贾宝玉，而是吃过茶果去见两个舅舅，可大舅贾赦连日身上不好，怕见了黛玉彼此伤心，暂且不忍相见。于是又去拜见二舅贾政，政老"斋戒去了"，理所当然的是舅妈王夫人接见。开口就叮嘱黛玉："我就只一件不放心：我有一个孽根祸胎，是家里的'混世魔王'，今日因往庙里还愿去，尚未回来，晚上你看见就知道了，你以后总不用理会他，你这些姐姐妹妹都不敢沾惹他的。"

林黛玉肯定不曾听到冷子兴和贾雨村传布贾宝玉的异事和"将来色鬼无疑"的判断，更不曾听到贾雨村从"正邪两气"宇宙观的哲学高度，把贾宝玉归入异人之列的高论，但"黛玉素闻母亲说过，有个内侄乃衔玉而生，顽劣异常，不喜读书，最喜在内帏厮混，外祖母又溺爱，无人敢管"，可黛玉在家时又记得母亲常说，这位哥哥"性虽憨顽，说待姐妹却是极好的"，王夫人怎么竟然说"姐姐妹妹都不敢沾惹他""他嘴里一时甜言蜜语，一时有天没日，疯疯傻傻，只休信他"？不但林黛玉急于想见到这位宝哥哥怎样惫懒，连读者也想看到这位"混世魔王"的情态。林黛玉到贾母屋中吃饭，终于和贾宝玉会面了。

一语未了，只听外面一阵脚步声响，丫鬟进来报道："宝玉来了。"黛玉心想："这个宝玉不知是怎样个惫懒人呢！"及至进来一看，却是位青年公子：头上戴着束发嵌宝紫金冠……面若中秋之月，色如春晓之花……发如……眉如……鼻如……睛若秋波，虽怒时而似笑，即瞋视而有情，项上……系着一块美玉。

请读者注意：迎春、探春、惜春，包括王夫人、贾母等人，在林黛玉眼里，只是个笼统的印象，王熙凤的影像描写多一些，尤那"一双丹凤三角眼，两弯柳叶吊梢眉"，给林黛玉留下了深刻印象。可这比不上林黛玉看宝玉，眉是眉，眼是眼，声、色、形态，看得极为真切仔细。从头看到脚，又从面看到颈项，犹如电影的特写，循着林黛玉视点所及，上下扫描。同时，林黛玉的视角又追随贾宝玉的行动，不断改变观察角度。

只见这宝玉向贾母请了安，贾母便命："去见你娘来。"即转身去了。一回再来时，已换了冠带：头上周围一转的短发都结成小辫，红丝结束，共攒至顶中胎发，总编一根大辫，黑亮如漆，从顶至梢，一串四颗大珠，用八宝坠脚，身上穿着……仍旧带着项圈、宝玉……下面半露……

"只见"仍然是林黛玉的"见"，但由正面观看转为侧面的默默观察，观察得仍然那么仔细，连辫子串几颗珠子，用什么颜色的丝带结束，都看得一清二楚。其间的描绘之词，与其说是小说家的赞美之词，可在这里，不如说是唤起了黛玉对宝玉的爱慕之情。

同样地，宝玉见黛玉也看得很仔细，不仅有远看，而且归了座"细看"，说"这个妹妹我曾见过的"之后，"走向黛玉身边坐下，又细细打量一番""虽没见过，却看着面善，心里倒像是远别重逢的一般"。这呼应了第一回木石前盟的记忆，表现了两人一见如故、一见倾心的情景。

这种用人物的"只见""但见""忽见",转换人物的视点,转换空间,介绍人物内物的内视点与叙述者的客观描写交融于一,人物的行动与内心同时展露,而且随着人物行动的流程,转换空间,转换视点,形成了流动的多视角组合的内视点,这不能不说是中国古代小说一种独特的表现方法,而《红楼梦》把它完善到了极致。

第四回　薄命女偏逢薄命郎　葫芦僧判断葫芦案

护官符

贾雨村复官被授予应天府的工作,一到任就有件人命官司详至案下,原来是薛、冯两家争买一婢。金陵一霸的薛公子,也就是薛蟠,打死了小乡宦冯渊,抢走了女婢,凶手主仆已皆逃走,苦主告了一年的状,竟无人做主。贾雨村听了大怒道:"哪有这等事!打死人竟白白的走了拿不来的!"便发签差公人去逮捕凶犯来拷问。这时站着案旁的一个门子(差役),使眼色不让他发签,私下里取出一张"护官符"来,上面记着本地贾、史、王、薛四大家族的俗谚口碑,这"四家皆联络有亲,一损俱损,一荣俱荣"的,打死人之薛公子,就是"丰年大雪"之"薛"。尽管官府里谁都知道凶犯躲的方向及拐卖的人,尽管被拐卖的丫头英莲是恩人甄士隐的女儿,可是考虑到此次补升皆系贾府、王府之力,而薛蟠又是贾府之亲,贾雨村不得不依照门子的建议,徇情枉法,胡乱判断了此案,冯家得了许多烧埋之银,也就无话可说了。

人们不能不赞叹曹雪芹的胆识,他尖锐地指出各省都有"最有权势极富贵的大乡绅",组成特殊利益集团,相互勾结,相互支持,"一时触犯了这样的人家,不但官爵,只怕连性命也难保呢!"门子所说的顺天府贾、史、王、薛，不同于一般大乡绅。贾、史、王是所谓的"公侯之家"，薛家是"家中有百万之富"的大皇商。他们既是大贵族、大官僚，又是大地主、大高利贷者。上通朝廷，中结官府，鱼肉百姓。就是荣、宁二府内部，主子们的荒淫无耻，贪婪愚昧，钩心斗角，主子与奴婢的矛盾关系，无不反映了封建社会末期的阶级关系和社会生活的某些本质。因此，有的批评家判定第四回护官符的四句话是全书的总纲，《红楼梦》的主题是写四大家族盛衰史的，这话说得不错，但不准确。小说的确描写了贾家由盛而衰的过程。尽管曹雪芹不懂得阶级斗争观点，但他却忠实地通过被称为封建社会基石的阶级——贵族地主阶级日常生活的描写，把隐蔽在物质装饰和道德礼法背后的腐朽本质、他们的丑恶生活以及意识形态，从里到外地揭了个透，证明了这个阶级不配有好的命运。不过这并不是《红楼梦》的主要意旨，换言之，作者只是把荣、宁二府当作主人公生活的背景，随着盛衰过程，诸种矛盾关系的加剧，主人公们在探索追求永恒的青春生命和人性的价值。所以，第四回不是总纲，而是说明故事发生的环境背景。

"原来这门子本是葫芦庙里一个小沙弥"

贾、史、王、薛四大家族的俗谚口碑是门子说出来的，而门子却是当年葫芦庙的小沙弥，贾雨村到任时，他早已认出现任大老爷就是当年寄居在葫芦庙的穷儒，他才敢于"使眼色不叫他发签"。可是贾雨村根本认不出现在的门子就是过去的小沙弥，敢在公堂之上如此放肆地"使眼色"，显然有点来头。所以，"雨村心下狐疑"，把门子请进了密室。门子劈头就是一句指问："老爷一向加官进禄，八九年来，就忘了我了？"贾雨村不能说不认识，可又说不出是谁，回答一句应付对方的话语："我看你十分眼熟，但一时总想不出来。"门子笑道："老爷怎么把出身之地竟忘了！老爷不记得当年葫芦庙里的事么？"门子颇有点埋怨贾雨村贵人多忘事，忘记了老朋友。倘如贾雨村眼下仍是一个穷儒，对门子的责备不会在意，如今做了顺天府大老爷，有人知道他的底细，提示他潦倒时的情景，贾雨村会做何感想？当然是"雨村大惊，方想起往事"。这"大惊"就包含不愿让人知道他的出身，而此时此地竟然有一个知道他底细的小沙弥，就在他手下当差，贾雨村能不"大惊"么？不过贾雨村很老到，不但承认和沙弥是"贫贱之交"，而且让小沙弥发表"何故不令发签"的原因。

笔者看小沙弥有点忘乎所以，不懂得攻关策略，哪壶不开提哪壶，竟然指责他忘了出身之地，不记得当年葫芦庙时穷困窘态，贾雨村听了能舒服吗？何况门子向贾雨村提示本地大族名宦之家的名单，介绍薛家打死冯渊，抢走英莲的始末，而且特别提示这英莲就是住葫芦庙旁的甄士隐的女儿，说"这人还是老爷的大恩人呢！"言外之意，打死人的薛家，为本地有名的皇商，同贾家联络有亲，贾雨村复职靠的是贾家的力量，贾雨村能够秉公断案，得罪贾家和薛家，其间也包括王夫人、王子腾、王熙凤为代表的金陵王家，冯渊同贾雨村没有利害关系，可英莲却是他恩人的女儿，贾雨村能拯救英莲出水火么？显然是很棘手的问题，所以他向故人讨教："依你怎么着？"

小沙弥自认为是个人物，又犯了官场的大忌，在主管领导面前，指手画脚地说起他"已想了个很好的主意"，原来是让薛家报个"暴病身亡"，贾雨村在堂上扶鸾请仙，说是冯渊与薛蟠有夙孽，薛蟠的魂魄被冯渊追索而死，然后再依法严惩拐子，让薛家多给冯家烧埋之费了案。

门子的"主意"立即遭到了贾雨村的否决，因为尽管明代包公案的小说，如《百家公案》，描述包公断案，也是"扑鬼锁神，幻妄不经"，靠所谓神鬼提示破案的。而如今也让贾雨村装神弄鬼，靠扶鸾断案，显然是荒诞可笑，不能"压服得声口"的。不过贾雨村还是采纳了门子的部分建议，多给冯家烧埋银子，不追究薛蟠的刑事责任，总之是徇情枉法，胡乱断了此案，并且把断案结果专函致京营节度使王子腾，告其"令甥之事已完，不必过虑"；反之，对门子，"雨村又恐他对人说出当日贫贱时事来""后来到底寻了他一个不是，远远地充发了才罢"。这个被平儿骂为"饿不死的野杂种"，真是阴毒狡猾。

这回书在艺术构思上，如同第二回贾雨村与冷子兴借演说荣、宁二府介绍贾府的历史和主要代表人物，本回书则通过贾雨村判断葫芦案，门子与贾雨村的对谈，引出四大家族名单。贾、史、王、薛联络有亲的特殊利益集团的关系，决定了贾雨村只能向薛家倾斜保护四大家族的利益，而正因为有这一判，才促使薛蟠去都中一游，一来送妹子薛宝钗待选宫廷内才人赞善，二来探亲，顺便游览上国风光，这样薛宝钗就走上前台，进入荣国府，与贾宝玉、林黛玉两条线汇合一处，人物性格开始发生冲击。

也许本回书仍属铺垫引进人物，揭开序幕的性质，故叙述者极为简括地说明了王子腾、王夫人、薛姨妈之间的兄妹关系，薛姨妈和薛宝钗理所当然地被王夫人、贾母请进了贾家。对于宝钗，只说"生得肌骨莹润，举止娴雅……较之乃兄，竟高十倍"，至于怎样"娴雅"，以及薛蟠在贾府不止一月，同贾家的子侄们聚赌嫖娼，无所不至，引诱的薛蟠比当日更坏了十倍。薛蟠是怎样"更坏了十倍"，则由各回中人物自己去表现，叙述者很少做说明了。

第五回　贾宝玉神游太虚境　警幻仙曲演红楼梦

金陵十二钗画册与判词

第五回的回目在早期的脂砚斋评本中互有异同。甲戌本题《开生面演红楼梦　立新场情传幻境情》；庚辰本作《梦幻境指迷十二

钗　饮仙醪演红楼梦》；程、高本作《贾宝玉神游太虚境　警幻仙曲演红楼梦》。总之，梦中游太虚幻境是一致的。

进入太虚幻境之前，小说先写宝玉陪贾母、王夫人等到宁府赏梅花，一时倦怠，欲睡中觉，秦可卿领宝玉到一间屋子，宝玉看见一幅画挂在上面，其故事乃是《燃藜图》，心中便有些不快。又看到一副对联，上写"世事洞明皆学问，人情练达即文章"，断不肯在这里，忙说："快出去！快出去！"《燃藜图》是指汉代刘向夜里读书，一个神人手持青藜杖，吹杖头出火照明，教给他许多古书。显然贾宝玉对这类勤学而求取功名的故事不感兴趣，心中虽有些不快，但还未拒绝。待看到通晓世事就是学问，因阅历多而通达人情就是文章，非常反感，一刻也不能停留，连呼"快出去"。这个细节极简明地写贾宝玉不喜欢读什么书，这大约是他同贾政、薛宝钗、史湘云发生冲突的主要内容。

离开这个屋子却愿睡在秦可卿卧房。我们不必探测秦可卿主动把宝二叔引入自己屋内是否有勾引宝玉并发生了性关系之嫌。从房中的甜香，悬挂的画、对联，摆设、用具，无不衬托出秦氏的情趣同男女风情有关联。这对于有点泛爱主义、意淫倾向的贾宝玉，偏好女孩子的用品，当然会说"这里好"，更何况作者安排贾宝玉从擅风情的秦可卿睡室内入梦进入太虚幻境，梦终又以同可卿"作起儿女的事来"作结，情节需要如此安排。即通篇要贯穿一个"情"字，预示诸金钗的命运，也离不开秦可卿的引入。

第一回写甄士隐一梦，引出神瑛侍者与绛珠仙草的神话故事，折射贾宝玉与林黛玉凄美的悲剧命运。本回书写贾宝玉梦中游太虚幻境。先是看到一个美人走来，与凡人不同，她就是警幻仙姑，有一篇赋赞颂她，大意是：刚刚从柳坞花房中走出来，只要仙姑走过哪里，她的美丽惊动了百鸟而飞走了。将要到之时，她的身影已掠过了游廊。仙人衣袖刚一飘动，就闻到麝香和兰草浓烈的香气。仙衣一动，就听到饰物铿锵声。酒窝的笑脸如春天的桃花，乌黑的发髻如云隆起。仙姑的嘴唇像绽开的樱花，石榴般的牙齿含着芳香。她的腰肢纤细秀美，体态轻盈像风吹动，雪花飞舞。仙姑的饰物五光十色，光彩夺目。出没花间，或是生气或是喜悦。徘徊于池边，如飘飞如扬起。细长而弯曲的眉毛，像是皱着眉，似乎要说话却又不语。莲步刚移动，看似止步却又前行。钦羡美人的品性如冰之清玉之洁。爱慕美人的漂亮服装灿烂华美。喜爱美人那用香料培植、玉雕成的容貌。她龙飞凤舞的体态无可比拟。其素雅如何？像初春的梅花在雪中绽放。她的纯洁像什么？如秋日蕙草覆盖着白霜。她的端庄像什么？如同生长于幽谷的青松。仙姑的艳丽像什么？好像是彩霞映照澄碧的池塘。她的文采如何？好像是龙游动在曲折的池沼。她的风神如何？好像是月光照射寒夜的江河。她的美，让西施感到惭愧，让王昭君也觉得羞愧，远远超过了她们。仙姑生在什么地方？来自何方？真的呀？若不是宴罢归来，瑶池仙境中独一无二的仙女，那一定是被吹管者引去，连天堂上也没有比得上的美女子。

见过仙姑之后，随着导游神仙姐姐的引领，宝玉漫不经心地翻看了"金陵十二钗"及"副钗""又副钗"的册子。接着又听了《红楼梦》十二支曲子，可贾宝玉全然看不明白、听不懂。且让我们看"又副册"画些什么、写些什么。

首页画的，既非人物，亦非山水，不过是水墨晕染、满纸乌云浊雾而已。后有几行判词，写道是：

霁月难逢，彩云易散，心比天高，身为下贱。风流灵巧招人怨。寿夭多因诽谤生，多情公子空牵念。

看判词，读者猜测到写的是晴雯的一生。凡雨停、雪止、雾散均称霁，特别是古人常引雨过天晴、明月高照比喻人的品格。所以霁月暗指"晴"字，彩云易散的彩色也暗称"雯"。尽管晴雯身为奴婢，可品格高尚，或者说她心高气傲，不从流俗。而她的美丽、心灵手巧常遭到主子王夫人和忠实主子的奴隶，如王善保家的怨恨诽谤，生活在这样的"浊雾"环境中，不能不年纪轻轻的便夭折。多情的贾宝玉，也无力保护晴雯，只能白白牵挂。

第二幅画，画着一簇鲜花，一床破席，寓喻花气袭（席）人，说的是花袭人。问题是如用"席"作为"袭"的谐音，何以画了一床破席呢？暗含的象征意思是不是说花袭人外表虽如鲜花般芬芳可爱，可她的本质却如破席一样下贱、丑陋？其判词也是否定的：虽然"温柔和顺""似桂如兰"，但都是"枉自""空云"的徒然。"堪羡优伶有福，谁知公子无缘"，唱戏的伶人有福分娶之为妻，谁知公子反倒没有这个缘分。

宝玉看了这两幅画，越发解说不出是何意思，遂将一本册子搁起来，又去看"副册"。见首页画着一枝花，下方有一方池沼，其中水涸泥干，莲枯藕败，象征香菱被人迫害而死，下文的判词也说明了这个意思。

首句"根并荷花"的花，为莲藕之花（莲英），"莲英"当是"英莲"名字的颠倒。"根并荷花一茎香"，菱根与莲根（藕）连长在一起，意为现在的香莲就是过去的英莲，年幼时被人贩子拐卖，卖到冯家，又被薛蟠抢走，她平生遭遇着实让人感伤同情。下一句"自从两地生孤木"，两地者两个"土"字的拆字，合起是"圭"，旁再加一个"孤木"的"木"字，应是"桂"字，指夏金桂无疑。第七十九回，自从夏金桂嫁到薛家后，百般摧残香莲，致使香魂返故乡。这是原本曹雪芹的设计，今本后四十回改变了香莲的悲惨结局，反而是夏金桂误服毒汤而死，香莲被扶正为大奶奶。

宝玉看了仍不解，又去取那"正册"看时，只见上画着两株枯木，木上悬着一围玉带，地下又有一堆雪，雪中一股金簪。这幅画暗示了薛宝钗、林黛玉的命运。停机德，语出《后汉书·列女传》，说乐羊子离家出外求官，一年后因思念妻子而回家。妻子正在织绢，就停机拿刀割断了纬线，劝他为追求功名不要中途停顿，就像织绢中间不能割断一样，否则就不能成匹了。这里指薛宝钗有乐羊子妻子劝导丈夫求取功名的妇德，但句前又加"可叹"两字，可见曹雪芹并不欣赏薛宝钗的妇德。"堪怜咏絮才""咏絮才"指林黛玉的诗才，实堪怜爱，借用了《世说新语·言语》中晋代谢道韫的故事。谢安同他的子侄赏雪吟诗，他的侄女谢道韫有"未若柳絮因风起"的句子比喻雪，受到赞赏。下一句，"玉带林中挂"，前三字是林黛玉谐音倒读。"金簪雪里埋""金簪"指宝钗，"雪"谐音薛。一个是林中挂，一个是雪里埋，看起来结局都不怎么好。

正册第二幅，画着一张弓，弓上挂着一个香橼。清代的姚燮在万有文库本《石头记》第五回眉批云："'宫'字借影'弓'字，'元'字借影'橼'字。"香橼本是供观赏的果实，弓是武器，香橼为什么被挂在武器上呢？是否象征元春与宫廷内部的政治斗争有关，最后成为牺牲品呢？判词首句的二十年，约指贾元春在宫廷内的生活时间。"榴花开处照宫闱"，谓元春以女史被选入宫，后封凤藻宫尚书，加封贤德妃。此句即指贾元春晋封为后妃事。榴花，古代多喻多子的意思，此处则以火红的榴花比喻贾元春的晋封为贾家带来了"烈火烹油，鲜花着锦之盛"。三春，为春季三个月，即孟、仲、季春，这里指代迎春、探春、惜春。初春指元春。争及，谓怎及。全句意思说三个妹妹都不及元春荣耀。"虎兔相逢"句中的"兔"字，脂评己卯本、乾隆抄本《红楼梦稿》则作"儿"，其他诸本皆作"兔"。何以说"虎兔相逢"呢？据程甲本《红楼梦》第九十五回说元春死在甲寅年十二月十八日立春，虽还未过年，但节气已交立春，次年是乙卯年。"寅"的属相是虎，"卯"的属相是兔，"虎兔相逢"，可能指贾元春死于寅卯年交接之际。一说康熙死于壬寅（虎年），十一月，胤禛即位，次年癸卯（兔年）胤禛改元，贾家的败落从此开始。

正册第三幅画着两个人放风筝，一片大海，一只大船，船中一女子，掩面涕泣。这首判词写贾探春，首句就强调探春有才能有志气，但她出生于封建社会的末世，身为女子，又是庶生，只能自叹命运不好。"运偏消"的"消"字，读平声，同浇，浇薄之意。"清明涕泣江边望"，点出探春清明时节远嫁，走得很凄惨，犹如断线的风筝一样，只能在梦中思念远在千里之外的家乡和亲人。通行本探春的结局和判词不同。

正册第四幅画着几缕飞云，一湾逝水。联系判词最后一句"湘江水逝楚云飞"，都暗藏湘云之名。史家也是贾、史、王、薛四大家族之一，故谓"富贵"，可又反诘"又何为"，生于富贵之家又将怎么样呢？引出下一句，描述史湘云的不幸：婴儿时期父母就双亡，没有得到双亲的温暖。"展眼吊斜辉"，展眼，脂砚斋评戚蓼生序本作"转眼"。吊，凭吊，对景感伤。斜辉，谓夕阳。此句好像是暗示史湘云出嫁以后便发生了变故，独自面对落日感伤，所以下一句"湘江水逝楚云飞"，暗藏湘云之名，并用楚怀玉与巫山神女幽会的故事，比喻夫妻生活之短暂，很快便分离了。

正册第五幅判词写的是妙玉。前两句中的"洁"与"空"都是佛教用语。佛教认为现实世界都是不洁不净的，只有西天佛国佛祖居住的地方才是洁净的。同时佛家也否认现实的物质世界，宣扬虚无。这里的洁与空既指佛教的教义，又指妙玉的矛盾心理和性格。说是按洁空修为，可是她又未做到洁空，到头来，有如金玉一般的品质，最终落入泥潭之中。第一百一十二回写妙玉被强徒劫走，不知下落。

正册第六幅画一恶狼，追扑一美女。判词中的"子系中山狼""子系"是"孙"的合字，中山狼借用宋谢良写的寓言故事《中山狼传》中的中山狼，比喻迎春的丈夫孙绍祖。孙的祖上原是荣国府的门生，孙袭官后便穷凶极恶，迎春嫁给孙绍祖之后备受摧残，可怜出身高贵、花柳般的贵族小姐，婚后一年便被折磨而死。

正册第七幅写惜春。贾府落败以后，惜春可能是看破了"三春"（元、迎、探三个姐姐）遭遇的不幸，没有好结局，心灰意冷而出家当了尼姑，独卧青灯古佛旁。这并非是解脱，而是侯门女"可怜"

的无奈之举。

正册第八幅，一片冰山上，有一只雌凤。"雌凤"象征王熙凤，判词中的"凡鸟"二字合起来也是一"凤"字。雌凤站在冰山之上随时融化，靠不住的，象征着贾家、王家的处境已岌岌可危。所以王熙凤尽管有让人爱慕的才能，但偏生于末世，其命运也是很悲惨的。"一从二令三人木"，如按脂砚斋评本"拆字法"的解释，是指贾琏初顺从王熙凤，二则便命令她，到最后是把王熙凤休弃回娘家金陵，所谓"哭向金陵事更哀"。这与后四十回所写王熙凤的结局不同。

正册第九幅说王熙凤的女儿巧姐，在贾家抄没势败之后，家破人亡，亲戚"莫论亲"，谁也不予照顾。"偶因济村妇"，王熙凤偶然接济过的刘姥姥，却成了巧姐的救命恩人，搭救了她。"巧"指凑巧，也指巧姐，一语双关。又本回《红楼梦·留余庆》曲中言"休似俺那爱银钱、忘骨肉的狼舅奸兄"，好似被狼舅王仁、奸兄贾芸所卖。《好了歌》注中又有"择膏梁，谁承望在烟花巷"，巧姐后来可能被卖入妓院。

正册第十幅说李纨。首句"桃花春风结子完""李"与"完"切合李纨，但也比喻说李纨生完儿子后便守寡，如同春天的桃花、李花，结了果实花也就谢了，可到头来，谁能像李纨的儿子贾兰那样中举做官呢？画中画的一盆茂兰，判词中的"一盆兰"，都暗喻贾兰。最后两句，好像说李纨的品格虽然如冰水纯洁，因子爵禄高登，而凤冠霞帔成为诰命夫人，可这如冰消融，如水流失，荣枯短暂，不值得人们妒羡，枉将一生与他人作笑谈而已。

正册第十一幅画一座高楼，上有一美人悬梁自尽。据脂评甲戌本第十三回评，秦可卿可能与公公贾珍私通，被人发现而自缢，所以初题名"秦可卿淫丧天香楼"，后经作者五次增删，改题为"秦可卿死封龙禁尉"，但书中仍留下许多匪夷所思的痕迹。因此，首句谓男女之情如天空如大海一样深广，那么，接下句"情既相逢必主淫"，多情之人相遇，必然发生风月情事，这里可能暗指贾珍与秦可卿的暧昧关系。最后二句总括称不要说不肖子弟都出在荣国府，始作俑者其实都在宁国府。

《红楼梦》十二支曲

贾宝玉还想看下去，仙姑怕他天分颖慧，泄露天机，便掩了卷册，带宝玉到一个众仙姬的所在，给他饮"万艳同杯"酒，又上来十二个舞女，演唱了十二支《红楼梦》的曲子。这曲子前有引子，后有尾声，为作者自创的北曲。甲戌本凡例说："如宝玉做梦，梦中有曲，名曰《红楼梦》十二支，此则《红楼梦》之点睛。"作者借十二支曲子，再一次概括金陵十二钗的悲剧命运，也预示了贾府的悲惨结局，读者可以从中了解十二钗的性格轨迹。

引子中有"试遣愚衷"的"愚"字，是第一人称"我"的自谦，联系下面的各曲，当指贾宝玉，以情种自居。全曲意为开天辟地以来，谁是情种呢？都是为了男女的欢爱。趁着无可奈何之天，感伤怀念逝去的日子，寂寞孤零之时，试着抒发我内心的衷情。因为此，演出这悲伤，悼念如金似玉女子的《红楼梦》。

[终身误]是以贾宝玉的口吻，不满同薛宝钗的婚姻，思念不幸夭折的林黛玉，所以曲子开句便说宝钗（金锁）和宝玉（玉）的结合是美好的姻缘，可我只怀念木石前盟——前世绛珠仙草和顽石结下的盟誓。这两句说明贾宝玉已同薛宝钗结婚，林黛玉已故去，同没有爱情的薛宝钗生活在一起，心中非常不平，面对着有高尚封建道德的薛宝钗，始终不能忘却死去的林黛玉。尽管是像汉代的梁鸿与孟光，夫妇之间相敬如宾，可到底还是难以平复心中的不平。

[枉凝眉]这支曲子用第三人称的叙事角度，咏叹林黛玉与贾宝玉的爱情悲剧。阆苑，仙人的园林。仙葩，仙花。因林黛玉的前世是灵河岸上三生石畔的绛珠仙草，故称。"美玉无瑕"当然指赤霞

宫的神瑛侍者。第一回中神瑛侍者日以甘露灌溉绛珠草，这绛珠草便说侍者若下世为人，"我也同去走一遭，但把我一生所有的眼泪还他"，那么曲中的"如何心事终虚化"，预示宝黛爱情的破灭，四个"一个"排比句，更透出彼此的思念和牵挂，可仍为镜花水月的幻影。"想眼中能有多少泪珠儿，怎禁得秋流到冬，春流到夏"，说明林黛玉最后泪尽而亡。

［恨无常］此曲是假托元春鬼魂的唱词。无常，佛家语，原指世间一切事物生灭无常；有时又指勾摄人魂魄的使者无常。这句话说正在欣喜锦绣繁华之时，痛恨那暴病而亡。"眼睁睁""荡悠悠""望家乡"，都描绘了元春对人生的留恋，不想远离家乡、父母、亲人们。"故向爹娘梦里相寻告""须要退步抽身早"，似乎警示家人尽早全身而退，以免祸患临头。换言之，元春死后贾家就失去了靠山，随时会受到朝廷政治斗争牵连，而招致大祸。

［分骨肉］联系前文正册第三幅探春的判词，此曲是以探春的口气述说自己将"一帆风雨路三千"，抛弃骨肉，抛弃家园，强忍着生离死别的悲痛，"恐哭损残年"，劝慰父母，"休把儿悬念"。虽然探春说穷困与显达命运注定，分离与聚合皆有机缘，可下句"从今分两地，各自保平安。奴去也，莫牵挂"，探春似乎预感到从此将一去不复返。

［乐中悲］此曲唱史湘云的身世。年幼时失去双亲，纵然生活在富贵之家，怎知亲情的疼爱。幸而湘云性格豪爽阔达，从未将儿女私情放在心上。"好一似，霁月光风耀玉堂"，赞美史湘云胸怀光明磊落，如同雨后新出的明月，雨后日出，草木沐浴阳光。嫁给有才有貌的郎君，希望白头到老，地久天长，抵消幼年时坎坷生活。可是刚刚得到的幸福生活，又被命运粉碎："终久是云散高唐，水涸湘江"。用宋玉《高唐赋》中楚王与巫山神女幽会于云梦高唐馆，屈原《九歌》湘夫人的故事，说"云散""水涸"，显然是指史湘云结婚不久，她丈夫便死去，只好以尘世中盛衰消长都有定数来宽慰自己。

[世难容]此曲以第三人称身份为妙玉写的唱词。此判词有较多的赞美与同情,但也指出妙玉内心的矛盾。所以,开头便赞美妙玉的气质如兰花一般美好,才华丰富如仙子。可是她天生的孤僻高傲的性格,世人皆谓少有而不认同。尽管你说是吃肉好比是食腥膻之物,视华美的衣物为俗气而厌弃它,却不知越清高人越要妒忌,过分洁癖,世人同样要嫌弃。"可叹这"与下句"辜负了"对比,可理解为叙述者对妙玉在古殿青灯下度过一生,辜负了有才华的青年女子青春岁月消失的感叹和惋惜。也可理解为妙玉的内心矛盾,不甘心在孤寂的佛门中磨灭自己的青春。下文"到头来""好一似",预示了妙玉的悲惨境遇。"风尘"指妙玉被劫走,落入风尘。"风尘肮脏违心愿",自然是被人胁迫而屈从。"无瑕白玉遭泥陷",说的也是这个意思。"王孙公子叹无缘",王孙公子指贾宝玉。此处非指贾宝玉叹息同妙玉没有情爱的缘分,而是妙玉对宝玉曾有过爱慕之心。贾府颓败,妙玉被劫而流落他乡,敬重女孩子的贾宝玉则感叹自己不能保护妙玉。

[喜冤家]从曲子开头的"中山狼",可知是为迎春写的唱词。开篇就怒斥孙绍祖是"无情兽",看似第三人称身份,但也包括迎春,或者说是了解孙绍祖与贾家因缘的迎春的亲人。第七十九回说孙家与贾家"虽是世交,不过是他祖父当日希慕宁荣之势,有不能结之事,挽拜在门下的"。迎春下嫁孙绍祖,"中山狼"全忘了当年贾家对孙家的帮助。不只是"骄奢淫荡",而且"贪还构",好像是孙绍祖趁贾家祸变时,构织罪名,落井下石。不仅如此,觑着那狼一般的眼光,视侯门小姐如同蒲柳和出身卑贱之人,随意作践。结句"叹芳魂艳魄,一载荡悠悠",明确说迎春出嫁一年便被孙绍祖折磨而死。

[虚花悟]此曲模拟惜春的语气述说她对人生的感悟。曲名做"虚花悟"就已说明惜春感悟到现实世界的荣华富贵全是虚幻的。前二句明确指出她从元春、迎春、探春的不同遭遇而看破了尘世所谓

"桃红柳绿"的荣华富贵又将如何呢？"把这韶华打灭，觅那清淡天和"。韶华，喻青年时光，说她青春年华之时出家为尼，寻求清心寡欲，顺应自然的生活。"天上夭桃盛，云中杏蕊多"，前者谓西王母以天上仙桃宴请汉武帝，后者借三国时的神仙董奉，在庐山给人看病，病人痊愈后栽几棵树以示答谢的神话故事，比喻桃花和杏花春天盛开，到头来挨不过秋天，只看到墓地里人哭鬼吟，连天衰草遮着的坟地。人们为了富贵而劳碌着，花春天开了秋天又谢了，有谁能躲过生死关？既然惜春对人生幻灭，她必然向佛门寻求归宿。所以曲中总括一句："西方宝树唤婆娑，上结着长生果。"婆娑，当是娑罗，植物名，传说佛祖释迦牟尼在沙罗树下成正果。娑罗树上本不结长生果，这里比喻皈依佛门修得正果。

[聪明累] 说王熙凤费尽心机谋划，耍小聪明过头了，反而算掉了自己的性命。生前太聪明，性灵死后空，白机灵了一辈子。家族富贵，人丁安宁，终有个家亡人散，各奔自己路的时候。白费了心力，提心吊胆活了半辈子，神疲力尽，恍惚在三更梦之中。从"忽喇喇似大厦倾"到"终难定"，由第三人称叙事转向第一人称，王熙凤已预感到家族大厦将倾，大难临头，富贵生活似灯将尽，透露出对家族没落崩溃的恐惧感。

[留余庆] 此曲是巧儿述说自己由于祖上积善而留下的恩德，危困之时，忽然遇到了恩人（刘姥姥），同下句的"幸娘亲"是一个意思，述说她母亲王熙凤活着的时候曾接济过刘姥姥，所以在困苦时得到了救助。也由此，巧儿劝人们要济困扶穷，不要似那爱银钱、忘骨肉的狠舅奸兄。结句巧姐用"正是乘除加减，上有苍穹"，即人的生死、荣枯沉浮都有上天（苍穹）来决定人的定数。

[晚韶华] "晚韶华"，意为迟到的春光。曲子写李纨早年丧夫，晚年丧子，尽管"戴珠冠，披凤袄"，也只是博得个三从四德的"虚名"而已。"镜里恩情"，暗示李纨婚后不久就守寡。"更那堪梦里功名"，联系下文的"也抵不了无常性命""黄泉路近"，大约贾兰中举

不久即故去，故云"梦里功名"。因此，李纨，感叹美好青春年华迅即逝去，提不得夫妻感情生活。为儿子居官高位而得到诰封，都抵偿不了死神夺去了她儿子的性命。虽说是人生莫受老来困苦的折磨，应当为后代儿孙积下阴功。然而，儿子飞黄腾达，"爵禄高登"，却突然步入黄泉，只留下虚名而已。"气昂昂""光灿灿""威赫赫"三个重叠排比句，形容了儿子平步青云的辉煌。陡然一转，"昏惨惨，黄泉路近"，前几个重叠排比句，描绘了李纨及家族人兴奋情态，似乎时光隧道又把她带回令人喜悦的日子。"昏惨惨"的转折句，贾兰的突然死亡，击毁了她一生的孤苦、最后的期望。功名富贵，包括她年轻守寡而得到家族内的钦敬，统统都是"虚名"！

[好事终] 此曲写秦可卿之死。首句"画梁春尽落香尘"，就已点出秦可卿是悬梁自尽。秦氏死时年纪尚轻，故说"春尽""香尘"。"擅风情，秉月貌，便是败家的根本"，好像指责秦可卿是"败家的根本"，其实不然。看下句："箕裘颓堕皆从敬，家事消亡首罪宁"。箕裘，比喻继承祖业。敬，指贾敬。原来不能继承祖业使贾府颓败的，从身为族长的贾敬起就不理家事，放任儿孙们胡作非为。宿孽，佛教指前世的种种罪过给今生带来的灾难。这里的"情"指的是贾府主子们的淫乱之情，也因此，美丽的秦可卿才逃不过贾府爷们的玩弄，最后成了牺牲品。

[飞鸟各投林] 这支曲子是《红楼梦》整套曲词的总结尾、总概括，实际也预示了以贾府为代表的封建家族必然败亡的命运，所谓"好一似食尽鸟投林，落了片白茫茫大地真干净！"

警幻仙姑是谁的代言人

毫无疑问，曹雪芹在判词和曲词中表露了许多虚无主义和宿命论的观点，这是不可避免，也不足为奇的。倘若仔细品味，曹雪芹在判词和组曲中，关注的是封建大家族中不同阶层女子的爱情、婚姻、家庭诸问题，而通过这人生无常、不可抗拒的表象，探索着人的生命价值，如同欧洲文艺复兴时期的文学家们对人的自我的强调。

所以，第五回书从小说构思而言，曹雪芹通过贾宝玉梦游太虚幻境，翻看金陵十二钗正副册和又副册，听唱《红楼梦》十二支曲子，看似启示贾宝玉，实际是向读者预示金钗们的悲剧命运，同时也表露了作家的自我意识，这比第二回冷子兴与贾雨村说荣、宁二府，更深一层揭示了小说意旨，较多地捕捉作家的观点，也变换了介绍人物的方法。

也许曹雪芹怀着太多的悲剧意识来介绍他熟悉的人物的悲剧命运，在叙事时，时而以第三人称的叙事观点，时而又转换到第一人称的视角述说角色的内心悲痛，如十二支曲中 [终身误][分骨肉][留余庆]。即便是第三人称的叙事也常常包含着第一人称"我"的情感，让你感到曹雪芹对人生有太多的悲哀、痛苦、感悟，抑制不住，急于宣泄出来，这就形成了双声道的叙事方法。

这种叙事的双重性，也表现在贾宝玉与画册与十二支曲子的审美距离上。有趣的是，现实的贾宝玉正在看过去的贾宝玉经历过的事迹，竟然"看了不解""看了仍不解""甚无趣味"。因为一个是在梦外，一个是在梦中。过去的我预示、规范、暗喻现实的我将要经历的故事，现实的我并非是以第一人称的视角追忆往事，而是以旁观者的态度来看或听过去的我讲述现实的我曾经发生过的故事。前世和今世是一个影像，但不能相通。这如同贾宝玉与甄宝玉并存，是贾宝玉内心矛盾的外化，抑或是对应物，象征着两种性格、两条道路的对立。其中必有作者要表达的真意所在，所谓"假作真时真亦假，无为有处有还无"。

与此同理，曹雪芹设置的超现实的神仙人物，并非都像一僧一道一样扮演着神圣的角色，代替作者完成沟通现实与超现实，象征、暗喻作者玄远的意识；相反，类如警幻仙姑却代表着世俗的贾政的观点同贾宝玉对话，仙姑说"今既遇尔祖宁荣二公剖腹深嘱""而今后，万万解释，改悟前情，留意于孔孟之间，委身于经济之道"云云，显然属于"混账话"。也许贾宝玉出于对神仙姐姐的尊重没有当面反驳，可话语出自仙姑之口，不免有点滑稽，让人看出封建正统派对于贾宝玉不走正道的焦虑，也预示着贾宝玉日后必然和保守派代表人物发生直接冲突。

第二十七回　滴翠亭杨妃戏彩蝶
埋香冢飞燕泣残红

"少不得要使个'金蝉脱壳'的法子"

芒种节要设摆各种礼物，祭饯花神，宝钗、迎春、探春、凤姐等众姐妹都在园里玩耍，独不见黛玉，宝钗说她去找黛玉，快到潇湘馆，忽见宝玉进去了，她想："宝玉和黛玉是从小儿一处长大的，他兄妹间多有不避嫌疑之处，嘲笑不忌，喜怒无常；况且黛玉素多猜忌，好弄小性儿，此刻自己也跟进去，一则宝玉不便，二则黛玉嫌疑，倒是回来的妙。"于是抽身回来，忽见一双大如团扇的双玉色蝴蝶，遂向袖中取出扇子来，向草地上来扑。那一双蝴蝶，忽起忽落，来来往往，一直跟到滴翠亭上，听见亭内有人说话，听说话人声音，好像是红玉与另一个丫头，谈论一个"爷们家"捡了红玉的东西（手帕），"爷们"（贾芸）委托中间人坠儿要一件信物，作为捡东西的回谢。

宝钗在外面听见这话，心中吃惊，想道："怪道从古至今那些好淫狗盗的人，心机都不错。这一开了，见我在这里，她们岂不臊了。况才说话的语音儿，大似宝玉房里的红儿。她素昔眼空心大，最是个头等刁钻古怪的东西。今儿我听了她的短儿，一时人急造反，狗急跳墙，不但生事，而且我还没趣。如今便赶着躲了，料也躲不及，少不得要使个'金蝉脱壳'的法子。"犹未想完，只听"咯吱"一声，宝钗便故意放重了脚步，笑着叫道："颦儿，我看你往哪里藏！"一面说，一面故意往前赶。那亭内的红玉、坠儿刚一推窗，只听宝钗如此说着往前赶，两个人都唬怔了。宝钗反向她二人笑道："你们把林姑娘藏在哪里了？"坠儿道："何曾见林姑娘了？"宝钗道："我才在河那边看着她在这里蹲着弄水儿的。我要悄悄的唬她一跳，还没有走到跟前，她倒看见我了，朝东一绕就不见了。别是藏在这里头了。"一面说，一面故意进去寻了一寻，抽身就走，口内说道："一定又是钻在那山子洞里去。遇见蛇，咬一口也罢了。"一面说一面走，心中又好笑：这件事算遮过去了，不知她二人是怎么样。

薛宝钗为了保护自己，竟然背地里像袭人向王夫人告密状一样，暗中咬了林黛玉一口，这符合她的做人态度。第五十六回，薛宝钗和探春、平儿、李纨商量管理花木的人选，平儿提出让宝钗的丫头莺儿妈担任。宝钗故意表示不赞成平儿的提名，可是又拐弯抹角地让莺儿妈去任职，但不是由领导班子直接任命，而是让茗烟的娘叶妈去找莺儿妈去商议，因为她俩的感情极好，哪怕叶妈不管，找别人，"那是他们私情儿。有人说闲话，也就怨不到咱们身上了。"巧妙地利用别人来保全自己，可谓薛宝钗利己主义的核心。明明是她为了扑蝴蝶而走到亭台，偷听到红玉和坠儿的谈话，却谎称是自己"在河那边看着林姑娘在这里"，而不是她先在这里，那么在时空上证明她不可能听到红玉和坠儿的私房话，唯一能听到私情话的嫌疑犯只能是林黛玉。那么，她薛宝钗之所以走到亭子来，是因为林黛玉"倒先看见我"之后，"朝东一绕，就不见了"，并且"藏在里头"，因此她才跟进寻找。更让人惊叹的，宝钗变被动为主动，先发制人，说红玉和坠儿把林姑娘藏在里面，接着再借一个"一定又钻在山子洞里"的借口，迅即撤离，暗中庆幸自己的精细，其结果是怨不到她身上，而算在林黛玉账上。斯人精细而阴毒，不亚于王熙凤的。

"原来爬上高枝儿去了"

第二十七回，红玉、坠儿和香菱、臻儿、司棋、侍书在亭子上说笑，只见凤姐儿站在山坡上招手儿，"红玉便忙弃了众人，跑至凤姐前"，（按：香菱、司棋的奴婢等级都高于红玉，她们没跑过去，而是红玉"忙""弃"了众人，可见她的眼睛随时在扫描搜索，随时等待主子的召唤。这一"忙"字透露出红玉的机敏，而"弃"了众人，有攀高枝儿的机会，她必舍众人而不让的。）堆着笑问："奶奶使唤做什么事？"凤姐打量了一回，见她生得干净俏丽，说话知趣，因笑道："我的丫头们今儿没跟我来。我这会子想起一件事来，要使唤个人出去，不知你能干不能干？说的齐全不齐全？"红玉笑道："奶奶有什么话只管吩咐我说去，要说得不齐全，误了奶奶的事，任凭奶奶责罚就是了。"红玉很自信，她也想趁这个机会好好地表现一把。因为她在贾宝玉丫鬟队伍里的排名靠后，时常抱怨年纪小上不去。一次，宝玉想喝茶，大丫头们都不在身边，恰好红玉走了过来说道："二爷，看烫了手，等我倒罢。"红玉的出现引起了贾宝玉的注意，却遭到了大丫鬟们的痛骂，让她去"拿镜子照照，配递茶递水不配"，所以，有了这次向王熙凤表现的机会，红玉当然不会错过而"忙"奔了过去。王熙凤让红玉传话给平儿办几件事，我们看红玉是怎样回复的。

到了李氏房中，果见凤姐在那里和李氏说话儿呢。红玉便上来回道："平姐姐说，奶奶刚出来了，他就把银子收起来了，才张材家的来讨，当面称了给她拿去了。"说着将荷包递了上去，又道："平姐姐叫回奶奶说：旺儿进来讨奶奶的示下，好往那家子去的。平姐就把那话按着奶奶的主意打发他去了。"凤姐笑道："她怎么按我的主意打发去了？"红玉道："平姐姐说：我们奶奶问这里奶奶好。原是我们二爷不在家，虽然迟了两天，只管请奶奶放心。等五奶奶好些，我们奶奶还会了五奶奶来瞧奶奶呢。五奶奶前儿打发了人来说，舅奶奶带了信来了，问奶奶好，还要和这里的姑奶奶寻两丸延年神验万全丹。若有了，奶奶打发人来，只管送在我们奶奶这里。明儿有人去，就顺路给那边舅奶奶带去的。"

话未说完，李氏道："嗳哟哟！这话我就不懂了。什么'奶奶''爷爷'的一大堆。"凤姐笑道："怨不得你不懂，这是四五门子的话呢。"说着又向红玉笑道："好孩子，倒难为你说得齐全。别像她们扭扭捏捏的，蚊子似的。嫂子你不知道，如今除了我随手使的几个人之外，我就怕和她们说话。她们必定把一句话拉长了作两三截儿，咬文咬字，拿着腔儿，哼哼唧唧，急得我冒火。先时我们平儿也是这么着，我就问着她：难道必定装蚊子哼哼就是美人了？说了几遭，才好些儿了。"李宫裁笑道："都像你泼皮破落户才好。"凤姐又道："这个丫头就好。方才说话虽不多，听那口声就简断。"说着又向红玉笑道："你明儿服侍我去罢。我认你作女儿，我再调理调理，你就出息了。"

一个人要想攀上高枝儿，还真得具备像小红那样超强的记忆力、清楚的分辨能力、机敏灵活的应变能力，善于在头绪繁杂的信息中理清各种关系，迅即分出重点与非重点，并且以清晰简短的语言表达出来。倘若哼哼唧唧的不知所云，听来一头雾水，必然让听的人急得冒火，延误了事情。正因为小红说得齐全简短，才得到了王熙凤的赏识，把小红从宝玉屋中要走，小红真的"爬上高枝儿去了"。

不过并非所有的当权者都喜欢自己的手下人过分聪明。动作灵活、反应迅速、忠实地按照主子的要求做可以，猜出主子的心思，过早地揭穿和说出主子的心迹，却未必是好事。《三国演义》中的杨修就是因为太过聪明反而被曹操杀掉了。在正史里杨修言行不合礼数，又联结诸侯支持曹植向曹丕夺权而被杀。然而在小说里，正史中的事实变成次要原因，杨修揭穿曹操心迹，才是他被杀的主要原因。曹操夺取汉中失败，如果再进兵，前有马超拒守；如不战而归，又恐刘备耻笑。正在犹像不决，恰好厨师送来鸡汤，曹操很有感触，夏侯请示夜间口令，曹操顺口说出"鸡肋"，所谓食之无味，弃之可惜。杨修从"鸡肋"中猜出曹操进退两难的矛盾心理，便叫随行军士收拾行袋，准备回去，曹操知道后便以"造言乱军心"斩了杨修。这并不是杨修说错了，而是不应该说出曹操的心思。有些当权者，犹如曹操似的奸雄，讨厌聪明者道出他内心真意。同样地，话语齐全、说话简短的奴才的水平不能盖过主子，除非那个主子的说话水平更胜你一筹，否则你将必死无疑！

"质本洁来还洁去"

第二十三回，黛玉回潇湘馆时路经梨香院，听见十二个女孩子演习《牡丹亭》戏文，再联想《西厢记》，由那"如花美眷，似水流年""水流花谢两无情""流水落花春去也"的唱词想到人的青春生命与大自然时空的关系，感悟到人的生命是有限的。此回的《葬花吟》则集中揭示了黛玉对无情现实的抗争和对命运无能为力的感叹。

诗人开笔就点出"花谢花飞飞满天"的暮春景象，由花谢花飞引出下一句提问"红消香断有谁怜"，代花来问世人，实际是以花自喻。人也像花一样，随着自然界的变换而凋零，有谁来怜爱你呢？下二句以游丝、落絮来衬托花谢花飞的景色。"闺中女儿"四句，是述说怜惜春将尽，忧虑落花归宿，手把花锄出来，不忍心人们来去践踏落花。以上是一大段，用来描述落花背景，因惜花而葬花的原因。

　　柳丝榆树钱自己释放着花木的芳香，不管桃花与李树花怎样飘落，桃李树明年还会再生发出来，可明年闺中人知道有谁在呢？简言之，花木的生命是生生不息的，而人的生命却是短暂的，诗人感叹自己生命的无常。接下来，"三月"四句和"柳丝"四句对应：燕子噙花垒巢，未免太无情了，明年花开虽然有花可啄，哪里知道人去梁空巢已倾，已是无家可归。此四句诗眼在"人去梁空巢也倾"，感叹人世的变幻。"一年三百六十日"四句，语言层面看似写花，实是写人，写黛玉的感受，因而抒情气息较浓，情感张力较强。"风刀霜剑严相逼"直指贾府乃至封建礼法，表露着她对阴冷现实的控诉。人们以为林黛玉好使小性子，好哭哭啼啼，殊不知她对社会对人生有如此深沉的思考。她已悟到她的生命如同花的命运一样，"明媚鲜妍能几时"，终有陨落的一天，对命运是无法抗拒的。"一朝漂泊难寻觅"更是对未来归宿的困惑。

　　"花开"句转入第三段，抒写自己的心境，叹喟花的命运和自己的命运，洒泪葬花，洒上空枝竟是血泪。"春灯照壁""冷雨敲窗"的情境下仍不能眠。"怪奴底事倍伤神"？诗人责怪自己，因为何事这样伤心呢？一半是怜惜春光，一半是恼恨春光。怜惜它倏忽而来，恼恨它忽然而去，来无言去无语，为春而感伤，其实包含着黛玉对生命的短暂、美好事物消失的感伤。

　　"昨宵"句以下当为第四段落。"昨宵庭外悲歌发，知是花魂与鸟魂？"不知是花魂抑或鸟魂能理解她的感伤呢？不过花魂鸟魂难以留住，鸟无言花亦羞于说。"愿奴胁下生双翼，随花飞到天尽头"，诗人的声调突然升高，把情感推向高潮。她希望自己胁下生出双翼，随花飞到天边。显然诗人对丑恶的现实悲愤到了极点，她幻想离开现实，去追求自己的理想，可是天尽头又哪有理想的归宿之地呢？不如用锦囊收拢艳骨，用一抔净土掩埋花，原本纯洁的来到尘世，也应当保持着纯洁离开尘世，不要教她陷在沟渠里污秽了。这里黛玉以花自喻，决绝地发出为了保持高洁的品格和高尚理想，宁肯洁来洁去，也不会随波逐流、同流合污。很显然，黛玉已把贾府看作污淖沟渠，为了维护人格自尊，挑战封建礼法。

"尔今"以后八句为全诗终结句。仍以花比拟，虽然明誓"质本洁来还洁去，强于污淖陷渠沟"，但是黛玉不能抗拒自然法则，人和花一样，春残花落，便是红颜老死时。"一朝春尽红颜老，花落人亡两不知。"特别是"尔今死去侬收葬，未卜侬身何日丧？侬今葬花人笑痴，他年葬侬知是谁？"预感到自己孤独而去的悲剧命运。

第三十三回、第三十四回　手足眈眈小动唇舌 不肖种种大承笞挞

"如今祸及于我！"

贾宝玉因"不肖种种大承笞挞"，是全书不大不小的高潮。从主题思想表现来说，"宝玉被打"反映了封建贵族阶级叛逆者贾宝玉与封建正统派代表人物贾政两种世界观、两种生活道路的冲突，贾府内部各派系之间的矛盾，以及贾府与社会上其他地主阶级集团的矛盾关系。从艺术表现方法来看，作者融合了戏曲舞台艺术处理矛盾冲突的方法，把诸种矛盾关系集中在同一个时间、同一个舞台上，依照戏剧冲突的展开，人物有次序地交错登场，有次序地传达和揭示人物的性格和内心奥秘。对场上人物，作家按照所估计的读者视线的轨道，主要冲突的张力的大小强弱，来考虑如何把各种人物的行动尺度分配到场景的各个方面，构成有节奏的行动线，始终让读者的欣赏视点保持清新的感觉，去追踪作者提出的一个又一个问题，思索生活的复杂性。此外在人物描写上，作者深刻、准确地紧紧抓住每个出场人物的不同个性特征，或浓或淡，或简或繁地让人物都在自己的表演中，线条分明地显现出各自面目。

宝玉被打的近因，是贾宝玉为金钏投井伤心，信步走到大厅，意外地和贾政"撞了个满怀"，贾政大加训斥，并提起贾宝玉接待贾雨村时那不争气的样子。正在此时，恰好忠顺王府派人来讨琪官，引起了贾政恼怒，贾环又趁此利用金钏投井事件，向贾政告黑状。贾环这坏小子很会拿捏时间。贾宝玉对贾政如同老鼠见猫唯恐避之不及，贾环却不早不晚，偏偏在贾政送忠顺王府长官的当口，故意在贾政视线之内，"带着几个小厮一阵乱跑"。这"乱跑"显然是为了引起贾政的注意。果然，贾政追问"乱跑"的原因时，贾环先强调看见井里淹死了一个丫头，然后神秘兮兮地捏造宝玉强奸金钏不遂，致使金钏跳井，这给已经生气的贾政更是火上浇油，于是贾政一声大叫："拿宝玉来！"引发了一场毒打。

其实上边所列的几个偶然事件乃是"果"，不是"因"。宝玉被打的根本原因在于贾宝玉的叛逆思想危及了贾政所属阶级，乃至"祸及于我"。

在这个封建大家庭里，贾宝玉这个"逆子"在许多根本问题上，有许多观点都同封建正统对立，不合封建阶级的要求。比如说他"潦倒不通庶务，愚顽怕读文章"，不愿走贾政规范的"仕途经济"和"读书应举"的道路。他痛骂讲这种话的人为"沽名钓誉""国贼禄鬼"，那么深通此道的贾雨村之流，自然使他深恶痛绝了。因此，贾宝玉和贾雨村没有共同语言，怎么可能有"慷慨挥洒的谈吐"？

不仅如此，贾宝玉同情被污辱与被迫害的奴婢。在某些方面，他甚至认为她们的品格精神超过了主子。对家族头头们迫害死奴隶，如金钏之死，表露了他的同情和不安，深深怀念着金钏。杀死金钏的是所谓"宽仁慈厚"的王夫人，而贾环却诬告贾宝玉强奸未遂，说明了贾环很会抓时机，有着善于随机应变的下流胚子的性格，透出赵姨娘与王夫人积怨很深的矛盾。至于贾宝玉与蒋玉函相互交往，彼此倾慕，互赠表记，这是事实，但绝不像贾政无限上纲时所说

"在外流荡优伶"。问题是贾政怕贾宝玉收藏蒋玉涵而"祸及于我",这倒是问题的本质,因为忠顺王府长官说得很明白:"下官此来,并非擅造潭府;皆因奉王命而来,有一件事相求。看王爷面上,敢烦老大人作主,不但王爷知情,且连下官辈亦感谢不尽。"

这位"下官"的话说得非常得体,外松内紧,表面上尊重贾政,话语里却处处拿王爷压人,对于一向自负的贾政来说,简直是一种污辱。因为王府来人登门就要人,并且说:"敢烦老大人作主""求老大人转致令郎",好像是贾政同儿子合谋窝藏一个"戏子";尤其是那长史官说:"公子也不必掩饰。或隐藏在家,或知其下落,早说了出来,我们也少受些辛苦,岂不念公子之德?"宝玉连说:"不知,恐是讹传,也未见得。"那长史官冷笑两声道:"现有据有证,何必还赖?必定当着老大人说了出来,公子岂不吃亏?既云不知此人,那红汗巾子怎么到了公子腰里?"这话既是对宝玉说的,也是骨子里暗含着对贾政施加压力。王史长官当着贾政的面审问起自己的儿子,这不仅给贾家丢了脸,并且危及贾政自身,难怪贾政情不自禁地说"祸及于我"的话了。

贾政见宝玉惶悚已"生了三分气",而后忠顺王史长官登门要琪官,"气得目瞪口呆",贾环进谗言,更是"气得面如金纸",直到贾政高叫:"拿宝玉来!"冲突上升到了极点。看来是要开打了,但作者笔锋轻轻一转,插入聋子妈妈打岔。那宝玉急得在厅上旋转,只盼有个人来往里捎信,偏没人来。忽见走来一个老姆姆,宝玉如得了珍宝,央她快进去告诉:"老爷要打我呢!快去,快去!要紧,要紧!"谁知这个老妈妈偏偏又耳聋,把"要紧"二字听成"跳井"了,笑说:"跳井让她跳去,二爷怕什么?"宝玉让她去找亲随小厮,聋子婆子却说:"有什么不了的事?老早的完了,太太又赏了衣服,又赏了银子,怎么不了事呢?"这不是闲笔,一方面,作者以简洁的笔墨勾勒出一个麻木了的、失去同情心的老奴婢的形象,使人感受到了封建阶级给她的毒害,扭曲了她的性格;另一方面,在场面调度上，作者把运动的韵律降一度，用喜剧性的场面来加强后文紧张气氛的突变。所以，在这个小插曲之后，作者立刻把矛盾冲突拉回到"打"这个主旋律，由贾政喝命小厮们把宝玉"堵起嘴来，着实打死！"到贾政自己动手狠命打宝玉，冲突韵律节节上升，矛盾的焦点统统汇集到这一打上。贾政"一脚踢开掌板的""自己夺过来""狠命盖了三四十下"，这三个连续性动作，传达出贾政对于宝玉"祸及于我"的愤怒，甚至包含对贾宝玉不走封建正统道路，可能酿到杀父杀君、危及本阶级的恐惧，也含有自尊心被忠顺府长官刺伤后的发泄。总之，贾政毒打贾宝玉反映了贾政既痛恨，又感到自我无能的矛盾的复杂性。正因为无能，贾政才用打来宣泄自己的感情，那板子下得又快又狠。

其实贾政不敢把宝玉勒死或打死，倘如此，谁来接续祖宗的荣耀，怎样向一直关心宝玉成长的贾妃交代？

"岂不是有意绝我？"

贾政这一打引起了各方面的矛盾、各种反响，形成了大大小小的各种冲突：小厮、门客、贾母、王夫人、李纨……从不同程度上卷进了这场冲突；事后黛玉、宝钗以至薛蟠也受到这一事件余波的影响，既表现在宝钗和薛姨妈、薛蟠的矛盾，也表现在黛玉和宝钗的矛盾。由于各个人和宝玉的关系不同，因而对宝玉被打的态度和反应有不同的出发点和侧重点，作者正是抓住了这特殊点，刻画了各个人物的性格特点和复杂的内心活动。

贾政打宝玉时第一个上场拦阻的是王夫人，随后是李纨、凤姐及迎春、探春姐妹两个，最后是贾母出场扭转了局面。王夫人与贾母登场方式可以说是相类动作元素的重复，即她们都以"急急风"的情态抢上场来，都以急促的、强有力的言辞为保护贾宝玉而申明自己的观点。但是任何种类的相似行动衔接在一起，必然是一种上升强度的方法，而且不可避免地产生出不同的意思。王夫人和贾母各自从不同的角度来保护贾宝玉。

王夫人赶往书房中来，看见贾宝玉被打得半死，贾政又扬言要把他"用绳勒死"，便抱住宝玉大哭起来。从表面看来这是王夫人出于对宝玉的母爱，应当承认，但既是又不全是。本质地说，王夫人重视的是宝玉的生存与否关系到她在贾府中已经取得的特殊地位。不过王夫人刚一登场，鉴于贾政平时专横的家长制作风，鉴于贾母和贾宝玉的关系，试图用贾母压贾政，让贾政罢手。王夫人说："宝玉虽然该打，老爷也要保重，且炎暑天气，老太太身上又不大好，打死宝玉事小，倘或老太太一时不自在了，岂不事大？"谁知贾政狠了心，硬是要"用绳来勒死"宝玉，王夫人急了，连忙抱住哭道："老爷虽然应当管教儿子，也要看夫妻分上。我如今已将五十岁的人，只有这个孽障，必定苦苦地以他为法，我也不敢深劝。今日越发要弄死他，岂不是有意绝我？……"接着又哭死去的长子贾珠："若有你活着，便死一百个，我也不管了。"问题很清楚，对贾政这类封建正统派来说，倘如叛逆者贾宝玉的思想行动危及他所代表的阶级，要酿到杀父杀君的地步，那就"不如趁今日结果了他的狗命，以绝将来之患"！至于财产和权力的继承，贾宝玉不肖，那还有别人呢，至少贾环可算一个。王夫人哭诉时一提起贾珠，怒气未消的贾政听了便"泪更似走珠一般滚了下来"。贾珠何以值得贾政和王夫人如此怀念？第二回书冷子兴演说荣、宁二府时，对贾珠的生平曾经作过简略的介绍：原来贾珠十四岁进学，后来娶妻生子，在科举场中已显露头角，是一个按照封建礼仪教育出来的青年公子。贾政对亡故多年的贾珠落泪，而对于不肖之子贾宝玉恨不得活活打死，可以想象贾政与宝玉的冲突，已经到了不可调和的地步。

但对王夫人来说，贾宝玉是她的命根子。王夫人在荣府中嫡配和宝玉嫡长子的特殊地位，决定了王夫人在财产和权力继承方面的领先地位，失去了宝玉也就失去了一切。更何况宝玉为贾母所爱，更提高了王夫人在贾府中的权势，因此王夫人并不反对贾政对宝玉进行教育，但反对贾政勒死宝玉，这岂不是也绝了王夫人，"叫我靠那一个？"

"早听人一句话，也不至有今日！"

贾母也要保护这个根苗，但她反对贾政的教育方针和教育方法，她的观点同贾赦很近似。在她看来，贵族之家的子弟，理所当然地做贵族、做官，不必因为读书而损坏了身体；更何况宝玉的身段气派像他爷爷，出世不凡，更增加了她对宝玉的特殊感情。贾政打宝玉，岂不是给贾府这位老祖宗难堪？很明显，从王夫人、贾母上场之后，矛盾冲突由贾政与贾宝玉转到王夫人、贾母与贾政。冲突的旋律、节奏没有变，冲突的表现方式、场面的色调却带有喜剧意味了。贾母靠她老祖宗的地位，靠着封建社会事亲以孝的教义来威慑贾政，贾母说话的逻辑形式和思想内容，颇有些赖皮的味道。她的歪道理是和她的权势和地位联系在一起的。贾政在孝道的钳制下，不得不向贾母"躬身赔笑""跪下叩头"，最后向贾母保证"从此以后不再打了"。在这里，作者艺术地向人们显示了贾政统治的无能为力，也透露了贾政的卫道思想和教育主张，在贾母等人面前，由于溺爱和某种私利的钳制而不能推行的无可奈何的心情。所以，当众门客劝解，贾政借机高叫"素日皆是你们这些人把他酿坏了"，这"你们"就包括没有和他的教育路线相配合的贾母在内。

袭人也关心宝玉，她关心的是宝二爷的身子，在某些方面和王夫人有一致性。袭人也哭，与其说哭的是贾政对宝玉的严酷，不如说哭二爷不听她的话；她也埋怨贾政，但她的埋怨和王夫人埋怨贾政同样出自私心。袭人说："倘或打出个残疾来，可叫人怎么样呢！"这里的"人"，指的正是她自己。

宝玉被打抬回怡红院，第一个来探望宝玉的却是薛宝钗。她是托着药丸来的。从送药到临走时向袭人提出"要想什么吃的、玩的",到她那里"悄悄"去取,但又不让人知道。她和王熙凤一样,个人安危第一,欣赏自己的精细。但凤姐习惯于卖弄自己的精细,宝钗却经常掩饰自己的精细。宝钗既让人到她那里去拿吃的玩的,又怕人们把这事"吹到老爷的耳朵",她说这话如同送药一样,她说不让人知道是她送的,却让袭人当面知道是她送的,是从她那里拿来的。这样既可避免人们指责她有"私情",又可使人感激她对宝玉的"私情"。她貌似为别人着想,而实质却是为她自己。不过当别人损害她家庭的利益时,她也会公开进行辩护。当薛宝钗向袭人问起宝玉被打的缘由时,一向谨慎小心的袭人不慎提到薛蟠的挑唆,薛宝钗立刻笑着说了一番辩解的言语,弄得袭人"羞愧无言"。她为金陵一霸的哥哥的丑恶行径辩护,竟然说贾宝玉"素日肯和那些人来往",他的被打是必然的,而她哥哥薛蟠说的"本来实话",从这可以看出她究竟关心宝玉的是什么?但宝钗无论怎样掩饰,她那句"早听人一句话,也不至今日!"这"人",显系指宝钗,而"那一句话",正是宝玉说过的"国贼禄鬼"之流的"混账话"。

"你可都改了吧!"

最后来看望宝玉的是林黛玉。她带着"满面泪光",哭得"两个眼睛肿得桃儿一般"来看贾宝玉的。作者安排林黛玉在宝钗之后,这说明林黛玉在潇湘馆已经哭了很长时间,要不要看宝玉,看宝玉时说些什么,她曾有过一番考虑的。林黛玉探伤的场面,曹雪芹是经过一番精密艺术构思的。作者渲染了一片浓重的气氛,宝玉在梦中听到一阵"悲切之声"。此时宝玉梦见蒋玉菡进来"诉说忠顺王府拿他之事",金钏进来"哭说为他投井之情",说明宝玉并没有因为贾政这一阵毒打而折服,他依然念着这几件事,而且他怀着同情、担心、恼恨的心情思念着。宝玉在梦中思念的和黛玉说的恰好是一个问题。然而，出乎意料，黛玉抽噎了半天后只向宝玉说了一句话："你可都改了吧！"这句话内含对宝玉的关心、真切的同情，有叛逆者被毒打后迫不得已的屈服，有对封建势力的惊恐，也有对封建家长们专横的愤懑。

对这场事件的主角贾宝玉，作者并没有把他抬得很高，除了叫疼，他既没有公开地埋怨他父亲贾政，也没有承认自己有过错。在被打过程中始终处在被动的不利地位，因为在父子等级严格的贾府中，贾宝玉只能是被动的。然而宝玉的思想并没有被征服，"你放心！别说这样的话。我便为这些人死了，也是情愿的"，表示了这个浪子不回头的叛逆决心。

贾政毒打宝玉的事件虽然结束了，但宝玉同这个家族的矛盾并没有停止。贾政好像是退出了第一线，接踵而来的是袭人向王夫人暗中告密。袭人认为老爷教训得对，"要再不管，不知将来还要做出什么事来呢"；而且她还建议"怎么变个法儿，以后竟还叫二爷搬出园外住，就好了。"袭人所谓的"做出什么事来"，很明确，她指的是男女风月之事，她提出了发生此类事的两种可能性：一是"里头姑娘们多，况且林姑娘、宝姑娘又是两姨姑表姐妹，虽说是姐妹们，到底是男女之分，日夜一处起坐不方便，由不得叫人悬心"。其实袭人的攻击矛头针对的是林黛玉。为了表示她的公正，袭人不能不把宝钗、黛玉并提，实际呢，无论是宝玉和黛玉的种种纠缠，也无论是众人的舆论，都认定两个人在搞对象。第三十三回，宝玉的那番表白，袭人不是已经感到宝玉与黛玉将发生"不才之事"，她要考虑"如何处治，方能免此祸"吗？毫无疑问，林黛玉是她主要的攻击目标，这是其一。其二是"二爷素日的性格""他又偏好在我们队里闹，倘或不妨，前后错了一点半点，不论真假，人多口杂""我们队里"，自然是指怡红院和其他奴婢们，袭人是作为群体而言说影响"二爷一生的声名品行"的可能性，没有举证具体名字。但联系后文抄检大观园，及抄检之后的清理队伍，王夫人对怡红院晴雯等人言行了如指掌，晴雯、芳官等被清除，显然和袭人多次告密有关。

袭人的告密恰是在宝玉和黛玉因这一打而彼此能"领会这一番苦意"的时候，又恰在此时，薛蟠抗争薛姨妈、宝钗对他的责难，无意中对他妹妹宝钗说出："我早知道你的心了。从妈妈和我说你有这金，要拣有玉的才可配，你留了心儿，见宝玉有那劳什子，你自然如今行动护着他。"一语击中要害，宝钗为此哭了一整夜，哭肿了眼睛，林黛玉还以为是为了宝玉，讥讽她说："姐姐也自保重些儿。就是哭出两缸泪来，也医不好棒疮！"作者把诸种错综复杂的矛盾，矛盾的特殊性、矛盾的表现形式，以及矛盾的发展，都毫无掩饰地描写出来，达到了艺术上经得起耐读的境地。

这黛玉体贴出绢子的意思来

袭人出去了，宝玉便命晴雯给黛玉送去两条半新不旧的绢子，晴雯不理解，可宝玉却说黛玉"他自然知道"。起先黛玉也不明白"做什么送手帕子来给我"，后来"着实细心搜求，思忖了半日，方大悟过来"。想到宝玉"能领会我这番苦意，又令我可喜；我这番苦意，不知将来如何，又令我可悲"。左思右想不顾嫌疑避讳等事，在两块帕上写下了三首绝句。

第一首开头一句，说自己含着眼泪，可流泪也没有用，不知为谁而洒泪。下一句的"鲛鮹"，即传说中鲛人（美人鱼）所吐之丝织成为绢。手帕大小不过一尺见方，故称"尽幅"。手帕为宝玉日常随身所用，黛玉居然客气地说"劳惠赠"，并未归入"臭男人"用的东西而拒绝，显然赠帕非同一般，已是两人定情的信物。"为君那得不伤悲"，一问一答，直白地抒写了自己对宝玉的真诚爱情。

第二首说明自己为情所苦。这里的珠、玉均指眼泪。潸，流泪的样子。镇日，是整天。黛玉没有说明她整日无心事事，偷着流泪的原因，其实联系到她同宝玉的关系，她对爱情的追求；联系到她在贾家的处境，封建礼法对自由爱情的禁锢，都使她不能自由表白，也不能自我做主，实现自己的理想，这就是黛玉流泪的原因。因此，枕上、袖上的泪水太多了，擦也擦不完，任凭她点点斑斑的泪痕留在手帕上。

第三首"彩线难收面上珠"，面上珠是指脸上的泪。因为是泪珠，所以彩线难穿，形象地比喻为情所苦之深痛。下两句"湘江旧迹"，把自己为情而流的泪同湘妃为哭舜泪洒斑竹的传说相比。湘妃竹上的泪痕，已模糊不清，潇湘馆窗前亦有许多竹子，不知道那翠竹上是否也浸渍我的眼泪，留下泪痕？全句是说自己的悲痛有如湘妃。

三首绝句都提到了眼泪，这不仅照应绛珠仙子还泪之说，也预示着黛玉最后泪尽而逝，潜藏着难以名状的悲剧意识。这正是："两条素帕，一片真心，三首新诗，万行珠泪。"

第六十四回至第六十六回　贾二舍偷娶尤二姨
尤三姐思嫁柳二郎

何不就命曰《五美吟》？

第六十三回前半部叙述怡红院的丫头们单独为宝玉过生日，小说的后半部则写贾敬暴故，东府等待贾珍回来处理丧事，尤氏将继母和两个未嫁的妹子尤二姐、尤三姐接来，协助照管家事。先头星夜驰回的贾蓉，听说尤二姐、尤三姐来家，乘空在内亲女眷中厮混。显然这是一对一的结构。第六十四回延续这对称的结构，一笔写贾琏从外地归来，到东府吊丧，之后每日与二姐儿、三姐儿相认已熟，不禁动了垂涎之意。于是在贾蓉、贾珍撮合下，成全了美事。但这几回却以尤三姐为主角，集中描写尤三姐思嫁柳湘莲，可独立成传。另一笔，作者继续写宝玉与黛玉的感情纠葛。宝玉每一天都要看视黛玉，无时无刻不在关心黛玉的起居饮食以及情感生活。

这一日宝玉又一径往潇湘馆看黛玉，将过了沁芳桥，遇到了雪雁，雪雁手中拿着菱藕瓜果之类，宝玉很惊异，因为黛玉平时从不吃这些凉东西的。雪雁告诉宝玉，近两日不知又想起了什么，自己哭了一回，提笔写了好些不知是诗是词。宝玉以为黛玉又为自己的事伤心，劝她"凡事当各自宽解，不可过作无益之悲。若作践坏了身子，将来使我……"差一点说出同生同死的心事。

其实，黛玉说她见古史中有才色的女子，终身遭际，令人可欣、可羡、可悲、可叹者甚多，因此择出数人，凑成几首诗，以寄感慨。宝玉看后题为《五美吟》。

第一首赞春秋战国时代越国美女西施。说一代倾城倾国的美女，越灭亡吴国时，沉西施于江中。西施在吴宫里白白怀念儿时家乡，永远也回不去了。莫要讥笑东施效颦难看，她头发白了尚且还能在若耶溪边洗纱。

第二首写西楚霸王项羽的爱姬。全句谓乌骓马迎风夜啸，最让人悲痛伤心，虞姬怀着无限遗恨与项羽对歌。黥布、彭越投降刘邦后仍遭到酷刑而死，怎么比得上在楚帐中自刎的虞姬品格？

第三首歌颂汉王昭君。说王昭君下嫁匈奴和亲，离开汉室时，元帝才发现她美貌绝伦，红颜薄命从古至今皆相同。汉元帝既然不重女色，为什么把决定取舍的权利交给一个画工呢？

第四首是写晋代石崇的侍妾绿珠的悲剧命运。石崇把绿珠当作瓦砾一样随意抛弃，绿珠没有受到特别保护，娇媚的女子何曾受过重视呢？人的幸福都是前生注定的，同死同归岂能安慰绿珠的寂寞。

最后一首赞叹唐杜光庭所撰传奇《虬髯客》中的侠女红拂。红拂见到李靖和杨素纵论天下时，神态非凡，具慧眼认识李靖于穷途之中，知他非久居穷途之人。红拂告诉李靖，杨素已是虚居其位，苟延残喘，不足为惧。腐朽的杨公幕府怎能束缚住女中豪杰？

我们不了解林黛玉所说"才色"的具体内涵，至少她是把自己归入"才色"一类的。她同古史中有才色的女子的命运取得了共鸣，因此才"哭了一回"，再提笔写一回。

薛宝钗在看到《五美吟》诗之前，曾就白海棠诗流入社会发表了一套道学说教，什么"自古道'女子无才便是德'，总以贞静为主，女工还是第二件。其余诗词之类，不过是闺中游戏，原可以会，可以不会。咱们这样人家的姑娘，倒不要这些才华的名誉"云云。可是宝钗在看过黛玉的诗之后，谈起善翻古人之意，旁征博引论证诸家对毛延寿的议论，说明她并不纯粹的"贞静"。

两种版本系统两个尤三姐

贾敬因吞金服砂，烧胀而死，停尸在铁槛寺。贾珍在外，赶回来也得半月工夫，目今天气炎热，不能相待，尤氏遂自行主持入殓。尤氏不能回家，便将她继母接来，在宁府看家。这继母只得将两个未出嫁的女儿尤二姐、尤三姐带来，一并住着。"情既相逢必主淫""造衅开端实在宁"，在除了那两个石狮子还干净一点的东府里，尤氏姐妹能否洁身自好，不被贾珍、贾蓉引诱，坠入下流呢？先看六十三回，贾蓉见两个姨娘的丑态：

> 贾蓉且嘻嘻的望他二姨娘笑说："二姨娘，你又来了？我们父亲正想你呢。"尤二姐便红了脸，骂道："蓉小子，我过两日不骂你几句，你就过不得了！越发连个体统都没了。还亏你是大家公子哥儿，每日念书学礼的，越发连那小家子瓢坎的也跟不上！"说着，顺手拿起一个熨斗来，搂头就打，吓得贾蓉抱着头，滚到怀里告饶。尤三姐便上来撕嘴，又说："等姐姐来家，咱们告诉她。"

> 贾蓉忙笑着跪在炕上求饶，她两个又笑了。贾蓉又和二姨抢砂

仁吃，尤二姐嚼了一嘴渣子，吐了他一脸。贾蓉用舌头都舔着吃了。

一个大家子弟，居然把他姨娘——一个标致的性感的女人吐在脸上的砂仁渣子用舌头舔着吃了，这个典型细节和表情动作的选择，真是让人拍案叫绝。不必多作说明，曹雪芹这一笔就把贾蓉下流、无耻的嘴脸刻画了出来。更让人不堪言说的，贾蓉当着尤二姐和尤三姐的面，"抱着那丫头亲嘴"，说"咱们馋他两个"。尽管尤二姐批评贾蓉"越发连个体统都没有了"，可是，贾蓉敢于如此轻浮，放肆地信口开河，胡言乱语，尤二姐敢于向贾蓉脸上吐砂仁渣子，也说明尤二姐轻薄。对于尤三姐，小说只写她"转过脸去""沉了脸"，未露出真相。

其实脂砚斋评八十回本《红楼梦》与程伟元百二十回本《红楼梦》里尤三姐的形象是不同的。也就是说，脂评八十回本是把尤三姐描写成一个"淫奔女"，和尤二姐一样同贾珍有过性关系，后来才改行，思嫁柳湘莲。戚蓼生序有正本八十回第六十五回的回目就题为："膏粱子惧内偷娶妾　淫奔女改行自择夫"，到庚辰本、己卯本则改为"贾二舍偷娶尤二姨　尤三姐思嫁柳二郎"，淫奔女的罪名并没有消除，至程高百二十回本才有了根本性改造，因此《红楼梦》有两个尤三姐。且看下表所列。

百二十回本	脂评八十回本
却说贾琏素日既闻尤氏姐妹之名……况知与贾珍贾蓉素日有聚麀之诮，因而乘机百般撩拨……那三姐儿却只是淡淡相对，只有二姐儿也有意，但只是眼目众多，无从下手。（六十四回）	却说贾琏素日既闻尤氏姐妹之名……况和与贾珍、贾蓉等素日有聚麀之诮，因而乘机百般撩拨，眉目传情。尤三姐只是淡淡相对，只有二姐也有意。但只是眼目众多，无从下手。（庚辰本六十四回）
却不知贾蓉亦非好意：素日因同她姨娘有情，只因贾珍在内，不能畅意。（六十四回）	却不知贾蓉亦非好意：素日因同她两个姨娘有情，只因贾珍在内，不能畅意。（庚辰本六十四回）

续表

当下四人一处吃酒。二姐儿此时恐贾琏一时走来，彼此不雅，吃了两种酒便故往那边去了。剩下老娘和三姐儿相陪。那三姐儿向来也和贾珍偶有戏言，但不似她姐姐那样随和儿，所以贾珍虽有垂涎之意，却不肯造次了，自讨没趣。（六十五回）	当下四人一处吃酒。尤二姐知局，便邀母亲说："我怪怕的，妈同我到那边走走来。"尤老会意，便真个她出去。只剩下小丫头们。贾珍便和三姐挨肩擦脸，百般轻薄起来。小丫头子们看不过，也都躲了出去，凭她两个自在自乐。不知干些什么勾当。（庚辰本六十五回）
这尤三姐天生脾气和人异样诡僻。只因她的模样儿风流标致，她又偏爱打扮的出色，另式另样。做出万人不及的风情体态来。（六十五回）	谁知这尤三姐天生脾气不堪，仗着自己风流标致，偏要打扮的出色另式，做出许多万人不及的淫情浪态来……（庚辰本六十五回）
从前的事，我已尽知了，说也无益。（六十五回）	但妹子不是那愚人，也不用絮絮叨叨提那从前丑事。我已尽知，说也无益。（庚辰本六十五回） 她小妹果是个斩钉截铁之人，每日侍奉母妹之余，只安分守己，随分过活，虽是夜晚间孤衾独枕不惯寂寞，奈一心丢了众人，只念柳湘莲回来……（己卯本六十五回）
那尤三姐在房明明听见。……便知他在贾府中听了什么话来，把自己也当作淫奔无耻之流，不屑为妻。（六十六回）	那尤三姐在房明明听见。……便知他在贾府中得了消息，自然是嫌自己淫奔无耻之流，不屑为妻。（庚辰本六十六回）
夜来合上眼，只见他妹妹手捧鸳鸯宝剑，前来说："姐姐！……此亦理数应然：只因你前生淫奔不才，使人家丧伦败行，故有此报。"……（六十九回）	夜来合上眼，只见他小妹子手捧鸳鸯宝剑前来，说："姐姐！……此亦系理数应然：你我前生淫奔不才，使人家丧伦败行，故有此报。"……（庚辰本六十九回）

"你们就打错了算盘了！"

笔者欣赏一百二十回本的尤三姐，这并非是出于维护下层市民反抗封建贵族的定向思维，而是看小说的描写是否符合人物的性格逻辑，情节设置是否推进人物性格的发展。至于一百二十回本的尤三姐形象是曹雪芹不断修改的结果，还是高鹗的改造，那是红学家们考证的问题，笔者看重的是性格与情节的合理与不合理。

例如，贾珍偷偷跑到尤二姐和贾琏的住处，二姐躲了出去，三姐陪着贾珍喝酒。贾琏回来发现贾珍来家，对尤二姐说："不如叫三姨儿也合大哥成了好事，彼此两无碍，索性大家吃个杂会汤。"进到屋子，便让尤三姐和大哥吃个"双钟儿"，并给贾珍和尤三姐道喜。三姐听了这话，就跳起来，站在炕上，指着贾琏冷笑道：

> 你不用和我花马吊嘴的，咱们清水下杂面，你吃我看！见提着影戏人子上场，好歹别戳破这层纸儿。你别油蒙了心，打量我们不知道你府上的事！这会子花了几个臭钱，你们哥儿俩拿着我们姐儿两个权当粉头来取乐儿，你们就打错了算盘了！

尤三姐交代得很清楚，尽管"有聚麀之诮"，但她并没有与贾珍父子有什么暧昧关系。她随老娘改嫁到尤家，十几年来，"素日全亏贾珍救济"，乃至尤二姐与贾珍"有情"，而今又做了贾琏的外室。尤三姐清楚地知道贾琏"那老婆太难缠"，根本不可能进入贾府做姨娘，不过是把她姐姐"权当粉头取乐"而已。所以，这是"提着影戏人子上场儿，好歹别戳破这层纸儿"。倘若"油蒙了心"，也把她尤三姐也"权当粉头来取乐儿"，那就"打错了算盘了！"

很明显，倘若按脂评八十回本对尤三姐的写法，尤三姐早已同贾珍"有情"，并且"不知干些什么勾当"，已经是被当作粉头取乐儿，何必义正词严地申斥贾珍、贾琏把她们姐妹两个权当粉头取乐儿呢？这样一来，尤三姐的前后性格和言语行动岂不矛盾？

笔者不赞成某些人所谓的写出尤三姐两性关系放任，不受封建贞操观念束缚，始则以"淫情浪态"和"嫖男人"来反抗贵族男子的玩弄，而终于要摒弃这种迫不得已的生活，才是真实地反映了现实生活中要求个性解放的市民形象。其实个性解放并不以写不写"人欲横流"为标准。尤三姐怒斥贾珍、贾琏把她和尤二姐当作粉头来取乐，就是要求人格自尊，含有人格解放的内容。更何况尤三姐说的"花马吊嘴""提着影戏人子上场儿""偷的锣儿敲不得"，更是具有强烈市井色彩的市民语言，与大观园的小姐丫头们的语言大不相同，特别富有野性。况且，不仅是说还有行动，自己拿起壶来斟了一杯，先喝了半盏，揪过贾琏就灌，吓得贾琏酒都醒了，他们想不到尤三姐如此野性。甚或卸了装饰，脱了大衣服，身上穿着大红小袄，半掩半开，故意露出葱绿抹胸，一痕雪脯……竟把那贾琏二人弄得欲近不敢，欲远不舍，迷离恍惚，落魄垂涎，再加方才一席话，真将二人禁住。弟兄两个全然无一点儿能为，别说调情斗口齿，竟连一句话都没有了。三姐自己高谈阔论，任意挥霍，村俗流言，洒落一阵，由着性儿拿他二人找乐。一时尤三姐酒足兴尽，更不容他弟兄多坐，竟撵出去，自己关门睡去了。

您看尤三姐的大胆、泼辣、暴露、性感，难道还不够市民化，不够个性解放吗？如果曹雪芹把尤三姐也写成一个荡妇，她就不会如此愤怒，采取如此激烈的方式戏弄贾珍贾琏，而贾珍贾琏也不会被尤三姐镇住，吓得连话都说不出来，全然无一点能为。同时，尤三姐的刚烈性格同尤二姐的懦弱形成了强烈对比，也为之后柳湘莲悔婚而自尽，提供了性格依据。

"把自己也当作淫奔无耻之流"

如果说自主婚姻、自己选择配偶，是市民意识的重要内容，那么这也正是尤三姐形象的亮点。

尤三姐戏弄贾珍贾琏之后，二姐与贾琏商议，想拣个相熟的把三姐聘出去，免得将来生事。但尤三姐认为终身大事，是"一生至一死，非同儿戏""只要我拣一个素日可心如意的人，方跟他去。若凭你们选择，虽是富比石崇，才过子建，貌比潘安的，我心里进不去，也白过了这一世。"她看重的是自己"可心如意的人"，而不是金钱权势，这与封建贵族的婚姻观念截然相反。

贾琏以为尤二姐可心如意的人必是贾宝玉，遭到了二姐的讥笑："我们有姐妹十个，也嫁你弟兄十个不成？难道除了你家，天下就没有好男人了不成？"她并没有把荣国府老祖宗的心肝宝贝贾宝玉作为可心人的候选目标，尽管尤三姐欣赏贾宝玉"不大合外人的式"的某些性格，同她不大信守封建礼法有些同调，但比较有些女儿气的贾宝玉，三姐更称赏有品貌又侠义刚烈的柳湘莲。她向尤二姐和贾琏明誓："这人一年不来，她等一年；十年不来，等十年；若这人死了，再不来了，她情愿剃了头当姑子去，吃长斋念佛，以了今生。"

贾琏终于找到了柳湘莲，提出三姐的婚事，柳湘莲说："我本有愿，定要一个绝色的女子。如今是贵昆仲高谊，顾不得许多了，任凭裁夺，我无不从命。"好像听不出有什么不满意之处，可话里仍埋下伏笔。"如今是贵昆仲高谊"而"顾不得许多了"，倘若柳湘莲冷静下来，他会反思婚事是否如愿，何况柳湘莲是个心路细密之人，他向他的好友贾宝玉提出了一连串疑问："既是这样，她哪里少了人物，如何只想到我？况且我又素日不甚和她相厚，也关切不至此。路上忙忙的，就那样再三要定，难道女家反赶着男家不成？我自己疑惑起来，后悔不该留下这剑作定礼。所以后来想起你来，可以细细问个底里才好。"

按照柳湘莲的逻辑，一个绝色的女子，平日素不相识，为何主动地单单找他而不找别人，这位尤三姐是不是有什么不可告人之处而急于推销给别人呢？贾宝玉的提示"他是珍大嫂子的继母带来的两位小姨"和"真真一对尤物"的赞赏提醒了柳湘莲，原来尤三姐也必定是不干净的，他的悔婚必然把刚烈的尤三姐推向绝路。

试想，一个豪爽美丽的尤三姐，生活在寄人篱下的东府门下，始终按照自己的信念，渴望过自由幸福的生活。现实中有那么多贵家子弟，唯独选中了做戏子的柳湘莲，可是柳湘莲"把自己也当作淫奔无耻之流"，不屑为妻，倘若尤三姐确是"淫奔无耻之流"，有过丧风败节的秽史，那么，柳湘莲的退婚是出于正当理由，而使三姐羞愧而自尽，批判这个社会不允许她改过自新，这样的描写未尝不可。倘若说尤三姐是个纯洁的女子，那么，柳湘莲的悔婚就极大地伤害了尤三姐的人格，击毁了她对幸福生活的追求，也否决了她自己。要知道，是三姐提出要嫁给柳湘莲的，为了等待贾琏的信息，真是"非礼不动，非礼不言"起来。待三姐收到鸳鸯剑定礼，"挂在自己绣房床上，每日望着剑，自笑终身有靠"。哪里想到，她亲自选择的人竟然认为她是"淫奔之流"！可以想见，一个女孩子因"淫奔"而被退婚，她日后还将有何面目立足于社会？这位冷心冷面的冷二郎缺少宝玉对女人的爱心和体贴，不懂得欣赏美，一味只考虑他自己的是非，终于把三姐逼上绝路，也把自己送进空门。

第六十七回至第六十九回　弄小巧用借剑杀人觉大限吞生金自逝

"你和你爷办的好事啊"

贾琏由贾珍保媒，贾蓉牵线，偷娶了尤二姐，在外置房，金屋藏娇。此事被小厮们泄露，王熙凤即传贾琏的贴身跟随兴儿。主子居高临下，断喝一声，奴才不能不招供。凤姐一见兴儿，便先发制人，给他一个下马威："好小子啊！你和你爷办的好事啊！你只实说罢！"接着又拉了一把，分清责任不在他："论起这事来，我也听见说不与你相干。但只你不早来回我知道，这就是你的不是了。"兴儿没敢立即回应，他不知那"你和你爷办的好事"——实际是坏事——指的是哪一件。兴儿很狡猾，很会维护名誉权，也不说办了坏事，而是反问"什么事""奴才同爷办坏了"。这一反问自然惹恼了王熙凤，一腔火都发作起来，喝命："打嘴巴"！然后干脆挑明所指："你二爷外头娶了什么新奶奶旧奶奶的事，你大概不知道啊。"

在第六十五回，兴儿乘着酒兴，曾经向"新奶奶"尤二姐介绍过旧奶奶王熙凤的为人，说她"心里歹毒，口里尖快""嘴甜心苦，两面三刀，上头笑着，脚底下就使绊子""明是一盆火，暗是一把刀"，她都占全了。面对这样的主子，既然王熙凤指明是问二爷娶新奶奶的事，兴儿没有必要保密，立即转舵，如实招供。尽管他说"这事头里奴才也不知道"，但他却详细招出什么时间，谁向二爷提起把"二姨奶奶说给二爷"，谁找的房子，在哪儿找的房子；特别是提到尤二姐"原来从小儿有人家的，姓张，叫什么张华，如今穷的待好讨饭。珍大爷许了他银子，他就退了亲了"。王熙凤对张华这条线索非常感兴趣："这里头怎么又拉扯什么张家李家来呢？"在下一回，王熙凤正是利用"原来从小儿有人家的"大做文章。可此时此刻，王熙凤还没有形成完整的作战方案，"听到这里，点点头"，待到再审兴儿，把眼直瞪瞪地瞅了两三句话的工夫，"好，兴儿"！看似发作，却欲言又止，"很好！去罢"！她好似想到了一些什么，"歪在床上，只是出神。忽然眉头一皱，计上心来"，攻击尤二姐战术形成了。

"眉头一皱，计上心来"

王熙凤之所以不惜一切代价地攻击尤二姐，并非仅仅是贾琏不顾国丧家孝的情势下，未经父母之命，未同她协商偷娶尤二姐而嫉恨。或是兴儿说的，因她是醋缸、醋瓮，在她身边容不得有标致女人而恼恨。其实问题的实质是关乎权力财产的再分配。试想，一贯喜欢"抓尖儿"的王熙凤，怎能容忍一个所谓的"新奶奶"，从她手里重新再分配她已取得的和将来要取得的贾家更多的权力和财产。何况王熙凤只生了一个女儿而无子，为了避免影响财产和权力的继承权，因此她必须灭掉这个竞争对手。按照王熙凤的性格，一个想吃天鹅肉的癞蛤蟆贾瑞，竟然毫不掩饰地向她求欢，把她降低成为一个下作的女人。毫无疑问，惯于让人服从于她，甘心受她支配的"凤辣子"，岂能允许像贾瑞这样微贱的癞蛤蟆占她一点儿便宜，"他如果如此，几时叫他死在我手里，他才知道我的手段"。那么，同她有直接利害冲突的尤二姐呢？毫无疑问，从肉体到精神必须消灭之。问题是贾琏虽说是"偷娶"，可尤二姐毕竟是宁国府尤氏的同胞姐妹，又由贾氏父子做媒人，凤姐就不可能像后来处置鲍二家的那样使用主子威严专横的手段，让鲍二家的自己去上吊，所以必须把尤二姐赚进大观园，在她直接掌控之下，慢慢受用。

这样可以一石三鸟：一是疏离尤二姐同贾琏的亲密关系，在王熙凤眼皮底下，连"平姑娘在屋里，大约一年二年之间，两个有一次到一处，她还要口里掂十个过子呢"，对尤二姐贾琏怎敢放开手脚亲热；二是严密掌控后便于她安排各种打击活动，如唆使张华告状，大闹宁国府等，使对手措手不及，不能立即还击，或根本没有还击的机会；三是调动大观园内一切力量，制造舆论，从生活上、精神上摧毁尤二姐生存的条件和信心，特别是最后借助王夫人、贾母的权威，否定偷娶的合法性，使尤二姐始终处于痛苦的、备受折磨、压抑的境地，不得不走向绝路。大观园内遭受王熙凤打击的女人们，大都走了这一条路。

"我告诉奶奶，一辈子不见他才好呢！"

六十七回"闻秘事凤姐讯家童"的情节，如同龙卷风似得猛烈。鼓动风源的王熙凤，以主人的威势震慑群奴，主宰情节的进程，场面炽热，话语短促、明快，不容置疑，正面展示了王熙凤的凶狠、诡诈性格。有白热化的情节场面，又不时切入喜剧性的小插曲：如凤姐对兴儿喝命打嘴巴，旺儿为了讨好主子助势，却被王熙凤骂了回去，叫兴儿自己打；兴儿招供时常把尤二姐称作"二姨奶奶""二奶奶"，说滑了嘴，主动地"自己打了个嘴巴，把凤姐儿倒怄笑了，两边的丫头也都抿嘴儿笑。"

第六十八回开头，王熙凤苦赚尤二姐的情节，如同深海底隐藏着的火山，表面平静无波浪，好像是姐妹谈家常，可王熙凤话里有话，句句潜藏着杀机，你不能不赞佩小说家把凤姐之类阴谋家的性格琢磨透了，才写出如此掷地有声、有弹性、有嚼头的语言。而那位尤二姐，本来兴儿早已提示她："奶奶千万不要去！我告诉奶奶，一辈子不见她才好。"可面对凤姐的热情攻关，天真温顺的她跟着王熙凤走进了大观园。且看这场戏双方是怎样表演的。

贾琏被其父贾赦派往平安州办一件机密大事。"谁知王熙凤早已算定了"，只待贾琏前脚走，便带着搬家队伍，直奔尤二姐的住地。二人相见客套一番，尤二姐推脱婚事"诸事都是家母和家姐商议主张""若姐姐不弃寒微，凡事求姐姐的指教，情愿倾心吐胆，只服侍姐姐"。这话说得还算诚恳，可王熙凤的答词却耐人寻味了，凤姐说："皆因我也年轻，向来总是妇人的见识，一味地只劝二爷保重，别在外边眠花宿柳，恐怕叫太爷太太担心：这都是你我的痴心，谁知二爷倒错会了我的意。若是外头包占人家姐妹，瞒着家里也罢了；如今娶了妹妹作二房，这样正经大事，也是人家大礼，却不曾合我说。"这劈头几句就把尤二姐归入妓女和不正经女人之列。贾琏名为迎娶尤二姐，实为未经父母之命的"偷娶"，谓包二奶之类，即王熙凤所说的"在外头包占人家姐妹"。不过王熙凤话锋一转，故意把尤二姐同妓女与包二奶区别开来，把"偷娶"违心地唤作"如今娶了妹妹作二房"，抹杀了大房和二房的矛盾。这是因为她不能生育男孩而做出的"正经大事，也是人家大礼"，按此推理，既然是非妓非占的正经二房，就应"起动大驾，挪到家中，你我姐妹同居同处，彼此合心合意的谏劝二爷，谨慎世务，保养身子，这才是大礼呢。"

凤姐的思维逻辑和进攻目的非常明确，她把包占偷换成娶二房，把内心的嫉恨掩饰为宽厚，不是那等"嫉妒之妇"；又特别强调作为"二房"是不能"姐姐在外头，我在里头"的，否则"不但我的名声不好听，就是姐姐的名儿也不雅"，简言之，在外是包二奶，在大观园内做二房名声虽不雅，不进大观园更不雅，总之是非进大观园不可的。

接着，王熙凤以退为攻，再次表白自己不是那种"吃醋调歪的人"，甚或放低身段，装扮为弱势者，乞求尤二姐"在二爷跟前替我好言方便方便，容我一席之地安身，奴死也愿意。"

毋庸置疑，读者一看便知道这都是王熙凤的鬼话，可"二姐是个实心人，便认作她是个好人""竟把凤姐认为知己"，堕入凤姐圈套。果然在返回大观园的路上，王熙凤悄悄地告诉尤二姐："我们家的旧规矩大。这事老太太一概不知，倘或知道二爷孝中娶你，管把他打死了。如今且别见老太太、太太……且在园子里住两天，等我设个法子回明白了，那时再见方妥。"她求李纨收养几天，人们都怀疑："看她如何这等贤惠起来了？"实际是冻结切断尤二姐同外界的联系，使她没有也不可能有反击的机会，而尤二姐"倒也安心乐业的，自为得所"，可王熙凤却"暗中行事""上头笑着，脚底下就使绊子"，向两条线展开攻击。

一方面，将尤氏的丫头一概退出，换上自己的贴身丫鬟。那派去照顾尤二姐的丫鬟善姐，本来就轻贱这位"不是明媒正娶"的"奶奶"，不只恶语相向，"瞪着眼叫唤"，久之"连饭也怕端来给她吃了，或早一顿，晚一顿，所拿来之物，皆是剩的。"尤二姐怕人笑她不安本分，少不得只好忍着。

另一方面，王熙凤隔上几日去见尤二姐一面，"和容悦色，满嘴里好'姐姐'不离口"，又假惺惺地说："倘有下人不到之处，你降不住他们，尽管告诉我，我打他们。"假惺惺地责骂下人"软的欺，硬的怕""倘或二奶奶告诉我一个'不'字，我要你们的命！"岂不知幕后的主使者正是这位"妹妹"，而尤二姐却认为王熙凤有这般好心，宁可受了委屈，也不想多事。善良懦弱，试图"以理待她"的天真愿望铸成了她的悲剧。

　　一方面，凤姐派人调查尤二姐的底细，查明确如兴儿所说，果然是有了婆家，未婚夫张华得了尤婆子二十两银子退亲，这让王熙凤抓住了极有利的报复贾珍、贾琏、贾蓉和攻击尤二姐的证据。她支使旺儿，让张华"写一张状子，只要往有司衙门里告去，就告琏二爷国孝家孝的里头，背旨瞒亲，仗财依势，强逼退亲，停妻再娶"，哪怕"就告我们家谋反也没要紧"！并且让旺儿做干证，让张华也告旺儿，说是旺儿"一应调唆二爷做的"。王熙凤这一招，说是"不过是借他一闹，大家没脸"，骨子里则是给贾珍等一点儿颜色，证明她的权威是不可侵犯和撼摇的；报复他们促成贾琏的婚事，从而在法理上说明尤二姐的不正经。特别是在朝廷里死去了老太妃，贾府内贾敬刚刚过世，竟然偷娶，当然是有违国法、家法的，尤二姐也就没有资格充当贾家的"新二奶奶"。不过王熙凤并不想治罪于贾珍、贾琏，于是又派王信带着银子，"命他托察院只虚张声势，警唬而已"。都察院素与王子腾相好，"况是贾府之人，巴不得了事，便也不提此事。"

　　但另一方面，王熙凤直接登场，大闹宁国府。这是一场闹剧场面，主角凤姐掌握着情节走向，调动场面上的一切活动。配角尤氏、贾蓉等只是根据王熙凤的表演，被动地配合。她时而哭天喊地，大放悲声；时而高声喝骂，恶语相向，又是打人，又是摔东西，又要寻死撞头。这一场混闹，不但透露出王熙凤以自我为中心、目中无人、锋芒毕露的风格，也显示了尖酸刻薄、蛮横无理，甚或是无理取闹、得理不饶人的"辣"的一面。

　　闹归闹，论争的题目却很明确。凤姐见尤氏的第一句话就质问："你尤家的丫头没人要了，偷着往贾家送！难道贾家的人都是好的，普天下死绝了男人？""没人要"，显然指尤二姐不是什么淑女。"难道贾家的人都是好的"，在王熙凤看来，贾家的好人里是不包括贾琏的，或者为了否定尤二姐而故意贬低贾家的男人们。"没人要"的尤二姐硬要送给贾家不是好人的男人，尤二姐岂不更不是什么好人？

没有三媒公证，"国孝，家孝两层在身，就把个人送了来"，而不是明媒正娶，这是一种什么性质的结合，不用王熙凤明说而自明的。至于普天下的男人没有死绝，尤氏却"硬送"，话语中隐含着对尤氏等人的嫉恨。

但王熙凤必须掩饰内心真迹，信誓旦旦地表白，"只过去见了老太太、太太和众族人，大家公议了，我既不贤良，又不容男人娶亲买妾，只给我一纸休书，我即刻就走"。接着她假惺惺地说对贾琏偷娶尤二姐，不但不嫉恨，相反"连夜喜欢得连觉也睡不成"，不顾下人的反对，赶着传人收拾了屋子，接二姐搬进来同住，谁知原主张华告了官，她如何打点，花去多少银子，张华还不满足，"我断舍不得你姨娘出去，我也断不肯使她出去……只宁可多给钱为是"。熟悉王熙凤的贾蓉，分明听得出"凤姐儿口虽如此，心却是巴不得只要本人（尤二姐）出来，她却做贤良人"的两面性格。

经过宁国府这一闹，双方都做了妥协，凤姐满口答应，由她带领尤二姐见贾母和王夫人，可暗中仍继续玩弄两面三刀的手法。

一方面，表面上同意贾蓉母子的建议，骗着贾母保尤二姐，在贾母面前不提贾琏偷娶、不露张华告状之事，而同意留下了尤二姐，这使得邢、王二位夫人，本来对"尤二姐风声不雅，深为忧虑"，见凤姐如此安排，"岂有不乐之理"？尤二姐也感激凤姐，以为"自此见了天日"。

另一方面，谁能料到"凤姐一面使人暗暗调唆张华，只叫他要原妻"，继续告状，又派王信透消息与都察院。都察院便批："其所定之亲，仍令其有力时娶回。"王熙凤并未信守与尤夫人达成的协议，却将张华告状、都察院批文之事禀告了贾母，暗中捅了尤氏姐妹一刀子。王熙凤说："都是珍大嫂干事不明，那家并没退准，惹人告了。如此官断。"这无疑是告诉贾母尤二姐是订过婚的，并非是什么纯情少女，也因此贾母问尤氏，而当尤氏辩解："他连银子都收了，怎么没准？"王熙凤则转述张华父子状词的话语，看起来是客观的、不加她个人的主观情感，可实际是暗中给尤二姐抹黑。她说："张华的口供上现说没见银子，也没见人去。"否定了尤氏的解释，踹了她一脚。王熙凤又说："他老子又说：'原是亲家说过一次，并没应准；亲家死了，你们就接进去做二房。'"下一句，王熙凤的话更恶毒："幸而琏二爷不在家，不曾圆房，这还无妨。"前者，王熙凤引领尤二姐初见贾母时，也曾说过："先许她进来住，一年后再圆房儿。"是因为国丧家孝的限制，必须延期。而此时"不曾圆房"，是故意抹杀掩饰已圆过房的事实，强调琏二爷同尤二姐不曾圆房，那么不妨退回去。这话博得了贾母的认同："又没圆房，没的强占有夫之人，名声也不好，不如送给他去。那里寻不出好人来！"请读者注意：贾母也没把二姐认作"好人"。

借剑杀人

正当王熙凤完成对尤二姐包围打击之攻势，准备彻底除掉尤二姐时，贾赦因贾琏出色完成了交给的机密大事，便将房中的一个十七岁的丫鬟秋桐赏给他做妾，又增加了一个分割财产和权力的对手，所谓"心中一刺未除，又平添了一刺"。可秋桐"心中早浸了一缸醋"，自以为系贾赦所赐，"连凤姐平儿皆不放在眼里，岂容那先奸后娶，没人抬举的妇女"？而这恰好被王凤姐所利用，"借她发脱二姐，用'借刀杀人'之法，'坐山观虎斗'，等秋桐杀了尤二姐，自己再杀了秋桐。"由此，王熙凤又施展了挑拨离间的手段，无情攻击孤立无助的尤二姐。一方面，凤姐装作关心尤二姐的样子，向尤二姐转述"查不出来"的议论，在名誉上往尤二姐身上泼脏水，打击尤二姐。说上下皆知"妹妹在家做女孩儿就不干净""又和姐夫（贾珍）有些首尾"，是"没人要的了你拣了来"，这话凤姐说了两遍，气得尤二姐茶饭不吃。

可另一方面，众丫头媳妇和秋桐无不言三语四，指桑骂槐，暗相讥刺，"凤姐听了暗乐"，自此装病，便不和尤二姐一块儿吃饭，端给尤二姐的茶饭"都系不堪之物"。平儿看不过，自出钱来弄菜给她吃，被王熙凤骂为："人家养猫会拿耗子，我的猫倒咬鸡。"自此平儿也不敢去了。园中姐妹暗为二姐担心，"虽都不敢多言，却也可怜。"而那位琏二爷正和秋桐"如胶投漆，燕尔新婚""在二姐身上之心，也渐渐淡了，只有秋桐一人是命"，尤二姐陷入了孤立无援的境地。

一方面，王熙凤利用秋桐甘愿接受挑拨的弱点，私下常挑逗秋桐，故意说尤二姐"现是二房奶奶，你爷心坎儿上的人，我还让她三分，你去硬碰她，岂不是自寻其死"？这更使秋桐气恼，甘愿做王熙凤的代言人和一把利剑，天天大口乱骂，并在贾母、王夫人面前告恶状，贾母、王夫人"渐次便不大喜欢"，众人见贾母不喜，不免又往上践踏。弄得尤二姐要死不能，要生不得，便灰心一病不起。本来是"受胎以来，想是着了些气恼，郁结于中"，却被胡太医诊脉时看见尤二姐的绝色，而"魂飞天外"，哪里还能辨气色，误用了虎狼之剂，元气已十伤八九。

另一方面，王凤姐装出"比贾琏更急十倍"的样子，当着众人的面惋惜"命中无子"，又烧香祝福，"我或有病"来替换"尤氏妹子身体大愈，再得怀胎生一男子，我愿吃长斋念佛"。试问，这是凤姐的真心话吗？可"贾琏众人见了，无不称赞。"

即便是尤二姐病重时，王熙凤也没有停止借用"属兔的阴人"秋桐所谓冲犯尤二姐的卦辞为口实，再一次挑动，秋桐竟然诬陷尤二姐似个妓女，"在外头什么人不见"而怀的孩子，"到底是那里来的孩子"？纵有孩子，也不知张姓王姓的"杂种"！

这种诬陷逼得尤二姐难以忍受，何况"病已成势"，料定不能好了，"胎已打下，无甚悬心"，便吞金而死。王熙凤终于借他人之手杀死了尤二姐。然而懦弱善良的尤二姐，直到死竟然都看不出王熙凤的"坏形儿"，看不透每天嘴里喊着"好妹妹"的王熙凤就是杀害她的凶手，这真是诛心之笔！

小说作者何以如此这般地细致描写王熙凤杀尤二姐的过程呢？粗看起来，似乎作者在说明王熙凤的狠毒，其实构成狠毒重要的特点是阴险。在封建社会，狠毒的掌权者杀人，并不是每个都像《世说新语》中所记石崇让侍女劝客饮酒，客饮不尽者，立斩侍女，当场杀给客人看。公开杀人给人看者，不一定是最大的阴毒之人。最大的阴毒者，却往往是手不掌刀枪，口不出恶言，和颜悦色，躲在背后，冷静地欣赏受难者的痛苦。于是杀人者杀人不见一丝血迹，被杀者反而感激杀人者的恩德，这种人的狠毒、阴险、狡诈的程度，真是无法估计的。曹操是这一类人，王熙凤也属于这一类。

第七十四回　惑奸谗抄检大观园
避嫌隙杜绝宁国府

"把我气了个死！"

引起抄家的直接原因，是贾母屋里的傻大姐，在园里山石上拾着一个什锦春意香袋，拿在手中玩耍，不巧被邢夫人看见，要了过来，派王善保家的送给了王夫人。荣国府的当家人是王夫人和王熙凤，邢夫人拿到香袋，自然要给掌门人，可骨子里却暗含着问责王氏领导不力，治家不严，管理不善的责任。所以王夫人看到香袋后说："把我气了个死！"于是决定抄检，精简各姑娘房中的奴仆，对那些"咬牙难缠的"，拿个错儿撵出去，也可省些用度，这是抄检的主要目的。

作者在本回书采用戏曲处理空间的方法，即以冲突为基础，动作为主导，沿着人物的行动线，朝着一个视角的特定方向，依次展开空间。因此，王熙凤带领王善保家的、周瑞家的一群奴仆，深更半夜在同一个夜晚抄检了六个地方，可谓是顺序相连的空间。"一支笔难写两家事"，同时描写七个并列空间场面，显然是困难的，而且不见得能深刻揭示作品主题思想。因为抄检是贾府上层的矛盾冲突，波及年轻主子各个层面，特别是对大观园内年轻的奴隶队伍展开大清洗和镇压。因而在这次抄检中，女主子和奴婢中的主要代表人物，都呈现了各自的独特性格。由王善保家的（代表邢氏集团利益）与王熙凤（王氏集团）的矛盾冲突贯穿所有场面，随着抄检队伍的运动，各个场面，如同分镜头，一个个按顺序映出。不过作者对待这六个空间场面并不平均地使用力量，而是"近山浓抹，远树轻描"，有虚有实，有集中有省略。像"上夜老婆子屋内"，不是小说描写的重点，只说抄出多余的蜡烛灯油等物，便一笔带过；待到怡红院，作者则细细描绘，无疑是抄检的主攻方向。

"我还是老太太打发来的呢！"

如果读者不曾记错，第三十三回记述宝玉被打之后，袭人曾向王夫人曲折而明确地提供如何保存"二爷一生的名声品行"的策略，话里咬了两个人：直接点出名字的是林黛玉和薛宝钗。点宝钗是为贬黛玉，因为同是姑表姨表关系的薛宝钗，并没有像林黛玉那样和宝玉"日夜一起坐"，袭人的倾向性和目的性是明确的，何况她怎么敢在王夫人面前放肆地攻击王夫人的外甥女呢？另一个，袭人说是"我们队里的人"，没有直接道出名字。用不着解释，这说的是晴雯。袭人这若即若离、又近又远的告密词，是能在王夫人脑中留下深刻的印象的。抄检大观园前夕，王善保家的为了报复"不大趋奉她"的丫鬟们，首先挑出晴雯的名字，说她"妖妖道道，大不成个体统"，使王夫人"猛然触动往事"，认定"有一个水蛇腰，削肩膀儿，眉眼儿又有些像林妹妹的"晴雯，是"轻狂样儿""妖精似的东西"，于是怡红院中的奴婢，特别是晴雯必然是抄检的重点对象。所以，至晚饭后，抄手们不管宝玉"不知为何，直扑了丫头们的房门去。"

　　作者很有层次地从远景摇向中景，再分割成两个小空间：一是王善保家的搜查丫头们的房间，怎样进内搜查的，按下不表；另一个是王熙凤在宝玉屋里"一面说，一面坐下来吃茶"。在这样的规定情境中，作者为什么要这样去描述？可能有不同的解释：如王熙凤是个主子，身为执行王夫人下的抄检任务的主帅，不用她亲自动手搜检，这符合她的身份；但还可以有更深一层的理解，就是王熙凤根本就不同意王夫人抄检大观园的主张，正如凤姐向探春所做的声明："我不过是奉太太的命来，妹妹别错怪了我。"既是为了避免自己介入一场尴尬的、得罪人的事件，也是唯恐包括她自己、王夫人在内的上层"落入褒贬"，她保卫贾府的贵族尊严，也就是保卫"我"的尊严。可邢夫人却企图利用"绣春囊"事件告倒王氏集团持家不严，进而搞垮王夫人和王熙凤。形势对王熙凤极其不利。对立双方各怀鬼胎，各有打算，都在寻找适当时机给对手以毁灭性的打击，随时想抓住对方的小辫子使对方栽跟头。王熙凤坐着喝茶，何尝不是等待时机？又何尝不是怕王善保家的从丫头们的房中抓住点把柄，因而内心不安又自我控制掩饰呢？

　　所以，逆来顺受的袭人"自己先出来打开了箱子并匣子"，而晴雯却"两手提着（箱子）底子，往地下一倒，将所有之物尽都倒了来"，指着王善保家的脸，痛斥道："你说你是太太打发来的，我还是老太太打发来的呢？太太那边的人我也都见过，就只没有看见你这么有头有脸大管事的奶奶！"实际是骂她狗仗人势，不是东西。凤姐见晴雯话语尖酸锋利，自然"心中甚喜"，幸灾乐祸，然而她对王善保家的以及王善保家的靠山邢夫人的恼恨，却用轻松、讥笑但刻毒的方式发泄出来。凤姐说："妈妈，你也不必和她们一般见识。"其话语背后恰是说王善保家的见识是奴才般见识。"你且细细搜你的；咱们还到各处走走呢。再迟了，走了风，我可担不起。"这几句无关紧要的话很有潜台词，包含着丰富的心理内容，对王熙凤性格的刻画也很有表现力。读者不难明白，这既嘲笑了王善保家的无效果的搜查，也开脱了自己的责任。她怕"走了风"，实际是故意走风。于"我可担不起"，无疑是当众宣布抄检的主意不是她王熙凤出的。再看她下一句，说得更明确："你可细细地查，若这一番查不出来，难回话的。"不是曲折地把矛头引向了她的婆婆邢夫人，并且嘲弄王善保家的企图寻找小辫子，不过是徒劳的无事忙吗？

"岂有抄起亲戚家来的！"

从怡红院出来，王熙凤与王善保家的有一段对话，颇值得人们体味，凤姐说："我有一句话，不知是不是。要抄拣只抄拣咱们家的人，薛大姑娘屋里断乎检抄不得的。"王善保家的笑道："这个自然。岂有抄起亲戚家来的。"凤姐点头道："我也这样说呢。"一头说，一头到了潇湘馆内。

让人好奇怪：为什么王熙凤单单只提薛姑娘，为什么不提林黛玉，或两者并提呢？薛姑娘不属于"咱们家的人"，免去抄检，那么林黛玉难道属于"咱们家的人"，不是"亲戚家"，所以才绕过薛宝钗的庭院，"一头说，一头到了潇湘馆内"？对这些，作者却伏下一笔不作说明，有意留给读者去思考。这也许是凤姐下意识地流露出她对王家一党的袒护，也许是出于对宝钗的敬重，让人们体察到寄人篱下的林黛玉比不得贵戚宝姑娘，照样要受到搜查。惯使小性子而又多心的林黛玉，日后知道"亲戚家"的薛宝钗没有被抄检，同样是"亲戚家"的林黛玉却被闯入搜查，她将有何感叹呢？当然搜到的可疑之物，"皆是宝玉往日手内曾拿过的"，从正面描述了林黛玉与贾宝玉的亲密关系，紫鹃笑道："直到如今，我们两下里的账也算不清。"话语内蕴含着丰富的内容。

"必须先从家里自杀自灭起来"

抄检的第三个场面应该是作者描写的重点，空间转换依然是靠人物的行动来推动的，可是作者却赋予场面极妙的开场：探春带领众丫鬟"秉烛开门而待"，一刹那气氛紧张到了极点，空间节奏随着人物的冲突而加速。场面核心人物贾探春，为贾府的"自杀自灭"而痛心疾首，毫不客气地发问"何事"？王熙凤不敢说搜查各屋子，假托丢了东西，搜是为了洗净丫头的嫌疑。探春不吃这一套，"我们的丫头自然都是贼，我就是头一个窝主"。然而凤姐并不为此生气，却一再曲折地把矛头引向邢夫人："我不过是奉太太的命来，妹妹别错怪我。"把责任推到邢夫人、王夫人身上。

但是探春为了保卫贾府的尊严，捍卫贵族少女的自尊，她本来就反对抄检，抄丫头，实际就是抄检她贾探春，因此，"想要搜我的丫头，这可不能"。"你们不依，只管去回太太，只说我违背太太，该怎么处治，我去自领"。

更令人敬佩的，探春比贾府任何一个人头脑都清醒，具有很强的政治敏锐性。如果说第十三回秦氏托梦给王熙凤，提醒她要懂得"月满则亏，水满则溢"的道理，"若目今为荣华不绝，不思后日，终非长策"，因为"烈火烹油、鲜花着锦之盛。要知道，也不过是瞬息的繁华""若不早为后虑，只恐后悔无益了"！秦可卿只是从居安思危的角度提出长治久安之策，而探春却从自己内部的不争气和无休止的斗争，认为必然招致失败，她已给她所属的贵族阶级敲起了丧钟："你们别忙，自然连你们抄的日子有呢！你们今日早起不是议论甄家，自己盼着好好的抄家，果然今日真抄了！咱们也渐渐的来了！可知这样大族人家，若从外头杀来，一时是杀不死的。这是古人说的'百足之虫，死而不僵'，必须先从家里自杀自灭起来，才能一败涂地！"

可惜贾探春的政治预言并没有引起凤姐的重视，此时她也没有心思听探春这些深奥的道理，她关心的是尽快结束这尴尬的局面，不论探春怎样叫板："可细细搜明白了？若明日再来，我就不依了。"周瑞家的等都赔笑道："都明白了。"那个"心内没成算"的王善保家的，以为众人没眼色、没胆量，探春又是庶出，又仗着自己是邢夫人的陪房，居然拉起探春的衣襟，故意一掀，嘻嘻地笑道："连姑娘身上我都翻了，果然没有什么。"一语未了，探春对这个老奴才的放肆，赏了她一个耳光。

在维护本阶级的等级观念和贵族身份制上，探春与王熙凤有着相似的性格。王熙凤不允许"癞蛤蟆"贾瑞对她想入非非，把她贬低为下贱的女人向她求欢，因此戏弄贾瑞，"几时叫他死在我心里，他才知道我的手段"！同样地，庶出的贾探春宁可违心地承认王夫人的弟弟九省统制的王子腾是她的亲舅舅，而耻于认她的亲生母赵姨娘的亲弟弟赵国基为亲舅舅。赵国基过世时，代凤姐理家的探春按家生奴才身份给丧葬费，不论赵姨娘怎样要求，探春仍旧坚持不能破坏"祖宗手里旧规矩"，这使赵姨娘又伤心又气愤地骂探春"如今没长全羽毛就忘了根本，只'拣高枝儿'飞去了"。如今不是东西的王善保家的"竟敢来捡扯我的衣裳""狗仗人势，天天作耗，在我们跟前逞能"。

有趣的是，挨了打的王善保家的感到没脸，声言要回娘家，探春的丫鬟侍书挖苦她说："你去了，叫谁讨主子的好儿，调唆着察考姑娘，折磨我们呢？"凤姐笑道："好丫头，真是有其主必有其仆。"这既是凤姐看到邢夫人的奴才受奚落而压抑不住高兴之情的自然流露，也是借夸奖探春的丫头讥讽王善保家的靠山邢夫人的一招。"有其主必有其仆"的成语，运用在此时此地，无疑是含有双关语的。凤姐劝探春："好姑娘，别生气，她算什么，姑娘气着倒值了。"也分明是反语，是为了把矛盾引向邢夫人使探春气上加气。凤姐这句话果然发挥了作用，激怒了探春："我但凡有气性，早一头碰死了！不然岂许奴才来我身上翻贼赃呢。明儿一早，我先回过老太太、太太，再过去给大娘赔礼。该怎么，我就领！"曹雪芹在这个有限的空间场面里，真是把凤姐这样的权术家写活了。

"并无惭愧之意"

如果说抄检探春院是整个情节的高潮，接着抄李纨、惜春各屋则转入尾声。但李纨、惜春是两个空间场面，草草了结，直奔结尾，显得没有后力，而且也还未能深刻揭示对立双方斗争的结果。可两者都平均着墨，又影响了结尾——迎春处色彩的亮度。于是李纨一处略过不详说，惜春处也是借丫鬟入画私藏银子和一包男人的靴袜等物，点出惜春胆小怕事，不敢替丫鬟请命，和探春的作为形成鲜明对比。

同时作家也描了凤姐一笔。试想王熙凤对探春的丫头们不敢动手脚，不敢说过重的话，而对惜春房里的入画居然"也黄了脸"，敢于说出："若这话不真，倘是偷来的，你可别想活了。"可见惜春在贾府、在凤姐眼中是怎样一种地位了。

抄查迎春住处是抄检情节的凤尾。由于"可疑之物"恰恰从王善保家的外孙女司棋的箱子里搜出来，便构成了喜剧色彩的冲突。因为抄检大观园起始，凤姐的处境很被动，纵然心里不满，也不便对王善保家的发作，因为王善保家的毕竟是邢夫人派来的，因此，她表面上"隔岸观火"，不露声色，暗中却在寻找战机。当发现了潘又安给司棋的一封私信时，"凤姐看了，不由得笑将起来"，她抓住对方的小辫子，杀了一个回马枪。她使用的战术却是开心的玩笑话："这倒也好。不用你们老娘操一点儿心，她鸦雀不闻的给你们弄个好女婿来"这句笑话，是凤姐念了司棋的私信，瞅了羞得只恨"没有地缝儿钻进去"的王善保家的"嘻嘻的笑"了一阵之后才说的。凤姐这类笑话较之"黄了脸"，或用"不要脸""你可别想活了"之类的谩骂或威吓，显得更有力量、更恶毒。王善保家的又气又愧，用手打自己的脸，骂自己是"娼妇，怎么造下孽了，说嘴打嘴，现世现报"。这种描写虽然有点漫画化，但在表现作者对凤姐憎恶的同时也揭示了封建观念对王善保家思想上的严重影响。这也如周瑞家的在旁边"笑着凑趣儿"，众人在旁笑个不住，同样是显示了封建主义道德观念对人们无所不在的影响。

王熙凤拿司棋私信大做文章，可能是出于她的权势受到了邢夫人挑战以后，反而抓住了对手的把柄打击了对手的喜悦，但是司棋和王善保家的却成了她首先打击对象和牺牲品。司棋感受到人们在污辱她的人格，践踏她美好的追求。此时此刻的司棋"并无畏惧惭愧之意"，倒可能是感受到环境冷酷而采取了"低头不语"的态度。她不悔恨自己追求爱情之后要承担的后果，正因为如此，一旦潘又安外逃，唯一信赖的人击碎了她最后一点生存的希望，只能抱屈走向人生的彼岸。

上述六个空间场面，有长有短，但却一直连续不断。它们组合起来，成为一场丰富完整的戏。由于场面之间的联系，以及每个场面的开端与收尾是按冲突的起、承、转、合为顺序，每一场都要求有头有尾，前后呼应，环环相接，因此读者可以按照小说单线纵向反映的生活，比较清楚完整地把握故事的情节和人物性格。当然，这种格式往往会给人以单调、平铺直叙的感觉，尤其是像对抄检大观园的空间场面处理。按凤姐执行的任务而论，无非是搜查各房住室，处理不好是很容易雷同的。以特定的人物关系的前提来设置场面，充分抓住人物性格的多面性，写出在无数矛盾纠葛的人物关系交汇点上浮现出来的对人物的关照运动来推动空间场面的转换。这样，每个空间场面中呈出现来的人物性格就具有不同的特点、不同的侧面，不仅让读者看到不同侧面，而且看到了侧面中的重点以及重点的转化。除了在有限的空间交代事件的主要内容以外，又顺笔写出别的事和人，体现了生活现象的完整性和新鲜性。

　　但是，时空处理有其特殊的价值和意义，各空间一旦平行并列，把它们串联在一起组成一个含义时，各个部分在艺术上就发挥了不同的作用。例如，抄检的场面，小说就从时间上缩短（一个晚上），空间容量上扩大，突出表现贾府内部的种种矛盾。同时，充分发展各场面的对比原则，或在一个场面里进行性格对比，如晴雯与袭人，展示她们反抗与顺从的不同性格。或者隔场对比，如探春与惜春、迎春，透出一个是愤懑于家族内自相残杀，一个却自私，而另一个则懦弱。同是描写"已睡了"的林黛玉，"已睡着了"的迎春，作者对于这类似的场面处理也不是对等的。对多疑爱使小性儿的林黛玉，王熙凤是"按住她不叫起来""且说些闲话"，而对迎春，却是"不要惊动姑娘"。场面赋予人物性格的内在含义，只有在对比中才能显现。也正由于作者注意了场面对比、繁简、缓急、高低不同的比例关系，才使得空间的运动、转换形成一个波浪形的曲线，产生了叙述性的节奏。

《红楼梦》读法

一

　　大凡读《红楼梦》，先要晓得《红楼梦》。在清乾隆年间，在北京流传一部手抄本《脂砚斋重评石头记》，只有八十回，后来经过辗转相抄，形成了众多的抄本。迄今为止，发现的抄本有十几种之多，主要者为"己卯冬月定本"《脂砚斋重评石头记》（简称己卯本）、"庚辰秋定本"《脂砚斋重评石头记》（简称庚辰本）、"甲戌抄阅再评"《脂砚斋重评石头记》（简称甲戌本）。乾隆五十四年己酉（1789）舒元炜序的"脂舒本"或"己酉本"。梦觉主人序本《红楼梦》，以《红楼梦》作为书名而不称《石头记》，大约是从这本书开始。梦觉主人序末署"甲辰岁菊月中浣"，故称"甲辰本"。清代蒙古王府所藏八十回脂评本，随后又配录了续书四十回，简称"蒙府本"或"脂蒙本"。1912年，上海有正书局石印的《国初抄本原本红楼梦》，简称"有正本"。因首有乾隆戚蓼生写的序，故又称"戚本"或"脂戚本"。脂评本也流往国外，现藏俄罗斯亚洲人民研究所圣彼得堡分所，即是一例，简称"列藏本"，与早期脂本相同，但眉批、侧批与诸脂本有别。乾隆五十六年（1791），程伟元、高鹗重新整理《红楼梦》，由萃文书屋活字刊出百二十回本，人称程甲本。前八十回同脂本文字有不同，后四十回为高鹗补写，非出原作者手笔。乾隆五十七年（1792），程伟元、高鹗在第一次印本的基础上，又作了许多增删改移，学界称程乙本。此后，出版家便以一百二十回为蓝本，推出多种一百二十回本《红楼梦》，较著名的如王希廉《新评绣像红楼梦全传》、张新之《姚复轩评石头记》、姚燮《增评补图石头记》，等等。

这样看来,《红楼梦》版本有两个系统,一为带有脂砚斋批语的八十回抄本。这些本子是经过脂砚斋等人不同时期评阅的本子,而且经过辗转传抄,彼此之间正文和评语的文字都有些差异。另一个系统是百二十回没有脂砚斋评语,经过程伟元、高鹗整理、删补的本子。这两个系统的本子孰优孰劣,仍是红学界争论的话题。但当今普遍印行的是一百二十回本。

<h2 style="text-align:center">二</h2>

第一回至第五回是《红楼梦》的总纲,纲举目张。细读这五回就明了小说写了什么。第一回开篇作者就明确向读者提示小说的创作意旨,不否认和作家的经历有关,可又特别强调将真事隐去,用假语村言敷演故事,别把小说看成是作者的自传。进入正文,小说家虚构了准神话世界中的两位主人公:神瑛侍者和绛珠仙草。神瑛侍者是已具人形的神仙,由于日以甘露浇灌绛珠仙草,使其脱了草木之胎,幻化人形修成女体。她向警幻仙子表示,神瑛侍者要下世为人,她也要随之而去,用一生的眼泪还他,这就预示神瑛侍者是贾宝玉的前身,绛珠仙草下世则为林黛玉,于是两个人的爱情悲剧必然构成小说故事情节发展的主线。可是作者提醒读者,甄士隐演绎的小说世界和人物,不过是一场幻梦,真真假假,既有又无,到头来好便是了,了便是好。

第二回,积极入世的贾雨村充当林黛玉教习,不过是为日后由他护送林黛玉至荣国府做引线。而冷子兴向贾雨村演说荣、宁二府,则概括介绍了荣、宁二府的发展历史及主要代表人物的性格特征。

第三回,由于小说家将宝黛设置为表兄妹关系,林黛玉母亲逝世,贾母念及黛玉无人依傍,特遣船只来接,林父正思将黛玉送京,恰好贾雨村想烦托贾政鼎助复官,林如海便为贾雨村写下荐书一封,托贾政务为之周全,并让贾雨村与林黛玉坐贾家船,同路而往。这样，林黛玉进入荣国府同贾宝玉会合。透过林黛玉的视点介绍荣国府，并粗略描绘贾母、王夫人、王熙凤、迎春、探春、惜春等人，突出描写的是贾宝玉。

第四回，贾雨村借贾政题奏，复职应天府。一到任便审判薛蟠家奴打死冯渊，夺走英莲案。根据门子的提示，薛家乃为贾、史、王、薛四大家族中的一家。四家联络有亲，一损俱损、一荣俱荣的裙带关系，为小说中的人物提供了社会背景。贾家由盛而衰的历程，也影响了人物发展的轨迹，可能是小说家要表现的一种意旨，但不是主题。贾雨村为讨好薛家而徇情枉法的错判，却又把薛宝钗推进贾府，这样，宝、黛、钗拧在一起，展开了木石前盟与金玉良缘的矛盾冲突。

第五回，作者虚构贾宝玉神游太虚境，看金陵十二钗正册、副册，听唱《红楼梦》曲子预示了贾宝玉与众裙钗的悲剧命运。红楼幻梦仍是小说的主色调，甚或是作家认识世界的主要视点。

三

应以平常心读《红楼梦》。尽管《红楼梦》初看容易细思难，但还未难到神秘不可知的境地。鲁迅先生在《〈绛洞花主〉小引》中说："谁是作者和读者姑且勿论，单是命意，就因读者的眼光而有种种：经学家看见《易》，道学家看见淫，才子看见缠绵，革命家看见排满，流言家看见宫闱秘事……"西方批评家说有一千个读者就有一千个哈姆雷特（英国剧作家莎士比亚《哈姆雷特》的主人公）。诸色人等由于年龄、出身、经历、教养、文化水平、职业、性情之种种不同，对同一部作品的解读不尽相同。尤其是而今特色的转型期，市场经济冲得人们昏头昏脑，心情浮躁，崇尚包装，以假乱真，哗众取宠，标新立异之说频出。从阅读角度而言，与其被奇谈怪论误导，不如排除其他非文学因素干扰，安静地赏鉴小说文本。

四

宝黛爱情，家族盛衰，封建王朝的腐朽与没落，以及后继无人，等等，都可被判定为主题思想，但笔者相信这并不是曹雪芹关注的中心意旨。对生命有常与无常的思索，对青春永恒和对有情世界的探求，才是小说家创作的本意。如果说明代的汤显祖在《牡丹亭》中通过杜丽娘为情而死、为情而生的过程，提出了含有个性自由色彩的追求在幻想的虚拟世界得以实现，那么，《红楼梦》则描绘了封建专制主义者怎样束缚和残害人的个性，摧毁年轻的叛逆者对自由平等、真情的理想追求，哪怕是微弱的呼声都将被窒息。鲁迅先生说："悲凉之雾，遍被华林，然呼吸而领会之者，独宝玉而已。"（《中国小说史略》）别把贾宝玉看成是不懂事的小孩子，可也别把贾宝玉视作革命者。

五

不必用西方小说的结构理论来衡量《红楼梦》，倘如此，必以为《红楼梦》结构散漫不严谨。其实中国古代小说家是按照意象结构小说的，非是西方小说家严格循情节线结构小说。百回本《水浒传》以误走妖魔开头，宋公明神聚蓼儿洼，徽宗梦游梁山泊收尾，前后照应，"妖魔"的起点必然是悲剧的终点。《三国志平话》卷上，开篇写书生司马仲相在花园中饮酒看书，酒至半酣，大骂秦始皇无道，狂言若是他为君，叫天下黎民快乐。阎王拘司马至阴府，让其判汉高祖刘邦、吕后杀功臣英布、韩信、彭越的冤案。司马仲相判三人下世分得汉天下：韩信分中原为曹操，彭越为蜀川刘备，英布转为江东孙权。而刘邦下世许昌为献帝，吕后为伏后，让司马仲相复生在阳间，名为司马仲达，三国并收，独霸天下。《说岳全传》第一、第二回说岳飞前世为佛祖顶上的护法神大鹏鸟，啄死了雌土蝠，这雌蝠转世为秦桧之妻。大鹏鸟又啄伤铁背虬龙，即转世的秦桧，啄死团鱼精，而团鱼精则转世为万俟卨。宋徽宗元旦祭天上表，将"玉皇大帝"误写成"王皇大帝"，玉帝恼怒，派赤须龙下界为金兀术搅乱宋室江山，于是一场民族战争和忠奸斗争用因果轮回去求证，最后岳飞牺牲，悟得因果恢复原身，仍为佛祖的护法神。

《红楼梦》第一回描绘的超现实的大荒山本体世界，为神瑛侍者转世的贾宝玉提供了最基本的人格特质：纯洁的本性，真挚的情感，对美好事物的同情与爱护。绛珠仙草下世后酬报灌溉之德，预示了正文故事中贾宝玉与林黛玉的爱情悲剧，林黛玉将"泪尽而逝"。曹雪芹如同《儒林外史》的作者吴敬梓，也是要通过小说中的人物探求理想人格。不同的是，吴敬梓是在保留先秦儒家思想前提下的探索，而曹雪芹则是在基本上怀疑乃至否定儒家传统的人格模式，而追求一种理想的人格。可惜当时的社会没有给曹雪芹足够的思想支援，到头来只能恢复本真，同僧道返回大荒山。从前后照应的意象结构而言，作续书的高鹗并未猜错曹雪芹的原意，也未说贾宝玉去做和尚。

不过，中国古代长篇白话小说，包括《红楼梦》强调首尾的意象结构，并未忽视中间情节的编织，只是中国小说以事件为核心形成各个段落，再串联各个段落而构成一个完整故事，而让各个段落中某一回照应开篇第一回或结尾的意旨。

《红楼梦》可分为以下几大段：第一回至第五回为第一大段。提示小说创作的意旨，概括介绍贾府主要代表人物，确立宝黛爱情的发展主线，预示十二钗的悲剧命运。第五回照应小说结尾。

第六回到第十八回为第二大段。秦可卿死封龙禁尉与元妃省亲，一悲一喜。秦可卿梦中警示王熙凤说赫赫扬扬的贾家，终有树倒猢狲散之时，尽管有元春封妃并省亲鲜花着锦之盛，仍是瞬息的繁华，不能挽救贾家败亡的命运。但是由于省亲而建立起的大观园，则为贾宝玉和众裙钗提供了生长空间。

第十九回至第五十四回。为《红楼梦》的核心段落，对贾宝玉探求理想人格过程中的矛盾、痛苦，以及软弱，封建专制主义对人性、人的真情的扼杀，薛宝钗与林黛玉两种人格模式的反差，封建贵族的生活方式及观念，各类人物性格，等等，都有深刻描写和刻画。

第五十五回至第六十三回为第四大段。集中描写不同等级、各房奴婢的命运和矛盾，而奴婢之间的纠葛，自然透露出主子们的关系。写丫鬟的同时也刻画了主子。

第六十四回至第六十九回是为尤二姐、尤三姐作传。令人震撼的是，封建贵族为了夺取财产和权利再分配的主导权，竟然毫无惭愧地借刀杀人，可惜尤二姐的软弱、轻信、失身，至死她都看不出阴谋家王熙凤的真面目。而尤三姐过于自信和理想主义，按市民观念，自我做主，独自选择意中人。可同是市民的柳湘莲却怀疑尤三姐爱情的纯洁性，尤三姐不得不以死来维护自己的声誉。在外人看来，贾府内没有真实爱情可言。

第七十回至第七十四回为第一段。林黛玉重建桃花社，大约是大观园诗社的最后一次活动，年轻诗人们的集会结社的自由生活行将完结，之后像柳絮一样随风飘荡。老色鬼贾赦不顾贾母的存在，竟然要收鸳鸯为妾，王熙凤不顾赵姨娘的感受，依势把彩霞说给来旺儿子为媳，邢夫人截获傻丫头捡到的绣春囊，不怀好意地交给王夫人处理，都说明因奴婢引发的矛盾公开化，由此引出抄捡大观园。看似查私情，实际是清理奴婢队伍；同时，也公开地表明以王夫人为代表的保守派，不支持贾宝玉与林黛玉的爱情。因此，抄捡是小说的高潮，也是拐点，贾家更加衰败，大观园的"伊甸园"生活，也随之结束。

第七十五回至第七十六回为一段。下世的景象不仅在中秋赏月中透出种种不祥的异音，过得很冷清，而且史湘云与林黛玉凹晶馆联诗，更显悲寂，林黛玉的"冷月葬诗（花）魂"，预示了自己的悲剧命运，回应了小说的开头。

第七十七回与第七十八回为一段。晴雯之死提升了宝玉的思想境界，痛恶邪恶势力对人的摧残。

第七十九回至八十回为一段。迎春误嫁，香菱受屈，裙钗们走出大观园，面对复杂的世俗社会，是非常脆弱的。

按小说创作规律，高潮之后还应有若干回才跌落至结尾，不可能只写几回便陡然收尾。高鹗续了四十回，大约是这个数字，恰好符合传统的百二十回的排列。

六

第十二回，跛足道人给了贾瑞正面反面皆可照人的镜子，正面是王熙凤站在里面点手儿叫他，反面是一个骷髅儿立在里面，道士告诫他："千万不可照正面，只照背面。"我们看《红楼梦》不只要看正面，也要看反面；不只看文字表层，也要挖掘表层下潜藏的内容和言外之意。因为曹雪芹运用了中国传统文化中的两面思维，二律背反的表现艺术，如真与假、色与空、有与无、甄宝玉与贾宝玉、林黛玉与薛宝钗、晴雯与袭人、尤二姐与尤三姐、贾宝玉的真情与秦钟的世俗之情及贾琏的肌肤之亲、贾雨村的入世与甄士隐的出世，以及冷与热、正与反、悲与喜情节场面的设置，乃至回目都是两两对称的。运用二律背反原则，或是用对比、比较、显示各自色度的差异，来阐释不同理念，或是隐喻象征另一种事物，或是构成戏剧性的反讽。

七

《红楼梦》中人物的话语，真是有个性、有棱角，掷地有声。鲁迅先生在《看书琐记》中评论高尔基惊服法国作家巴尔扎克小说里，并不只是描写了人物的模样，而是能使读者看了对话，便好像目睹了说话的那些人；接着鲁迅说："中国还没有那样好手段的小说家，但《水浒传》和《红楼梦》有些地方，是能使读者由说话看出人来的。"换言之，话语中显现了不同人物的性格，而性格化的话语投射出不同的身份、地位、个性、年龄、教养，以及心理素质等，这是一流小说家共有的手段。

不只如此，《红楼梦》中的人物话语透出一种情趣，一种流动、跳脱的弹性，而且以一当十，话里有话，潜藏丰富的潜台词，很有嚼头。第三十三回宝玉被打，袭人埋怨贾政说："倘或打出个残废，可叫人怎么样哟？"薛宝钗看宝玉后也说："早听人一句话，也不至有今日！"这里的"人"，指的正是她们自己而不是别人，透露出她们的私情，而林黛玉那句"你可都改了吧！"包含着对宝玉的关心、真切地同情，有叛逆者被打后的屈服，有对封建专横家长的惊恐，同袭人、宝钗等人的感情内容迥然不同。可是，一旦林黛玉和薛宝钗面对面地对话，话语表层看似玩笑、斗嘴，内里却紧紧地咬着，有许多话外音。

八

单就由谁来叙述小说故事和人物而言，《红楼梦》中的叙述者不止一个人。开篇的"作者自云"及下文的"曹雪芹于悼红轩中，披阅十载，增删五次，纂成目录，分出章回"，显然是作者兼编纂者，但不是叙述者。"看官，你道此书从何而起"，才是小说的叙述者。进而言之，曹雪芹采用了传统小说的全知全能的视角，第三人称客观叙述者的身份叙述故事。问题是作者在小说的开头就已明白无误地说他是依据"已往所赖天恩祖德，锦衣纨绔之时，饫甘餍肥之日"的经历写成小说。所谓石头记述了幻形入世的经历云云，不过是假托之词，不能否认小说有作者追忆往事的回忆录性质；但小说毕竟是虚构的艺术,我们又不能完全把《红楼梦》看成是作者的自传。因此,甲戌本、庚辰本、己卯本、有正本中有四处是石头用第一人称同读者对话,高鹗、程伟元续书时,可能认为第一人称的石头同小说的全知角度不协调,所以刊出百二十回本时,全部删除了石头的话语。令人惊诧的,叙述者(说话人)在叙述时尽管站在故事之外,同人物和小说之间保持一定距离,避免作主观判断,但在分析某个人物心态时,却情不自禁地由第三人称滑向第一人称的"自己";即便在叙述或描述某个人物的情态或事件时,叙述者也如同小说世界中的一个角色、家庭中的一个成员来讲述家族中其他人的故事。那贴近人物情态,具有感情色彩的话语,不能不让人怀疑作者是在写往事。不过这第三人称中含第一人称的身份,恰恰构成了《红楼梦》的叙述模式不同于其他小说。

其实《红楼梦》最值得称道的是曹雪芹用戏曲艺术的表现方法,通过人物的话语承担叙述者的任务,即介绍人物和事件,推动故事情节的发展。例如,空空道人与石头的辩论,由石头介绍作者的创作方法。第二回冷子兴演说荣国府,借冷子兴与贾雨村一问一答,概括交代贾家的简括历史和主要的代表人物。第十六回,赵嬷嬷和王熙凤回忆贾家与王家接驾的盛况。第四十八回,平儿痛骂贾雨村如何利用职权帮助贾赦夺取石呆子祖传古扇的恶行。第六十五回,兴儿对王熙凤两面三刀性格的鉴定,等等。不只是一个人物介绍另一个人物,而是几个人物介绍一个人物;换言之,小说中的人物既述说了自己的观念、情感,显露了自己的判断和性格,又述说了别人,承担了叙述者的责任,也推动了故事情节发展,完成结构作用。

九

《红楼梦》常常用象征、隐喻暗示某种意旨,道家所谓"假借象见义"也。太虚幻境中金陵十二钗画册与判词,借虚相,用过去发生过的情景，象征实相和现实的时空，预示人物的命运。黛玉葬花，借花喻人，花开花落唤起黛玉，也包括读者对生命有常的怜惜、无常的感伤。对甄家盛衰的虚写，象征、衬托、预示实写的贾家的多种作用，而甄宝玉又是作者借假象象征真相的贾宝玉，让读者深思贾宝玉形象的价值。木石前盟本是幻设的前世的情感盟誓，与金玉缘相对应，而薛宝钗的金锁极具象征意，如同让丫鬟莺儿用金钱打个络子，把玉络上，是否象征着封建家长主张金玉缘，用金锁锁住贾宝玉，用金线束缚住贾宝玉的叛逆性格呢？此外，小说中的诗文、灯谜、酒令也都含有象征意，也因此给研究家们提供了想象空间，做了种种有趣的猜测，但有的论证却让人匪夷所思。

十

荣、宁二府有几百号人，发生的事件涉及社会方方面面，笔笔写到，笔笔着力，实在是吃力不讨好的事，可又不能不用笔。于是作者就借"闲中着色"，不经意地顺笔写出，其实是笔笔有深意。所以，读《红楼梦》要特别注意那不经意之笔。第七回周瑞家的送宫花，刚出房门就遇见金钏和香菱，周瑞家的细看了一会儿，问父母在哪里，今年几岁了，哪里的人，香菱都说不记得了。描述香菱的相貌身段用秦可卿比拟，已是省简许多。连自己的年龄、父母和从哪里来都"不记得了"，这淡淡的话语背后隐藏着香菱的辛酸身世。第二十八回，元春赐给宝玉、宝钗各红麝香珠两串，林黛玉却没有享受这种特殊待遇，这不禁让人们猜测元春借物表明她对贾宝玉婚姻对象选择的倾向性。过了一会儿，宝玉和黛玉斗过嘴后，在贾母房中遇到宝钗，宝玉笑着说他要瞧瞧那香串子，小说写道："可巧宝钗左腕上笼着一串，见宝玉问她，少不得褪了下来。"仍然是淡淡的几笔，却引发读者许多联想：元春刚刚赐给她，宝钗为何立即戴上？只有她与宝玉有红麝香珠串，她戴上之后心里想着什么？可见闲笔不闲，颇有深意的。因为这一笔不只写了宝钗，也间接写了宝玉，那宝玉见宝钗褪香珠串时露出了"雪白的胳膊，不觉动了羡慕之心"，暗暗想道："这个膀子，若长在林姑娘身上，或者还得摸一摸，偏长在她身上，正是恨我没福。"真正是见了姐姐忘了妹妹。

传统文化心理与《红楼梦》的典型观念

鲁迅先生说："至于说到《红楼梦》的价值，可是在中国底小说中实在是不可多得的。其要点在敢于如实描写，并无讳饰，和从前的小说叙好人完全是好，坏人完全是坏的，大不相同，所以其中所叙的人物，都是真的人物。总之自有《红楼梦》出来以后，传统的思想和写法都打破了。"正如《中国小说的历史的变迁》一书中提到《红楼梦》首先是突破传统思想和价值观念，然后才有典型观念的改变和写法的打破。

一

讨论《红楼梦》的典型观念和典型构成，不能不概述中国传统的政治取向对小说家典型观念构成的影响，进而探索《红楼梦》对传统典型观念的突破。

传统文化是一个笼统的共鸣，它在时间序列上包含着许多不同的精神来源和内容，有众多的主题，但在中国传统文化里，以人为本的观念却是最基本的主题。中国的传统文化不同于西方和亚洲其他文化，比较能摆脱宗教和宇宙论的纠缠，以人为本位，重视人与人的关系，因而也就注重现实的人生问题。儒家言伦常，法家讲法术，墨家倡兼爱，皆为现实政治寻求可行道路。此后汉儒言经注经，宋明之理学，都是为治理人生现实问题而进行的哲学思考。人世间的矛盾要人来调解，环绕着自我反思，对个体生命的价值和归宿，为各派思想家经常讨论的老问题。比较地说，儒家在个体人格同社会关系上，虽也强调个体人格的自主与自尊，重视人的价值，可是又从来不脱离社会伦理关系来评判人的价值，人的价值只有放在决定人格价值准则的社会天平上才能显现出价值。因此，儒家倡导以"仁"出发培养道德情感，使人的思想行为符合"礼"的要求，以适应社会的规范。"修己以安人""修己以安百姓"（《论语·宪问》），形成对人、对社会、对国家的责任感和使命感。《大学》说"修身、齐家、治国、平天下"，就是道德人格完成过程。治国平天下的关键在于个人的伦理道德修养，把道德理想转化为现实政治，就是所谓"圣王"思想。儒家企望的理想的圣王人格，是通过把皇帝理想化的方式铸成的，这不仅成为人们评判帝王等次的价值取向标准，而且也成为史学家塑造历史人物性格的模式。史学家何尝不是补笔造化，依据儒家理想人物性格，把历史人物的性格塑造成各类典型，从而定型化，为历代人们效法的样板呢？当然，秦汉大一统的建立，政权由多元化走向一元化，"道德"与"政治""修己"与"治人"，始终处于紧张状态，政治往往凌驾于道德之上，乃至于涉及道德的实现，儒家的"圣王"思想仅仅是理想化的政治而已。所以，汉以后先秦诸子构想的"圣王"形象悄悄地转移到儒者修身、立言和教化上。但是"古人未尝离事而言理"（章学诚《文史通义》卷一：内篇一·易教上）。立德、立言、立功始终是中国知识分子的一贯信念。

二

以人为中心的运思趋向，一切思想理论都以政治伦理为始点的思维方式，形成中国文学对封建政治紧密联系的关系，这也影响中国小说家们一开始就把基础奠基在人间，重点放在人情上，重视小说在伦理道德上惩戒善恶，涤虑洗心，有补于世道人心的作用。表现在人物形象塑造上，便是选择最能表现社会伦理和人际关系的典型人物，通过对人的反省分疏，一方面，表露人格的价值和自我实现人格完善的过程；另一方面，揭示人物面对外在关系的规定，怎样承担或解脱人世间社会政治现实问题的道路，这种人生化、理性化的艺术，是中国古代小说十分显著的特征。

实用理性思维造就了理性色彩很浓的性格，由于古代小说家们审美意识与封建伦理观念紧密地结合在一起，审美情趣里沉积着伦理观念和道德要求，传统的义务本位精神强烈影响作家的审美情感，这就使得小说家在创造每个典型人物时，都要经过理性主义染色板的调制，美与丑、善与恶都要非常明晰和确定，并以强烈的理智形态呈现出来。人物性格的结构不可能是多层次的，性格的光谱也不可能是多色的，而是比较单纯，往往强调那些具有社会普遍意义的伦常观念，描写那些最能培养高尚情操的东西。于是小说家们歌颂忠勇报国的杨家将，马革裹尸、战死沙场、为国捐躯的宗泽、史可法，不畏权贵、爱民如子的包拯、况钟、海瑞，刚正不阿、克尽职守的魏徵。反对暴君独夫的周文武王、姜尚，鞠躬尽瘁、死而后已的诸葛亮，深明忠义的关羽、张飞、赵云，斩除人间妖魔的孙悟空，诛邪扶正、为民除害的鲁智深、武松、林冲、李逵等梁山英雄。争取做人的权利和自由生活的杜十娘，反抗封建礼教、向往自主婚姻的婴宁、小翠、连城、晚霞、青娥、林黛玉、晴雯。与此同时，中国古代小说家们也塑造了一批有如殷纣王、董卓、秦桧、张邦吕等昏庸失德、荒淫无耻、奸佞凶残的反面典型。

不必讳言，上述典型并不都是性格化的典型。这并不是说中国古代小说家们缺乏艺术创造能力，写不出性格的多面性、复杂性。事实是在中国古代小说中，如武松的主要性格是忠勇，但又"固具有鲁达之阔，林冲之毒，杨志之正，柴进之良，阮七之快，李逵之真。吴用之捷，花荣之雅，卢俊义之人，石秀之警者也"（金圣叹《水浒传》第二十五回总评）。诸葛亮虽然神机妙算，腹谙韬略，奇计用兵，善于识人用人，却误用庸才马谡，招致街亭失守，进军中原的溃败，后又败走麦城。曹操虽冷酷无情，却有着感人的诗人气质：能宽恕替袁绍起草檄文、大骂曹操以致他祖宗的陈琳，却不能容忍猜透他心思的杨修。至于像宋江、林冲的性格不只是一面，而是多侧面多层次，并且作家写出了性格的发展。很明显，我们不能把这类典型人物归之于类型化典型。

问题是中国历史长期发展形成的伦理观念与民族审美情趣，特别是义务本位的观念又把人限定在各个本位之内，在特定的规矩和范围之内尽自己的义务，不准有任何逾越，个体的自主独立性只有服从伦理原则，与自然和社会相统一，才是美的。不同于西方特别突出自我的确立，认为每个人都是他自己内在因素的创造物，强调个人在身体和个性上的美感欣赏以及自我意识和意志能否实现，能否以自我组织的方式去面对社会挑战，能否自我完成。所以，西方文化中常常要描写个体的灵与肉激烈冲突的人物。灵与肉的分裂，个体与社会对抗，必然形成人物性格的复杂多面。而中国小说家却以个体与社会的统一作为自己典型创造的前提，力求从这统一中寻找美，并且把这美同伦理道德的美联结起来，把美与善提到首位。因此，本质地说，中国传统文化心理造成了自我弱化，自我性格压缩。由此，中国的小说家为了强调某一方面的审美理想和伦理观念，往往较多地突出与伦理道德相联系的性格特征，赋予人物以明确的是非善恶形态，抑制了人物性格其他侧面的表现。即使是描写了性格的多样性，也还是一种平面的并列结构。不像西方小说和中国古代小说的性格构成，属于性格的两极性交叉融合，肯定与否定的二元对立，由于人物性格内的两极相互撞击冲突，推动了人物性格的发展。相反，传统小说的次要性格与主要性格在量与质的比值上并非对等，只是衬托、深化主要性格，形成多谱色。如果说性格上出现矛盾冲突的话，那也多半是外向的，性格与性格之间的冲突，所谓忠与奸、善与恶的矛盾对立，而不是人物性格的自身既有善又有恶的正反两极的斗争。可见，在典型构成上要求有明确的是非善恶的伦理规范，不能不说是中国封建宗法式社会体制和相应的儒家思想观念，对艺术典型的具体形式起了决定作用，钳制了作家的审美理想，于是人物典型必然以模式化的形态出现。尤其是历史演义小说，更能体现中国人的历史意识，即彰显人生真理或道德教训的镜鉴。所以，无论是描写开国题材、消除内患、巩固政权的小说，还是反抗外族入侵、忧患国家存亡的小说，都强调突出具有普遍政治意义的性格特征。人物按忠与奸、正与邪、善与恶排列组合，形成对立营垒。倘如是正面角色，往往是誓死效忠的精神象征，具有超人的勇敢，史诗形态的道德情操，对坏人宽大为怀，忠于自己的情感和道德上的约束。但是，另一方面，小说里的反面人物通常被写成狡猾、阴险、玩弄权术，而又掌握权力。跟宦官及其他有势力的朝臣勾结，又与下层贪官污吏结党营私，形成派系，左右不明真相的昏君。这样一来，忠臣义士一出场便投入艰巨的斗争，不断战胜空间和时间内人为的或自然界的种种威胁因素，始终保持着紧张和痛苦的状态，而且这种内心的紧迫感使他左右为难，因为历史的使命感和民族情感，使人物产生战胜困难的需要，不愿妥协。但是英雄人物往往遭到陷害，不能实现他们的主张，最终落个悲剧命运。也正是在这忠与奸、善与恶的对比中，将人物行动具象化，并赋予伦理观念以深度，完成讲史小说历史教育的目的。所以，历史演义小说构成典型的方法，虽然受主题性质的影响有所不同，但是由于中国的讲史小说家取材于历史而又不都忠实于历史，大多把历史事实与虚构结合起来进行创造，或者说对历史加以小说化的描写，目的是让人们作历史的反思而不是单纯传播历史知识。因此，小说中的正面人物，不等同于历史人物，而是某种精神道德的典范。带有黑格尔所说的"世界性历史人物"的特点，表现了中国民族的精神和特性。读者也在单纯的历史观和道德观的影响下，很少会像历史学家那样追究历史的真实性与可靠性。他们感兴趣的是具有民族意义的人物的命运、历史的教训和处理诸种矛盾关系的艺术。由此，历史小说家在刻画人物时，采取抽象和样板式的写法，强化某一方面的性格特征，这几乎是历史演义小说家们惯用的写法，也因此中国小说铸成了一批圣明君主与昏君，忠相与奸相，清官与贪官，忠勇报国的民族英雄与出卖民族利益的内奸，豪侠与恶霸，节妇与淫妇，以及师爷、媒婆、术士等形象群体。这种程式化、规范化的造型，性格单纯明晰，有明确的质的规定性，能够准确地表达作者的审美理想，也容易被读者把握。然而，深受儒家功利主义文艺观影响的作家，急于要通过小说中人物说明对生活的伦理思考和审美理想，当这种表现自我的欲望不能自制，超越了艺术思维的自我，甚或用政治的价值观念代替艺术的审关价值观念时，就必然会忽视人物个性化的塑造，人物性格的内在机制得不到充分揭示，而造成人物性格的类型化。可见，如若塑造个性化的典型，必须冲破实用理性的藩篱，彻底改变小说家的典型观念。

三

《红楼梦》问世以后，小说观念发生了变化。这就是《红楼梦》打破了传统小说遵循伦理观念和道德要求进行典型塑造的原则，一反英雄和道德楷模的主题，不再搜寻那些圣君贤相的"大贤大忠，理朝廷，治风俗的善政"，忠臣孝子，义夫节妇的忠孝义，"班姑蔡女之德"，以及包打人间不平的英雄豪侠，半神半人的理想主义人物。而是着力描写"半世亲见亲闻的几个女子"的"悲合离欢"、家族的"兴衰际遇"。社会批判的内容不限于揭露抨击社会的黑暗与罪恶，还提出了危机观念，否定了封建社会存在的合理性。这种危机观念不仅深入到政治、经济，而且深入到文化、道德等精神领域和人的自身方面等。社会与人自身的危机观念必然影响作家注重人物内心世界的剖析，开始把人物的印象、体验、幻觉、想象等心理活动和社会环境、人物生活的场景联系在一起。于是，对现实的艺术概括，采取了新的典型化的方法，即"追踪摄迹，不敢稍加穿凿"，按照客观事物相互联系和相互影响这一客观规律来反映生活，从而使形象所概括的生活具有丰富性和复杂性，那种靠伦理判断和理智观念的外在规范和直接干预典型性格的塑造方法遭到了排斥。作家的审美理想也不是经由传统的义务本位思想的过滤，表现出纯净的伦理色彩，而是以艺术家的感受再现生活真实，以艺术家的直觉接触到了社会关系的内在法则，从而以诗人的情感作为理性的实践要求。典型不再以单一、严整、和谐作为形式美的追求，而转向多面、复杂、独特的个性描写。这正如《红楼梦》第十九回脂砚斋评贾宝玉的性格："听其囫囵不解之言，察其幽微感触之心。审其痴妄委婉之意，今古未见之人。亦是未见之文字，说不得贤，说不得愚，说不得肖，说不得善，说不得正大光明，说不得混账恶赖。说不得聪明才俊。说不得庸俗平（缺字），说不得好色好淫，说不得情痴情种，恰恰只有一颦儿可对，令他人徒加评论。总未摸着他，人是何等脱胎，何等骨肉，余阅此书亦爱其文字耳，实亦不能评出二人终是何等人物。"其实脂砚斋已经评出《红楼梦》的典型性格的构成因素不是单一的，而是丰富的多侧面的整体。不是线性的几个面的并列，而是圆形的正反双向的立体构成。所谓贤、善、正、聪明才俊、情痴情种与愚、不肖、混恶、庸俗、平庸、好色、好淫彼此矛盾对立，在人与人之间特定关系下表现出不同的性格侧面，呈现出人物性格的复杂性和模糊性。因此"宝玉之发言，每每令人不解；宝玉之生性，件件令人可笑"（庚辰本《石头记》十九回夹批），正是"宝玉之语全作图图（囫囵）意，最是极无（未）（味）之（语），是极浓极有情之语，只合如此写，方是宝玉。稍有真（功）（切），则不是宝玉了"（庚辰《石头记》脂评七十七夹批）。很明显，由多种元素构成的性格，每一种元素都显示性格的一个侧面，这种元素愈多，性格的侧面就愈多，性格也就愈复杂，并且构成性格的诸元素是多色的染色体，彼此之间必然相互冲突，有肯定又有否定，肯定中有否定，否定中又有肯定。这如同作者描写晴雯是"水蛇腰""削肩膀""偏用俗笔反笔，与他书不同也"（脂评七十四回），反而突出了晴雯的外形美。贾雨村在娇杏的眼中，"敝巾旧服，虽是贫窭，然生得腰宽背厚，面阔口方，更兼剑眉星眼，直鼻权腮"，不必用鼠耳鹰腮的套语来写奸人。"尤氏亦可谓有才矣，论有德比阿凤高十倍，惜乎不能谏夫治家，所谓人各有当也"（庚辰本《石头记》脂评四十三回夹批），避免了"恶则无往不恶，美者无一不美"，把人物性格高度简单化了的写法。然而，《红楼梦》中人物性格的复杂性和模糊性，并没有冲淡性格中的主导因素，恰恰是这核心性格的存在，才使典型性格有明确的质的规定，可以被读者把握和认识。因此，不论贾宝玉、林黛玉的性格再怎么复杂，绝不会改变他（她）们的叛逆性格，而变成反面人物。或是如脂砚斋"望之兴叹"那样，"实亦不能评出此二人终是何等人物"！因为曹雪芹对他所描写的人物都有其鲜明的倾向，但是曹雪芹并不是站在作品内指手画脚地表态，把人物写成象征善或者恶的符号，而是"如实描写，并无讳饰"（鲁迅《中国小说的历史的变迁》）就使得形象的生动性和作者倾向的明确性辩证统一，造成了人物性格和行动的多面性多样性，从不同侧面反映了人物的基本性格，描写了人物性格的发展，写出了人物的精神面貌在不同历史时期的变化，以及形象本身所体现的阶级意识和社会风尚。

真实是典型创造的生命。在《红楼梦》中，曹雪芹描写了人物性格的复杂性。这并不是出于作家一时的心血来潮，而是由于清代社会生活较前代更加丰富复杂，特别是资本主义萌芽经济的壮大，民主主义思想成为一股不可忽视的力量冲击着封建主义，似乎对人本体的认识和理解也有了新的变化。这种变化必然影响作家和评论家去探索和创造在深度上与时代同步的艺术认识形式，艺术认识的中心是人，于是，小说中刻画真实的复杂形象问题就被推到前列，成为必须解决的一个重要问题。这个时期的评点家，如张竹坡、卧闲草堂、脂砚斋都强调了要真实地展示社会生活，人物性格的创造要有现实根据，要符合生活本身的形态，符合生活的某些本质规律。所谓"于一个人的心中，讨出一个人的情理"（张竹坡《批评第一奇书〈金瓶梅〉读法》四十三），写出"必有之事，必有之言"（脂评庚辰本《石头记》十六回眉批）。他们所一再强调的真实，主要侧重于作品和人物性格中所包含的客观真理性。就是说他们既然把小说中的人物看作是现实生活中的真人，而人又是生活于复杂的社会中，反映着生动的、复杂的、多层次和多侧面的社会关系，当然就不会赞成简单化的性格描写。因此，他们反对写"完人"，主张按人物本来的面目写人，但不是对生活的外在原始形态作简单的移植，而是经过典型化过程，达到艺术真实的较高层次。可惜，《红楼梦》的典型观念和塑造人物性格的经验，并没有形成当时和后来小说创作的整体审美倾向，继续向着自己的本质复归，推进对典型本质的更深层次的掌握。相反，许多作家仍然以伦理功用取代了对象本体，以量和类的平均值测定典型，按照理性原则塑造人物。这说明传统精神中的伦理化倾向，既是中国古代小说忧患意识的显著特征，又是束缚作家创作个性不能自由发挥的原因所在。

四

虽然《红楼梦》突破了儒家实用理性性格的规范，但它接受了易、老、庄的三玄和禅宗的影响，塑造了具有诗化性格的人物典型。道家（包括禅宗）较多地注意艺术的自身特性和思维规律，探求艺术品的物质形式以外的观念形态的本体，于是便出现了抽象性、象征性、理想性的性格形态。因为在道、释两家看来，艺术作品不过是艺术家观念的外化，换言之，艺术作品是艺术家精神创造的产物，艺术家通过物质性的媒介——艺术作品表现艺术观念，所以作品的真实性不存在于艺术本身的物质材料，而在于"意"（观念、精神），即《庄子·外物》篇所谓"言者所以在意，得意而妄言"，重要的是

"言"中隐寓的某种意念，而不是形象本身的合理性与真实性。

同样受道、释两家影响的伟大小说家曹雪芹，却不同于董说蒲团座上拈花微笑人生，也不做灵隐青山、心归蓬莱的道士。他既悲愤现世人生，又强烈地追求人生的艺术化，这种对人生的诗化情感成就了一部伟大小说——《红楼梦》，也影响了小说人物的诗化性格，可以说把中国古代小说的典型塑造提到了一个新的审美阶段。这不仅是因为作者"如实描写，并无讳饰"地刻画了人物性格的多面性，形成了独特的"这一个"；值得注意的是，"忘象妄言"，从"这一个"具象升腾到空灵的境界，追求形象之外更深潜的意义，又不完全是"这一个"。所以，林黛玉的悲苦，就不只是寄人篱下、爱情不得实现的一位少女的苦痛，更主要的是作者把这种情感"净化"——或者说艺术化了，成为那时人们对人生有常与无常，对人纯真生命的普遍探求。"侬今葬花人笑痴，他年葬侬知是谁？试看春残花渐落，便是红颜老死时"。黛玉因落花而抒发人生感喟，落花所体现的悲愁，显然已超出了林黛玉的性格本体，难道不正是阮籍、嵇康、陶渊明、陈子昂等数不清的诗人们对人生的相同感念？

更妙的是，《红楼梦》中作者为了揭示生活的复杂性、人物性格的多面性，又将"这一个"人物分做两个独立并行的形象，实际是用两个人物来写一个人物。如作者在塑造贾宝玉典型形象的同时，又写了一个与贾宝玉同名、同相貌、同性情的甄宝玉。用两个人物来写一个人物，在西方小说中多用来表现人物梦幻时的心理矛盾，很少作为独立的实体而存在。但是，《红楼梦》的作者也许是受道家"破人我之分，物我之分"，释家的"破我执，破物相"的思想启示，创造了双影形象，无疑是丰富了中国古代小说的典型理论。

曹雪芹何以要把贾宝玉分成两个人呢？甄宝玉在前八十回中并未出场，只是由贾雨村向冷子兴介绍甄府时，读者才知甄宝玉的性情格调同贾宝玉一般行景；后来在第五十六回，甄府的管家娘子向贾宝玉提到甄宝玉，才引起贾宝玉的疑惑，于是梦中到了甄宝玉的大观园，临末见甄宝玉正在睡觉，甄宝玉醒来也说梦中到了都中一个大花园子里头，好容易找到宝玉房里，偏偏他也在睡觉，贾宝玉听了，便走向前去相认，两人正要合二为一时，突然有人说"老爷叫宝玉"，便大叫而醒。这笔法颇似庄子里的梦蝶，不知我是蝴蝶，蝴蝶抑或是我，借此揭示相对主义的哲理。而曹雪芹则是用形象以外的形象来揭示人物的内心活动，表面看是写贾宝玉的心理恐惧，他的妹妹们不理他，不再认他，但仔细体味甄宝玉说的"好容易找到房里，偏偏他也在睡觉，空有皮囊，真性不知哪里去了"的话语，可能是要说明人物的"真性"的。可惜从第五十六回以后曹雪芹没有再让甄宝玉露面儿，我们不能确知曹雪芹的本意。

到了高鹗笔下，甄宝玉作为真实人物上场：先是甄府送来仆人包勇使甄贾两家联系起来，又借包勇之口，说甄宝玉一次大病中梦见自己到了一个有牌坊的庙里，看了好些册子和无数女子，个个变成了鬼怪和骷髅，病愈以后竟改了脾气，"唯有念书为事。就有什么人来引诱他，他也全不动心"，而且还"能够帮助老爷料理些家务"。到了第一百十五回，贾宝玉与甄宝玉正式相见，虽然相貌、生活习性相类，但甄宝玉满口忠孝仁义、文章经济、显亲扬名、立德立言，也入了国贼禄鬼之流，这使贾宝玉很反感，不愿同他接近。

高鹗把甄宝玉写成现实中的人物，不一定符合曹雪芹似幻似真的意愿，因此遭到了裕瑞的批评："讵意伪续四十回家，不解其旨，呆呆造出甄贾两玉，相貌相同，性情各异，且与李绮结婚，则同贾府严成两家，嚼蜡无味，将雪芹含蓄双关极妙之意荼毒尽矣！"《枣窗闲笔》中裕瑞批评续作不解曹雪芹原意未必准确。因为甄宝玉的出现，甄家同贾家的关系是由曹雪芹确定的，高鹗据此引申虚构也不必过分责难，特别是在第一回中有"欲将已往所赖天恩祖德，锦衣纨之时，饫甘餍肥之日，背父母教育之恩，负师友规训之德，以致今日一技无成，半生潦倒之罪，编述一集，以告天下"的作者自云，第五回又有警幻仙姑对宝玉的告诫："从今后万万解释，改悟前情，留意于孔孟之间，委身于经济之道。"这虽然不是贾宝玉的话语，但并不等于说贾宝玉内心没有这方面的矛盾。因为贾宝玉毕竟不是一个彻底的叛逆者和民主主义思想家，不可能纯净得没有受一点封建主义思想的影响，何况作者正是通过小说表述了封建功名利禄观念和名教观念，同贾宝玉某些叛逆思想的矛盾。那么，续书作者沿着曹雪芹提供的人物性格线索，把甄宝玉从虚幻的空间引向现实空间，作为性格的另一侧面和贾宝玉性格相对应，"假象见义"，表现贾宝玉自身的双重性格，以及双重性格间的矛盾。这就是一方面，贾宝玉鄙弃功名利禄，不愿涉足官场；另一方面，悠游岁月，无所事事，所谓"可怜辜负好时光，于国于家无望"。一方面，贾宝玉对林黛玉的爱情是真挚、坚贞的；另一方面，他又对薛宝钗美貌神迷，沉溺于袭人的柔媚。实际上这两个人，一个是他同床伴侣，处于准姨娘地位，另一位后来成为他的妻子，是他现实生活最亲密的人，他不能完全割舍，她们的思想观念对贾宝玉造成了极大的心理压力。尽管贾宝玉对薛宝钗、袭人的规劝常常鄙视，甚至生起气来骂人，然而贾宝玉要保持对这类女人的爱，又不能不听她们的话，有时候也用功几天，这就使贾宝玉游离于林黛玉、薛宝钗和袭人之间。同时贾宝玉的心理矛盾不限于这三个女子，对各类型的美女常常有非分之想，反映到贾宝玉身上，便透出贵族公子哥儿庸俗低级的特性。总之，作者把理想与现实、反封建的与封建的、坚强与软弱、高尚与庸俗……相对立的性格气质统一在贾宝玉身上，让甄宝玉作为贾宝玉性格的外像，或是内心矛盾的幻想，这或许是续书者的高明处，因为只有这样，才进一步显现贾宝玉心理场的强烈张力。

如果说曹雪芹笔下的甄宝玉只是贾宝玉的幻影，而高鹗续书的甄宝玉则是有血有肉的实体，那么，我们不妨把甄宝玉看作是代表着不同人生道路的对立形象。两个宝玉最初性格完全相同，后来甄宝玉靠宗教的力量醒悟了，"改了脾气"，为了"不致负了父亲师长养育之恩"，走上了封建正统的道路。贾宝玉则继续发展他的反叛性格。"我想来有了他，我竟连我这个相貌也不要了"。"这个相貌也不要"，可否说是贾宝玉与甄宝玉那种与现实妥协的人生道路决裂，靠内心的自觉由内向外超越，超越到云游世外。这种"假象见义"的笔法，在《红楼梦》中又不限于一个人物，有时作者借人物群体共同构成一个意象。第五回贾宝玉神游太虚幻境，警幻仙姑许了他一个妹妹，这个艳色女子"鲜艳妩媚大似宝钗，风流袅娜又如黛玉"。然而"集二美于一身"的却是秦可卿。仙姑介绍说："乳名兼美，表字可卿。"脂砚斋注云："妙！盖指薛、林而言也。"林黛玉风流袅娜，情深义重，为宝玉的知己。薛宝钗端庄贤淑，深通人情世故，为标准的持家主妇。而秦可卿精于风月，红楼梦十二曲说她"主淫"。曹雪芹何以特别突出这三个人的特点，并将爱情、婚姻、肉欲三位一体呢？从表面上看，作者好像是为贾宝玉提出的爱情理想和婚姻的归宿，但细思之，警幻仙姑借"千红一窟（哭），万艳同杯（悲）"之喻，暗示十二金钗都无好结局，并且贾宝玉"依着警幻所嘱，未免做起儿女事来"，却又受仙姑警告，要勿堕深渊，"作速回头要紧"，就不单单是对世俗爱情的否定，而是内含着对超然于物外的纯真生命的追求。因为爱情、婚姻、情欲三者很难兼美的，痴情女子未必是理想的家庭主妇，也不见得符合封建家族的标准；贤惠的不一定投契贾宝玉的心愿；皮肤之私虽为人本能的需求，但只沉醉于肉欲，何异于禽兽？即便是三者兼美，按照曹雪芹的观念，最后都要幻灭而归于虚空。

在中国古代小说发展史上，曹雪芹旨在表现人物性格的真实、完整、丰满的典型观念，塑造人物的方法，不但超出了中国与他同时代和前代的小说家，而且也超越了西方18世纪的小说家，可以同世界上19世纪的任何一位伟大小说家比肩。但是他的典型观念与方法又不同于西方十八九世纪现实主义作家的创作原则。而属于他自己和中国小说家的思维性格。这就是说：一方面，曹雪芹不以自己的主观情感代替对人物性格的客观描写，能客观、真实、全面地描绘人物性格的多面性和复杂性，无论在性格塑造的深度和广度上，都超过了前辈小说家；但另一方面，曹雪芹的思维方式，又深受中国民族传统精神和心理的制约。他在塑造人物典型形象时，除了忠实于生活，能够猜测到生活的辩证法外，往往受传统哲学的认识论和本体论的影响（如《周易》的阴阳、刚柔说，二程（程颢和程颐）、朱熹的"格物致知"），加上曹雪芹的认识论中杂糅了佛家的思想，因而典型性格内含有浓重的虚幻成分，这就是曹雪芹在结构形象时往往喜好用象征手法的原因。他开拓了性格结构层次，丰富了性格的内涵，同时也给读者留下了不能确切"解其中味"的困惑！

《红楼梦》打破传统写法了吗？

——读《红楼梦》断想录[*]

　　鲁迅先生在《中国小说的历史的变迁》中说："至于说到《红楼梦》的价值……总之自有《红楼梦》出来以后，传统的思想和写法都打破了。"我以为《红楼梦》对传统写法有因袭，有突破，但并没有彻底打破。

　　讨论此题的目的并非是贬损《红楼梦》的价值，而是探讨《红楼梦》在中国古代小说艺术形态发展史上占据了哪一座高峰？从说书体小说向现代意义小说形态转型时，又表现出哪些新形态？小说家构思时的困惑，等等。

叙事人称选择的困惑

　　细按《红楼梦》的叙述者大约有作者（编撰者）、说书人、石头、戏剧化的叙述者。

　　甲戌年《脂砚斋重评石头记》开篇有个凡例，第三段云："此开卷第一回也。作者自云曾历过一番梦幻之后，故将真事隐去，而借'通灵'说此《石头记》一书也……自己又云……"叙述者公开宣明自己是本书作者，而且还毫不掩饰地依据已往的经历，背父母之恩，负师友规训的教训，借贾雨村言敷演出来，显然也是以"自己"的身份追忆往事，而不是传统的说书人讲述别人写的故事。倘若真的

---

　　* 本篇只是笔者的断想，并非是具有严格规范的学术文章，故有的引文未完全加注释，与时贤观点相似者也未加说明。

按此说明写下去，无疑是对传统叙事模式的突破，在白话长篇小说中开启了第一人称的叙事方法。即便其他的脂评本，抑或程高本把凡例归入正文，也抹不掉小说是根据自己梦幻般经历而写的责任。

问题是这个"作者"是谁呢？脂砚斋在甲戌本眉批中指出是曹雪芹，可是小说正文却说"后因曹雪芹于悼红轩中，披阅十载，增删五次，纂成目录分出章回，又题曰《金陵十二钗》，并题一绝"，只承认曹雪芹是个编者，而没有明确说自己是作者。笔者以为这并不仅是涉及朝政不敢承担政治责任。其实无论曹雪芹是承认或是否认是《红楼梦》作者，都解脱不掉政治关系。因此与其说是政治层面的考量，不如说是创作构思的尴尬。因为尽管我们不把小说归之为自传体小说，可他描写的是他经历过的事件和人物，有一些人可能就是他的亲人，倘若用作者自云，近似第一人称的叙事角度，无可回避对事件和人物的褒贬，这对作者而言是非常尴尬的。

不过作者似曾选择另一条叙述者路线，即让"石头"充当叙事角。既然在第一回作者说青埂峰下的石头，被那茫茫大地渺渺真人携入红尘，回来后上面字迹分明，编述历历，记载着见闻，那么石头是有资格也有条件充当小说第一人称的叙事者的。按脂砚斋的话说，这也是掩饰自己是第一作者的狡猾之法，事实是甲戌本第六回，甲戌本、庚辰本第十五回，庚辰本、己卯本、王府本、有正本第十八回，均曾有石头用"蠢物"和"自己"的口吻说明小说为何从刘姥姥写起；在铁槛寺，宝玉要和秦钟算账为何不敢纂创；大观园题对额到"有凤来仪"等处为何只让宝玉显露；等等。

令人诧异的是，曹雪芹并没有让石头充当第一人称叙事的主角，而且从十九回以后便听不到石头的声音，原因无它，第一人称石头承担不起繁杂的叙事功能。固然石头的亲身见闻，如同"予"和"我"的见闻，有其可靠性、真实性和权威性，可以同读者建立信任感。但是这第一人称的视点是有限的，只能限定在他（她）个人的视点之内，不能超出感受能力、知识范围和语言能力，否则叙述者的叙述就失去可信力，甚或产生一种戏剧性的反讽效果。脂评甲戌本第十五回，秦钟与铁槛寺小尼姑智能偷情，被宝玉发现，秦钟不让宝玉喊出来，到晚上睡下后再算账。夜晚临睡前凤姐怕"通灵宝玉"失落，命人拿来塞在自己枕边，宝玉和秦钟算何账目，石头说"未曾记得，此系疑案，不敢纂创"。看来曹雪芹很懂得遵守第一人称有限视角的运用规则。但问题也在这里，倘若《红楼梦》以石头为主要叙述者，他不但要常常被塞在枕边而不敢"纂创"，而且他说的不是唐代传奇小说的一人一事，而是描写有四五百号人物，从朝廷到市井各个社会层面，石头怎么可能面面俱到呢？到头来如同《二十年目睹之怪现状》的九死一生，不断交代听某某说的，或是陷入"以后这事我就不知道了"的尴尬，读来很不顺畅。

再者，从叙事学而言，一部小说中除一个首席叙述者这外，还有不同的叙事声音，形成了由一种叙事人称向另一种叙事人称的移动，因此保留有石头的叙事视角，也不失为一种写法。问题是石头只闪亮登场四五次便消失，不能不说曹雪芹遇到了创作上的困惑，《红楼梦》百科全书式的生活层面和作者的创作意旨，都不适合于由石头承担叙事，于是只能回归传统，选择"看官听说"的第三人称的全知视点。于是程高本中"蠢物"的话统统被删除，由一位叙事者指挥。因为第三人称的全知视点上知天文地理，下知鸡毛蒜皮，无所不知地引领读者，在叙事上简捷、方便、调度灵活，情节移动迅速，时空跨度大小长短任由叙述者掌控，几句话交代一切，省却了许多描写，特别是能窥视人物的内心活动，随时评述人物及事件的得失。

值得注意的是，《红楼梦》第三人称的全知观点，不同于传统的职业说书人向听众或说书体小说中虚拟说书人向虚拟的听众讲述别人写的故事，站在事件之外评述与他的现实生活无关的故事情节和人物，同小说世界保持一定距离。而《红楼梦》第三人称的叙述者则是存在于故事世界之内，如同小说世界中的一个角色、家族中的一个成员——但不是作为小说中的人物讲述家族他（她）们的故事。比较《水浒传》说话人像一个唠唠叨叨的向导，时时介入小说，打破叙事流，引领读者的思路；比起《金瓶梅》的叙事者怀有强烈不平，常常借用"原来"不断抨击他描写的人物；《红楼梦》叙事者则更贴近人物的情感，富有情感色彩的话语，细微的观察与描述，同人物的感知大体一致，并不比小说中的人物知道得多。哪怕在描写王夫人对金钏之死的态度上，似乎有难言之隐。如叙述者说："王夫人固然是宽仁慈厚之人，从来不曾打丫头们一下子，今见金钏行此无耻之事，这是平生最恨的，所以气愤不过，打了一下子，骂了几句。"看起来叙事者在为王夫人的行为辩解，并不客观。王夫人固然最痛恨"勾引"年轻主子的女奴而打了金钏，可是对同样被认为是"勾引宝玉"的晴雯，却在她病中，命人"现打炕上拉下来"，两个女人搀着架着去了，"并且吩咐"把她的贴身衣服撂出去，余者留下，给好的丫头们穿，待人并不宽仁慈厚。晴雯死之前都不同意王夫人"咬定了我是个狐狸精"的判定，而宝玉只能把批判矛头指向"诐奴之口"。这固然表现了宝玉性格的软弱，但也透露出叙述者的难言之隐，好像王夫人的原型可能是他熟悉的至亲之人，他不便发表主观判断而采取了反讽的语气。

这种以第三人称叙事为主，又隐含石头影子的叙述人（包括作者）所叙述的故事，实际上带有第一人称回顾式的经验视角的性质，作家经验自我与叙述者自我合二为一之嫌。何况第一人称叙事与第三人称叙述在视角上虽有差异，但有许多相似点，因而叙述者在叙事时，常常不自觉地由第三人称滑落至第一人称，或者说第三人称中含有第一人称因素，本来是叙述别人的时态，却慢慢向第一人称时态靠近，将"他"换做"自己"，这样的例子在《红楼梦》中俯拾皆是。第三人称中含第一人称因素，恰形成了《红楼梦》叙事上的特色。

因果循环结构模式的因袭与突破

亚里士多德在《诗学》第六章、第七章强调安排情节时要注意头、身、尾的处置。此后，西方小说家和批评家以情节为中心整合小说结构，情节与情节间形成密切的逻辑关系，如果我们不沿着情节路线分析小说的情节组织就难以把握小说的结构。中国长篇小说家却有自己的结构观念。他们常常按照循环的、宿命的因果观念，在第一回开头和结尾构筑一个准神话故事或以命定观念作为框架，预先告知读者王朝成败、人物矛盾发生的原因以及作者的创作意旨。不过作家们的结论和历史事实同小说描写的内容并不一致。如元《三国志平话》卷上开卷就说一个叫司马仲相的书生，某日在洛阳御花园饮酒看亡秦之书，大骂天公有见不到之处，让秦始皇为君，夜晚被请入阴府，教他来判刘邦、吕后屈杀功臣韩信、彭越、英布案。司马仲相审清案情，玉帝判三人分汉朝天下：韩信分中原为曹操，彭越转世为刘备，英布为江东孙权，汉高祖转生为汉献帝，吕皇为伏皇后，蒯通为诸葛亮，而司马仲相转生为司马仲达。最后三国并收，独霸天下。

清钱彩《说岳全传》第一回、第二回明确提示读者，岳飞前身为佛祖顶上护法神大鹏金翅，赤须龙下界为金兀术。因大鹏啄死了女土蝠，转世为秦桧之妻；啄伤铁背虬龙，为报一啄之仇而转世为秦桧；曾被大鹏啄死的团鱼精下世为万俟卨。后来岳飞下狱后百般遭受折磨，都是因前世之仇。第八十回岳飞冤案昭雪，秦桧暴病而亡，金兀术气死，岳飞悟得正果，又复为鹏鸟，佛前护法神。

有趣的是，清褚人获《隋唐演义》在描写隋炀帝与朱贵儿、唐明皇与杨玉环的爱情时，也用两世姻缘解释情感缘由，即说隋炀帝生前为终南山怪鼠，朱贵儿前身为元始孔升真人，因宿缘而得相聚，后来朱贵儿转世为唐明皇，隋炀帝则转生为杨贵妃。

两世缘循环论不只表现在历史演义小说，也表现于世情小说。《金瓶梅》写西门庆为情色而死，转世为月娘之子，一百回结尾时，永福寺老和尚普静道出了孩子的前身，度其出家。明末清初西周生的《醒世姻缘传》开篇的引起指点得很清楚，只因一对夫妻前世伤生害命结下大仇。被杀的托生了女身，杀物的那人转世为男子配为夫妻，并且在阳世时男人曾宠妾凌妻，其妻又转世为女人，两个女人共同凌虐夫主，结尾时经高人点化，虔诚诵《金刚经》，免除宿怨。

《儒林外史》头回与束尾的设置属另类。第一回"说楔子敷陈大义　借名流隐括全文"中集中写王冕，第五十五回尾声中又写了四位懂得琴棋书画的市民，都同小说中的人物没有任何关系，不参与小说世界的活动。作者不过是借赞扬王冕不慕名利，痛恨权势，不愿与封建官吏同流合污的恬淡高洁的品格，来照应和批判科举制度对士子们的毒害，乃至礼乐崩坏，失去核心价值思想指导，各个阶层都受到庸俗思想的侵蚀。传统价值体系遭遇现实世俗生活价值的挑战，礼乐品德和学识、泰伯时代的古朴生活和礼让精神成为昔日记忆，于是"礼失而求诸野"，寄希望于底层市民。吴敬梓可能意识到市民是不可忽视的力量，可未必理解市民在未来现代社会中的中流砥柱作用，因而也未必参透市民思想体系中最核心的价值是什么，以为懂得琴棋书画，带点书卷气的、有文化的、自食其力的市民，超然于物外，才是高雅理想的人格，从而以他们为范式，映照形形色色儒生的丑态。

此外，《水浒传》第一回洪太尉误走妖魔，第一百回宋公明神聚蓼儿洼，宋徽宗神游梁山泊，同样预设了梁山英雄由反抗到失败的框架。

因果循环整合小说情节结构的模式，是古代小说诠释社会矛盾的一种思维方法，毫无疑问属于封建的意识形态，但这不是本书研讨的重点，值得我们注意的是，它已成为小说家构思的一种手段，形成一种特色。本质地说，有的小说家相信命定论和前世有缘，后世现报，因而按照如此理念安排故事情节；反之，有的小说家不过是受说话艺术影响，引进神仙怪异传说增加趣味性，作家们自己未必全信有此循环，可是遵此法则编织故事，却构成了传统模式。

比较地说，《红楼梦》并未彻底摆脱传统模式的影响。细按第一回已是人形的神瑛侍者日以甘露浇灌绛珠仙草，使其脱了草木之胎，幻化人形修成女身。她向警幻仙子表示，神瑛侍者要下世为人，她也要随之而去，把一生的眼泪还他，这就预示神瑛侍者是贾宝玉的前身，绛珠仙草下世则为林黛玉，于是两个人的爱情悲剧构成了小说故事发展主线，前世的木石前盟，在世俗社会遭到金玉缘的冲击，封建家长们不赞同贾宝玉的选择，绛珠不断还泪，最后泪尽而逝，贾宝玉抛弃薛宝钗而复归虚空。从文学层面和准神话形式看，毫无疑问曹雪芹因袭了传统的滴水之恩，涌泉相报，士为知己者死的报恩母题和循环结构形式。可是我们观察小说的走向，作家描写的实际内容，却不是报恩的老套，而是赋予了新的含义，即颠覆以儒家"归仁养德"为核心的人格模式，追求理想人格。

我们不妨换一个角度来理解超现实的大荒山本体世界，据我看曹雪芹为转世的贾宝玉和林黛玉提供了最基本的人格特质：纯洁的本性，真实情感与人性，对青春生命的追求，对美好事物的同情与爱心。如果说《儒林外史》的作者吴敬梓是在保留儒家思想前提的探索，而曹雪芹则是基本上怀疑乃至否定儒家传统人格定式，追求一种真实的人格。这就是为什么作者赋予了贾宝玉"无才可去补苍天""于家于国无望""天下无能第一，古今不肖无双"的特殊身份；或者如贾雨村对贾宝玉的品评，既非"大仁"者，又非"大恶"者，"上则不能为人君子，下亦不能为大凶大恶"，总之是非传统的人格形态。正因为如此，贾宝玉才讨厌以封建道德的价值系统作为修养人格的标准，为适应社会规范，为声色货利，个人的真实情感被掩饰、扭曲，真性不知哪里去了的双重人格，痛骂那些像狗马一样卑贱，匍匐在功名仕进底下的沽名钓誉之徒。

不过贾宝玉包括林黛玉追求真人的自由人格，或人格理想，只是心中幻想的、有限度的自由，而不是健全的灵与肉的自由。贾宝玉渴求真性的复归，但又必须接受封建伦理规范。这两重心理，一方面，表现为真我为社会礼法所囚禁，真性处处受限定；另一方面，真性的我与社会我的激烈冲突。怎样解决这个矛盾冲突，走什么道路实现自己的人格理想呢？不明确。贾宝玉具备历史上创造性人物的敏感、幻想、怀疑、审视事物的天赋和批判精神，却缺少创造性人物的特殊素质和行为，面临僵化没有生机的传统，不可能产生适应社会发展所需要的思想武器作为支援意识。特别是贾宝玉比较排斥大观园外男人的世俗世界，主要活动于大观园的"女儿国"，过分执着眷恋女性世界和女性意识。在他看来女孩子是水做的，象征着纯洁、青春与生命，可是如此而来，为完成自我整体发展与超升的追求而发生了偏差，感性直觉的部分过度发展，理性的层面受到了遏制。所以，在以男子为中心的封建专制社会，仅仅靠女性意识是不能构筑完整的人格结构和世界观的。反传统的价值取向和思想，哪怕是对传统的封建思想进行局部性的否定，也必须有新的规范和价值观作为武器。厌恶内容陈腐、形式僵化的正统文化，必须拿出值得人们认同的文化。不具备处理复杂多变世界的能力，丧失了对于创造活动的深切意识，就很难充当强有力的社会角色，到头来只有做一个"富贵闲人"，最终走向虚空。《红楼梦》的伟大成就之一就在于作者曹雪芹敏锐地感受到了封建末世的危机，塑造了一个如鲁迅在《中国小说史略》中所说"悲凉之雾，遍被华林，然呼吸而领会之者，独宝玉而已"的超前人物。小说家力求探索社会转折时的新意识，可他终未获得解脱之路，只能让他的主人公贾宝玉跟随僧道出走，当然和第一回照应，循环到大荒山，从这一点而言，作续书的高鹗并未完全猜错曹雪芹的本意。

情节设置的无奈与多余的人物

夏志清在《中国古典小说导论》第一章第二节中说："尽管我们

清楚地知道中国小说有许多特色，但这些特色唯有通过历史才能充分了解，而除非我们以西方小说的尺度来考察，我们无法给予小说以完全公正的评价。"夏氏为了证明他的论点的正确，转引了茅盾、郑振铎等对中国古代小说的批评，然后以诸家为口实，说："他们像胡适一样，早年非常喜爱小说，但是，一旦接触到西方小说，他们就不得不承认（如果不是公开承认的话，至少是暗地里承认）西方小说创作态度的严肃和技巧的精熟。"不必多作解释，茅盾、胡适、郑振铎诸公"五四"前后受西方文化影响而全盘否定旧文化；夏志清先生则是站在欧美文化中心论立场上，把西方的价值观念强加给其他国家的民族文化。其实在文化上正如马克思《评普鲁士最近的书报检查令》所言："你为什么要求世界上最丰富的东西——精神——只能有一种存在形式呢？"每一种民族都有自己的民族性格和文化形式，以及形成民族文化形式的原因。

传统的中国小说沿袭宋元说书的审美习惯，情节结构讲究情节的段落性，每个段落都有相对的独立性，有头有尾，自成段落，如同中国戏曲的折子戏，可以抽出来单独讲说的。且不说《三国演义》《水浒传》中脍炙人口的段子，就连《红楼梦》也没有脱离传统的结构方式，由大的情节段落如王熙凤协理宁国府、宝玉挨打、王熙凤计杀尤二姐、探春理家、抄检大观园等，联结中级情节段落如黛玉葬花、鸳鸯抗婚、刘姥姥初进和二进大观园、大观园试才题对额，再将小的段落如茗烟闹书房、晴雯撕扇、晴雯补裘、贾宝玉郊外祭金钏等，顺着情节主线，按照网状结构，让各个情节中的人彼此呼应，事事相关，合理地设计出它们自行发展的轨迹，又照顾到情节与人物描写之间宾主、起伏、轻重、转承，不能说中国小说家创作态度不严肃、技巧不精熟。

不过西方小说批评家的担心也不无道理，笔者并不认为《红楼梦》的情节安排已是天工化境、突破了传统的结构观念。事实是第一回作家向读者提示小说的创作意旨，但又不否认和自己的经历有关。进入正文，虚构了两位主人公贾宝玉、林黛玉的前世缘，甄士隐的出现，小说家隐晦地暗示读者，他演绎的小说世界和人物不过是一场幻梦，真真假假，既有又无。这种在小说开头公开宣示创作意图、提供小说背景的写法，并没有突破传统小说结构的藩篱。

其次，第二回冷子兴与贾雨村演说荣、宁二府，似乎借用戏剧化的叙事方法，介绍贾家的历史和人员结构，特别是贾雨村从哲学高度论证贾宝玉的性格特质，这比用全知观点由叙述者一人评述的叙事角度多了一些。而冷子兴是贾政王夫人房中有头脸的老奴仆周瑞家的女婿，又在都中从事古董贸易，对荣、宁二府历史现状了如指掌，都中信息极为灵通，有资格充当贾府新闻发布人。贾雨村饱读经书，久经世故，颇能把玩人情，他的高论也符合他的身份。可笔者却认为他是代曹雪芹立言。倘若贾雨村认为贾宝玉是个"奇人"，事后他应同贾宝玉有所交接。尽管第三十三回贾政批评宝玉对待贾雨村不热情，但当时贾雨村巴结的对象是贾政而非宝玉。之后贾雨村同贾赦交接甚密，心思也不在贾宝玉身上，因此贾雨村灵秀之气与残忍、乖邪之气混合之论，有点代作者作介绍之嫌。就如同第五回太虚幻境对贾宝玉及十二钗命运的预示，再设计介绍贾府主要代表人物，这势必让读者感到非天工而成，而有斧凿痕迹，不得不为之的无奈之举。

至于第四十九回李纨的寡婶带着两个女儿李纹、李绮，薛宝钗的妹子薛宝琴，薛蟠的从弟薛蝌，还有邢夫人的嫂子带着女儿岫烟进京。笔者觉得他或她们凑在一处，进入大观园，并不是成功之笔，而是多余的累赘。试想一部长篇小说已演进到四十九回，主要人物与次要人物均已亮相，性格已固定，矛盾冲突都已展开的情景下，除非新出现的人物具有特异的性格，能改变情节的发展路线，否则就是可有可无的人物。薛宝琴的出现，既不能参与或制造宝玉、宝钗、黛玉之间的矛盾——宝琴已许配梅翰林之子为妻，正欲进京聘嫁，不可能成为宝玉妻子的候选对象，对于三角关系不起什么作用。

同时，也不能加强或减弱主要人物的张力，更不能加强主题，只不过是陪着作诗，增加大观园色彩，凑凑热闹而已。至于邢岫烟丢弃的当票，不过是给史湘云增加点家贫之人资金周转的知识。此外，由贾母做媒与薛蟠联姻，只能印证封建家长制主导下的婚姻制度，同贾宝玉林黛玉自由婚姻对应，此后便和薛蟠一同消失，笔墨措置得不甚高明。

明清小说篇

中国古代长篇小说
艺术表现方法的几个问题

　　古今中外各门不同类型的艺术，从来都是互相影响、交互渗透而发展的。中国古代长篇小说的艺术形式的形成与发展也是如此。在中国小说史的发展过程中，诗歌、俳优、说唱、史传、绘画、戏剧都曾给小说以深刻的影响。但是，笔者认为，说书和戏曲的艺术形式的影响是最主要的。甚至可以说，白话长篇小说的艺术形式，就是宋元话本的变种，小说的民族形式也是由此而形成的。本文试图在这方面做一些探源的尝试。

一

　　讲故事说书的形式起于上古，成熟于宋元。宋元时的说书艺术已有较高的艺术水平，并有职业说书艺人和专业分工。虽然宋代"说话"的家数，至今还是众说纷纭的问题，但据灌圃耐得翁《都城纪胜·瓦舍众伎》、吴自牧《梦粱录》卷二十《小说讲经史》、周密《武林旧事》卷六《诸色伎艺人》、《西湖老人繁胜录·瓦市》、宋无名氏《应用碎金》第三十七等记载，大体上分银字儿（烟粉、灵怪、传奇）、说公案、说经、讲史书四家。这四家包蕴的具体内容不是本书的讨论目的，值得我们研究的则是早期长篇章回小说中说公案、讲史类。它们基本上仍然按照原来的路数发展，保留着说书艺术的表现手段。只有说银字儿逐渐融化了说书艺术的因素，而走向纯小说形式的轨道。至于说经，除了《西游记》成为书面小说外，其他则为宝卷所代替，转入民间说唱的范畴。因此，综观我国古典长篇小说的发展，笔者以为有三条线索可寻：一条是《水浒传》类型的小说。在中国小说发展史上，《水浒传》是由口头文学转向书面文学的一个极重要的发展阶段。作为小说，《水浒传》不只在概括生活的深度和广度，在真实地再现典型环境中的典型人物上，远远超过了前代作家，更主要的是它较多地体现了说书艺术的形式，用说书的艺术手段来结构情节、刻画人物、描绘场面。例如，英雄人物一般都含有浓重的英雄传奇色彩，因而刻画人物着力在人物的神韵和武功。英雄人物的性格，主要是在尖锐的冲突中，通过人物自身的行动显现的。即使是次要人物，如何九叔，作者也把他推到矛盾的顶端，不对他的外貌作琐碎的具体描写，对他的内心活动也未作静态的抽象的描述，而是在巨大冲突中，随着西门庆谋杀武大、武松斗杀西门庆的事件发展，逐步在行动中揭示出他的两面性格。这是一种说话艺术后来形成古典小说传统的略貌取神的写法，也就是以少胜多，以一当十，突出地表现了人，集中地刻画人物的精神面貌和内心世界。

但是，传统说书艺术表现特性的另一面，又要求以多胜少，把事件的运动过程延长、扩展，使故事中的表面形象比现实生活的形象更复杂细致。反映在《水浒传》中，则是对一切能够体现人物神韵的细节，如武松打虎的哨棒、智斗的饮酒，反复强调，大胆地进行渲染想象，赋予细节以夸饰性与趣味性，乃至一拳一脚、一招一式等来龙去脉，交代得明明白白，清清楚楚，酣畅淋漓，使得人物生动饱满，充满浓厚的生活气息，同时也造成了场面的丰富性。这是有别于《红楼梦》《儒林外史》和西方小说的描写方法的。这样的艺术形式，由《水浒传》开其端，说唐说岳及清代公案小说继其后，始终沿着说书体形式独立发展，一直贯穿下来，直到现在，仍被一些作家所承继，如《儿女英雄传》《吕梁英雄传》《烈火金刚》《铁道游击队》《林海雪原》等。《水浒传》类型的表现形式，无疑是构成中国古代小说民族形式的重要因素。

第二条发展线索是以《三国演义》为代表的历史演义小说。明代熊大木《大宋中兴通俗演义》、邹元标《岳武穆王精忠传》、于华玉《岳武穆尽忠报国传》、冯梦龙《东周列国志》、无名氏《英烈传》、吴趼人《痛史》等均属此类。奇怪得很，就笔者翻检的讲史演义小说，自《三国演义》问世之后，没有一部能与它比肩。这原因何在呢？《醉翁谈录》记述讲史艺人怎样学习史籍进行说书时云："所业历历可数，其事班班可记，乃见典坟道蕴，经籍旨深。试将便眼之流传，略为从头而敷衍，得其兴废，谨按史书；夸此功名，总依故事。"值得我们注意的是，在文末"总依故事"一句下，附有一行小字："如有小说者，但随意据事演说云云。"就是说小说可以自出心裁，巧制关目，而讲史书只能"谨按史书""总依故事"了。两相比较，小说必然是活泼自由，讲史则容易板滞沉重。"说话"转向案头小说之后，史实与艺术虚构的矛盾始终成为讲史小说创作中的难题。明谢肇淛在《五杂俎》卷十五说："惟《三国演义》与《残唐记》《宣和遗事》《杨六郎》等书，俚而无味矣。何者？事太实则近腐，可以悦里巷小儿，而不足为士君子道也。"主张实，但反对"太实"。清刘廷玑《在园杂志》卷三却又不以为然"演义者，本有其事而添设敷衍，非无中生有者比也"。《丙辰札记》又云："凡演义之书，如《列国志》《东西汉》《说唐》及《南北宋》多纪实事；《西游记》《金瓶梅》之类，全凭虚构，皆无伤也。惟《三国演义》，则七分实事，三分虚构，以致观者，往往为之所惑乱……但须实则概其实，虚则著寓言，不可虚实错杂。"一眼粗看，好像刘廷玑既赞成纪实又同意虚构，仔细再瞧，原来他是以史来审小说的，压根儿就不同意历史演义小说要虚构。他认为虚实相杂会给读者造成惑乱的。有趣的是，清小说《镜花缘》又执另一端："只要有趣，哪管他前朝后代！"（第七十六回）

虚与实，历史与小说关系的处理，并不是决定讲史小说发展的唯一原因，但却影响着讲史小说的发展。李贽评论《琵琶记》里写考试那一出曾说："太戏！不像！"又说："戏则戏矣，倒须似真，若真反不妨似戏也。"历史演义小说的创作也是如此，倘如过分求真，不进行必要的文学虚构，则不是小说而是历史教科书，就超出了文学创作的范围，如同于华玉"重订按鉴"作《精忠传》，实则实矣，但读之却味同嚼蜡，了无意味。反之，倘若过于求虚，没有历史根据的虚构，又损害了入情入理的写实，超出了讲史的范围，正所谓"太戏！不像！"。总之，如《三国演义》，在"谨按史书"的基础上，按照小说创作的内在规律，进行合理的、必要的虚构，通过艺术真实反映历史事实的内在联系和它们的必然规律，写的是三国演义，概括的却是有普遍意义的主题，显示出作者对于历史时代和历史人物所做的高出于一般的见解之上的独到解释，这就是《三国演义》之所以脍炙人口、流传至今的十分重要的原因所在。

小说发展到《金瓶梅》是一个转折的关键。从这时候起，中国传统长篇小说的创作走到了一个新的方面，表现出一种新的小说美学观点。即着重表现人的日常生活、人的性格的多面，而不是追求传奇式的人物，也没有那么多夸饰性的描写，并且它已由早期的整理改编，转向纯粹是小说式的想象虚构。这是小说创作上的一次解放，可以说它发展了宋元短篇小说"随意据事演说"的传统之后发展起来的第三条线索，而《红楼梦》则将小说创作推进到了完美的境界。

《金瓶梅》既然是由"说话"过渡到文人虚构的长篇章回体小说，它必然带有"说话"艺术的痕迹，这不仅在形式上采用话本小说的"入话"开场，而且书中人物常常用韵语，尤其是以唱曲来代替人物的对话。例如，第三十回蔡婆向吴月娘夸赞自己收生的本事，第六十一回江湖医生赵捣鬼道其骗人医术的梗概，说的是带韵的顺口溜，属于宋元"说话"艺人的"使砌"和元杂剧中丑角的"插科使砌"之类。第二十四回韩娘儿唱《耍孩儿》，向潘金莲述说家里被盗的情由；第二十回西门庆梳笼的妓女李桂姐私自接客，西门庆带人砸李家，对李桂姐的母亲"指着骂道：有《满庭芳》为证：'虔婆你不良，迎新送旧，靠色为媒，巧言词将咱诳，说短论长。我在你家使勾有黄金千两，怎禁卖狗悬羊！我骂你句真伎俩，媚人狐党，冲一片假心肠！'虔婆亦答道：'官人听知，你若不来，我接下别的。一家儿指望她为活计，吃饭穿衣，全凭她供柴籴米，没来由暴叫如雷。你怪俺全无意，不思量自己，不是你凭媒娶的妻。'"这便是以曲代言的典型例子，完全是说唱和戏曲的文体。至于各回描述人物的赞语，对事件的判词，也无不是带韵的。可以想见，这些以韵代言的格式，加上小说内插进大量俗讲、清唱曲辞、搬演戏剧的描写，说明《金瓶梅》并不是纯粹散文的，而是韵散相杂，可以供"说话"时歌唱的，至少也是这种体例的遗迹。张岱《陶庵梦忆》卷四《往不系园看红叶》云："扬与民弹三弦子，罗三唱曲，陆九吹箫。与民复出寸许界尺，据小梧，用北调说《金瓶梅》一剧，使人绝倒。是夜彭天赐复与罗三，与民串本腔戏，妙绝。"可见当时的《金瓶梅》可以上戏，可以直接演绎成平话。

另一方面，比较起话本和同时代的《三国演义》《水浒传》来，《金瓶梅》更带有纯粹小说的性质。说得具体点，无论《三国演义》《水浒传》还是《西游记》，不过是根据前代底本进行改编，还不是严格意义上的文人自觉的创作。而《金瓶梅》除了第一回至第六回关目情节沿袭了《水浒传》之外，其余各回都是作者从现实生活中直接提取人物和情节，把小说推向反映人生的现实问题。其次，从作者和读者的关系看，《金瓶梅》开始逐渐摆脱了说书人留在话本小说上的影响，它写出来是为了"看"，而不是为了"说"，这就使作者不能不从"看"的角度出发，考虑怎样概括生活和表现生活的技巧。由此限于作者的取材，基于作者的审美观点，它已不追求生活中的奇闻轶事，也不作兴用曲折、紧张、偶然性的情节，把小说主人公们置于非常的境地，经历性格上的重大考验，让读者获得奇特的感受。可以这么说,《三国演义》《水浒传》《西游记》吸收渗透了说话和戏曲的经验,把它们的小说说书化了。《金瓶梅》则恰恰相反,把说书逐渐小说化了,几乎失去了说书艺人刻画人物、铺叙事件的艺术手法。作者已把他的笔触伸向了现实生活的各种角落,通过这单调乏味和庸俗无聊的日常生活的描写,揭示了封建没落时期上层人物对权利和情欲的疯狂追求。因此,作者把动物的情欲移到人间的情欲,把传奇式的顶天立地的武松,还原为普通的现实生活中的人。这样,《金瓶梅》中的人物更接近现实生活中的真人,具有性格的多面性,细节描写也更为逼真细腻,很少有趣味性的夸张。清刘廷玑比较了明清佳人才子小说,极口称誉《金瓶梅》说:"若深切人情世务,无如《金瓶梅》,真称奇书。"又说:"文心细如牛毛茧丝,凡写一人,始终日吻酷肖到底,掩卷读之,但道数语,便能默会为何人,结构铺张,针线缜密,一字不漏,又岂寻需笔墨可到者。"(《在园杂志》卷二)鲁迅对《金瓶梅》也给予了很高评价:"作者之于世情,盖诚及洞达,凡所形容,或条畅或曲折,或刻露面而尽相,或幽伏而含讥,或一时并写两面,使之相形,变幻之快,随在显见,同时说部,无以上之……"(《中国小说史略》)

但是,"自有《红楼梦》出来以后,传统的思想和写法都打破了"(《中国小说的历史的变迁》)。曹雪芹把长篇小说的艺术表现方法推进到了纯美阶段。其显著的标志就是作者意识到对立统一法则在艺术上的运用是构成形象美的条件。对立统一法则既然是社会和自然的根本法则,当然也是思维和艺术的法则。出色的文学大师总是按照这一客观规律来反映现实,为形象所概括的内容包藏有生活的丰富性和深刻性。《红楼梦》初看容易细思难的原因就在这里。平平淡淡的家族生活,却反映了那个社会错综复杂的诸种矛盾关系,具有不同形态性格的人物,在特定的场景里,展示了性格的多面性和规定情境下复杂的心理状态,又显现一定历史条件下形成的基本性格特征。而且由于作者把握住了客观事物互相联系和互相影响的客观规律，各个人物严格按照生活的逻辑和人物性格的逻辑行动着，都以其各自不同的条件，体现人与人之间关系的复杂性。矛盾的性格既对立又互相制约，互相衬托，诸种复杂的社会力量，复杂的关系，复杂韵情感相互纠葛，都为人物性格的展开提供基础，也制约和决定冲突的发展。

《红楼梦》这种反映现实的艺术方法，同《水浒传》《三国演义》相比，除了题材本身传奇性色彩、急骤变化的事件，较比描写家族生活的《红楼梦》更适于用说书的形式外，还有小说本身发展的原因，即长篇小说发展到《红楼梦》，包括《儒林外史》阶段之后，着力在写人物性格的多面性，复杂的内心生活和人物之间的性格冲突，达到故事情节的描写。《水浒传》是从故事情节出发，而达到人物的刻画，《红楼梦》较少用偶然性的情节、紧张曲折跌宕的事件来打动读者，有时情节与情节之间的表面联系性不够强，冲突也不是外在的，但是人物却真实得惊人。他们都有着极丰富复杂而一刻不停地内心活动，正因为内心活动的描写占有相当位置，已不完全是如《水浒传》只通过行动（包括语言行动）展开面对面冲突，所以，说书艺术所运用的手段，被《红楼梦》融化为小说的本质。例如，诗词曲在《金瓶梅》里，虽能帮助作者表达某种思想，有揭示人物内心活动的作用，但总不免带有明显的不协调的痕迹，更多的是作者的主观评论。《红楼梦》也借用诗词曲，但借来的只是形式，这形式已成为小说本质的形式。它或是小说中人物性格的呈现，或寓言式地说明人物和事件发展的结局，诗的抒情因素加强了小说的悲剧性。

二

上面粗略概述了长篇小说艺术形式发展的线索。如果这个推断成立的话，那么，我们不能误以为《水浒传》类型的小说就是代表了中国小说的民族形式；反过来，也不能以《红楼梦》作为判定民族形式的唯一标准，只能从发展上探求其内在的共同的特征。首先研究构成这一规律的诸种因素，从而找出共同的内在特征。说书作为时间艺术而含有空间艺术的表现方法，就是形成长篇小说艺术表现特征的一种因素。众所周知，说书是一种口头文学而不是小说。它诉诸听觉，和听众发生联系，人们是在听书而不是在看书。固然，宋元时期的"说话"有表有唱，但是唱和表只是为了加强说的内容，而不是为了戏剧化。因为在戏曲里，演员的身份始终是剧中的角色，通过角色之间的行动冲突，推动故事情节的发展，显示人物性格。可是在说书里，却是第三人称和第一人称的混合，以第三人称的叙述和描写为主，通过说表唱使听众与演员交流，然后再使听众与角色交流。说和听这种特殊的审美关系决定说书艺人要使说的事和人物具有空间的立体感，引导听众在想象中，从听觉转化为视觉，能够"看见"故事中的角色和事物的图景。"说话"这种口头文学和供人阅读的小说的区别，使得说的内容必须是既单纯又丰富。单纯，指通俗易懂，突出重点；丰富，则指主题的深刻、场面的丰富、语言的意味深长。在描写方式上讲究"粘住"听众的技巧，如《醉翁谈录》所云："讲论处不滞搭、不絮烦；敷演处有规模、有收拾；冷淡处提掇得有家数；热闹处敷演得越久长。"也就是说，有繁有简，虚实相生，节奏感很强，并且善于在关键处"使得砌"（耍噱头），来刻画人物性格，增加场面的趣味性。这些艺术手法自然要为长篇小说家们所吸收。

其次，戏曲艺术流动的、富有表现力的形象美的美学思想，也影响了小说的创作思想。宗白华先生在《中国美学史中重要问题的初步探索》一文中，分析了古代雕塑、园林、建筑、绘画、音乐的美学思想，指出中国的雕刻与绘画，不重视立体性，而注意在流动的线条、飞动的美，也成为中国古代建筑艺术的一个重要特点。同样地，《文艺论丛》1979年第6期"中国戏曲的程式化，就是打破团块，把一整套行动，化为无数线条，再重新组织起来，成为一个最有表现力的美的形象"。宗先生的分析很有启发，如果把形体化成为飞动的线条，在线条的流动中透出形象姿态，在有限的空间创造、扩大空间表现力，是中国民族的审美习惯，那么，由这美感认识而形成戏曲讲究剧情的连贯性，在行动中刻画人物，虚拟的动作，都将影响小说的创作。因为戏曲和说唱本来就是相关联的艺术，或者说唱早于戏曲而发展。小说的题材、表现手段等各种因素，被戏曲移植融合，化为戏曲的特性；戏曲中说白、对白的简练、明朗、诙谐，人物上场后的自报家门，全剧结束后的题目正名和散场诗，都是从话本汲取来的。反过来，当戏曲发展成熟之后，戏曲剧目和内容，艺术表现方法中某些因素又被小说所吸收，丰富了小说内容，加强了小说的表现力。例如，《红楼梦》第二十一回，贾琏追逐平儿求欢，一个在屋内，一个在屋外，隔窗对话，被走进院内的凤姐看见，讥讽平儿。庚辰本脂批道："此等章法是在戏场上得来。"所谓"此等章法"，用现在的概念来说，笔者想就是指场面描写富有戏曲的造型性和视觉性。在同一时间，同一地点，并叙三种不同分景下的平儿、贾琏、王熙凤的神态，这很有戏曲的造型性和视觉性，丰富了空间的美感，读者可以直接从平面多角的画面中感受到人物的矛盾关系。再如《红楼梦》第四十三回贾宝玉与茗烟到郊外祭祀金钏周年，茗烟抢代宝玉念祷词，庚辰脂批云："此一祝亦如《西厢记》中双文降香第三炷则不语，红娘则代祝数语，直将双文心事道破。"这就涉及戏曲惯用的靠写人物关系来刻画人物，直接写茗烟的乖觉，间接描写了宝玉的心情；宝玉不直接表示自己的心情，而叫茗烟抢代说出，使得场面错落有致，不致平平淡淡、干巴无趣。

拈出上述两个例子，不一定能完全说明戏曲艺术形式对小说的影响，但是，戏曲与小说是"近亲"关系，不少小说取材于戏曲，却也是事实。

这里特别要指出的是，中国古代的小说家同时也是戏曲作家和评论家。明无名氏《录鬼簿续编》称罗贯中"乐府隐语，极为清新"，作有杂剧《赵太祖龙虎风云会》《忠正孝子连环谏》《三平章死哭蜚虎子》三剧。冯梦龙更是吴江派的著名作家，他自作《双雄记》，改订《精忠旗》等十二种。与冯梦龙同时代的袁于令，既是长篇小说《隋史遗文》的作者，又是明末清初的戏曲家，作杂剧、传奇多种，以《西楼记》《金锁记》为最有名。《儒林外史》的作者吴敬梓，虽然没有戏曲作品留世，但他也是一位戏曲里手。金两铭《为敏轩三十初度作》诗中云吴敬梓少年时期便"生小性情爱吟弄，红牙学歌类薛谭"（金榘《泰然斋诗集》卷二）。吴敬梓《春兴八首》，也有他对早年"顾曲周公瑾，呼卢刘穆之"的歌舞生活的回忆。青年时期，当他屡试不第，族内矛盾，愤而移家南京之后，更是放浪形骸，"寄闲情于丝竹，消壮怀于风尘""妙曲唱于旗亭，绝调歌于郢市""老伶小蛮共卧起，放达不羁如痴憨"（金两铭《为敏轩三十初度作》）。晚年又同几位懂得戏曲的骚人墨客为友，整日家诗酒唱和，檀板宫商。又曾为李本宣的《玉剑缘传奇》作序，说明他很懂曲中三昧的。也因此，戏曲的突转、夸张、悲剧与喜剧因素的结合，被吴敬梓巧妙地融合进《儒林外史》。另一位大家曹雪芹，至今我们没有材料证明他是否创作过戏曲，但是，从《红楼梦》中描写的若干曲子和所引《西厢记》《牡丹亭》《荆钗记》等剧目来看，曹雪芹也是很熟悉戏曲的。

毫无疑问，小说家兼有戏剧家的身份，使他们既明了小说创作的技巧，又深知戏曲创作的规律。"小说因素"——时间艺术，同"戏剧因素"——时间与空间结合的艺术，必然互相补充借代。这样，说书艺术的手段和戏剧因素渗进小说领域里，铸成了不同于西方的独特形式。

三

长篇小说艺术表现方法的形成，当然有各种各样复杂的原因和条件，并且各种类型小说在发展过程中，其表现形式也不一致。但仅就它本身来说，受说唱艺术影响而构成的共同的基本特征，仍然是可寻的。概括地说有以下几方面。

（一）分章回的连环体结构

中国长篇章回小说基本上是按照宋元"说话"四家数的轨迹发展的，它的结构形式当然也受各家数的影响。但是，分章回的连环体结构，却是讲史与小说类话本融合的结果。

"说话"的四家数中，说经有它特殊的风格和体制，然而以诗起结，再唱经题目，接着就经题诠解，随后入正文叙述故事，末尾以韵语作结。这种体制与后来小说类话本并无大差异。讲史是"讲说通鉴汉唐历代书史文传兴废争战之事"（《梦粱录》卷二十《小说讲经史》条），内容冗长浩瀚，必须分若干段落讲说，所谓"说收拾寻常有百万套，谈话头动辄是数千回"（《醉翁谈录》）。从今仅存的宋元讲史话本看，大都分为若干卷，每卷有目录，如《新编五代史平话》，或只列标题，如《三国志平话》。明嘉靖本《三国志通俗演义》依然保持了说书回目的原始形态，分卷，各卷含目录。这种格局无疑是后来章回小说回目的滥觞。

小说类银字儿、说公案的话本，按《都城纪胜》所云："盖小说者能以一朝一代故事顷刻间提破"，它的篇幅既短，又不受时间的限制，敷演近事，内容新奇动人，说话人纵然"卖关子"，但很快就被提破，说明白的。当然，并不是所有小说都是"顷刻间提破"，也有延长好几回，分几日讲说才能足篇的。以《京本通俗小说》所收宋人话本为例，《碾玉观音》便已分为上、下两回，而《西山一窟鬼》内称："变做十数回跷蹊作怪的小说。"《古今小说》中《史弘肇龙虎君臣会》云："做几回花锦似话说。"如果一日讲一回，显然需要几日或十数日。这样，小说类话本在体制上就有两种发展，一是继续保持短篇小说的体制，为明代话本所发展完善；二是逐渐向多回体演变，向讲史的格局靠拢，正如《大宋宣和遗事》和《水浒传》所做的那样，将类似《醉翁谈录》所记载的武松、鲁智深之类的若干局段，连缀成为首尾完整的长篇故事。我们从今本《水浒传》中遗留下来的，用说话人口气点出段落的标题，如"这个唤做智取生辰纲""这个唤做白龙庙小聚会"，可以看出单篇并入长篇的痕迹。由各自独立的故事性很强的单篇组成长篇，应是早期长篇章回小说的特点，从更丰富而广泛地反映生活这一点看，它是一种相对的进步形式。

明初期的长篇小说在结构上仍承继说话编织故事的方法，采用单线结构，把各个故事连缀起来，扩展开去，所以一部大书分成若干回目，并且还把几个回目依人依事构成一大段故事，各段故事可以独立，自成整体，它也能给读者以比较完整的印象。如《三国演义》的赤壁之战、失街亭；如《水浒传》的武松打虎、醉打蒋门神；如《西游记》的三打白骨精、三借芭蕉扇等。即便是单段故事也不平铺直叙，而是腾挪跌宕，错综变化，有无数插曲。比如写杨志押送生辰纲，忽然肯去，忽然不肯去，忽然又肯去，忽然又不肯去，笔势几变。再看武松醉打蒋门神的段子，全篇不过千余字，可是写得错错落落。武松急着要去打蒋门神，施恩拦住，当真去打，武松却要"无三不过望"，于是一路细写饮酒，又细写武松假醉，又顺笔写施恩的内心焦虑，待到武松真打蒋门神，只几十个字就结束了。就是这几十个字，也把武松的机智、蒋门神的虚弱描绘了出来。

由于全书的故事是由几个主要故事构成，而主要故事之间又交错着许多小故事，同时在前一段故事结束之前，就给后一段故事紧紧地挽上一个扣子，留下悬念，使前一段故事和后一段故事之间的关系成为一环套一环，一个波澜追逐又一个波澜，在此起彼伏的故事发展当中，人们就把那个时期的历史面貌、故事端末、人物性格清清楚楚地把握了，而且由于形象与结构错综变化，唤起欣赏者或张或弛的感觉，赋予故事情节以节奏感，丝丝扣住读者心弦。

小说作为一种艺术，说书艺术的结构形式被融合到长篇小说领域里，并非是唯一的成熟的形式，也不能说它就代表了中国小说的民族形式。因为随着生活的发展迅速，越来越丰富，作为一种意识形态的艺术，必然要不停地反映新的生活内容，这样，小说家必然按照自己的美学观点，突破旧的形式，在前辈作家创作经验的基础上，吸收与新的内容相适应的形式。事实是由《金瓶梅》到《红楼梦》，结构形式有了显然可见的发展。一方面，他们继承了早期小说层层推进故事，由一个人物引出另一个人物，然后几个人物汇合到一个特定环境，通过几个可以各自独立的故事来刻画人物的方法；但另一方面，它不沿袭《水浒传》以某人某事为起止的单线结构，从一个侧面引领读者的视点。或如《三国演义》的同树异枝，在一个回目中同时并列几个事件，交错发展，迅速变换，一树千枝，在一个单纯的结构里却包孕着无限内容，就像现实生活一样，充满着生活的多面性和复杂性。因此，《红楼梦》的故事情节，往往曲折不多，有时还不太贯串，逻辑性的联系也不强。实际上，小说却严格按照生活本身发展规律，"由远而近，由小至大"地展开情节，其间，藏露、疏密、繁简相宜，浑然形成一个整体，很少有早期小说的人工痕迹，近似于现代小说的结构方法。这说明，到了《红楼梦》，才把长篇小说的结构推进到了一个新的高度，从传统的说书式的结构跳了出来。这是小说艺术发展史上一大进步。

至于清初的《好逑传》，出现了类似电影平行蒙太奇的结构方法。晚清小说如《九命奇冤》受西方小说的影响，采用了倒叙手法，显然为小说的艺术表现形式，增添了新的东西，逐渐向近代小说转化了。

（二）冲突的戏剧性

西方小说家，喜欢细致地描写人物心理变化，长篇议论，逻辑推理，或是用回忆倒叙，穿插别的情节来展开矛盾。近代小说家则又罗列一系列悬念，突然闪现的意识，让读者自己去寻找事件的内在关系和逻辑联系，总之写矛盾的发展多于紧张的冲突。我国小说却相反，写冲突多于矛盾的发展。悬念很快被提出，矛盾冲突迅速展开变化，在变化中又不断提出悬念，加强冲突的尖锐性，这是中国小说，具体一点说，是英雄说部小说的特点。这类小说每一回有一个总的悬念，同时又连锁几个悬念。像《三国演义》赤壁之战中周瑜派诸葛亮袭击聚铁山，断曹军粮道，欲借曹操之手除掉诸葛亮，就给读者提出了一个悬念，使他们关心着诸葛亮的命运。之后刘备过江东赴宴，周瑜埋伏下刀斧手，又是一个悬念，读者急切地想知道刘备怎样脱险。接着周瑜巧设反间计，蒋干盗书，曹操中计，杀蔡、张，惊悟后又命二蔡诈降，不料又中了黄盖的苦肉计。周瑜的一切行动，都没有瞒过诸葛亮的眼睛。周瑜处处以为自己计谋机敏，但处处被诸葛亮识破。这不能不使周瑜惊呼，几次出难题，企图杀掉诸葛亮，这也使读者几次被作者设置的恐念所捉弄，为诸葛亮捏一把汗。山重水复疑无路，柳暗花明又一村。诸葛亮轻而易举地解决了难题。乃至万事齐备，周瑜观风得病，被诸葛亮一语道破，引出了借东风，到此无数悬念堆积成一个总悬念，矛盾冲突推进到了顶端，眼看着诸葛亮今日一命休矣，谁知诸葛亮装神弄鬼，借来东风，一把火烧得曹操大败逃了回去，诸葛亮居然驾一叶扁舟，安安然飘遥而去。大凡小说的矛盾提出得越早，出现得越多，在内部结构上就会形成不平衡的比例关系，忽张忽弛的节奏，许多偶然性的情节也就得以合理地出现、成立、发展，而由人物性格的复杂性特殊性而发生的冲突，引出的悬念必然是戏剧性的。它加强了作者与读者的交流，唤起了读者的思考、分析、判断，自然也提起了读者的阅读兴趣，不再去思索创造者的刀斧痕迹。

有趣的是，中国小说冲突的戏剧性，并不完全表现在变幻莫测、让人不可捉摸，它却把底交给读者，叫读者知道冲突的内容、人物的处境、双方的形势，这是中国小说处理矛盾冲突又一特点。《水浒传》林冲误入白虎堂、刺配沧州道、大闹野猪林、火烧草料场，高俅怎样设毒计，林冲处于怎样境地，鲁智深怎样暗中保护，都向读者交代得清清楚楚，在叙述明白中求曲折，在曲折中求叙述明白。

这个特点，不仅使读者对人物面貌有深刻的印象，同时引起他们的联想，以他们的生活经验去推测人物性格怎样发展，挽上的扣子怎样解开，这就更激发读者寻幽探胜的欲望。中国小说家们是很尊重和承认读者认识客观事物的能力的。

应当指出，近代意义上的长篇小说，如《金瓶梅》《红楼梦》《儒林外史》讲究冲突的戏剧性方面，和英雄说部并无二致，但是冲突的程度，表现冲突的方式，两者又是大异其趣的。我们不可忽略这样一个事实：着力于人物的内心活动和性格内涵的小说，它冲突的张力也是内向的。表面看，《红楼梦》没有太多悬念，不以巧取胜，节奏感不甚太强，小说描述的内容，全是平平常常的家庭生活，其实，文字之外的空间里，性格与性格相互之间紧紧咬着、搏斗着，矛盾冲突隐伏在各种关系和生活表象之后，读者看到的只是平静的表象，内含着不同思想倾向和生活道路的激烈斗争，而这种矛盾冲突，由于作者采取了外向弧线与内向弧线不相合的形式，于是小说就具有一种戏剧性的成分。例如，王熙凤诱杀贾瑞和尤二姐，内在的不可告人的杀机，却以外在的近乎闹剧和不带杀机的和善形式表现，读者感受到的是封建阶级对物质与精神的占有欲以及这种欲望被侵犯亵渎而产生的报复心理。即便是矛盾冲突外露的场面描写，如宝玉被打，作者提供的是不均衡的力量对比，王夫人、贾母看似荒唐可笑的表演，背后却潜藏着复杂微妙的矛盾关系，各具特色的性格化的行动。

（三）性格的行动性

中国长篇小说的人物都具有鲜明突出的性格，简直是把人物写活了。明代批评家李卓吾称赞施耐庵是"传神写照的能手"，清初批评家金圣叹惊叹《水浒传》"写一百八个人性格，真是一百八样"。所谓一百八个人个个性格不同，可能言之过甚，可是小说中主要人物各有鲜明的个性，却是事实。鲁迅也说："《水浒传》和《红楼梦》的有些地方，是能使读者由说话看出人来的。"（《花边文学·看书琐记》)这些人物的性格主要是通过人物的对话和行动来显现的,而对话在中国小说里,不仅是概念和形象,也是行动,但却是言语性的行动。所以近似于戏曲塑造人物方法的小说,一切都由人物自身行动去说明,作者很少作主观分析性的抒情描写。《红楼梦》里王熙凤的出场,作者并不着墨介绍,让人物出场后的行动显现自己的性格。王熙凤上场前那"放诞无礼"的叫板"我来迟了,不曾迎接远客",就引起了林黛玉的特殊感觉,亮出了她在贾府中的显赫地位。接着"携着黛玉的手""细细的打量",又"送回贾母身边",提起姑妈"用手帕拭泪",这几个典型的、有层次的、可见性的动作,无不包含潜的功利目的。她赞扬林黛玉,把"外孙女"的概念,讨好地偷换为"嫡孙女",把贾母和林黛玉"通身气派"本来是非类的,硬说为同一的,并且把林黛玉的美提到绝对高度:"天下真有这样标致的人儿,我今日才看见了",言外之意,这样漂亮的美人她过去只有在年画中见到,而现实生活中不存在画中的美人,如今却"真有",林黛玉"通身气派"既然像贾母,那么年轻时的贾母岂不也是"标致人儿"了!王熙凤赞扬林黛玉,实际是在赞扬贾母,而王熙凤达到利己目的。在这里,作者并未指手画脚地介绍人物,而人物却用行动性言语说明了自身。

这里强调说明人物的行动性,并没有否定故事和情节的重要作用,事实上中国小说中的人物和故事情节是交织在一起的,故事情节的完结,也是人物性格发展的终结,人物和环境融为一体,甚至可以说如同戏曲处理时间和空间的手法,不是靠作者描绘的自然环境和社会环境的诱导而展开情节、介绍人物,而是靠人物行动"带出"环境,用主观世界的描写来表现客观环境。所以,中国小说也不作兴离开情节静止描写人物的心理活动,同样是通过人物的行动反射出来。《水浒传》二十八回武松醉打蒋门神,一路吃过十处酒店,施恩心内很不平静,妙得很,作者只写了施恩一个动作:"施恩看武松时,不十分醉。"施恩这一看就透出他对武松醉打成败与否的疑虑。金圣叹批道："此句非武松面上无酒，只是写施恩心头有事。"由于古典小说着力在人物行动中刻画性格，因此古典小说家不满足于"形似"，而要求"神似"，即从人物的外部形象反映具有本质意义的性格特征，取得形神兼备的艺术效果，这就是李卓吾在小说批评中提出的"传神写照"的原则。按照这个原则，为了突出人物的神韵，那就容许对"形"进行夸张、突出、削减，把形精炼到最小但又最准确、最鲜明的程度，尽可能突出人物的神——借用画论的概念："遗貌取神"。《三国演义》第四回关羽温酒斩华雄中，作者不写关羽与华雄搏斗的战场，而用笔写十八路诸侯聚会的会场；不写关羽武艺如何高强，甚至连与华雄交战时的情景，都一笔略去。实写会场，虚写战场，由实想象虚。战场上的杀声、鼓声、喊声震荡着人们的心弦，人们时而"大惊"，时而"失色"，衬出战场上交战的激烈，而关羽却顷刻间掷华雄头于中军帐，不写关羽之勇，而关羽之神勇已自现。

但是，"遗貌取神"并不是不要形象表面特征的描写，只是说不拘泥到对象的自然形态。中国小说除了概略描写人物的衣着形貌外，特别讲究人物行动的结构，即各个动作相互之间有节奏、有断有联、有疏有密。比较地说，英雄类小说中的人物行动，节奏感强，动作尺度大，见棱见角。讽刺类型的小说，如《儒林外史》中的范进中举，人物行动的幅度被"自乘了三次"，竟成荒诞的闹剧行动。《红楼梦》中的人物行动，犹如生活中的真人，单纯中含有复杂的内容，能够引起读者更多的联想。

（四）场面描写的丰富性与趣味性

前面我们曾提过庚辰本脂砚斋对《红楼梦》二十一回、四十三回的两条批语，已涉及中国古典小说空间场面描写的问题。所谓场面描写的丰富性，是指小说特定空间内，同小说内在思想有机联系的、能够引发读者丰富联想的、表现人物之间的关系和性格的场面环境，以及对称、均衡规律在场面描写上的运用。趣味性，自然是指能够加强场面的生动活泼，具有某种趣味的描写。场面描写的丰富性与趣味性，是中国古代长篇小说艺术的一个特点，它是中国古代长篇小说受绘画、雕塑、建筑、说唱、戏曲影响而形成的艺术表现方法。从《水浒传》到《红楼梦》，以及其他耐看的小说，特别注意场面描写。请看鲁智深大闹五台山的场面描写，从鲁智深醉酒回山，使拳打折了亭子柱，抢进山门，打进僧堂，到与众僧对打，这一精致的场面描写极富有造型的表现力，让读者在视觉形象中确切看见了每一个恶作剧场面，并且大小不同的动作场面变换交错连接，犹如电影艺术中的分镜头：一会儿众僧"一齐打入堂来"；一会儿是鲁智深独自"抢入堂里，推翻供桌，撅两条桌脚，从堂里打将出来"；一会儿是众僧"拖了棒，退到廊下"；一会儿又"两下合拢来"。远镜头、中镜头、特写镜头，甚至还穿插了如同戏曲的过场形式。

这个例子不一定能概括一切场面描写的方法，但是从这可以了解中国小说中的场面处理的简洁，富于造型的表现力。当然场面描写本身不是目的，它是同作品的主题思想和人物性格深刻联系着的，它不以作者设置人物的数量、事件的平凡与玄奇来定胜场。宝玉被打、抄检大观园的场面是丰富的，茗烟代宝玉祷词的场面同样是不单纯的。问题的关键是作者在有限的场面里，能打破对称与平衡，在不对称中求对称，不平衡中求平衡，这样就要有所对比衬托，有变化有张弛，有虚有实，用丰富的细节构成画面的饱满，靠单一的事件贯起全局的首尾。从这个意义来说，《红楼梦》抄检大观园这一回书的场面描写，就很值得研究。它把同一时间进行的抄检，分割成几个空间场景，构成几个精确场面，再由王熙凤与王善保家的（代表邢氏集团利益）矛盾冲突贯穿所有场面。如同戏曲的第一场，开头就是王夫人向王熙凤质问绣春意香袋的场面，把读者立即推进事件的氛围里，使读者在意念上感觉到沉重而狠毒的魔手，紧紧压在贾宝玉、林黛玉和晴雯、司棋头上。这是揭示大观园悲剧原因所必需的场面交代。接着在各个分景场面里，小说用强烈对比的原则，或在一个场面里进行性格对比，如晴雯与袭人，展示她们反抗与顺受的性格；或者隔场对比，如探春与惜春，透出一个愤懑、一个懦弱自私。各自不同的场面环境又为人物的性格提供了特殊的行动。在怡红院，抄手们不管宝玉"不知如何""直扑了丫头们的房门去"，而到探春院却是另一番情景，早已"秉烛开门而待"的探春，毫不客气地赏了王善保家的一个耳光。虽为宝二爷的贾宝玉与庶出的贾探春，平时在人们中的印象，人们对他（她）们的态度，不必多费笔墨就已是跃然纸上了。同是描写"已睡了"的黛玉，"已经睡着了"的迎春，作者对他们的场面处理也不是对等的。对多疑爱使小性儿的林黛玉，王熙凤是"忙按住她不叫起来""且说些闲话"，而对于"二木头"迎春，却是"不必惊动姑娘"，场面赋予人物性格的潜在含义，是不说自明的。对于执行抄检任务的正、副主帅——王熙凤与王善保家的描写，更是虚虚实实、有变化的，先是王善保家的居于攻势，王熙凤则"隔岸观火"，让王善保家的充当箭垛子。她们各怀鬼胎，随时在寻找适当时机给对手以毁灭性的打击，随时想抓住对方的小辫子使对手栽跟头。司棋与潘又安爱情关系的暴露，王熙凤转守为攻，利用潘又安的情书，又是奚落又是嘲笑，给对方造成难以预料的打击。王熙凤打击对手的方式，王善保家丑角的形态，以及他们之间的矛盾冲突，带活了各个孤立的场面，增加了许多极富表现力的喜剧成分，而这对于像小说这样容易死板拮据的艺术是尤其重要的。

（五）行动性的语言与语言的叙事性

小说语言由作者叙事性的描写和人物的语言组成。中国古典小说中人物语言，具有个性化的、敲得响的、有弹性的特征，这早已为诸家指出，不必多说。受说书艺术的影响，古代长篇章回小说中叙事性部分，也是说书人夹叙夹评的方法，进入近代意义小说的《红楼梦》《儒林外史》，才是客观的小说式的描写。

为了把时代背景、故事发生的环境、故事梗概和写作目的向读者交代清楚，从而给故事点题，帮助读者了解人物，对人物有个深刻的印象，作者就出来讲说一番，如《三国演义》的"话说天下大势"，《水浒传》"话说"邵康节引出的宋天子，《红楼梦》的"作者自云"，都是用的这种方法。对于头绪繁杂的情节，复杂的人物之间的关系和心理活动，作者也出来作必要的说明，而不是让读者去清理各种障碍，最后获得一个惊奇的结局，这样可以使人物的行动不中断，故事连接得更紧凑。例如，百回本《忠义水浒传》四十九回解珍解宝双越狱，评语云："说话的，却是什么计策？下来便见。看官牢记这段话头，原来和宋公明初打祝家庄时，一同事发。却难这边说一句，那边说一回。因此权记下这两打祝家庄的话头，却先说那一回来投入伙的人乘机会的话，下来接着关目。"这段说话人的插语，典型地说明了早期长篇小说的叙事性语言，仍然是说书艺人的口吻，这种现象只是到《红楼梦》才由说话人转为作者的描述，或者主要是通过人物的行动推进故事发展，晚清小说《二十年目睹之怪现状》，假借"九死一生"的笔记的名义，以"我"的第一人称为叙述角，展开事件和场面，这已不是原有的传统，而是西方小说的艺术方法了。

不仅如此，我国传统小说作者的叙事和西方小说的最大区别之一是，作者对小说中人物的忠奸善恶美丑，事件的兴衰成败得失，公开褒贬是非，以至向读者进行哲理性的教育，使读者和作者感情交流。西方虽然也有评论性的叙述，但终不能像中国小说这样作者可以站出来作月旦评，而是冷静客观地描述，让读者自己去推理判断。不过中国古典小说夹叙夹评的方法，并非是完美的形式，小说形象本身包蕴生活的丰富性，潜藏许多可能被读者感受和解释的内容，却由于作者封建伦理观念的解释，而遭到破坏。有时作者评价的部分和人物自身的逻辑并不一致，小说家所着重强调的，不一定是形象本身的内容。总之，传统小说叙事方法有其宝贵经验可资借鉴，但也有失败教训值得总结。

中国古代白话小说的发展系统

中国古代小说的发展，从纵向的历时形态看，无论是文言还是白话，好像都经过由神话传说、诸子散文、汉史传文学到唐代俗讲、传奇、宋元话本直至明清白话小说的发展历程。其实从创作动机与目的、古代小说的发展实际和各自形态看，文言与白话显系两个系统，它们各自独立，平行发展，在发展过程中，情节与表现形式上互相融合、渗透，丰富了各自的文体，形成了不同的文体形态。不分开研究文言小说与白话小说的两个发展系统，无法确切说清楚中国古代小说的发展规律与形态。

一、文言与白话两种不同类型的小说

文言小说与用口语讲说故事的说话艺术，包括明清沿袭宋元说话叙事体制的书面小说——说书体小说，虽然都是通过语言实现的艺术创作形式，但两者有别。其区别既涉及小说创作目的、过程、结构与作品的审美知觉的性质，也涉及作品在社会生活中的交际作用。

区别之一：说话人以讲说作为传播媒介，说话人是一个活生生的人，心理是常变的，这就不可避免地具有即兴或半即兴的表演，随着穿插敷演，其"说话"也是随时变动、不稳定的，根据场次与听众的审美心理和审美需要，灵活对待既定的话本。这即兴表演，体现了说话人对人物情节的感受和深化的结果，也是由有见解的听众的反应促成的。而文言小说家不与听众面对面地直接交流，失去了即兴创作的自由，也因此获得了新的重要的审美特质——高度的结构技巧。作者没有将作品正式出版时，对作品的思想、各部分之间的调配、语言的修改与锤炼，可以"披阅十载，增删五次"，不受时间和次数的限定。所以，有声语言作为口头文学创作的材料，可以说是这种创作所表现的理智与情感内容的"第一性符号"，而书面语言已是"第二性符号"。比起书面小说中的语言，讲说文学中的语言所具有的感情信息量要无比得多，而书面小说的理智因素、思维因素则被提到了相当位置。可以肯定地说，宋元民间艺人讲说的段子，一定比当今留存的宋元话本小说的语言丰富得多，今存的本子，不过是文人加工记录的结果，非是原来的全部风貌。扬州评话艺人王少堂的录音本《武十回》，虽不能说是宋元旧本，但至少和明清说武松有渊源。由王本说武松，可以推想叙述评论都远远超过书面话本小说。"三言"的语言较比宋元话本更规范、精练、圆润，但却丧失了抒情性、音乐美感的原因也在这里。

区别之二："说话"艺术是诉诸听觉的艺术，而书面阅读的小说是通过视觉而诉之读者想象，它们具有两种不同的心理学机制。视知觉和听知觉尽管互相接近、互相联系，在某些范围内互相替代，但它在与人的想象、感情和思维的联系上却是相悖的。说和听、写和读不同的审美关系必然构成不同的审美形式。尽管明清白话小说早已转为书面阅读的小说，但作者和整理者仍承袭宋元话本的叙事体制，并且仍然以读者为听众，假想自己为说书人在向假想听众——读者讲说故事，因而并未改变白话小说的说书体的性格。

因此，凡是以说书体作为叙事体制的白话小说，无疑要采用全知全能或第三人称的叙事观点。"看官听说"，夹叙夹评为其主要的"话说"形式。说书人时而是书中的角色，时而又跳出来，以说书人的观念评议书中的人物和世态，与书情融为一体，而同听众保持一定距离；跳出来评说时，又与听众直接交流，促膝谈心，而与小说中的人物和小说世界保持一定距离。反之，文言小说的作者所写多为自己亲闻所见，第一人称的叙事就常为作者采用。王度的《古镜

记》曰"王度得侯生古镜，遂记古镜事"，用的是"度"的口气。张
鷟《游仙窟》用"余"记述自己的一段艳遇。李公佐《谢小娥传》、
沈亚文《秦梦记》、韦瓘《周秦行记》都用的是"予"和"余"第一
人称叙事。明刊本《痴婆子传》开篇以"郑卫之故墟有老妇焉"叙
起，接着便是老媪自序痛苦的堕落经历，又是第一人称的叙事观点。
沈复的《浮生六记》，全文都以第一人称的手法，记述了他和妻子的
坎坷遭遇，以及当时人情世态。这种回忆录性质的自传小说，完全
继承了传统的叙事散文的笔法，有利于个人情感的剖露，但对外在
世界的描写却是有限的。

区别之三：说和听的审美关系，也要求说话人陈述内容时所使
用的语言，必须为某个地区的话语对象所理解和把握，从而达到最
佳的传播效果。不难想象，日本的漫才，中国的相声，虽同属相声
系统，两国却认同自己的相声。苏州人欣赏弹词，扬州人听评话，
听得有滋有味，而北方人却不知所云，可见具有相同或大致相同的
语规，是说和听两者可以合作的首要条件。

不仅如此，为了调动读者的感受、思考、联想、想象等心理活
动的积极运转，缩短说书人与听众的心理距离，在章段中有时候遇
到某个出场人物和环境描写时，说书人就直接出面提出设问，而后
引诗为证作为回答。对于某种事件的轻重利害关系，听众还不能立
即做出判断，或者为了引起人们的注意，也往往用"怎见得"的句
式加重事件的紧张性和严重性。假如某个人物角色和事件含糊不清，
可能影响读者正确判断和对事件的认识时，说书人便公开介入诠释
人物或事件的背景材料，交代故事情节，说明原委。《水浒传》第
十六回智取生辰纲，说书人最后站出来交代吴用是怎样智取的："我
且问你：这七人端的是谁？……却怎地用药？原来……"云云便属此
类。倘若人物的行动、人物之间的关系、事件的发展可能影响读者
的正确判断，或者说话人考虑到听众未能注意说书人的引导，可能
导致误判时，说书人便站出来用"原来""看官听说"补充交代以往

发生的事件，预示着事件的结果。此外，对小说中的典章制度、典故、地理、风情、行会用语等，有时也做必要的说明解释。甚或说书人为了沟通与听众的思想感情，加强抒情功能，说书人竟直接和听众对话，同听众一起讨论书中发生的问题，在关键的地方，改变叙事观点，用小说中人物的口吻叙述。如《碾玉观音》，当郭排军奉命去抓秀秀和崔宁时，说话人说道："三个一径来到崔宁家里，那秀秀兀自在柜身里坐地，见那郭排军来得恁地慌忙，却不知他勒了军令状来取你。"用"你"取代了"他"，即用第二人称取代了第三人称，说书人在说"你"字时，是情急的切进，是为秀秀的性命担忧。但是，说书人面对听众说的这"你"字，显然是说书人站在局外人角度说出的，不大符合书面语言语规，所以这"你"字也指向听众。正是说书人利用了这突然袭击，加重了事件的紧张气氛，收拢听众的注意力，造成一种强烈期待。

再看《醒世恒言》卷二《三孝廉让产立高名》开篇说："说话的，为何今日讲这两三个故事？"卷六《小水弯天狐贻书》："说话的，那黄雀衔环的故事，人人晓得，何必费讲！"卷十五《赫大卿遗恨鸳鸯绦》："说话的，我且问你。"卷三十四《一文钱小隙造奇冤》："说话的，我且问你：朱常生心害人……"《警世通言》卷三《王安石三难苏学士》："说话的，你这三句都是了。则那聪明二字……"《古今小说》卷三《新桥市韩五卖春情》："说话的，你说吴山平生耿直，不好花哄，因何见了这个妇人，回嗔作喜？"这里的"你"都指的是说话人，是说书人故意设置的反诘语气，目的自然是强调突出他讲说的内容，解除疑团。

无论是说话人所指涉陈述的内容必须为语言所胜任，而又能为话语的对象所把握，说者和听者具有相同的语规，也无论是说话人采用提示、设问、重复、诠释等语规，在话本和说书体类型的小说中，都有多方面的功能，其中重要的是线路功能的作用。因为"说话"艺术的欣赏受时间限制，是在听众场合讲给世人听的，不同于文言小说不受时间限定，可以由读者自己去体味。所以，演员为了收拢听众的注意力和帮助听众透彻理解讲述的整体内容，不得不在开头就明确地向听众阐明要讲说的话题，让听众对故事的主题有个基本了解，引起听众的兴趣。而在叙述过程中又要考虑到听众的反应，不时调整叙述线路，所谓"按下散言，且说""按下一头，却说一人""话休饶舌"等，结束上文，开启下文，都有线路功能的作用。包括说话人讲说过程伴以超语言因素的手势，表演动作，也是为了确保接触，以完成其传达任务。●虽然宋元和明清刊本通俗白话小说不再记述物理的及超语言的因素，但却全面继承了说书的叙事体制，自然不会改变假定的说书人与假定的听众的审美关系。

区别之四：说书艺术和说书体小说要求表（叙述、描绘）、白（人物对话）、评（说书人的评论）融为一体。说表时不同于文言小说的凝练、概括，讲究话语的平实、跳脱、活泼、口语化，叙事的细腻，善于铺垫，把故事情节的发展过程和动作行为交代得清清楚楚，让听众或读者准确把握和理解讲说的内容，这种说是适应听众的需要和欣赏趣味而必须采用的。

笔者要特别指出，对比文言小说，除以第一人称为叙事观点的小说而外，小说中的叙述者不等同于作者，因此小说中人物之间的对话属于小说世界中人物的话语，与叙述者毫无关系。但中国传统说书体小说却有别于文人创作的书面阅读小说，说书人依据某个成文与不成文的底本讲说故事时，临场的叙述者就把自己当作是底本中的说话人，临场说书人和书面小说中的说话人是一个人，是临场说书人直接用话语讲述某某故事，而不是讲述底本中叙述人讲述的故事。既然是由假定的说书人说给读者听，那么叙述与评论的部分自然是说书人的话语，而人物对话则是说书人模拟小说角色的言语，

● 参见古添洪：《从雅克慎底语言行为模式以建立话本小说的记号系——兼读〈碾玉观音〉》，台北《中外文学》第十卷第十一期；宁宗一、鲁德才：《论中国古典小说的艺术——台湾香港论著选辑》，南开大学出版社 1984 年 11 月版。

这既表露了人物性格应该有的语言，又加进了说书人的修饰成分，不完全是人物的语言。且看《三侠五义》第六回，仁宗派包公与杨忠到玉宸宫镇妖邪，杨忠贪睡不醒，错过了审鬼魂的时间，包公说明日见了圣上各奏各的。杨忠闻听，不由着急道："哎呀！包，包先生，包老爷，我的亲亲的包，包大哥，你这不把我毁透了吗？可是你说的，圣上命我同你进宫，归齐我都不知道，睡着了，这是什么差使眼儿呢？怎的了，可见你老人家就不疼人了！过后就真没有用我们的地方了？瞧你老爷们这个劲儿，立刻给我个眼里插棒槌，也要我们搁的住呀！好包先生，你告诉我，我明日送你个小巴狗儿，这么短的小嘴儿。"不难看出，"毁透了""归齐""差使""疼人""老爷们""插棒槌"，是天津和北方一带的方言，应是说者的声口。"我的亲亲的包""小巴狗"之类，则是说书人取悦于听众的噱头。不过，相比较而言，白话小说常保持完整的戏剧性的双向对话，而文言小说有时只用一句关键性的话语，即单向性的语言说明人物和事件，不一定有明确的对话场合，听众也是假设不固定的。如唐传奇《李娃传》："有常州刺史荥阳公者……知命之年，有一子，始弱冠矣；隽朗有词藻，迥然不群，深为时辈推伏。其父爱而器之，曰：'此吾家千里驹也。'应乡赋秀才举……"其父在什么环境场合，对谁而言千里驹？对方有何反应？都不明确，也无须明确，因为文言小说采用了史传笔法，只求概括性的判词，而不须对方回应。

区别之五：有学者说，《红楼梦》问世之前，古代小说的人物典型是类型化的典型，❶ 这话有一定道理。但是，笔者不讨论《三国演义》《水浒传》等小说是否属于类型化的典型，笔者感兴趣的是探究形成白话小说典型形态的原因，确切地说，在说和听审美关系制约下，是怎样规范人物形象及其典型的。

抛开种种原因，可说者有二。一是中国人的传统思想影响抑制

---

❶ 傅继馥：《古代小说艺术典型基本形态的演变》《明清小说的思想与艺术》，安徽人民出版社 1984 年 6 月版。

了小说家的创造；一是说话艺术塑造人物性格的方法束缚了小说家的手脚。就前者而言，作者的审美意识与封建伦理观念紧密地结合在一起，审美情趣里沉积着伦理观念和道德要求，传统的义务本位精神强烈影响作者的审美情感，这就使得古代小说家在创造每个典型人物时，都要经过理性主义染色板的调制，美与丑、善与恶都要非常明晰和确定，以强烈的理智形态呈现出来。为此，小说家以个体与社会统一作为典型创造的前提，个体性格只有服从伦理道德原则，与社会相统一才是美的。不同于西方突出自我的确立，认为每个人都是他自己内在因素的创造物，强调个人的美感，欣赏自我意识和意志能否实现，能否以自我组织的方式面对社会的挑战，完成自我，所以西方文学必然要表现主体的灵与肉激烈冲突的人物。灵与肉的分裂，个体与社会的对抗，必然形成人物性格的复杂多面。而中国小说家却以个体与社会的统一作为典型创造的前提，力求从中寻找美。因此，从本质上说，中国传统文化心理造成了小说人物自我性格的压缩。小说家们为突出某一层面的审美理想和伦理观念，往往较多地突出某些方面的性格特征，赋予人物以明确的是非善恶形态，抑制了人物性格其他侧面的表现。即使是描写了性格的多样性，也还是一种平面的并列结构，次要性格与主要性格在量与质的比值上并非对等，而只是衬托、深化主要性格，形成多谱色。由此，文言小说与白话小说的人物无不受传统文化影响而具有浓重的理智形态。

但是，面对文化水平不高的市井小民讲说人物故事，首要的是适应听众的审美需要，征服听众，人物性格应单纯、明确，能使听众很快把握每个人物的主要特征，不大可能接受和理解所谓人物性格内部的二极观照、交融组合的性格形态，以及复杂的人物之间的关系。《红楼梦》所概括的生活，具有生活的丰富性和复杂性，那种靠伦理判断和理性观念的外在规范及直接干预典型性格的塑造遭到了排斥，非英雄和非道德楷模已成为人物性格的主调。人物不再以单一、严整、和谐作为形式美的追求，而转向多面、复杂、独特个性的描写。作者对社会与人自身危机的忧患意识，促使作家关注人物内心世界的剖析。人物的印象、体验、幻觉、想象等心理活动和人物生活场景、社会环境结合在一起，这一切内在的哲学底蕴，只有靠读者个人的诠释、体味，谁也不能用"讲"说清楚的。更何况，舞台搬演，稍纵即逝，也同样无法传达其深藏的底蕴，只能靠宝黛这条线，以黛玉葬花、黛玉焚稿之类情节，以情动人而已。至于由说话转为长篇白话小说，从重故事情节转移到以刻画人物性格为主导，由于许多作者没有突破说书体形式的制约，仍然遵循说书艺术的规律，保留着听觉艺术的某些特点，因而，人物性格内在本质和整体机制，没有得到充分展示。

并且，除了《三国演义》《水浒传》《西游记》《金瓶梅》《儒林外史》《红楼梦》少数名家名作外，绝大多数作者深受儒家功利主义文艺观的影响，急于要通过小说中人物说明对生活的伦理思考和审美理想。当这种表现自我的欲望不能自制，超越了艺术思维的自我，甚或用政治的价值观念代替艺术的审美价值观念，那必然忽视人物性格的塑造，追求伦理化而造成人物性格的类型化。文言小说与白话小说都不可避免地按照这个理性模式进行创造。

区别之六：宋元说话与明清说书体小说的叙事结构迥然异于文言小说。短篇小说以入话照应点明主题，然后进入正文，时而叙事，引出对话，时而插入诗词，最后以诗作结。长篇小说采用线型结构，把各个故事联结起来，扩展开去，分成若干个回目，几个回目依人依事构筑一大段故事，每段故事可以独立，自成整体。而每一中段或一大段之内又交错着许多小故事。同时，在每个故事结束之前，就给后一段故事紧紧地挽上一个扣子，留下悬念，使前一段故事和后一段故事之间的关系一环套一环，一个波澜追逐另一个波澜，在此起彼伏的故事发展当中，人们就对那个历史时期的历史风貌及人物性格，获得清清楚楚的把握，而且形象与结构错综复杂，唤起欣赏者或张或弛的感觉，赋予故事情节以强烈的节奏感。偶然的巧遇牵引出一个个人物，偶然性因素加强了矛盾的节奏。偶然性往往又和悬念结合起来，紧紧地扣住读者心弦。按这种结构法编织起来的小说，无疑是反映了说书人的趣味，既不同于散体的、用简雅语言据闻而录的文言笔记，也不同于诗意化的精致传奇，属于文人的小说观念。

区别之七：文言小说和白话小说作者的创作动因和目的不同。文言小说作者骋其笔力，展其才思，大多是自娱，或愉悦周围同好，可资谈论，供笑语的材料，所谓以文为戏，来满足文人的趣味，并不顾及市民的嗜好。[1]他们或是于旅途之中，"方舟沿流，昼宴夜话，各征其异说。众君子闻任氏之事，共深叹骇，因请既济传之，以志异云"，或"用诸酒杯流行之际，可谓善谑"。有的则因穷愁落魄，或居官遭贬谪而借小说"特以泄其暂尔之愤懑，一吐其胸中之新奇，而游戏翰墨云耳"。至于宋代叶梦得在《避暑录话》中除了说"士大夫作小说、杂记所闻见，本以为游戏"之外，"暴人之短私为喜怒"者也是文人创作文言小说动因之一，但这毕竟是少数人所为，非是主要创作倾向。抒发自己胸怀，以文为戏，玩文学却是文言小说家创作的动机和目的。也因此，以文为戏的作家常常遭到强调文以载道作家的批评。

毫无疑问，宋元"说话"靠说书卖艺为生，属商业性演出，明清白话通俗小说的书坊主，根据市场销路印行小说是为了营利。因为"卖古书不如卖时文，印时文不如印小说"。明陆容《菽园杂记》说："宣德、正统间，书籍、印版尚未广。今所在书版日增月益，天下古文之象，愈隆于前已。但今士习浮靡，能刻正大古书以惠后学者少，所刻皆无益，令人可厌。"

所谓"无益""可厌"之书，大半指小说。叶盛《水东日记》则

---

[1] 李昌祺《剪灯余话》自序曰："学士曾公子过余，偶见焉，乃抚掌曰：'兹所谓以文为戏者非耶？'"观沈既济《任氏传》，马端临《文献通考》之《杂纂》，刘敬《剪灯余话序》。

点评得很明确："今书坊相传射利之徒伪为小说杂书……农工商贩，抄写绘画，家畜而人人有之，痴女妇人尤所酷好。"那么，《肉蒲团》第一回作者说："近日的人情，怕读圣经贤传，喜看稗官野史，就是稗官野史里面，又厌闻忠孝节义之事，喜看淫邪诞妄之书"，也是"盖自说部逢世，而侏儒牟利苟以求售，其言猥亵鄙靡，无所不至"。显然，性爱小说在明末清初盛行，同书商之射利谋求不无关系的。印刷出版发达的近代更是如此，康有为《闻菽园居士欲为政变说部诗以速之》诗云："我游上海考书肆，群书何者销流多？经史不如八股盛，八股无奈小说何。"又《日本书目志》也云："吾问上海点石者曰：何书宜售也？书、经不如八股，八股不如小说。宋开此体，通于俚俗，故天下读小说者最多也。"书坊主根据不同时期的时好，不断推出适合读者口味的书籍，文人们创作整理改编白话小说，也是"因贾之请"，应书肆之请而作此❶，少不了润笔费的。

　　文人创作文言小说的兴趣化和情绪化，不必考虑读者的胃口，信笔写去，可以呈现不同样式的小说。白话小说为了适应市场上读者的审美需要，不断改进表现形式，而产生新形态的小说。笔者甚至设想：撤去说话艺术的体制，以浅白、平实、跳脱的白话小说的语言，结合唐人小说的叙事体制，可否创造性地转化为新的小说形态呢？明万历时期先后刊出的《详刑公案》《详情公案》《律条公案》《廉明公案》《杜骗新书》等，文人已将两种小说形态结合，歪打正着，完成了一次转换；《儒林外史》《红楼梦》作者沿着小说意味，自觉地进行了转换。可惜文人小说的作者并不想放弃已熟悉的形式，而自觉地进行创造性的改造。

　　白话小说家也以倡导通俗小说为己任，习惯利用现成法式，依样画葫芦。书商为了牟取利润，不时干预小说家的创新，白话小说的革新与转换始终是很艰难的。

---

❶　绿天馆主人《古今小说序》："家藏古今通俗小说甚富，因贾人之请，抽其可以嘉惠里耳者，凡四十种，为一刻。"

二、白话小说与文言小说是两个发展系统

倘若我们承认文言小说与白话小说是各自不同的发展系统，那么，应当从说和听、写与读审美关系的角度探究其不同的源流。

如果说文言小说与白话小说都起源于古代的说故事与祭祀，那么，随着文字的产生与发展，史官制度的建立，史官对天道的记述，私家著述繁盛之后，文言与白话则各自吸收有益于培育自己文体的因素来发展自己的形式。文言与白话同受史传的长期熏陶，效法史传的叙事，同史传保持着难以割舍的血缘关系。于是文言小说始终按照文人的情趣，使用史传的叙事方法，沿着杂史、列传、志怪、志人、唐宋传奇、明清文言中短篇小说的线路发展，总之是文人创作的书面阅读的小说。反之，白话小说承继的是说和听的审美关系，凡是面向听众叙说的，或带有表演性质的，都将成为孕育"说话"艺术成长的因素，促进了"说话"向独立技艺发展。

先秦时期的优与优戏，以说笑话故事讽刺君主的叙事方法，"言非若是，说是若非""投其所好，攻其所蔽"的表现原则，咸淡见义的语言结构，无疑对"说话"的构成产生重要作用。秦汉之际朝廷内倡优式的侏儒们的说唱技艺，似已初步走向职业化。1958 年成都出土的东汉后期的"击鼓俑"，观其神态，好像是说书或演唱。无论是优的叙事表演，侏儒的有说有唱，在元话本乃至明清短篇小说中仍看到古优戏和侏儒的说唱影子。❶刘向《列女传》中记述周室三母

---

❶ 司马迁《史记·滑稽列传》，司马贞《索隐》："滑，乱也；稽，同也。言辩捷之人，言非若是，说是若非，言能乱异同也。"宋马令《南唐书》之《诙谐传》序："秦汉之滑稽，后世因为谈谐而为之者，多出于乐工优人，其廓人主之褊心，讥当时之弊政，必先顺其所好，以攻其所蔽。"关于优与优语对中国古代戏曲小说的影响，请参看任半塘《唐戏弄》《参军戏》，作家出版社 1958 年版；《优语集》，上海文艺出版社 1981 年 1 月版；冯沅君《古剧说汇》，作家出版社 1956 版；张庚《戏曲艺术论》，中国戏剧出版社 1980 年 4 月版；又拙著《中国古代小说艺术论》第二章"中国古优与小说"，百花文艺出版社 1987 年 10 月版。

（大姜、大壬、大姒）之一的大壬在妊娠时期的生活："夜则令瞽诵诗，道正事。"瞽者能在宫中"诵诗，道正事"，那么在民间肯定也存在韵散结合的说唱形式，而这同后来之有说有唱的说话系统应是一脉相承的。尤稗官搜集民间"街谈巷语""里巷风俗"而记录下来的含故事性的"残丛小语"，大约是开启了文言短篇小说的体制，又影响了白话小说题材的现实性和语言的世俗化。

魏晋时期没有留存更丰富的文献资料证明当时有专业说书艺人，不能确切判断"说话"的体制。但是流行于上层的"诵俳优小说""善浅俗委巷语""说外间世事""说人间细事""好俳优杂说""玄感说一个好话"等，❶都是说者面对听众讲说故事、笑话、戏弄性的言谈。问题也在这里，只要是说和听的审美形式，必然讲求说的技巧，自成一套表现形式。上层尚且热衷此道，民间下层必有更丰富的表现。

汉末佛教输入中国，通俗的讲经形式为唐俗讲和唐话本在隋唐的勃兴做了必要的准备，也因此唐俗讲和话本初步确立了说话艺术的体制。值得注意的是，唐代不仅有《韩擒虎话本》《张义潮变文》《张淮深变文》《庐山远公话》等类似话本的变文，❷而且世俗也存

---

❶ 《三国·魏书》卷二一《王粲传》裴松之注引《魏略》："植初得淳甚喜，延入坐，不先与谈。时天暑热，植因呼常从取水自澡讫，傅粉。遂科头拍袒，胡舞五椎锻，跳丸击剑，诵俳优小说数千言讫，谓淳曰：'邯郸生何如耶？'于是乃更著衣帻，整仪容，与淳评说混元造化之端，品物区别之意。……"《北史》卷四三《李崇传》（附《李谐传》子李若）："若性滑稽，善讽诵。数奉旨诗咏，并说外间世事可笑乐者。凡所话谈，每多会旨，帝每狎弄之。"《南史》卷六五《始兴王传》："夜常不卧，执烛达晓，呼召宾客，说人间细事，戏谑无所不为。"《隋书》卷五八《陆爽传》附侯白："好学，有捷才，性滑稽，尤辩俊，举秀才，为儒林郎，好俳优杂说，人多爱狎之。所在之处，观者如市。"又，《太平广记》卷二四八引隋侯白《启颜录》："白在散官，隶属杨素，爱其能剧谈，每上番日，即令谈戏弄，或旦至晚始得归。才出省门，即逢素子玄感，乃云：'侯秀才可以（与）玄感说一个好话。'白被留连不获已，乃云：'有一大虫欲向野中觅肉……'"

❷ 唐俗讲对宋元话本的影响，前辈学者王国维、陈寅恪、孙楷第、王重民、向达、周绍良诸先生有许多论述，请参看周绍良、白化文：《敦煌变文论文录》，上海古籍出版社1982年4月版。

在说话性质的艺术。唐佛典《四分律钞批》卷二十六注解《僧像致敬篇》时，就撷拾了流传于民间的"死诸葛怖生仲达"故事以说明"刘氏重孔明"。《史通》卷五《采撰》也说："至如曾参杀人，不疑盗嫂，翟义不死，诸葛犹存，此皆得之于行路，传之于众口。"显然三国的故事早已喧腾于民间，可能会有艺人讲说的。元稹《酬翰林白学士代书一百韵》："翰墨题名尽，光阴听话移。"元氏自注云："乐天每与余游，从无不书名屋壁，又尝于新昌宅说'一枝花话'，自寅至巳，犹未毕词也。"不论"新昌宅说'一枝花话'"，是专业说书人在演艺场所"新昌宅"演说"一枝花话"，抑或是元稹与白居易两个人在白居易的住宅"新昌"，由白居易讲给元稹"一枝花"的故事，学界有许多争议❶。但是，元稹听过故事后写了一首《李娃行》，宋罗烨《醉翁谈录》癸集卷一《李亚仙不负郑元和》条注："李娃，长安娼女也，字亚仙，旧名一枝花。"在宋已是个成名的"说话"名目，那么，在唐不可能仅仅限于文人之间讲说，民间当有讲说的段子。段成式《酉阳杂俎》续集《贬误》云："予太和末因弟生日观杂戏，有市人小说，呼扁鹊作'褊鹊'字上声。"市人小说属杂戏的一种，已属表演性的技艺。李义山《杂纂》(《说郛》本)《冷淡》条："斋延听说话。"《唐会要》卷四载："元和十年……韦绶罢侍读。绶好谐戏，兼通人(民)间小说。"又孙棨《北里志》序："其中诸妓多能谈吐，颇有知书言话者。"这都说明当时百戏有"说话"这一门，由此才影响各阶层也会讲一些段子，究竟讲些什么题目，可惜今无文献可证。

王国维先生在《敦煌发见唐朝之通俗诗及通俗小说》中说："伦

❶ 孙楷第《说话考》(《沧州集》上)中认为："说一枝花话，谓一枝花故事也。"陈汝衡《说书史话》则认为新昌宅"是指唐代长安城中新昌里，为元白所说一枝花的地方。"滕维雅的《论宋代话本小说的起源》(《新建设》1958年9月)更断言："这时已有专业说话人在固定场所演说了。"然戴望舒《读李娃传》(《小说戏曲论集》，作家出版社1958年版)考证新昌宅为白居易在贞元二十年至元和五年春居新昌里时期，非演出场所。对新昌宅说故事者是何人，胡士莹《话本小说概论》第一章"说话的起源与演变"一文，则未置可否："以前后语气、文法看来，是白居易本人的可能性较大。"黄进德《"说话"史料辩证》(《扬州师院学报》1981年第4期)认为讲说故事的是艺人复本。

敦博物馆又藏唐人小说一种，全用俗语，为宋以后通俗小说之祖。"其书前后皆阙，仅存一段云："判官懆恶，不敢道名字。帝曰：'卿近前来，轻道，姓崔，名子玉，朕当识。'言讫，使人引皇帝至院门，使人奏曰：'伏维陛下且立在此，容臣入报判官速来。'言讫，使者到厅拜了，启判官：'奉大王处，太宗是生魂到，领判官推勘，见在门外，未敢引。'判官闻言，惊忙起立。"（下阙）

这段故事记述了太宗游冥事，《西游记》第十一回"游地府太宗还魂 进瓜果刘全续配"有详细描写。王国维所发现的唐人小说只是片断，还不足以断定是"话本"还是"变文"，但如果此文确系唐代的小说，那就更能证明唐代有近似话本的小说存在，否则宋元话本不可能如无源之水似的突然出现在宋代。

面向市场商品经济的宋元话本，不只是古代小说发展的一个阶段、一种形态，更重要的是确立了中国古代小说的模式和形态。明清白话小说实际上直接利用了宋元注定的模式，转换为说书体小说。

但是，明代文人接手运用说书体小说，或者整理改编，或进行再创作。一方面，作者不能随心所欲地滥用他们的才能，必须受说书体小说框架的限制，在说书体小说艺术规律的制约内发挥创作的自由；另一方面，作者又不满足于现有形式的束缚，不断打破传统说书体小说的格局和程式，力图向阅读的小说艺术转化，于是小说形态发生了许多变迁。就文体而言，笔者要特别指出，万历二十二年先后刊出的《详刑公案》《详情公案》《廉明公案》《律条公案》《明镜公案》《诸司公案》等六部白话公案小说集，虽然孙楷第先生在《东京所见通俗小说书目》中称之以"似法家书非法书，似小说亦非小说"，不过是用小说形式宣传法制知识，但是，包括明末清初的《杜骗新书》《僧尼孽海》《龙图公案》等，直接取材于现实生活和普普通通的人物。其亦文亦白的语言，第三人称叙事观点，散文化的体制都摆脱了传统的短篇白话小说的腔调，也许作者不是有意识地突破，可在小说形态发展史上却闪亮了一点火花。

《金瓶梅》的问世，推动了长篇小说转型的第一个浪潮。由早期的整理改编，走向纯粹由作者的想象虚构，着重表现人的世俗生活，比较注意刻画人物性格的多面性，而不是追求传奇式的人物和事件，也没有许多夸饰性的描写，尤其是按照生活流程构架小说，非是以故事情节为核心。问题是《金瓶梅》并未能彻底突破韵散结合的说书体制，说书人为叙事角的全知全能的观点，频频使用"看官""原来"的评述口吻，终不能在形态上彻底摆脱传统模式。

从明天启、崇祯到清康熙时期，诸种系统的小说形态终于开始走出传统小说模式的困境，小说形态出现了多元化的倾向，这表明愈来愈多的作者在对白话小说进行着综合思考，从中寻找一种小说形态。尽管还未能完全进入自觉时期，达到惊人的飞跃。历史演义小说《隋史遗文》《七十二朝人物演义》代表了这个时期历史演义小说向世俗化小说的过渡。不过此类小说跟话本小说、章回小说那种以事推理、劝恶惩善的思维方法有点相像，但两者在主体意向上仍有根本区别。源于民间的说书体小说，本身就是市民意识的载体，不具有文人那种经历过痛苦历程的生活体验；反之，《七十二朝人物演义》采用文言笔记对人情世态的记录，显现文人意识与自我确认的精神。作者向读者说明的不是历史事件，而是人格化的自我体验，对社会生活和人际关系的价值判断。这种文体上的变异，预示着创作内容从着重对历史生活事件再现到主体精神表现的转移。

这种作家主体意识的强烈表现莫过于《西游补》。崇祯年间的《西游补》以梦幻形式，按照小说人物心理意识的流程推进情节，可又没有完整的让人一目了然的故事情节，文思飘忽，时空错乱，甚至肆无忌惮地扭曲时空，不同于其他小说有时空规定。以孙悟空为叙事主体的中心人物，却居然同楚汉时的项羽、虞美人，宋代的岳飞、秦桧共处一个时间空间交往，真有点当代相声所谓"秦琼战关羽"的调侃意味。那么，凭借叙事主体孙悟空的视角进行叙述，代替了传统说书人的叙事口吻，按孙悟空内在心理意识流动而不断映现空间影像，似乎近似于意识流的叙事方法。其实源于庄禅的"言者所以在意，得意而妄言"的思维方法，经由魏晋玄学而落实到文学上，因而有对主体精神境界和抽象审美意识的追求，从而开启了艺术鉴赏方法。倘若把这种追求贯彻到类似《西游补》小说形象创造中，作者要表露的是言中隐寓的某种精神理念，而不是形象本身的合理性与真实性，形象不过是观念的仆役，可惜它未能成为小说创作的主流。

文体选择作者，作者也选择文体。清初《平山冷燕》《玉娇梨》《飞花艳想》《定情人》《麟儿报》《玉支矶》《吴江雪》《白圭志》《醒风流》《飞花咏》《春柳莺》《画图缘》等十几部才子佳人小说走上文坛。才子写才子佳人小说，人物形象、叙事语言都是雅化的，就是说被文人的文化心理和气质改造过了，显出浓厚的书卷气。失落文人在现实生活中没有实现的白日梦，试图在小说中圆化自己的梦想世界。既想与一个或几个既美丽又有才情的淑女缔结良缘，享受闺房诗酒之乐，又可经过种种磨难之后金榜题名。不过作者的视野和见识都不太宽广和超拔，对人生批判的力度也有限。但此类小说是白话通俗小说与文言小说的结合体，排除了历史的、神怪的、色情的成分，建立了新的章回小说文体，不但具有职业作家的创作风格和形式，扬弃了汉唐小说描写粗糙、简略及篇幅短小的文言形式，又吸收了宋元话本和明白话短篇小说细腻的描写和通俗的语言，因而叙述有条理而通畅，对形成标准白话文体起到了不可忽视的作用。

以《肉蒲团》为首的几十部性爱小说，偏向于性和性行为过程的描写，同样表露了一大批沦落失意的知识分子由入世到出世，放弃了文艺的政教功能而转向自我情绪的表现——疯狂地赤裸裸地展示男人性追求的潜意识。如果扬弃《肉蒲团》的性爱内容，单就叙事体态而言，可谓此类小说的上品。结构严谨，以人物对话为主，并含有戏剧性的跳脱，以及喜剧化的语言，流畅的第三人称叙事，都表征出中国小说打破了传统体系，呼唤着更为成熟的小说——《儒林外史》与《红楼梦》。尽管《红楼梦》第一回作者批判才子佳人小说和性爱小说，可没有这两类小说的出现和变异，就不可能把《红楼梦》推上高峰。

明末清初白话小说的另一走向是向世俗的、贴近生活的层面流动。《魏忠贤小说斥奸书》等历史时事小说，具有新闻小说性质，或是章回体与新闻体的结合。描绘现实生活的《醒梦骈言》《幻中真》《警寤钟》《百炼真海烈妇传》，简直就是生活的翻版，其生活化、口语化，普普通通的小人物形象，为小说提供了一种形式。

明末清初小说革新虽不能说是一场运动，但可算是一次思潮。金圣叹评改《水浒传》为促进传统小说由说和听转向写和读提供了理论依据和实践范本。金氏以小说家的眼光，从看小说的角度删改了某些情节和字句，无疑对推动小说叙事的典范化起到了不可忽视的作用。但是，自乾隆以后，除了《老残游记》略可称佳品外，许多作家仍不忘情于说书体的形式，总未能摆脱宋元说话体影响，创作出符合时代要求的小说形态。"五四"以后全盘移植西方的叙事方法，从此嬗变为新小说、现代小说，此时的传统说书体小说完成了历史使命。

三、白话小说的横向发展系统

中国古代白话小说纵向发展系统，只能说明小说历时阶段的不同形态，而且只能作概括的分析，却不能具体论证文体形态。事实是古代白话小说还有横向系统，而横向系统又有子目系统，即讲史、公案、世情、侠义、神仙志怪。各个子目系统又各自有独立的纵向发展系统，形成不同类型的小说。横向子目系统的形成源于宋元话本家数。不弄清小说横向系统，也同样不能弄清中国古代白话小说的形态。

讲史是说话的一大方类。《梦粱录》卷二十《小说讲经史》云：

"讲史书者,谓讲说《通鉴》、汉、唐历代书史文传,兴废争战之事……又有王六大夫,元系御前供话,为幕士请给,讲诸史俱通,于咸淳年间,敷演《复华篇》及《中兴名将传》,听者纷纷,盖讲得字真不俗,记问渊源甚广耳。"毫无疑问,以历代书史文传为据,讲说前代兴衰成败乃是此类话本的讲说题材。所谓"《复华篇》及中兴名将传",据胡士莹《话本小说概论》考证,前者系《福华编》之误,为"南宋权相贾似道的门客廖莹中(群玉)所作,用以鼓吹贾似道解鄂州之围的'功勋'的"。《中兴名将传》当系《醉翁谈录》所说:"新话说张、韩、刘、岳。"包括《杨令公》和《收西夏说狄青大略》,虽属宋代的新话,但都是历史时事小说,仍可归属讲史类。而决定历史兴亡的,在古人看来是忠奸斗争,因此"说国贼怀奸从(疑为'纵')佞,遣愚夫等辈生嗔;说忠臣负屈衔冤,铁心肠也须下泪"❶,也就成为讲史小说的主要功能之一。

归纳宋元文献记载,除说杨家将、狄青、中兴名将外,尚有《梦粱录》卷二十《小说讲经史》:"谓讲说《通鉴》、汉、唐历代书史文传。"梅尧臣《吕缙叔云叔嘉僧希用隐居能谈史汉书讲说邀余寄之》诗云:"奈苑谈经者,兰台著作称。吾儒不兼习,尔学若多能。每爱前峰好,闲穿弊屐登。定能修史笔,添传入高僧。"洪迈《夷坚支志》丁集卷三《班固入梦》条称:"四人同出嘉会门外茶肆中坐,见幅纸用绯帖,尾云:'今晚讲说《汉书》。'"又,刘克庄《田舍即事十首》诗云:"儿女相携看市优,纵谈楚汉割鸿沟。山河不暇为渠惜,听到虞姬直是愁。"都是指说汉书这一科目。

当然,最具规模和受当时人欢迎的是说三国。无论隋唐时期是否有专职说书艺人说三国故事,但三国的事迹已在唐代流传,并有木偶戏演出,这必然影响宋元话本。高承《事物纪原》卷九载:"仁宗时,市人有能谈三国者,或采其说加缘饰,作影人。始为魏蜀吴

---

❶ 罗烨:《醉翁谈录》甲集《小说开辟》条。

三分战争之像。"张耒《明道杂志》也称："京师有富家子，少孤专财，群无赖百方诱导之。而此子甚好看弄影戏，每弄至斩关羽，辄为之泣下，嘱弄者且缓之。"按《都城纪胜》的记载，影戏是有话本的，"其话本与讲史书者颇同，大抵真假相半"。影戏话本与讲史相通，肯定有许多虚构，有些情节场面和人物给人们留下了深刻印象，所以宋话本《简帖和尚》才有"当阳桥上张飞勇，一喝曹兵百万兵"。《西湖三塔记》也有句云："眉疏目秀，气爽神清，如三国内马超。"《洛阳三怪记》赞徐道士祭坛招来大风曰："睢河逃汉主，亦壁走曹公。"显然，《三国演义》的故事已深入人心，成为讲史话本中不可或缺的科目。按《东京梦华录》卷五《京瓦伎艺》记述的说书人名单，霍四究就是说三分的。入元则市人小说《三国志平话》《三分事略》正式刊出。王沂《伊滨集》卷五中曾提到《三分书》："君不见《三分书》里说虎牢，曾使战骨如山高。"卷七又云："回首《三分书》里事，区区缚虎笑刘郎。"这《三分书》今佚，可能是另一个说三分的本子。

再者，分裂割据的五代，也是当时说书艺人的热门话题。杂剧《荆楚臣重对玉梳记》第二折〔滚绣球〕："因甚的闹吵吵做不的个存活。每日间《八阳经》便少呵也有八千卷，《五代史》至轻呵也有二百合。"《罗李郎大闹相国寺》第三折〔后庭花〕："人都道你是教师，人都道你是浪子。长街上百十样风流事，到家中一千场《五代史》。"用二百合《五代史》，一千场《五代史》比喻吵吵闹闹，却也说明"五代史"的讲史有许多热闹场面，人们很熟悉《五代史》。《东京梦华录》卷五《京瓦伎艺》就提到尹常卖是专说《五代史》的艺人。苗耀《神麓记》中也记载完颜亮的弟弟完颜充，听过艺人刘敏讲说《五代史》："有说史人刘敏讲演书籍，至五代梁末帝以弑逆诛友珪之事，充拍案厉声曰：'有如是乎！'"现存单项话本中就留存有黄巢、刘知远、史弘肇、李存孝、王彦章、钱镠故事的平话本。

讲史话本自成系统后，将向两个方向流动，这也是所有话本小说共同的发展趋势：一方面，仍继续坚持讲说形式，活跃于民间，传之后代；一方面，转向刊本作为阅读的市人小说，亦可作供说书艺人参照的底本。宋人旧编元人增益的《新编五代史平话》《新刊大宋宣和遗事》，元人编刊仅存六本的《全相平话·武王伐纣书》《乐毅图齐七国春秋后集》《秦并六国平话》《新刊全相平话前汉书续集》《全相三国志平话》《吴越春秋连象平话》。另外，《薛仁贵征辽事略》存入《永乐大典》，但亡佚，《金统残唐记》也失传。

宋元讲史不仅开创了历史演义小说的叙事体制，并且讲史的分科也为断代史演义的类型化、固定化奠定了根基，形成了历史演义小说自身的发展系统。这就包括春秋列国志系统的《春秋列国志传》《新列国志》《前七国孙庞演义》《后七国志乐田演义》《孙庞斗智》《鬼谷四友志》《东周列国志》《东周列国志辑要》等。

说汉书系统的有《两汉开国中兴志传》《西汉演义》《全汉志传》《东汉十二帝通俗演义志传》《通俗演义东汉志传题评》《东西汉演义》《西汉通俗演义》《重刻西汉通俗演义》。

说三国演义系统的不如前朝书目繁盛，大约是罗贯中一本《三国志通俗演义》定乾坤，难作新文章。明《新刻续三国志后传》，晚清的《后三国石珠演义》《新三国演义》等已是三国故事的末流，脱离了《三国演义》的原义。

说唐系统的小说，罗贯中著《隋唐两朝志传》(佚)，《残唐五代演义传》相传也为罗贯中著，但今存的《残唐五代史演义传》已非罗氏的原貌。此后有熊大木的《唐书志传通俗演义》，杨慎《批点隋唐两朝志传》，徐文长评《隋唐演义》，钟惺《混唐后传》《大隋志传》，袁于令《隋史遗文》，以及《说唐全传》《说唐演义后传》《隋唐演义》《说唐小英雄传》《说唐薛家府传》《反唐演义传》《异说征西演义全传》《征西说唐三传》《粉妆楼全传》《瓦岗寨演义》等。

说杨家将系统的小说主要有《全像按鉴演义南北两宋志传》，明建阳余氏三台馆刊本。后又有二书《南宋志传通俗演义》与《北宋志传通俗演义》，均为十卷五十回，内容与《南北两宋志传》相同，系将《南宋》与《北宋》分开，各自独立成书，当为陈继儒评，熊仲谷撰。另有书名题《北宋金枪全传》，实即《北宋志传》，又名《北宋杨家将》。《新编全像杨家府世代忠勇通俗演义》，亦名《杨家将》，又《天门阵演义十二寡妇征西传》，亦是据《北宋志传》后半部演化而来。属杨家将系统或据杨家将故事衍化的小说尚有《万花楼杨包狄演义》《五虎平西前传》《五虎平南后传》《平闽全传》。

说岳飞系统的小说亦是明清两代作家关注的主题。先有熊大木的《大宋演义中兴烈传》、邹元标《全像岳武穆精忠传》、于华玉《岳武穆尽忠报国传》，至清有钱彩《说岳全传》，道、咸间刊本的《精忠全传》。

写明朝历史的演义小说，似未形成诸本接续的系统，但如前文所述，本朝人写本朝人的故事或时事的小说却是盛行，如《英烈传》《皇明中兴圣烈传》《于少保萃忠全传》《皇明大儒王阳明出身靖难传》《三宝太监西洋记通俗演义》《魏忠贤小说斥奸书》《梼杌闲评》《警世阴阳梦》等。与此同时，为了证明清统治者逆取的合理性，明末清初刊出了一批粗劣的诋毁李自成、张献忠起义的小说，如《剿闯小说》、《新世弘勋》(又名《盛世弘勋》《定鼎奇闻》《新史奇观》《顺治过江》)、《樵史通俗演义》(又名《樵史》)。

公案小说虽在宋元四家中属子目，但在创作成果上，明清两代已成独立系统。宋元公案已有四种形态：法家公案集、文言笔记小说中的公案散篇、话本公案及带三词(状词、辩词、判词)的亦文亦白的公案小说。

法家公案集，如五代的《疑狱记》，北宋《名公书判清明集》，南宋的《折狱龟鉴》《棠荫比事》，明代的法家公案集《萧曹遗笔》《折狱明珠》《仁狱类编》《折狱要编》《详刑要览》《临民宝鉴》及清代以《蓝公奇案》为代表的公案集，均属于前后继承的法家公案集系统。文言笔记小说中的公案散篇，则在《太平广记》《涑水纪闻》

《齐东野语》《梦溪笔谈》《能改斋漫录》《容斋随笔》等诸家笔记中著录。而《清平山堂话本》与"三言"收录之《错斩崔宁》《碾玉观音》《三现身》《简帖和尚》《合同文字记》《菩萨蛮》《金鳗记》《宿香亭记》《山亭儿》《错认尸》等，为话本系统的短篇公案小说，此类系统从明一直延续到清代。

至于介乎文言公案集、文言笔记与话本公案小说之间的小说文体，即类如明代《详刑公案》、《详情公案》、《律条公案》、《廉明公案》《明镜公案》、《诸司公案》（以下简称白话短篇公案小说集）等有原告的状词、被告的辩词、主审官的判词（即"三词"），以及简略案发缘由和判决的文体。这类文体在宋虽没有正式刊本传世，无法确切判断此类小说的形态，但罗烨《醉翁谈录》甲集卷一《私情公案》所列之《张氏夜奔吕兴哥》的一例中，包括案情的简要提示、原告诉状、被告辩词和官府的判词。庚集卷二又列《花判公案》十五篇，每篇也均有案情简明概述和主审官判文，然无诉状。罗烨的侧重点大约在判官的"花判"上，故省略了诉状。那么，带"三词"的体制同明代的《详刑公案》等六部白话公案集当属同一系统的同一形态的小说。

同六部短篇白话公案小说集并行刊出的还有具长篇体制的《百家公案》《新民公案》《海刚峰居官公案》《龙图公案》。小说冠以包拯、郭青螺、海刚峰的名字，名为长篇，实为短制，连缀了各个短篇公案，并不能算是纯粹的、成熟的公案小说形式，依然受法家类书（文言公案集）和白话小说公案集创作主旨的影响，未能脱去带"三词"的痕迹。只有宋元话本和被称作拟话本的白话短篇小说中的公案篇中，以摘奸发覆、审冤理枉为其创作主旨，着力于人物的命运与形象个性，但侧重点也有不同。《简帖和尚》《宿香亭》《山亭儿》《碾玉观音》《错认尸》《菩萨蛮》，着力描写的是主人公的悲剧命运，主审者只充当主审官角色，非是描写的重点。只有因主审官的臆断而造成了冤案，或是为了刻画官吏性格的某个侧面，小说的视点才转向主审官，如《错斩崔宁》《沈小官一鸟害七命》《滕大尹鬼断家私》等即是。

在宋元，公案作为小说（银字儿）的子目，同烟粉、灵怪、传奇并列，换言之，这几者的界限本来就很模糊，常常纠合在一起，特别是朴刀、杆棒与公案常有联系。因为仗义行侠，以武犯禁，必涉官司。像宋元话本中的《史弘肇龙虎君臣会》《杨谦之客舫遇侠僧》《汪信之一死救全家》《宋四公大闹禁魂张》《神偷寄兴一枝梅》《郑节使立功神臂功》，《清平山堂话本》的《杨温拦路虎传》各篇，兼有侠义与公案，但偏于侠的层面。明初《水浒传》，其中"智取生辰纲""拳打镇关西""血溅鸳鸯楼"的情节；"三言"中的《临安里钱婆留发迹》《李公穷邸遇侠客》；"二刻"的《神偷寄兴一枝梅　侠盗惯行三昧戏》；《石点头》的《侯官县烈女歼仇》；《醉醒石》的《恃孤忠乘危血战　仗侠考结友除凶》《济穷途侠士捐金　重报施贤绅取义》等，也属侠与公案有黏连，而较多地偏重于侠义描写。

明末清初，长篇公案的题材与主题更趋多样化、多方位的发展。《水浒后传》《海公大红袍全传》《世无匹》《后水浒传》《荡寇志》《绿牡丹全传》《绿野仙踪》《好逑传》《儿女英雄传》《永庆升平》都涉及侠与公案，同时又穿插神仙志怪及讲史、英雄传奇的内容，很难说哪种作品是侠与公案纯正的典型范式。在《施公案》与《三侠五义》中，侠与公案又趋向合流，但《三侠五义》的主审官包拯退居为次要地位，侠上升为前台的主要角色。这如鲁迅《中国小说史略》所说："值世间方饱于妖异之说，脂粉之谈，而此遂以粗豪脱略见长，于说部中露头角也。"因此，类似《详刑公案》等宣传法制知识的公案小说已不受世人欢迎，不再有商家推出。明万历时期的《海刚峰居官公案》，以某件公案为题材，缺少传奇性的连缀体，已完成其历史使命，不再有人编辑。《海公大红袍全传》《海公小红袍全传》虽有公案成分，可全书以反权奸严嵩、张居正，抑制豪强斗争为中心，严格说来，已不属于公案小说系列，包括《武则天四大奇案》，也属于政治化的公案，有借古喻今的嫌疑。

晚清上层社会的腐败，引起了小说家的关注。晚清小说把批判矛头指向各级贪官污吏。刘鹗的《老残游记》揭露以清官自居的酷吏及满族大员的贪赃枉法。李伯元的《活地狱》专门以贪酷的县吏害民为主题。此外，也有写各级小吏玩弄主审官、草菅人命的《绿林变相》以及《带印奇冤郭公传》。

然而，晚清由于商品经济的发展，世俗物欲横流，世风颓败，各类刑事犯罪丛生。因此，强烈的世俗化是晚清公案的另一种特色，如《九命奇冤》《清风闸》等。

四、民间说书与白话小说交叉互动的反思

徐复观先生在《中国文化的层级性》中曾提出中国文化是个"层级性"结构，即同一文化呈现有不同的横断面。余英时参照人类学家雷德裴提出的大传统与小传统之说以及西方学界提出的精英文化与通俗文化的观念，认为"大传统或精英文化是属于上层知识阶级的，而小传统或通俗文化则属于没有受过正式教育的一般人民。""中国文化很早出现了'雅'和'俗'的两个层次，恰好相当于上述的大、小传统或两种文化的分野。"

如果把未经文人修改润色的民间说唱定为俗文化和小传统，那我们怎样界定由文人记录整理改编的白话通俗小说的属性呢？其实未经文人整理记录的说唱文学属于通俗文化，而今被称作通俗文学的白话小说和经文人整理过的说唱本，严格地说，很难再保存原来俗文化或小传统的原貌。因为无论受过哪个层次教育的知识分子，在修整俗文化作品时，常常按照雅文化的标准进行文雅化，提升了俗文化的品位，当其转化为阅读的书面小说时，就具有雅与俗的双重性格。

民间说唱《三国志》转为《三国志平话》是一次互动，为历史

小说的语体确定了叙事框架。说话人常用的语规，线性顺序的叙述，断代编年的原则，时空转换的方法，都较之唐变文话本中的历史话本明确成熟。而罗贯中在《三国志平话》本及其他民间传说的基础上重新创造性的改编，又是一次互动过程。毫无疑问，《三国志通俗演义》将《三国演义》故事提高到成熟、精致阶段。《唐书志传》《隋唐两朝志传》接续宋元，并确立了明代隋唐系统。尽管《隋唐两朝志传》作者申明系依史书，但仍从民间说唐词话移植了许多流传于民间的情节，如瓦岗寨群雄聚义、秦王北邙山射猎、魏徵四马自投唐、敬德三鞭换两锏等。明代天启以降，尤其是清代说唐系统的小说，如《说唐全传》《瓦岗寨演义》《反唐演义传》等更是直接从民间说书转为小说。《杨家将演义》《说岳全传》也是由说书而后转为小说的。

侠义小说，准确地说，长篇侠义公案小说如《施公案》《三侠五义》《彭公案》《儿女英雄传》《绿牡丹全传》几乎也都是由民间转为书面阅读小说的。转化时自然都经文人的加工而成为散文体的说书形态的小说，反之，文人润色过的《三侠五义》又流回民间成为说唱艺人的底本。

至于世情小说类的短篇话本小说，只要以《清平山堂话本》的若干篇子，如《月瑞仙记》《五戒禅师私莲记》《死生交范张鸡黍》《错认尸》《戒指儿记》同"三言"修改过的篇子相比较，不难发现，《清平山堂话本》虽提升了说话的叙事形态，形成了一种文本，却仍保留许多俗味，而"三言"的修改，在作品主题思想、语言文字、文体形态上都更具理性思维的特征。

上述白话小说形态发展史似乎表明，由宋元话本转换为明清长篇小说，是小说史上的一次革命，为中国白话小说确立了小说形态。然而，白话小说经过数百年间的发展，则越来越趋向僵化、凝固，对市场需求有高敏度的书商，经常随市场转向不断将民间说书中的各种段子转为书面小说。然而，可转换者大多为历史英雄传奇与侠义公案，这就是为什么清康熙之后，特别是道光、咸丰期间，几十种民间说书被刊行的原因之一。

问题也在这里，古代小说家们为了迎合大众的口味和水平，始终流连于通俗的说书体之间，并且是整理加工，甚或是改编既成的材料——有的则是相互抄袭，根本不是作者的独立创作，无法表现出作者的个性和精神价值。那么，以一种浅层次的思维模式及各类佚事奇闻来刺激和满足读者的好奇，文人的深度思维模式及其理性思考、幻想的天地必然受到阻隔，不可能如《儒林外史》《红楼梦》那样写出作者自己的神韵和有力度的作品。这大约是中国古代许多小说家仍缺少独立的气质、自由的精神和批判的锋芒的原因。因此，充当作者的知识分子们，既要信守和宣泄自己的独特体验和观念，又要受书商和市场的制约，不得不参与通俗化的促销：既倡导小说的通俗化与正统的雅文化抗争，又不愿长久受说书体小说形体的限定；既想独立自主地创作表露作者主体意识的小说，又在实际上从事移植、整理、改编与抄袭，于是白话小说家们始终无法解脱这种二律背反的矛盾，未能为中国古代白话小说闯出一条新路。

话本的本与文言话本

宋元"说话"的四家实质只有两家：话本与讲史

中国古代白话小说是从宋元话本，即宋元说书转化而来。短篇话本小说与讲史嫁接而产生了长篇白话小说，如《水浒传》。

"说话"四家并非指小说四家。与其说是小说四家，不如说是说故事，或具有故事性质的四家。❶

以现代人的小说观念来筛选符合小说标准的小说，只有小说（银字儿）和讲史可称之为现代意义的小说；以宋元人的观念而言，能冠以"小说"这个概念的，只有银字儿，换言之，系指短篇话本小说。宋人把银字儿称作"小说"，显然是沿袭了秦汉的小说观念，并且借用了"小说"这个概念。因而在叙事原则与创作原则上，讲史与话本两者属性看似相类，实则分属不同形态的小说。概括《东京梦华录》《都城纪胜》《梦粱录》《醉翁谈录》所言。

1. 讲史是演说朝代兴亡的故事，其中有重大的历史事件，有征战和著名历史人物的业绩，当然也有乱臣贼子的劣迹，拨乱反正的春秋精神，乃是讲史的主要社会功能，体现中国古人隐喻褒贬，垂

---

❶ 关于说话四家数，宋耐得翁《都城纪胜·瓦舍众伎》条，吴自牧《梦粱录》卷二十《小说讲经史》，清翟灏《通俗篇》卷三十一《俳优》条引耐得翁之《古杭梦游录》等提出说话四家数。前辈学者王国维《宋元戏曲史》第三章《宋元小说杂戏》、鲁迅《中国小说史略》第十二篇《宋之话本》、孙楷第《宋朝说话人的家数问题》、陈汝衡《说书小史》、赵景深《南宋人说话四家》（《中国小说丛考》）、胡士莹《话本小说概论》第四章《说话的家数》，均有深入的研讨。

训现世的历史意识。但忠奸斗争又会成为历史小说的人格模式。

2.讲史是长篇，所谓"说收拾寻常有百万套，谈话头动辄是数千回"●，而话本则是"顷刻间提破"●的短篇。

3.讲史是"谨按史书"●讲说前代兴废，而话本小说"但随意据事演说"●。问题是理论说明和创作实际并非总是同步的。宋元"说话"艺人讲述历史平话并非是无偿奉献，而是要靠讲述谋生，故事讲得不使席上生风，就不能招徕听众，自己也就活不下去。所以强调"谨按史书"的同时，又必须吸收民间传说故事，加进许多虚构。

说与听、写与读的审美关系决定了审美形式

讲史与小说（银字儿）均属于在特定场合，说书艺人面对听众，"只凭三寸舌，褒贬是非"●讲说故事。明以降，讲史、话本，以及由讲史长篇与短篇结合而产生的长篇通俗小说，虽转为书面阅读的小说，但仍然以虚拟的说书人向虚拟的听众（读者）讲故事，审美关系并没有改变，从而也就决定了中国古代小说不同于其他国家和民族的小说形式：

1.生动有趣、有头有尾的故事。善于铺垫和交代过程，让听众（读者）清楚把握故事情节发展线索。

2.按意向设计首尾，中小故事交叉连环，又相互照应。

3.讲说为传播媒介，口语为第一性符号，表（叙述，描绘）、白（人物对话）、评（说书人评议）融为一体。人物对话是说书人模拟小说角色的声口，有的是人物性格应有的话语，有的则是说书人加

● 罗烨：《醉翁谈录》甲集卷一《舌耕叙引》之《小说开辟》条。

❷ 《都城纪胜》之《瓦舍众伎》条，《梦粱录》卷二十《小说讲经史》。

❸ 罗烨：《醉翁谈录》甲集卷一《舌耕叙引》之《小说开辟》条。

❹ 罗烨：《醉翁谈录》甲集卷一《舌耕叙引》之《小说开辟》条。

❺ 《梦粱录》卷二十《小说讲经史》。

进的装饰成分，不完全是人物的言语和情感。

4. "看官听说"，全知全能的叙事观点，是小说的主要叙事角度。说书人时而模拟书中角色，与书情融为一体，同听众保持一定的距离；时而又跳出小说世界，与听众零距离的直接交流，又与小说中人物和世界保持一定距离。

5. 话本小说每篇都有开卷诗词，叙述者对开篇诗词的解释是为入话，入话之后是头回，然后进入正话，煞尾时再用四句诗或八句诗作结。这套模式是我们判断话本与非话本小说的依据之一。

6. 为了调动听众的感受、思考、联想等心理活动的积累运转，提起欣赏者的注意力，叙述者常用提示，设问、重复、诠释等"怎见得""有诗为证""原来"等语规，打通叙事线路，加强与听众的交流。❶

以文言传奇法写话本

细按古代白话小说，只要从"说给看官听"转型到"写给看官看"，那么，小说形态就发生变化。

徐复观先生在《中国文化的层级性》中论述中国文化的层级性时，曾提出中国文化是个"层级性"结构，即同一文化呈现有不同的横断面❷。余英时参照人类学家雷德裴提出的大传统与小传统之说，以及西方学界提出的精英文化与通俗文化的观念，认为"大传统或精英文化属于上层知识阶级，而小传统或通俗文化则属于没有受过正式教育的一般人民""中国文化很早出现了'雅'和'俗'的两个

---

❶ 参见鲁德才：《中国古代小说艺术论》第三章《中国古代小说的叙事观点》，百花文艺出版社 1987 年 10 月版。又见鲁德才《古代白话小说形态发展史论》第一章《总论：古代白话小说的发展系统》之一《文言与白话两种不同类型的小说》，南开大学出版社 2002 年 12 月版。

❷ 《徐复观文录选粹》，中国台湾书局 1980 年 9 月版。

层次，恰好相当于上述的大、小传统或两种文化的分野"❶。

如果把未经文人修改润色的民间说唱定为俗文化和小传统，那我们怎样界定由文人记录整理过的说唱本？严格地说，很难再保存原来俗文化或小传统的原貌。因为无论受过哪个层次教育的知识分子，在修整俗文化作品时，常常按照雅文化的标准进行雅化，提升俗文化的品位。当其转化为阅读的书面小说时，就具有雅与俗的双重性格。

因此用文言传奇法写话本，或用话本法写传奇，以及用史传法写话本，彼此交叉互动，相互融合，这在小说发展史中常见，并不是什么新鲜事。事实是只要文人插手话本小说的整理、改编、创作，就会自觉不自觉地把各种文体带进小说，《清平山堂话本》就是个突出的例子。

《清平山堂话本》（《六十家小说》）汇集了宋元明三代话本小说，宋元时代小说为多数。洪楩编辑此书时，只是简单分类，没有严格地筛选，各种文体小说都杂糅进来，所收篇什，夺文误字极多，基本保持了宋元时期话本小说的风貌。

《柳耆卿诗酒玩江楼记》《蓝桥记》属于用传奇法写的话本，人称文言话本。如果同明刊《绣谷春容》及《燕居笔记》辑录的《柳耆卿玩江楼记》相比勘，明刊本除了"入话"没有外，全篇文辞同文言传奇并无二致。《蓝桥记》故事出自唐裴铏《传奇》之《裴航》，文字比《传奇》略多些。

《风月相思》《戒指儿记》可能是明代作品。❷文言传奇小说的叙事口吻更加浓重，根本不属于话本小说的叙事体制。

至于《老冯唐直谏汉文帝》《汉李广世号飞将军》，系讲史小说

---

❶ 余英时：《士与中国文化》四《汉代循吏与文化传播》（一）《中国文化的大传统与小传统》，上海人民出版社 1987 年 12 月版。

❷ 孙楷第《中国通俗小说书目》元明清小说部（甲）里即收录了《风月相思》。许政扬《许政扬文存》之《话本征时》（中华书局，1984 年 11 月版），认为《戒指儿记》为明人作品。

的叙事体制，有些事件抄自史书，中间又穿插了民间传说，属元刊《五代史平话》的路数。如：

> 乾德正年，太极车驾幸国子监，听诸儒讲说前代史书。时有丞相赵普，尚书窦仪、张昭侍侧。……
>
> 太祖听讲周齐太公用兵之法，圣情大喜，随问……张昭奏曰……太祖驾往武庙，上殿烧香……
>
> 后太祖崩，太祖传位真宗，国家升平无事。

很明显，这是史传中本纪的常用笔法，同话本类小说无论是在叙事话语、事件选择，或时空调控、人物描写上，都有很大差异。

《董永遇仙记》《五戒禅师私红莲记》《花灯轿莲女成佛记》应系变文讲经体移入小说。敦煌本晚唐句道兴《搜神记》载有董永故事，变文中也有《董永变文》，但变文全是韵文，属话本的《董永遇仙记》，虽为话本的通俗说词，未完全承袭变文，可读起来仍如中古语的白话文，近似变文的句子，如：

> 董永心思……乃对父曰："如此饥荒，无饭得吃。天色寒冷，孩儿欲去傅长者家，借些钱米来过活。"父言："你去，借得与借不得，便回，免交我记念。"

《五戒禅师私红莲记》与《花灯轿莲女成佛记》疑是"说话"的四家的"说经"一家，但经才人改写，流入小说中的意旨已不像说经蕴含浓重的宗教气味。红莲诱导高僧破淫戒，大约是应合市民的性爱观念，所以，《古今小说》卷三十《明悟禅师赶五戒》《绣谷春容》和集卷十二《东坡佛印二世相会》、余公仁本《燕居笔记》卷九《东坡佛印二世相会传》、何大抡本《燕居笔记》卷九《红莲女淫玉禅师》、《警世奇观》第八帙《两世逢佛印度东坡相国寺二智成正果》、

《古今小说》卷二十九《月明和尚度柳翠》、《醒世恒言》卷十二《佛印师四调琴娘》等，即由佛经移入话本，或者说佛经市俗化，成为教化市民的内容之一。《金瓶梅》第七十三回薛姑子讲说佛经说的也是此等故事。

此外，韵散相间的说唱小说，如《快嘴李翠莲》《刎颈鸳鸯会》也归入了话本小说的系统。前者是以韵代言，像是今日之快板书；后一部文中插入"奉劳歌伴，再和前声"，用[商调醋葫芦]词调，颇类宋赵令畤的鼓子词[商调蝶恋花]，均系有说有唱，有音乐伴奏的。

上述例子，雅文化及俗文化中其他文体对话本小说的影响，说明在宋元时期，话本小说就不是单一的纯正的，如《简帖和尚》那样的话本小说，文言传奇体不断地侵袭它，反之，话本小说的写法也不断影响文言传奇。

以话本法写文言传奇

鲁迅先生在《中国小说史略》第十二篇批评宋代文言小说"既平实而乏文采"，不如唐代小说玄虚空灵，藻绘可观，可正是这朴实化的文风，把宋话本的市民情趣和语式带进小说，文人文言小说和市民话本小说合流，有些叙事和描写简直就是话本小说笔法。请看下面几个例子：

晋祖才发京师，襄阳安从进遂叛……从进乃跃马引数百骑乘高，去晋阵百步，厉声叫郭金海。金海独鞭马出于阵数十步，免胄侧身，高声自称曰金海。从进又前行数十步，劳之曰："金海安否？我素待你厚，略不知恩，今日敢来待共我相杀！"金海应声答曰："官家好看大王，负大王甚事？大王今日反？金海旧事大王，乞与大王一箭地，大王回去。若不去，吃取金海枪。"言讫，援枪鞭马，疾趋其阵，高勋亦继进。从进惧，跃马而退，师遂相接，大为金海所破，焦继勋押阵。❶

三人同行，章在洞南，遂召王晏与赵晖来洞南营内，取酒同饮。……赵晖曰："今世乱，我辈衣与束带间事，将来未知死所耳。"侯与赵曰："如何？"王晏曰："到恁田地，藉个甚今夜领二三十人入驿，斫取蕃使头，因便入衙，杀了蕃王所差使长。得则固守，不得则将家属、掠金帛入河东，投奔刘大王。"刘大王即汉高祖也。❷

如果不看作者和篇名，人们还以为是历史演义小说中两位战将阵前对仗。在白话小说中常见的"官家""大王"之类的称呼，也搬进了文言小说，甚至"到恁田地，藉个甚"，含有强烈个性化色彩的地方方言，也出现在小说里，这不能不让人感受到话本小说对文言小说的冲击力。不仅如此，即便是描写鬼狐神怪的传奇小说，有的也平民化、通俗化了。如何薳《春渚纪闻》卷五《杂记》之《陇州鹦歌》，记陇州通判韩奉议家人得一鹦歌：

家人得鹦歌，忽语家人曰："鹦歌数日来甚思量乡地，若得放鹦歌一往，即死生无忘也。"家人闻其语，甚怜之，即谓之曰："我放你甚易，此去陇州数千里外，你怎生归得？"曰："鹦歌亦自记得来时驿程道路，日中且去深林中藏身，以避鹰鹞之击，夜则飞行求食，以止饥渴尔。"家人即启笼及与解所系绦线，且祝其好去。鹦歌亦低首答曰："娘子勿懑，更各自好将息，莫忆鹦歌也。"遂振翼望西而去。家人辈亦怅然者久之，谓必无远达之理。至数月，旧任有经

---

❶ 张齐贤：《洛阳缙绅旧闻记》卷一《襄阳事》。
❷ 张齐贤：《洛阳缙绅旧闻记》卷一《付车求荐见忌》。

使何忠者，自陇州差至京师投下文字，始出州城，因憩一木下，忽闻木杪有呼急足者，忠愕然，谓是鬼物。呼之再三，不免仰首视之，即有鹦歌，且顾忠曰："你记得我否？我便是韩通判家所养鹦歌也。

有趣的是，为话本小说家用来转换视点和时空介绍人物的内视点"见""忽见"也传染给了文言小说：

万州白太保，名廷诲……忽有客谓廷让曰："剑客尝闻之乎？"……见五六人席地环坐……❶

侍儿见桂英跨一大马，手持一剑……忽有人自空而来，乃见桂英披发仗剑……

法悟……在本家道堂内，忽以剪刀断其发……忽见眼前黑暗，见远处有火光……忽见一老僧……忽梦前所见老僧……母忽见之……

见母妻于烛下共坐……忽见一白发老人……见明仲之尸卧洞仄……忽梦一老人告之曰……忽觉少倦……❷

这种传奇法与话本法的互动，必然催生一种新的文体的诞生。《绣谷春容》《国色天香》等所收明长篇传奇小说，是此种文体的过渡形态，明末清初才子佳人小说则是两种写法融合后的结晶体。

说长篇传奇是过渡形态，指的是它没有完全脱离文言小说的叙事语式，可也没有衍化为话本小说的叙事模式。只不过是按着说话人的情趣，把市民的性爱观念和情感，转化为书生小姐们的情感，并且学着说话人捏、合、提、破的手段，时不时采用话本小说介绍人物的笔法，描绘人物的形体，如《万锦情林》卷四《情义奇姻》的开篇：

---

❶ 张齐贤：《洛阳缙绅旧闻记》卷三《白万州遇剑客》。

❷ 何薳：《中雷神》，《春渚纪闻》卷三《杂记》。

浙江杭州府，昔元时有一人，姓陶名定，由进士出身，授广州府同知，死于任中。夫人刘氏，只生一子，名启元，字春华。年一十九岁，随父任所搬柩归丧，母守孀居。元生未娶，博览经书，贯通古今，不题。却说熊梦龙者……

又如《花神三妙传》对锦娘、琼姐、奇姐的描述：

适有三姬在庙，赛祷明神，绝色佳人，世间罕有。……一姬衣素练者，年约十九余龄，色赛三千宫貌。身披素服，首戴碧花，盖西子之淡妆，正文君之新寡。愁眉娇戚，淡映春云，雅态幽娴，光凝秋水。乃敛躬以下拜，愿超化夫亡人。一衣绿者，容足倾城，年登十七。华髻饰玲珑珠玉，禄袍杂雅丽莺花。露绽锦之绛裙，恍新妆之飞燕。轻移莲步深深拜，微启朱唇款款言：盖为亲宦游，愿长途多庆。一姬衣紫者，年可登乎十五，容尤丽于姝。一点唇朱，即樱桃之久熟。双描眉秀，疑御柳之新钩。金莲步步流金，玉指纤纤露玉。再拜且笑，无祝无言。

尽管词话模仿华丽的骈文，但由"白生门外视"人物形态的描述，其笔路显然是受话本小说叙事方法的影响，已非是文言小说的叙述者简括鉴定式的介绍人物。

有趣的是，文言小说家们有时也采用话本小说"但见""正是"加诗词的格式强调或赞颂描绘的场景和人物情态。

锦与生同入寝所，仓促之间，不暇解衣，搂抱登床，相与欢会。斯时也，无相禁忌，恣生所为。秋波不能凝，朱唇不能启，昔犹含羞涩，今则逞娇容矣。正是：春风入神髓，袅娜妖娆，夜露滴。❶

---

❶ 《万锦情林·花神三妙传》。

生护以白帕，京侧面无言，采撷之余，猩红点点。检视之际，无限娇羞。正是：一朵花英，未遇游蜂采取；十分春色，却来舞蝶侵寻。❶

啐酒交欢，摘花相赠。琼姐不胜酒力，顿觉神思沉酣。正是：竹叶缀三行，桃花浮两脸。愈加娇娇，酷似杨妃矣。❷

偶望见玉贞上衣绛罗衫，下着翠纹裙，坐停之前。正是：卓越比玉有清香，娇艳如花能解语。❸

不仅如此，在白话小说中，作为转换视点的"见""忽见""忽然"更频频在明传奇小说中出现，如《张于湖传》："见座黑门楼半开，挨身而入。见十余姑道盘环而坐……正看之际，忽然琴弦已断。"如《钟情丽集》："生侍祖姑于春晖堂上，忽见堂侧新一池……正见瑜倚墙而观画焉……"等。

文言话本不是话本小说

也许是明传奇小说家们用话本法写小说，因而时人也称传奇为"话本"，如瞿佑《剪灯新话》卷二《牡丹灯记》中符氏女鬼自供曰："伏念某青年弃世，白昼无邻，六魄虽离，一灵未泯。灯前月下，逢五百年欢喜冤家，世上民间，作千万人风流话本，迷不知返，罪安可逃。"所谓"风流话本"就是指符氏女鬼迷幻乔生的故事。又《万锦情林》之《刘生觅莲记传》："因至书坊，觅得话本，特持与生观之。见《天缘奇遇》鄙之……见《荔枝奇逢》《怀春雅集》留之。"《天缘奇遇》《怀春雅集》《荔枝奇逢》均为中篇或长篇文言传奇小说，可当时人却称之为"话本"，故叶德均《读明代传奇文七种》说：

---

❶《万锦情林·花神三妙传》。

❷《万锦情林·花神三妙传》。

❸《燕居笔记·怀春雅集》。

"这三种传奇文也称之为话本，则明人所谓'话本'兼指传奇体的。近人泥于成见，以为话本只限口语的一类似有所偏。话本既不以文体为限，所以口语为主的"三言"之类，也不妨兼收传奇文。"❶

用传奇法写小说，或用话本法写小说，其实都是小说文体变异，说明小说家们将两种或几种文体相互融合，寻找一种新的小说形态。但是当我们判断一种小说的形态和性质时，是必须"泥于成见""以文体为限"的，否则很难判断古代小说的性质。换言之，只是个别的少数的词语通俗化，或撷拾某些话本小说的语规，并未从本质上颠覆母体，那么其基本形态仍然是文言传奇小说或是话本小说，不能说是新的文体。

否定的否定

严格来说，按现代小说观念，话本小说属于说唱艺术，根本算不上是小说，但是中国古人就认定是小说，并且按照说书体的模式创作小说。由此，作家们既照着葫芦画瓢，又极力想摆脱说书体小说模式的影响。万历二十二年先后刊出的《详刑公案》《详情公案》《律条公案》《廉明公案》《明镜公案》《诸司公案》等六部白话公案小说集，包括明末清初的《杜骗新书》《僧尼孽海》《龙图公案》等，直接取材于市井生活中的普普通通的人物，亦文亦白的语言，第三人称叙述观点，特别是散文化的叙事体制，都摆脱了传统短篇话本小说的腔调。也许作者不是有意识的突破，可在小说形态发展史上却闪亮了一点火花。可惜这都是短篇，并未引起人们的关注。

从小说叙事体制而言，《金瓶梅》与《红楼梦》都没有出现革命性的变革。如果说推动了长篇小说转型的浪潮，那指的是由早期的整理改编，走向纯粹由作家想象虚构的作品，着重表现人的世俗生

---

❶　叶德均：《戏曲小说丛考》下册《读明代传奇文七种》，中华书局 1979 年 5 月版。

活，比较注意刻画人物性格的方面，而不是追求传奇式的人物和事件，也没有许多夸饰性的描写。尤其是按照生活流程构架小说，非是以故事情节为核心。问题是《金瓶梅》与《红楼梦》仍坚持韵散结合的叙事体制，说书人叙事角的全知全能或第三人称的叙事角，频频使用"看官""原来"的评述口吻，终不能在形态上彻底摆脱传统模式。

至于清初《平山冷燕》《玉娇梨》等几十部才子写才子佳人的小说，人物形象、叙述语言都是雅化的，就是说被文人的文化心理和气质改造过了，显出浓厚的书卷气。此类小说是白话通俗小说与文言小说的结合体，排除了历史、神怪、色情的成分，建立了较新的章回小说文体，且具有职业作家的创作风格和形式，描写细腻，叙述条理而流畅，本可以彻底摆脱说书体形式而创作新的小说形态。但是，失落文人试图在小说中来圆自己现实生活中没能实现的白日梦，作家的视野和见识又都不太宽广和超拔，对人生批判的力度也有限，又过分地自我欣赏才子佳人的模式和一味地雅化，因而才子佳人小说并未得到社会的普遍认同。

另外，白话小说经过数百年间的发展，其文体越来越僵化、凝固，对市场需求有灵敏嗅觉的书商，随市场转向不断将民间说书中的各种段子直接转换为书面小说，然而可转换者大多为历史英雄传奇与侠义公案，因为此类题材深受市民的欢迎。这就是为什么清康熙之后，特别是道光、咸丰年间，几十种民间说书，如《说岳全传》《说唐》《施公案》《龙图耳录》《清风闸》《小五义》被刊行的原因之一。否定之否定，白话小说由说书为起点，走了一圈，似乎又回到了起点，当然是高一级的复归。《龙图耳录》《三侠五义》是其中佼佼者，由说书转为小说，说明中国古人对小说文体的界定比较宽泛，并不像西方小说规范的那么明确。王国维连宋元诸宫调都认为是"小说之支流而被之以乐曲者"❶，更何况是有说有唱的评书，去掉唱词的就是小说。

其次，说书艺人仍然为市民包括有市民意识的知识分子所喜爱。活泼流畅的叙事，案中有案，引人入胜的故事，有性格的人物，较比才子佳人小说的自我欣赏、历史小说的板滞，更为耐看。公案与侠义拧到一起，各种搏艺性打斗，暗器的使用，也让人耳目一新，新鲜有趣。总之，读公案侠义小说就是为了找乐，就是为了趣味。

---

❶ 王国维：《宋元戏曲考》。

历史中的侠与小说中的侠

——论古代文化观念中武侠性格的变迁

一、古游侠意识与侠的形态

中国武侠阶层的正式出现，大约在春秋、战国之交，从平民分化出特殊的阶层"士"。而士之中，文者为儒，武者为侠。作为武士之后又作为国士（国中战斗之士），充当统治者的精兵。然而，王室衰微，政归诸侯，地方政权及政治上豪强世家的政治力量急剧膨胀，周平王东迁之后周天子"天下共主"的地位早已名存实亡，国士与国君的固定关系发生了动摇，形成了"邦无定交，士无定主"❶，"士之失位"❷的局面。于是国士可以自由流动，成为游侠的主要成员。春秋战国诸侯公卿养士之风的兴起与炽盛，为侠的产生与发展提供了活动的场所，促进了侠的发展。齐国的孟尝君田文、魏国的信陵君魏无忌、赵国的平原君赵胜、楚国的春申君黄歇等四君子门下的食客超过千人以上，其中文武兼备。下层社会的侠士们集会在四公子的门下，形成了韩非子在《韩非子·五蠹》中指出的"养士游侠私剑之属"的现象。此时所谓的侠，显然已成为一支独立的社会力量出现在政治舞台上。

不过，细按司马迁《史记》的《游侠列传》《刺客列传》，包括《季布栾布列传》《鲁仲连邹阳传》所记，司马迁已明确指出秦汉社会存在三种侠的形态：游侠、刺客，以及以四公子为代表的卿相之侠。按活动区域与出身，又称布衣之侠、闾巷之侠、匹夫之侠与乡曲之侠。

---

❶ 顾炎武：《日知录》卷十三《周末风俗》条。

❷ 《孟子·滕文公下》。

毫无疑问，司马迁特别揄扬出身于闾巷、布衣的游侠，故深叹："自秦以前，匹夫之侠，湮灭不见，余甚恨之"而专立《游侠列传》，概括提出游侠的精神特征："今游侠，其行虽不轨于正义，然其言必信，其行必果，已诺必诚，不爱其躯，赴士之厄困，既已存亡死生矣，而不矜其能，羞伐其德，盖亦有足多者矣。"又赞朱家"家无余财，衣不完采，食不重味，乘不过軥牛。专趋人之急，甚己之私"。所谓"不轨正义"，即不顾及封建法纪和世俗约束，同韩非子说的"以武犯禁"系同一种认识。然韩非子以法家观点言侠，严公义与私义之辨，无须区分侠的品类及行为准则，凡以武犯禁，"行剑攻杀，暴憿之民也……当死之民也"，❶统统封杀，那么韩非子以"公义"即君权作为最高的价值判断，在《五蠹》《八奸》《问辩》中，不断指斥张扬个性和独立性的侠客之义为"私义""小义""小德"。侠者只行"小义"而不顾"大义"，也是把侠的行为置于公义与私义两个对立范畴加以观察。司马迁并不因侠的私义而贬低其人格价值和精神内涵，反之，他不仅界定了侠德侠义的内容，而且将其提升为理论形态的价值观念，与诸子倡导之仁义相并列。

但是，"不爱其躯，赴士之厄困""专趋人之急，甚己之私"的利他主义精神，即《太史公自序》所云"救人于厄，振人不赡，仁者有乎！不既信，不信言，义者有取焉"的仁义观，同儒家的义有本质的区别。这种不同，班固在《汉书·游侠列传》中已明确地指出为"背公死党之议（义）"与"守职奉上之义"的对立。儒家的义——行为的最高准则必须符合自己在社会中的封建等级地位，而不可随意越跨自己的本分，正如《孟子·离娄》中说："非礼之礼，非义之义，大人弗为。"而侠客之义，却以个人之间的"私义"，或如班固所谓"死党之议（义）"作为处理人际关系的准则，不考虑封建王朝的需要。

墨家的活动与主张，对于先秦侠的发展肯定起了推动作用，其

---

❶　韩非：《六反》，上海人民出版社 1974 年 7 月版。

门徒有些人就有任侠作风，仿照侠的方式行事。墨子在《兼爱》中主张："言必信，行必果，犹合符节。"《经上》又云："为身之所恶以成人之急。"义利观念似乎与侠客之义相一致，但墨家的基本命题是"兼相爱，交相利"，主张"非攻"，而不是侠客的"锄强助弱"方式解决社会问题。

司马迁分写《游侠列传》与《刺客列传》，刺客甘愿以性命报恩，实现人格信念和道德理想，"自曹沫至荆轲五人，此其义或成或不成，然其立意较然，不欺其志，名垂后世，岂妄也哉！"重名好义的精神与游侠似无二致，但司马迁只把他们归入《刺客列传》，而不认同做游侠。这大约是游侠有时为不平而去行刺，但不一定是刺客；刺客平时未必行侠；更重要的刺客是报知己之恩，甘心舍命相报，刺杀政敌。如豫让刺杀赵襄子，专诸行刺吴王僚，要离刺庆忌，聂政刺侠累，荆轲刺秦王都是因报恩而以性命赠人，不畏死，不爱身躯，可以说是这个阶层人的普遍观念。刺客不论为报知遇之恩，或为了维护人格的尊严和声誉，不管大是大非而做杀手，最终不免沦为政客和豪强的工具。游侠虽然同刺客一样重然诺，轻生死，但在立身行事的动机上，并不只为了报恩，而是施恩以仁，这是游侠与刺客的本质区别。

至于有任侠作风的豪暴之徒，靠"朋党宗强比周，设财役贫，豪暴侵凌孤弱，恣欲自快，游侠亦丑之"，不属于侠之列。

司马迁是史学家，他只是客观地解释各种侠的属性和文化形态。可司马迁首次界定的游侠的人格形象及其精神，实际上指出了一种人格模式，即在秦汉社会除了有儒家的仁德人格模式，道家的顺天人格及儒法王霸结合的人格模式外，则是赖力仗义的侠客人格，前者为当权者、失意文人、逍遥的士大夫所追求，后者为平民大众的理想企盼。❶

---

❶ 陈晋：《悲患与风流》，国际文化出版公司 1988 年 5 月版。

就与主流文化的关系而言，游侠与刺客都属于"不轨正义"的文化离轨者，都具有强烈的独立性和个性，因而游离于社会政权之外，藐视他们所处的社会文化的价值观念，怀着实现所谓永恒性的高尚道德目标，济人困危，伸张自己所认为的正义，成为弱者的保护神。可是，侠不轨正义的身份和地位，决定他们根本就不能承担治国平天下的职能，尤其在皇权统治下，游侠们匡扶正义的层面和成功率是很有限的。因为带剑者或聚徒属，或单独行侠，犯王官之禁，威胁着封建统治。秦汉高度集权的政府机构成立之后，"大一统的政府之不能容忍游士、游侠过度活动也是完全可以理解的。从社会秩序中游离出去的自由分子无论如何总是一股离心力量，这和代表'法律与秩序'的政治权威多少是处在相对立的位置。""因此帝国的统治者必须经常地调节'自由流动的资源'，使之与传统的势力（贵族）配合，并把两股力量纳入共同的政治机构与组织之中。帝国统治是否有效就要看他的调节能力如何。"❶

事实是，从秦汉直至清代，统治者采取招安的策略，把一部分侠招安到某一清官旗下，纳到共同的政治机构与组织中，所谓改邪归正，弃暗投明；一部分投靠明主，为新皇帝征战天下，建功立业，博得个光宗耀祖，封妻荫子，同古侠的"羞伐其德""不矜其功"的精神，大相径庭；还有一部分流入绿林，为匪为盗，打家劫舍，已不称其为侠，仍属豪暴之徒。当然也有侠义之士隐没绿林，同城乡孤独的独行侠信守着侠的原则，以类似宗教的心理冲动，继续追求自己所崇尚的道德价值。不过在现实的立体的社会中，一方面，社会制度创造了侠作为自己的对立物和异端而存在；另一方面，侠们只能在既定的社会制度内，以这个制度规范的方式行侠仗义，坚持独行侠路线的毕竟是少数，大多数则向它的对立面异化，加盟豪强集团，或是投靠官府，成为国家机器的工具。

---

❶ 余英时：《士与中国文化——古代知识阶层的兴起与繁荣》，上海人民出版社1987年版。

二、汉魏侠的豪强化

其实战国的"四公子"收拢宾客，从博徒卖浆者到鸡鸣狗盗之徒，其间不乏豪强之士，就已说明游侠很难保持独行侠的特性，游侠的豪强化、群体化，已是社会纷争时期游侠的一种变体。汉刘邦以三尺剑起家，萧何、韩信、张良等豪杰义士辅佐，其身份如《史记·留侯世家》云秦灭韩，张良为韩复仇，行刺秦始皇于博浪沙失败，"亡匿下邳，居下邳，为任侠。项伯常杀人，从良匿"。《陈丞相世家》也云陈平"家乃负郭穷巷，以弊席为门，然门外多有长者车辙"，也是位有侠风的谋臣。《黥布列传》记英布说："布已论输丽山，丽山之徒数十万人，布皆与其徒长豪桀交通，乃率其曹偶，亡之江中为群盗。"又据《季布栾布列传》云季布"为气任侠，有名于楚"，所以班固说："（韩）信惟饿隶，（英）布实黥徒，（彭）越亦狗盗，（吴）芮尹江湖。云起龙襄，化为侯王。"❶均来自下层游侠之类。西汉至东汉乃至权臣公卿出于争夺权利，打击政敌的目的，私自养侠，或自身以侠为荣，形成一股尚侠的风气，这正如范晔在《后汉书·党锢列传》中的分析："汉祖仗剑，武夫勃兴，宪令宽赊，文体简阔，绪余四豪之烈，人怀凌上之心，轻死重气，怨惠必仇，令行私庭，权移匹庶，任侠之方，成其俗矣。"可是豪侠势力的膨胀必然破坏地方秩序，危及中央政权。曾经依靠侠义之士打天下的政治集团代表人物，一旦登上皇权宝座便掉转矛头打击豪侠势力，同时摧毁藩王、外戚、宦官、权臣等异己势力同豪侠相互勾结的网络，这几乎是普遍的统治规律。因此这时期的游侠，按东汉荀悦在《汉记》卷十《考试》所下的定义："立气势，作威福，结私交，以立强于世者，谓之游侠。"游侠已变为"结私交""作威福""以立强于世"，

---

❶ 班固：《汉书·叙传下》。

带有政治品格的豪强，丧失了游侠的根本精神。

至魏晋六朝时期，政局动荡，烽火四起，饥荒疫疠遍布，对权力功名的强烈追求与清淡无为、返璞归真奇妙地混合于世。统治者以"名教"道德规范下属，而名士却越名教而任自然。

总之，社会各阶层、各个政治集团都在寻找调整自己的位置，探寻新的价值取向，侠也在转型。

魏晋六朝小说写侠义的，侠义色彩浓厚的，不过只有几篇。如干宝《搜神记》的《李寄》。越闽中人以少女祭祀妖蛇，李寄主动"应募"，智斗大蛇，斩大蛇，可谓是有侠义精神的女神。陶潜《搜神后记》的《比丘尼》，记晋大司马桓温有谋反问鼎之心，比丘尼海浴，"温疑窥之，见裸身挥刀，破腹出脏，断截身首。温惊骇而还。及至尼出浴室，身形如常"，尼警告桓温："若逐凌君上，形当如之"，桓温"故以戒惧，终守臣节"。比丘尼显然是一个关心社稷的侠僧。刘义庆《世说新语》的《戴渊》，少时游侠，但"不治行检"，尝在江淮间攻掠商旅。陆机见其"神姿峰颖"，而劝其归正，渊感悟归机过江，官至征西将军，戴渊先盗侠而后为官，仍是沿袭了汉代豪侠的发展路线。《周处》先是"凶强"，与虎、蛟并称"三横"，而"处尤剧"。可又上山刺虎，入水击蛟，又显其豪爽。谁知"经三日三夜，乡里皆谓已死，更相庆"，周处"始知为人情所患，有自改意""处遂改励，终为忠臣孝子"，不属于游侠的思路。

魏晋的历史文献也验证现实生活中的侠够得上先秦游侠标准的、纯正的游侠，显然是非常稀少的。许多侠不过是具备侠义的某种精神，最终纷纷借侠进入商场和政界。《三国志·魏书》卷十八《阎温传》裴松之注引《魏略·勇侠传》，即记有施爱尚义、济危扶困、轻财重士、有古游侠之风的孙宾硕、祝公道、杨阿若、鲍出等。可仔细推究孙宾硕趋人之难，冒死救助遭宦官迫害而逃亡的赵岐，"宾硕亦从此显名于东国，仕至豫州刺史"，这与古游侠羞伐其德、不讲功利的精神截然不同。杨阿若也系"少游侠，常以报仇解怨为事"。太守徐揖诛杀豪族黄昂，黄逃脱在外，募众拟攻徐，杨阿若"以昂为不义"，乃告徐，徐则向张掖求援，恰逢张掖叛变杀了太守，同时黄昂也攻陷了城池、斩杀了徐揖，又命张掖活捉杨阿若，于是杨逃至武威。太守张猛任杨为都尉，单骑入南羌，聚众千余骑攻入酒泉镇郡，捕黄昂杀之。州府表彰其义勇，封为驸马都尉。

根据简略记述，我们不能确切判断酒泉太守何以要杀黄昂，是惩治豪强暴虐侵权，还是出于个人私怨？如果说黄昂逃脱后，聚众攻酒泉郡，属犯上作乱而认为不义，那么，黄昂因杨与己见不合，命人取杨阿若之头，就纯属个人复仇，所以杨以都尉之职，率部追讨黄昂，无论从哪个角度看杨阿若，都不类游侠之所为，倒像是豪强之间的仇杀。

也许《魏书·贾逵传》已附程公道事，故《魏略·勇侠传》只列孙宾硕、杨阿若、鲍出的事迹，不录祝公道。考校三人，只有鲍出尚存古游侠神韵。鲍与母及弟兄五人家居本县，因饥饿，留其母守舍，同其兄弟山野采莲实。啖人贼数十人已略其母，"以绳贯其手掌，驱去"，弟兄恐怖，不敢追逐，鲍出攘臂结衽独追之，连杀数贼，不但救出了自己的母亲，而且还救出了邻居的老妪。乡里欲荐州郡辟召，鲍出以"田民不堪冠带"而拒绝，与母隐没山中。

很显然，自东汉以后，在现实中，先秦时代那种游侠风神已经褪色，游侠与豪侠的界限越来越模糊，许多侠者凭借武功和勇力向军界流动，甚或以宗族血缘关系和仿血缘关系，以结拜形式而聚集起来的豪侠帮派，形成军事组织，转而为军事政治集团割据自立，逐鹿中原，进而争霸天下。试看为史家陈寿在《三国志》中认为的侠者，如祸乱汉室的董卓"以健侠知名"，吴国第一任君主孙权"好侠养士"，一代枭雄曹操"少而任侠放荡"，中山靖王之后刘备也"好结交豪侠"，等而下之的关羽、张飞、甘宁、典韦、许褚等，无不是侠出身和好侠的。然而政治代表人物招揽剑客，就会有强烈的政治品性，侠客之义也以政治集团的利益为坐标，来决定善恶是非的选择，昔日古游侠乃至乡曲豪侠之风，早就走味变样。建功立业的志向，亦非古游侠可比，人们很难用古侠的标尺界定侠的界限。

但是，小说中的侠不同于现实生活中的侠。魏晋六朝几篇侠义作品的价值，不在于提供了侠的变异形态，而在于以幻设性的内容，借助人物表达作者主体意识的思维方式。幻设性使得超现实的怪异与现实结合，时空错列，仙、鬼、妖以及有异术在身的豪侠、僧尼等超人形象，开启了后代乃至现代武侠小说的笔路。形象呈现的不是或不仅是真实的现实生活，而是作者某种理念的表现，这有助于武侠小说家夸张、强调、突显侠的某种精神，寄托着理想。魏晋南北朝、唐代诗人对侠义精神的咏叹，唐传奇中超凡的侠客出现，都离不开魏晋创作思维的影响。

三、唐代小说亦豪亦侠的侠

侠的分流发轫于两汉，深化于魏晋六朝，至唐已趋向成熟，呈现出诸种形态：游侠、义侠、盗侠、隐侠、豪侠，近似于剑仙类的侠客等，盖为后世武侠小说家塑造形象时所本。然而，"至唐人乃作意好奇，假小说从寄笔端"❶，始"有意为小说"❷，小说中的侠客被作家重新赋予了意义，虚构、夸饰、诗化了性格，由情节组成的侠客们活动的世界，不同于秦汉魏晋侠们生存的现实世界。可以说从唐代始才有了小说意义上的武侠小说，《虬髯客传》当为后代乃至现代武侠小说创作开拓了道路。换言之，唐人小说已具备武侠小说所应有的特异的人物性格，曲折多变的情节，意料不到的转变，特别是超凡入圣的轻功、暗器、剑术，无疑是开拓了作家的思维空间。如论轻功，《绳技》中的囚犯，借献技的机会，将长绳抛向天空，越抛越高，高达二十余丈。然后向上攀缘，爬到高处，突然间长绳在高空中荡出，囚犯却犹如一只大鸟，从旁边飞出，不知所踪。《太平广

❶ 胡应麟：《少室山房笔丛》之《二西缀遗》中。
❷ 鲁迅：《中国小说史略》第八篇《唐之传奇文》。

记》卷二九六的《潘将军》，潘将军的一串玉念珠被一个十七岁少女盗走，放在慈恩寺高塔上，其舅王超向女索取，女告某日于塔院相候。王超如期而至，女让其仰观塔上，只见女如飞鸟般上了宝塔，顷刻站在宝塔外的相轮之上，然后手提念珠飞下，其轻功更胜于囚犯。《车中女子》中十余名衣着华丽少年，竟然听从一个十七八岁女子的指挥。那少年们，有的纵身行于壁上，有的手攀橡子，行于半空，各有轻身功夫，状如飞鸟。皇宫失窃，举人被官府当作盗贼关入十丈深的牢中，那女子用一匹绢，一端缚住了举人的胸脯，另一端缚在自己身上，纵身带举人飞出宫城，直飞出离宫门数十里。《汝州僧》中的韦生与老僧的儿子飞飞较量，擅长弹射的韦生，射出的弹丸都被飞飞的马鞭打掉，只见飞飞翻腾攀缘，登壁游走，身轻似燕，捷若猿猴，奔行如闪电，韦生始终伤不着飞飞，也是把轻功用在打斗上。在唐代，据《北梦琐言》中《许寂》条说："杜光庭自京入蜀，宿于梓潼厅，有一个僧继至，县宰周某与之有旧……明发，僧遂前去。宰谓杜曰：'此僧乃鹿卢蹻，亦侠之类也。'"鹿卢蹻是轻身功夫，唐时还有龙跃、虎跃都是轻身之术。好像剑客都必须有一身轻身功夫。至于韦生以弹丸连射老僧的脑勺，老僧毫无知觉地自顾走路，到了庄上，伸手在脑后摸了几下，五颗弹丸都落了下来。这可能属于内功，没有深厚的内功，显然后脑勺是吸不住弹丸的。聂隐娘的师父老尼为其开脑，后藏匕首而无所伤，用即抽之，脑后成了剑库，设想也很奇特。

论剑术，显然唐代也达到了出神入化的境界。《兰陵老人》中的老人，手持七口长短剑，舞于庭中。只见七剑在空中上下翻飞，有如电光。其中有一短剑不时刺到黎干的短襟，然后老人举手一抛，七口剑飞了起来，同时插入地下，状如北斗七星，这有点近似杂技表演的性质。《京西店老人》的韦行规，自称是"英雄"，会弯弓射箭，"无所患"，更不怕盗贼拦劫。但在夜中行路，觉身后有人，便连发数箭，不见退却，箭袋中已射尽，韦大惧，驰马急奔。片刻间风雪大作，韦只好下马，倚大树而立，"只见空中有电光相逐"，渐逼近，忽觉半空中一根根截断的树枝坠下，渐渐堆积齐膝，韦惧仰空乞命。这"电光"也就是老人所说的"须知剑术"。《许寂》又云，许寂在四明山遇到一对年轻夫妇，共同饮酒之中，那男子拍板高歌，歌词唱的都是剑术之道。之后，从衣袖之中取出两物一拉开，展而喝之，两口剑跃起，在许寂头上盘旋交击，不一会儿将剑收入匣中，显然这剑术属于法术了。

至于《裴铏传奇》中聂隐娘向尼姑某学习剑术，一年后，刺猿百无一失；后刺虎豹，皆决其首而归，三年后，能使剑刺鹰隼无不中，可谓是剑术中的上乘，但是《聂隐娘》的价值则在于塑造了忍者式的杀手。心如死水，冷面人生，没有任何怜悯同情，"先断其所爱，然后决之"。为成就忍者，父亲身为魏传镇大将的聂隐娘，竟然选择以磨镜子做职业的少年为夫，彼此间毫无爱情可言，这如同崔慎之的妾，为了报郡守杀父之仇，便断情离去，甚或为绝思念之情，杀死自己亲子。薛用弱《集异记》的贾人妻，李肇《国史补》中也有相同的记述。侠客为了实现某种信仰，冷峻、刚毅，乃至冷酷、不近人情地处理人际关系，大约是游侠应当具有的一种性格。值得注意的是，由于唐代同西域的地域联系，凡是来唐的异族人，不论其部落、民族、国籍，一律称之为胡人，如"胡商""胡妇"，来自西域的高僧称为"胡僧"。胡人从事技艺，将音乐舞蹈带入中国，名为胡旋舞。元乐真《胡旋女》诗云："天宝欲末胡欲乱，胡人献女能胡旋。旋得明王不觉迷，妖胡奄到长生殿。"胡人胡女成为罪恶的代称。其实在唐人小说中，胡人既充当盗宝的角色，又是精通奇珍异宝属性和价值的商人，于是珠宝故事同精明的胡人联系起来，构成了胡人珠宝的故事模型。《太平广记》卷一七一三一《纪闻》的《苏无名篇》，就记述胡人与党十余人盗走太平公主细器宝物，后由湖州别驾苏无名侦破的过程。

《太平广记》的《张公洞》，云兴县有张公洞极奇丽，里人传说系张道陵修行之所。姚生习道，持瓶火入洞内，深入十余里，见两道士对弈。姚饥甚，因求食，旁有青泥数斗，道士说可食此。试采咀嚼，觉味芳馨，饱食了一顿，密怀其余，以访市场，一胡商见之惊曰："此龙食也，何方而得？"又《续玄怪录》卷三《苏州客》，《太平广记》卷四二一题作《刘贯词》，刘贯词为龙子传书，龙女赠一碗给刘贯词以报恩曰："此罽宾国碗，其国以赈灾厉。唐人得之，固无所用，得钱十万即货之，其下勿鬻。"刘贯词不信，拿到市场去贩卖，有给价五百、七八百者，念龙神当贵信，不会欺人的。及岁余，西市店忽有胡客仔细看碗，大喜。胡客细说了宝碗的价值："此乃罽宾国镇国碗也，在其国大穰，人民忠孝。此碗失来，其国大荒，兵戈乱起。"似乎只有西域胡人才能识别奇珍异宝的价值，而且经营着珠宝的买卖。

《裴铏传奇》的《周邯》篇又为读者引进了一个外国人："贞元中，有处士周邯，文学豪俊之士也。因彝人卖奴，年十四五，视其貌，甚慧黠，言善入水，如履平地，令其沉潜，虽经日移时，终无所苦。"周楞伽辑注："这'彝'是'夷'的代用字，指外国人，并不是我国南方少数民族的彝族。"究竟是哪一个外国，周氏未再注说。这彝人（周邯名为水精）善潜水，识珍宝，每船舟于江潭，常入水潜采，多采金银器物。邯有友人王泽，相州居官，一日王与周游八角井，夜有光如火红，射出千尺。王泽以为此井必有至宝，周邯遂命水精潜采，见黄龙抱数颗明珠熟睡。水精仗剑入水，"忽见水精自井面跃出数百步，续有金手亦长数百尺，爪甲锋颖，自空擎攫水精，却入井去"。之后土地现身，指责王泽取宝无惮，惊动上天使者金龙作法，而轻百姓安危。

《陶岘》篇也记述了与《周邯》篇相似的故事。陶岘得"海船昆仑奴名摩珂"及古剑一口，玉环一枚。摩珂也"善游水而勇捷""岘每遇水色可爱，岘遗剑环于水，命摩珂取之，以为戏乐"。后行至西塞山，见江水黑而不流，又投剑环，命珂取回，但水下有巨龙，珂入穷泉，久之，见摩珂支体磔裂，污于水上。

无独有偶，唐传奇《昆仑奴》的奴隶也名磨勒。摩珂与磨勒读音颇近。周楞伽辑注《裴铏传奇》的《周邯》篇按语中说："周邯从彝人所买的奴仆水精，大概也和本书中的昆仑奴一样是昆仑族。唐代雇佣或购买马来种人为奴的风气，直到宋代还有，宋朱彧《萍州可谈》就说：'宋世广中富人多蓄黑奴，有一种入水眼不眨者，谓之昆仑奴。'"❶也就是现在马来西亚、爪哇等地的土著，但郑振铎《插图本中国文学史》谓"当是非洲的尼格罗人，以其来自极西，故以'昆仑奴'名云"。❷而金庸在《侠客行》附录《三十三剑客图》中，据昆仑奴名磨勒和识药性推断其是印度人。这个磨勒聪敏有智慧，看勋臣一品家歌姬的手势，便猜出其心意。为了成全崔生与歌姬的姻缘，夜三更负崔生逾十重垣而与姬相会，后又负崔生与姬飞出峻垣十余重，到崔生家藏匿，而一品家守御毫无知觉。两年后，一品家人发现了姬藏所，知一切为磨勒所为，命甲士围崔生院，琢磨勒。"磨勒遂持匕首飞出高垣，瞥若翅翎，疾同鹰隼，攒矢如雨，莫能中之。顷刻之间，不知去向。"很明显，《陶岘》的摩诃只是有深潜海底的特异技能为主子捞取宝物的奴隶，而《昆仑奴》的磨勒则是仗义助人的侠士，特异技能转化为超人式的武功，融化为武侠小说的组成部分。《周邯》《陶岘》表现的是异人的技能，《昆仑奴》应是武侠小说。而且，从事佣仆贱役的磨勒，包括红线、聂隐娘、僧侠、红拂、宣慈寺门子，虽匿身于市井之中，一旦遇到不平和急难之事，他们就立即出手为人解纷，在精神气质上，似乎也高于他们的主人，这一系列的游侠人物又都有着知识分子的气味。这些侠士，不但具有一般的急人之急、主持公道、打抱不平的侠义精神，另外还有一些重然诺，设奇计，杀身以报知己，功成身退之类"士大夫气"，表现了一种"寒士的游侠思想"。❸我们能否根据隐逸的侠士就判断是表现了知识分子的"寒士的游侠思想"，尚需深入探讨，但是鲁迅先

---

❶ 周楞伽辑注：《裴铏传奇》，上海古籍出版社1980年10月版，第35页。
❷ 郑振铎：《插图本中国文学史》，人民文学出版社1957年版，第384页。
❸ 参见徐士年：《略谈唐人小说的思想和艺术》，《唐代小说选》，中州出版社1982年版。

生在《中国小说史略》中称唐小说为"意识之创造"的传奇文，确实如魏晋志怪小说一样，呈现着作者的某种体验和追求，所以，唐代武侠小说的刺客、游侠、豪侠的性格相互渗透转化，你中有我，我中有你，其间界限越来越模糊。例如，刺客或报恩或受雇于人而行刺杀，其行为无是非、无个人思想可言的。然而，李肇《国史补》记述的无名侠，《原化记·义侠》中的剑客，弄清了忘恩负义者的事实真相后，却放走了贤者，反而掉转剑头杀了雇主，刺客变成惩恶扬善的义侠。女侠聂隐娘、红线依附权门，听从方镇之命，这本来是秦汉豪侠所为，报知己之恩，解主人忧而行侠的动机，有点像刺客的行径，可聂隐娘弃魏帅投刘仆射，所谓"舍彼而就此"，大约算是弃暗投明、良鸟择木而栖的老路子，可仍不过是成为地方藩镇的鹰犬。红线憎恶魏博节度使田承嗣侵夺潞州，认为是"违背天理"，便潜入戒备森严的魏帅的寝所，盗走金盒，以示警告，"使乱臣知惧"，化干戈为玉帛，两地相安无事，且功成而不受赏，聂隐娘遁迹尘中，红线浪迹天下，那就是游侠们的精神了。

再查宋李昉《太平广记》卷一九三至卷一九五专立"豪侠门"，所录唐人诸侠，除红线、聂隐娘之外，《冯燕传》中杀无情无义的情妇，敢于舍命救冤的冯燕；《独异志·侯彝》中的侯彝，为国贼守信义，甘愿受刑贬；雄心勃勃，为了他人的爱情而仗义行侠，杀了"天下负心者"的虬髯客；《昆仑奴》中成人之美、急人之难的磨勒；为友人失其爱妓便不分好坏斩杀妓女与其父母的荆十三娘；路见不平便拔刀相助的宣慈寺门子，乃至盗走文宗皇帝玉枕的田膨郎；逸世独立、有超高轻身功夫盗窃宫中玉宝的车中女子；身怀绝技的侠僧、嘉兴绝技的一囚、兰陵老人、京西店老人；为报郡守杀父之仇，隐忍数年，复仇后竟然杀死亲子而离去的崔慎思之妾；驰骏狗、逐狡兽、玩鹰鸡的李亭；争胜活吃生豚猫的彭阔、高瓒；臂力绝人的胡征；等等，统统归入豪侠门下。司马迁判定的豪侠，似有恃强凌弱的豪霸之气。唐小说中的豪侠，却涵盖豪侠、侠情、超凡的精神行为。可见唐小说家为豪侠界定的外延比较宽泛，内涵侧重在"豪"的方面，至于他们属于哪一类侠，侠的性质与含量，并不十分考究。由上层流向绿林，或走出绿林投向上层豪强集团的身份意识，也远不如近代人划分得那么清晰，可正因为中晚唐小说家开始注重小说的人物及性格情趣，因此才产生世俗化并带有点近代武侠色彩的多种形态的侠客群像，盖为后世武侠小说家塑造形象时所本，就连超现实的法术，神奇的绝技，对超凡意境的追求，灵动飞逸的叙述模式，也为后代的侠义小说创作提供了参照，增强了小说的审美情趣。

四、宋明侠的世俗化

宋明文言小说写侠的，从数量上看，并不少于唐代，可读的如吴淑《江淮异人录》中的《聂师道》《李胜》《张训妻》《洪州书生》、孙光宪《北梦琐言》的《京十三娘》《许寂》《丁秀才》、刘斧《青琐高议》的《任愿》、罗大经《鹤林玉露》的《秀州刺客》、洪迈《夷坚志》的《侠妇人》《花月新闻》、陆游《南唐书》卷四十七《潘展》、张齐贤《洛阳缙绅旧闻记》的《百万州遇刺客》、何薳《春渚纪闻》的《乘崖剑术》、无名氏《北裔记异》的《虬须叟》、周密《齐东野语》的《严蕊》等。上述多篇，在名为唐段成式，实为明王士祯撰的《剑侠传》中已收录。

鲁迅《中国小说史略》说："宋一代文人之为志怪，既平实而乏文彩，其传奇，又托往事而避见闻，拟古且远不逮，更无独创之可言矣。"侠义小说多模仿唐人，但无唐人小说的神韵，也无何创见，远不如唐小说耐看。宋元话本炽盛，到明白话长短篇各种形态小说的成熟，更使文言小说缺少魅力。不过，明无名氏《乐宫谱》中之《毛生》，宋懋澄《九籥集》卷十《侠客》篇，某士人得黔中别驾，携家迄江干身死，其妻向暮哭于舟，王十三问其故，谓别驾妻"我当代而夫做官"，并指天画地，表明无他意，遂至黔中上任居官三年，"上下咸指为神明"。后被同乡认出,回御署便口称风眩,急令内外称官病笃,告士人妻:"事败矣,不去,祸将及。"将积蓄的两千金悉付士人妻,并让士人妻借棺木运回故里为由脱身,而王十三也在夜中离去。有趣的是,彼宋懋澄称之为"侠客"的王十三,却不是武功行侠,而是冒名去做官,并且很有政绩。居官三年,同士子之妻"三年未尝一面,二女依然处子",离去时又将所得钱财全部交给士人妻,既不爱财也不贪色,的确是一位侠义之士,在写侠客诸篇中,可以说是别出心裁,很有特色,这无疑透露出知识分子对古侠风的崇仰。

但是,真正让读者耳目一新的则是白话小说的侠客们。绿天馆主人《古今小说·序》说:"唐人选言,入于文心;宋人通俗,谐于里耳。"所谓通俗不只是文体语言的谐于里耳,重要的是为市井细民写心,使侠客浑身透着市民的世俗气。其行侠场所主要是在市民社会中,侠义行为的性质带有世俗性的私人之间的个人行为,政治色彩不像秦汉时浓厚,在一般情况下也遵守公共关系的准则,承认官府的存在,原始野性有所减弱,同时江湖义气在侠的观念中占据了重要位置。这是宋代乃至明清不同于唐代文人侠的最根本性的转变❶。

宋代侠的世俗化,是由于宋代城市经济和都市社会的发达,推动了民间武术团体的出现。这些民间武术团体开始是作为抵抗异族入侵、维护地方治安的团体,之后则发展为习武健身的社团,于是形成了中国大众社会特有的武林阶层。与此同时,由于两宋社会的矛盾与腐败,民不聊生,平民铤而走险,亡命江湖,异族入侵,宋廷南迁,湖泊山林便成为义军与诸类盗匪的活动据点,各种形式的山寨林立,又构成了中国民间社会的另一种阶层——绿林。

武林和绿林都有自己信守的道德价值观念和规范。武林倡扬并信守的武德,即侠义,轻生重交、趋人之急、不伐其德、以功见言信等品格;侠节,民族的气节,个人的尊严、荣誉,视师如父的伦

---

❶ 陈山:《中国武侠史》,上海三联书店 1992 年 12 月版。

理观念联结凝聚着侠的群体。在绿林（响马、刺客、保镖）中歃血同盟、文身、诨号，以及路见不平、拔刀相助、有福同享、有难同当的江湖气，都为近代的侠浇铸了人格模式。最能体现侠德、江湖习气和人格模式的，莫过于《水浒传》。

从侠义小说角度看，无论是侠道德和准则，也无论是类似血缘家庭关系的结拜形式，类亲属结构，含有政治性质的秘密结社，乃至武功打斗形式，侠们的走向等，《水浒传》都最充分地表现了那个时代侠的形态和水准。水浒好汉们，或是如鲁智深扶危济困，反抗强暴；或如武松、林冲勇于复仇，雪恨洗冤；或如宋江为友犯禁，舍弃功名利禄；或如燕青藐视功名富贵，功成身退等。他们比古游侠更具有刚烈的正义感，见良善受欺就奋起除奸惩恶；见贫弱受难，就慷慨相助，一掷千金。为铲除不平，勇于自我牺牲，不图回报，显然各类英雄侠士，为了实现侠义侠节这样一种精神上的自我超越，而不可动摇地实践着，把古代的侠义推向了巅峰，水浒中的人物也辉映着太多的理想正义色彩。因此，《水浒传》采用了说书的体制，历史小说的框架，将英雄传奇、朴刀杆棒与话本小说的小说类的笔法结合起来，既有真实朴素、生活化的背景，又有惊人的细节描写，人物性格既是生活化的个性，又有超凡的气象。大起大落的生活道路，突然转折的命运，激烈的打斗、夸饰的形体动作，都带有传奇色彩。文体上，又将侠义与公案捏合一体，因为侠以武犯禁必涉官司，问题是犯了禁的侠怎样对待官府。古游侠平冤除恶，挥剑而去，并不考虑行动是否合法与违法，但此时的侠，如武松手刃潘金莲，斗杀西门庆之后主动向县府自首，晁盖等劫取生辰纲，宋江认为"犯了弥天大罪"。上梁山之前，许多义士曾在官府任职，深知法度，侠们的法的意识逐渐增强，野性却减弱，而这也埋下了走向招安道路的种子。

以义为纽带，由以武犯禁的独行侠，组合成仿亲属结构的军事组织，由君子独行其德的私义升华到替天行道的含义，可谓史无前例的超越。然而，侠一旦接受了招安，迈出社会离轨者群体活动的江湖世界，侠义之义为忠于朝廷制衡，梁山的侠们不再是前期那种顶天立地的英雄汉，而是帮派豪强集团的成员，这就走上了一条悲剧道路，成为朝廷消灭别个集团的工具。

本来侠意识中的报主恩、知遇之恩，或俯首听命于盟主、掌门人、兄长的号令，其本身就带有依附关系，扭曲了侠的独立人格。至于漂泊人世尘海的游侠，身佩利刃，游走天下，深埋着对于整个社会与世风的敌意，仗义行侠，扫除人间的不平，实际上是小说戏曲里的人物。

而在真实的现实社会中，游侠常常陷入两难的境地：一方面，他们被不平等的社会机器推上了游侠地位，作为文化离轨者、社会的异端而存在；另一方面，在侠的道德伦理上有自觉的任侠意识，但在社会性行为与政治意识上却充满盲目性，带有浓厚的自发倾向。其结果，要么壮士一去兮不复还，要么投向所谓某位清官的旗下，成为卫士，《施公案》《三侠五义》的侠客们就是被驯服、雌化了的典型群体。

五、清代侠的官化与雌化

从明中叶以后至清，中国古代白话小说系统中的侠义小说题材之广泛，形态类型之多样，都已超越前代，并定型化，形成较成熟的系列。神仙志怪与侠义结合的《济公传》《绿野仙踪》；儿女侠情小说《好逑传》、《绿牡丹全传》、《儿女英雄传》（《金石缘》）；侠盗小说如《水浒后传》、《后水浒传》、《荡寇志》、《绿牡丹全传》（《宏碧缘》）；侠义与公案结合的，如《施公案》《三侠五义》。由人情世态题材中脱胎出来的侠义小说，即由"三言"的短篇侠义小说向着《儿女英雄传》《三侠五义》过渡的桥梁是《世无匹》❶。而《三侠五义》最能表现此时期侠客的观念与雌化的结果。

---

❶ 参见孟繁仁：《论〈世无匹〉的侠义描写》，《明清小说论丛》第三辑。

毫无疑问，三侠五义行侠的动机，仍是传统古侠的侠客之义，这是武侠阶层"任侠意识"的核心。《三侠五义》第十三回作者说："真是行侠仗义之人，到处随遇而安。非是他务必要拔树搜根，只因见了不平之事，他便放不下，仿佛与自己的事一般，因此才不愧那个'侠'字。"丁兆兰也说："似你我行侠仗义，理应济困扶危，剪恶除奸。"展昭母亲病故，在家守制，百日服丧后要做的第一件事，便是"行侠仗义""遇有不平事，便与人分忧解难"。白玉堂、展昭夜盗苗秀的不义之财，周济周老。欧阳春独闯马强的霸王庄，解救倪继祖，小侠艾虎挺身帮助渔户打退歹徒，无不是路见不平、拔刀相助的侠义行动。在这个准则的指导下，即使不是同门同宗，只要意气相投，同声相应，同气相求，四海之内皆兄弟也。反之，如果违背侠的道德，就连相熟的兄弟也要生分。《三侠五义》第五十四回，展昭初访陷空岛，被白玉堂用计困居通天窟，他只是觉得白玉堂不光明正大，当听到郭彰述说陷空岛头领胡烈将其父女抢至庄上，欲要将郭女与五员外白玉堂为妻后，立即气冲牛斗，一声怪叫道："好白玉堂啊！你做的好事！你还称什么义士！你只是绿林强寇一般。我展熊飞倘能出此陷阱，我与你誓不两立。"可以说武林中最痛恶的即是此类强抢民女的行径，尤对采花贼之类的性犯罪者更是为武林人所不齿，也因此，欧阳春、蒋平、韩彰多次冒着危险，千里追杀花冲，直到擒获为止。

但是，侠是真诚道德的崇拜者，不能掺杂虚假的个人功利目的，仗义行侠无须对方回报，更不能用"侠客之义"的某些行为作为笼络人心和张扬的手段，欧阳春说得好："凡你我侠义做事，不要声张，总要机密。能够隐讳，宁可不露本来面目，只要剪恶除强，扶危济困就是了，又何必谆谆叫人知道呢？"

反之，武士们又特别重视个人尊严和武林荣誉，为了维护尊严与荣誉，宁可牺牲性命也在所不惜。展昭被封为"御猫"，白玉堂要到东京找展昭比武，就是因为"只是有御猫，便不觉五鼠减色"，所以，"猫儿捕了耗子，还是耗子咬了猫？纵然罪犯天条，刀斧加身，也不枉白玉堂虚生一世，哪怕从此倾生，也可以名传天下"。邓车用调虎离山计，在白玉堂护卫的巡按府盗走了颜查散大印，白玉堂登时连急带气，不由得面目变色，暗暗地叫着自己："白玉堂呀！白玉堂！你枉自聪明，如今也被人家暗算了。可见公孙策比你高了一筹，你岂不愧死？"也是因为自我尊严受到挫伤而愧愤。

有趣的是，白玉堂奉旨拿北侠欧阳春，解京归案审讯，让北侠辨清打劫马府真假，反而过分看重了自己的名分，公然以钦命自居，遭到了北侠的戏弄。欧阳春冷冷笑道："紫髯伯乃堂堂男子，就是这等随你去，未免贻笑于人。"原因是"你只顾你脸上有了光彩，也不想想把劣兄置于何地？……五弟不愿的，别人他就愿意么？"看来侠的义气中是包含个人的人格绝对不容侮辱损伤的成分。

如果说《水浒传》的英雄们被逼上梁山又下山做了朝廷的御林军，最后又不被朝廷所容，是个悲剧结局，那么，《三侠五义》的侠们却自觉地甘愿充当皇家卫士，自觉维护王朝法制，从而封官晋爵，结尾自然是喜剧的。

如果说司马迁的《刺客列传》强调的是侠"士为知己者死"的报恩精神，到唐传奇的《聂隐娘》《红线》报主子之恩，那么《三侠五义》《施公案》则是报某清官的知遇之恩，实际是报效朝廷，对这一点，几位侠有明确的陈述。丁兆蕙说："大丈夫生于天地间，理宜与国家出力报效。"做了皇家官的展昭，更"理应报效朝廷"的。国家社稷即是君王的化身，报朝廷也就是报效君主，智化说得很清楚："试问天下至重者莫若君父，大丈夫作事，焉有弃正道，愿归邪党的道理？"于是就连"钻天鼠""翻江鼠"的"钻天""翻江"的绰号有犯于圣忌，也只好改为"盘桅鼠""混江鼠"，可见侠客豪杰与绿林草寇山贼的区别，就在于草寇"不知法纪""不顾国家法纪"，未能像展昭那样成为朝廷的"御猫"，《三侠五义》的侠们已经官化了。由独行侠而为皇家卫士，是历史与现实的必然，非是侠纯粹个人行为的结果。问题是让游侠怎样体面地既保持游侠的基本特质，又被纳入政治系统中，为皇家效力，小说家制造了侠与朝廷两方面都可以接受的前提：一则最高统治者天子必须是明主，总领侠客的是清官；一则侠客们仍把攻击的矛头指向权奸及其党羽。换言之，侠诛杀的对象为打家劫舍、残害百姓的绿林山贼、地方强梁，打击的目标同王朝一致，既不招致以武犯禁之嫌，又可名正言顺地无情追杀，满足自己和读者对厮杀的快感。这就是《施公案》中黄天霸之所以"负了江湖信义"，杀死结义兄弟，又逼死武朴妻子的原因。

就前者而言，也许是为了消除江湖与朝廷官府的对立，吸引侠们同朝廷合作，建立和谐关系，作者淡化了仁宗、包拯、颜查散当权者的身份，也赋予了一些侠义色彩，塑造其为开明君主，或是能明是非，惩奸扬善的清官，对侠客们更是怀着"渴想之诚"。白玉堂大闹开封府寄柬留刀，"相爷毫不介意"；接着白玉堂潜入皇宫禁院，杀命题诗，罪犯天条，而仁宗却以为"非有出奇本领之人，再也不能题诗；郭安之死，非有出奇本领之人，再也不能杀死"。待仁宗弄清郭槐之侄郭安企图毒死陈林的真相，大加赞赏白玉堂说："此人虽是暗昧，他却秉公除奸，行侠作义，却也是个好人。"并令包公"务要将此人拿住，朕要亲览"。而"圣上屡屡问本阁要五义士者，并非有意加罪，却是求贤若渴之意""惟恐野有遗贤，时常的训示本阁，叫细细访查贤豪俊义，焉有见怪之理！只要你等以后与国家出力报效，不负圣恩就是了"。有开明君主招贤纳士，又有著名清官包公的感召、维护、提携，并向皇帝推荐侠客，这就难怪包公见到白玉堂，"不由得满心欢喜"，白玉堂看了包相，"不觉得凛然敬畏""好一位为国为民的恩相"，颇有惺惺惜惺惺之意。无论是报知遇之恩，也无论是出于对朝廷的尽忠，侠客们走进开封府做佩刀卫士，自然而然，勿费多少周折的。

《圣朝鼎盛万年青》的乾隆皇帝较比仁宗又多了一层侠客身份，所谓"都因自己性近豪侠，专犯不平之故""专喜锄强扶弱，好抱不平""逢奸必消，遇寇必除"，于是他独身下江南私访，一路上"不知收尽几多英雄，除尽几多奸官污吏，路遇不平必当申雪"。如打杀奸恶异常的边关提督叶氏父子、三江总镇蔡芳，以及贪官污吏、土豪恶棍等，简直就是穿皇帝服饰的侠客。而真正的侠们生平"好锄强助弱，济困扶危"的行侠精神，是为了"共效朝廷"，这就是那个时代侠客们行侠的原则。白鹤山五枚师姑再三嘱咐方世玉学好武功，"将来可效力皇家，以图出身"。少林寺至善禅师教导洪熙官、胡惠乾、方孝玉学会武林拳法，也是"只要你等此去将来报效皇家，若得一官半职，上可以报国，下可以救民。他日封妻荫子，显我教门。""报国"与"救民"，都是为了维护封建法统正常的有序运转，不存在反朝廷与官府的用意。

再看清刊侠义小说《三门街》(《守宫砂》)，作者明确指出："其中皆是劝人为善，为臣者当尽忠，为子者当尽孝。虽在先或有命途多舛，时运不济，一自发达，无不官极品，千古留名，那些作奸犯科之徒，只留个臭名万世，好不可叹！奉劝世上之君子，当以忠孝二字为立身之本，至于行侠好义，亦生人不可少之事，宜就其力量之可耳。"忠义为本，行侠好义已退居为实现立身之本的手段，但不可随意滥用。《儿女英雄传》的作者也诠释得很清楚，所谓"英雄"至性，非只"使气角力，好勇斗狠"，而须有"儿女真情"。至性与真情又统统受忠孝节义的三纲五常道德的主宰。同样地，《好逑传》(《侠义风月传》)的铁中玉和水冰心也遵照名教行事，头顶上罩着理性主义的光圈，此时的侠们还敢有点野性？

侠客们的官化与雌化论其原因，清代的侠客们本来就不反皇朝官府，而为遵守法纪的公民，这大约是"满洲入关，中原渐被压服了，连有'侠气'的人也不敢再起盗心，不敢直斥奸臣"❶的结果。但更主要的是清代的侠客们强烈地追求功名的思想，借从军立功，得到顶戴。《好逑传》《儿女英雄传》《三门街》《圣朝鼎盛万年青》

---

❶ 鲁迅：《流氓的变迁》，《鲁迅全集》第四卷，人民文学出版社1957年版，第123页。

的侠是如此，《三侠五义》的侠也同样如此。且不说王朝、马汉、张龙、赵虎因功名未遂，暂时借山寨安身，待到包公任职开封府，立即投在包拯的麾下。先是浪迹萍踪，游走天下的展昭，听到仁宗封他为"御猫"和四品带刀护卫，忙不迭磕头谢恩。虽口头说："休提那封职，小弟其实不愿意。……今一旦为官羁绊，反觉心中不畅快，实为不得已也。"可展昭却兴奋地告诉老仆展忠："您如今放心吧！我已然在开封府，作了四品的武职官了。""只因我得了官，如今特的告假回家祭祖。"展忠更是欢喜非常，笑嘻嘻："大官人真个作了官了。"一传十，十传百，乡亲邻里，谁不羡慕？尽管展昭对丁兆蕙说："若非关碍着包相爷一番情意，弟早已的挂冠远隐了。"很有点淡泊名利的意思，可展昭究竟没有归隐，因为"作皇家官，理应报效朝廷"。

至于桀骜不驯的白玉堂，无论他怎样在开封府盗玉宝，私闯皇宫，也不论其怎样恣逞意气，任性行事，可他的矛头并非指向官府和天子及其法度，不过是同展昭斗气，争自己和五鼠的名分，一旦同展昭的矛盾化解，也就心平气和，俯首谢恩，接受了仁宗赐封的四品护卫之职，自此白玉堂"秉公办事，焉敢徇情"。余下四鼠，在天子脚下，在包拯面前，唯唯诺诺。清代的侠客们完成了古代游侠道德化的转化，走到了历史的尽头。

严格地说，在《三侠五义》中，只有北侠欧阳春尚存些古游侠的遗风。他如同漫游天下的游侠，在漫游中发现不平并铲除不平，如取马刚首级，擒拿采花贼，邓家堡大战邓车，霸王庄解救倪继祖，战群贼将马强缉拿归案，助巡按颜查散到襄阳参阵，赤石崖解沙龙之困，活捉襄阳王党羽蓝骁，与诸豪杰协力规劝军山飞叉太保钟雄归降，等等，功勋卓著，称得上第一大侠。

更难得的是，欧阳春遵循着古侠"羞伐其德"的原则，"只要剪恶除强，扶危济困就是了，又何必谆谆叫人知道呢？"欧阳春戴假面，飞刀杀马刚也不肯露本来面目，究其原因，欧阳春说："那马刚既称孤道寡，不是没有权势之人。你若明明把他杀了，他若报官说他家员外被盗寇持械戕命，这地方官怎样办法？何况有他叔叔马朝贤在朝，再连催几套文书，这不是要了地方官的纱帽么？如今改了面目，将他除却。这些姬妾妇人之见，他岂不又有枝添叶儿，必说这妖怪青脸红发，来去无踪，将马刚之头取去。况还有个胖妾吓倒，他的疾向上来，十胖九虚，必也丧命。人家不说他是疾，必说是被妖怪吸了魂魄去了。他纵然报官，你家出了妖怪，叫地方官也是没法的事。"

与其说欧阳春心存宽厚，设身处地为他人着想，表露了大侠的风度，不如说是缺少了原始游侠的野味，过分地道德化、士化了。因为真正的游侠，遇有奸人恶党，不问官府不问法，一刀了断，没有那么多考虑和讲究的。

不过公平地说，北侠协助官府铲除叛党，在欧阳春看来，仍属于仗义行侠的范围，因此援手展昭与白玉堂，但事成之后则飘然而去，"你们官事，我不便混在里面"，还想保持着个体人格的独立。据《小五义》的暗示，欧阳春在平息襄阳王的谋反之后便归隐禅林，不一定是因功德圆满而退休养老，倒是说明在清代侠客中，他既不想与官府对立，"抚剑独行游"，过着漂泊不定、浪游四方的生活，又不愿接受官职，任人差遣，束缚了个性和自由，丧失了独立自主的游侠精神，那么，欧阳春选择归隐的道路，未必不是一条好出路，因为宦海浮沉，是非难定，不是那么好混的。

可是蒋平则是另一种混法。此人大客商出身，金陵人，其貌不扬，面黄肌瘦，形如病夫，大约机敏、灵巧、谨慎之人常是瘦小的。蒋平的机智虽未达到黑妖狐智化那种思考严密、出神入化的上乘段位，但他比韩彰头脑清楚，顾全大局，不混，比徐庆稳重，不鲁莽，比白玉堂看得开，不争强好胜，不诡诈，比忠厚老成的卢方多了一点玩世不恭的态度，不迂腐窝囊，不在官府人面前唯唯诺诺。作为侠客，蒋平归顺官府，对仁宗的钦封，并不像展昭、白玉堂那么看重御封的衔头。反之，仍以平常心，保持侠义襟怀和豪侠气质，惩恶扬善，见难必救，又不时流露出诙谐，甚或有点尖刻，而又潇洒地对待人生，这是不是清代侠的无奈而又不得不采取的生活态度呢？

现实情节与非现实情节的结合

中国古代小说就情节而言，似有两种类型：现实情节与非现实情节。综观中国古代小说，现实情节与幻想性情节常常交织在一部作品之内，研讨现实情节与非现实性情节怎样融合，怎样由现实翻空到非现实，实际成了窥测中国古代小说表现艺术的一个重要方面。不过在浪漫主义或现实主义小说中，现实情节与非现实情节的结合有多种形式，表现的意义也不尽相同。

一

现实情节展开矛盾，幻想性情节解决矛盾，这是中国古代小说常见的一种形态。主人公在现实世界遭到摧残迫害，变成鬼魂后进行复仇，如六朝颜之推的《冤魂记》，唐传奇《霍小玉传》。《霍小玉传》中贵族子弟李益对出身贱庶的霍小玉始乱终弃，小玉死前痛斥李益背恩忘义的卑劣行径，死后化为厉鬼报仇雪恨，让李益不得安宁，使李生对继室猜忌，妒忌，转而暴戾、残忍。《聊斋志异》的《武孝廉》和《窦氏》篇写得更激烈，报复的手段也更残苛，在气氛、情调上同现实情节的悲剧美，似有点不协调连贯，但是，鬼魂复仇是一定历史条件下的产物。小说家们编排非现实情节，虚构鬼怪形象，其实不一定就信鬼。他们写鬼，无非表现了对屈死者的同情，对作恶者的憎恨。"人话"意犹未尽，而以"鬼话"足之。由于想象的飞驰，感情的深化，这一些幻想性的"鬼话"，有时比"人话"更富于艺术的魅力。

运用仙界的力量来惩恶扬善，也是中国古代小说内容表现之一，如《醒世恒言》中的《灌叟晚逢仙女》。秋先老翁爱花如命，数亩薄田种满了各种花木，"四时不谢，八节长春"，不料宦家子弟张委带人到秋翁花园去排闷，随意糟蹋花卉，还想霸占园子。美丽的女神施展法术，使昏聩的官员受到惩戒，被折断的花朵重新回到枝头，而那个摧残香花、欺压秋翁的张委，落得两脚朝天倒插在粪窖里呛死的下场。

《聊斋志异》中通过幻想性情节揭露封建社会的黑暗，并给予严厉的批判和惩治，更有一番意味。幻想性情节在蒲松龄手里，不过是驰骋想象的形式，并且幻想性情节中的神狐鬼怪的性格掺和了调侃诙谐的成分，于是构成了幽默但又尖锐的情节。《梦狼》篇借白翁一个可怕梦境的描写，把封建官吏比作一群吃人的虎狼，那个作恶多端的贪官被人杀死在路上，神人虽将他的头重安在脖腔上，头却倒转了方向，"目能自顾其背"，成了申公豹式的人物。《续黄粱》中惩办贪官酷吏的办法更绝。孝廉曾某在幻梦中当了宰相，贪赃枉法，皇帝不得不把他充军云南，路上被冤民杀死。有趣的是，幻中又幻，曾某死后魂入冥府，下油锅，上刀山，将平生贪污的三百二十一万钱全部堆在阶上，鬼王令熔化后灌到他口里。"流颐则皮肤臭裂，入喉则脏腑腾沸。生时患此物之少，是时患此物之多也！"在这里，幻想性情节虽然沿袭了唐传奇《枕中记》，借助冥府的力量惩治奸恶，可是并非宣传因果报应观念，倒是透出作者对贪官酷吏的切齿痛恨。

应当指出，除了惩恶扬善的内容外，男女青年通过幻想形式实现自己的爱情生活，在中国古代小说中也占有相当比重。浪漫主义情节与现实主义情节糅在一起，人与神狐鬼怪杂处，真真假假，迷离恍惚，现实世界不能实现的理想移到幻想中完成，然后再回到现实。唐传奇《离魂记》即属此类。倩娘貌美绝伦，表兄王宙幼聪悟，风范翩翩，倩娘父非常器重，曾言他时当以倩娘妻之。后各长成，父毁前约，将倩娘许他人。女闻而郁仰，知王宙深情不易，便杀身奉报，化鬼魂与王结合，生二子。一日倩娘思念父母，回家探望，魂灵与尸体合为一体。作者说这故事是从张镒（倩娘之父）的堂侄张仲规那里听来的，不过是故神其说，使人们相信这虚幻之事未必有。其实作者采用了浪漫主义的幻想性手法，表达了青年女子反对包办婚姻，争取自由恋爱的强烈感情。

再如《京本通俗小说》的《碾玉观音》（《警世通言》名为《崔待诏生死冤家》），裱画匠的女儿秀秀被硬召到郡王府去做奴婢。秀秀不愿过这种生活，便借一次失火的机会和王府中的碾玉匠崔宁一同逃到外地，靠劳动过活。不料她被郡王里的郭排军发现，捉回府中活埋了。秀秀死后，她的鬼魂仍和崔宁做夫妻，但是这一对人鬼夫妻又再一次遭到郭排军的迫害，秀秀无奈，只好携崔宁一同到阴间做夫妻，最后，还向郭排军讨还了血债。秀秀被打死变为鬼和崔宁继续过着夫妻生活，没有显现鬼气，是把秀秀的鬼魂当成"人"，表现秀秀对爱情的追求，这是符合生活逻辑的。但是，正因为作者只把鬼魂当作"人"，忽视了作为"鬼"的神异特点，因此现实情节多于幻想性情节，而当秀秀暴露了鬼的身份，便"双手揪住崔宁""一下做鬼去了"。现实情节翻空到幻想性情节翻得并不精妙，幻是幻，真是真，两者好似没有幻化加以沟通，或者说没有充分利用幻想性情节来进一步点染主题，刻画性格。从情节构思的角度来说，话本小说的作者还没有自觉地意识到幻想性情节的美学特性。

蒲松龄的《聊斋志异》则把幻想性情节的运用进到自觉的纯美阶段。一般来说，蒲松龄往往把现实情节作为起点，铺开后便极力把真引向幻，让人物在变幻的情节中翻腾，人物性格和主题在幻中透出真，在幻变中求真切，所以，现实情节中提出的矛盾，借助于幻想，解决矛盾的方法新颖奇特，千变万化。如《骂鸭》篇一段小故事，把矛盾幻想得多么新奇。现实情节中提出的矛盾，只为主题的表现奠定了基础，引向幻想性情节里，却以"茸生鸭毛，触之则痛"的惩罚来深化矛盾。而老翁不肯骂人的涵养，又构成了矛盾冲突的幽默、风趣，老人竟然以"骂行其慈"，才解脱了盗者的痛苦。一个平常的世俗道德教育的主题，却以如此幽默的形式表现，实在让人耐看。《向杲》篇也是如此。在封建社会，小民常常遭到达官贵人的迫害，被迫害者要起来反抗，这是历史的必然。抗争者往往失败，这也是历史的必然。蒲松龄却在幻想性情节中，通过虎吃人这个生活中的必然性，想象出向杲化做虎咬死仇敌、为兄复仇的偶然形式，而在这迫害者与被迫害者斗争中不可能发生的幻想的偶然性中，表现了人们反抗压迫者的必然性，其情节构思也是新颖奇特的。

二

如果说唐传奇《霍小玉传》《聊斋志异》的《武孝廉》《窦氏》是借助超现实的力量，在幻想性情节中申冤复仇，或是实现美好理想，完成对现实世界的批判，而蒲松龄《聊斋志异》的《促织》篇，在超现实的情节中让主人公进一步遭到迫害，借以增强批判的强度，由现实性情节展开矛盾，而把矛盾的高潮放到幻想性情节里跌宕，则丰富了情节处理的艺术。

成名为了交纳岁贡好不容易捉了一头"巨身修尾"的蟋蟀，不料被儿子弄死，子怕责罚，跳井自杀，成名是人虫两亡，悲痛欲绝。蒲松龄没有让他的主人公滥用感情，反而一笔带过，突然翻腾到幻想情节——成子幻化为蟋蟀。这幻化出现得如此出乎读者的意外，在读者瞠目惊奇之际，不能不思索作者的意图，去体念它内在的悲剧含义。因为成名之子不是化作一种超现实的力量，为父复仇，却是作为贡品交纳上献，其意义何在呢？这幻化是为了进一步加强成名一家或者当时小民的悲剧性，说明人不但要捉蟋蟀去供皇帝娱乐，而且连人都不得不化作小虫去取乐于统治者，可以想见，人们的生活痛苦到了何种地步！这种翻空毫无疑问是突出了主人公的悲剧命运，加强了对封建官府甚至包括对天子的批判力量。

悲剧性幻想情节，倘离开现实情节孤立去发展，那很容易走向"鬼狐传"的离奇，减弱批判力量。成子化蟋蟀，虽然出于虚构，却有生活根据。我们可以把它看成是成子在极度惊慌时的一种幻想，人的精神状态的特殊表现。因此幻想性情节和现实性情节紧紧相连，越来越向深度发掘，推进到斗促织的高潮。斗盆里两只虫子角斗胜败决定着成名一家的生死祸福，可是角斗的双方强弱又非常悬殊。在这极端不利的情况下，成名为自己的促织担心，读者也为成名捏一把汗。蒲松龄真是善用悬念来捉弄读者。他不让小虫立即显现超人力量，却一勒再勒，经过情节的顿挫，然后直奔而下，小促织居然斗败了庞然大物。成名因小虫胜利而大喜过望，到此作者似乎可以结束本篇了，可是就在这高潮即将过去的时刻，作者又翻空一笔，引进意外情况：一只凶猛的大公鸡突然向小促织扑来，一啄、二逼，到第三回合，小虫已落在鸡爪之下，成名"仓促莫知所救，顿足失色。"本来高潮出现以后就要逐渐熬尾，然而蒲松龄在情节的高潮上，用意外的偶然性来重新跌宕一次，以更大波澜激起读者感情的波澜，使读者和作者感情发生共鸣。

众所周知，小说情节的高潮部分，往往是强度最高冲突最激烈的地方，也是人物性格表现最充分的时刻。蒲松龄很注意高潮的处理，往往把高潮写得充分，甚至在高潮部分刻意盘旋，有意掀起新的波澜，重新跌宕，呈现事件的意义和人物的心灵。且不要说一头弱小的蟋蟀，能与凶猛的"蟹壳青"相匹敌，并能立于不败之地，就是在战胜同类之后，作者又引进公鸡，让小虫与公鸡搏斗，并能战胜之，这一跌宕纯系想象中的偶然，但是，正是在这偶然性的跌宕中，看到了人的精神、意志、力量的化身，或者不妨说是被迫害者对不公平的社会的愤怒。这样看来，高潮部分的反复跌宕，就不单纯是艺术上的一种表现手法，而是包含作者的某种理想，某一种寓言式的象征。因此，以深刻的现实为基础的必然，却以浓重的幻想形式表现出来，并且两者紧紧结合在一起，才构成了《聊斋志异》不同于其他志怪类型小说的艺术美。

三

幻想性情与现实情节的对比，是两种情节结合的又一种形态。《清平山堂话本》的《羊角哀死战荆轲》改名为《羊角哀舍命全交》），描述了左伯桃与羊角哀至诚的友谊。小说中现实性情节与幻想性情节都表现了患难生死之交、肝胆相照的精神。左伯桃与羊角哀去楚求取进身，途中饥寒，伯桃为了角哀的前程，让角哀负粮赴楚，而自己冻饿而死，死后葬荆轲墓旁。屡遭荆轲、高渐离阴魂凌侮，羊角哀至楚后得到高官，知道伯桃在阴间受凌侮，宁愿放弃高位，自刎身亡，下黄泉为伯桃助战。两种性质不同的情节是对立的，都说明"士为知己者死"的精神，但由于羊角哀助战采用了幻想性情节，羊角哀轻生重义的精神就表露得更为壮烈。

《聊斋志异》的《香玉》篇在表现爱情与友情的真挚上更加别致。崂山下清宫中牡丹花神香玉和在宫中读书的黄生相爱，他们又和耐冬树精绛雪保持着无邪的友谊，这些都是在幻想性情节中进行的，有一种抒情的喜剧气氛。可是现实社会的人们却经常插进来破坏。先是游人掘走了白牡丹，夺去了香玉的生命，黄生作《哭花诗》凭吊，花神为黄生的真情感动，让他以一种草药和硫黄掺和到水中天天浇灌，使白牡丹复生。道士营造房屋砍伐耐冬树，威胁绛雪的生存，经黄生力劝才得免。黄生为与白牡丹朝夕相处，竟化作白牡丹花旁的赤芽，而在被不惜花的小道士砍掉后，白牡丹、耐冬也都憔悴而死。在这里幻想性情节与现实性情节起着对比的作用，分别表现不同的意思，不知道蒲松龄是否有意利用现实性部分来象征现实社会中那种多事的、好干预别人生活的人，或者说就是比喻社会上的恶势力，因此幻想情节中美的理想生活，却被现实所毁灭，两种情节相互对比交织，表达了作者对纯朴民风的企望。

《翩翩》也属于这种类型的小说。一个无知少年罗子浮被社会上邪恶之徒引诱而堕落，嫖妓宿娼，得了满身毒疮被冷酷地抛弃，流落街头，沿路乞讨。当罗子浮陷入绝境时，仙女翩翩却把他接入仙洞，用仙境的泉水治好了他满身毒疮，剪蕉叶做衣裳，又取山叶化作饼食，后来仙女同罗子浮结为夫妻。但只要罗子浮复生邪念，袍裤便失去温暖，还原为秋叶，使之惊骇知觉，不敢再生妄想，从此治好了他从污浊社会里染上的恶习。小说描写的仙境是非常奇特的，这大概是反映了贫困农民的幻想。但就是在这幻想性情节中主人公的生活又有如现实中人们的生活方式。比如仙女们的交往谈笑，简直就是民间妇女的走亲戚拉家常。翩翩的儿子长大成人娶花城女为媳，翩翩唱道："我有佳儿，不羡贵官。我有佳妇，不羡绮纨。今夕聚首，皆当喜欢。为君行酒，劝君加餐。"鄙薄人世间功名富贵。这两种情节说明，在现实中罗子浮堕落，没有人肯给予帮助，人与人之间的关系是那样的冷酷，而在幻想世界中却得到了温暖。这幻想性情节起着对比现实情节的作用，而在充分描绘幻想情节的奇幻内容时，又掺和了现实情节的真实性，幻想中包含着现实，表达作者希望人世间应由真诚友爱和互助去代替欺诈、贪婪和虚伪。

四

现实性情在幻想情节中再次重复。重复的手法是诗歌、音乐、建筑乃至戏曲、电影、小说中常用的一种手法，运用得好能造成一种回环往复的美，运用不当则只能造成雷同。高明的艺术家偏要在险处取胜，有意使用重复，在重复中写出不重复，寓变化于不变之中，起到突出重点、深化、对比、贯穿、渲染、铺垫等作用。如《三国演义》中的三请诸葛亮、三气周瑜，《水浒传》的宋江三打祝家庄，《西游记》中的三打白骨精，《红楼梦》的刘姥姥三进荣国府，都是很突出的例子。这种重复有的是小说中主角性格的某一特征的重复，有的则是情节和人物动作的重复。在蒲松龄的小说中，常常一开头就点明主人公性格中最突出的一个特点，随后通过情节的反复地刻画，而达到深化主题的目的。这时倘如有幻想性情节接续，那它不是突然翻空，而是现实中人物性格逻辑发展的继续。虽然比现实情节中的人物性格夸张放大了，超越了现实的可能性，但由于遵循了人物性格发展的必然趋向，因而在艺术上是可信的、真实的。例如，《席方平》，东平人席廉和富户生前不和，富户死后在阴间贿赂了官吏，使得席方平父亲席廉遭受阴间鞭打而死去。席方平不平，魂离躯体，到阴间代父申冤，由城隍告到郡司，又告到冥王，遭到了种种迫害。告状申冤的情节几乎从头贯穿到底，而在其中写出了不重复的情节内容，形成一种回环往复的曲折，每一次反复，都一层层刻画了席方平百折不回的申冤复仇的精神，暴露了各级衙门黑暗的普遍性和冥府官吏的狡诈多变。

《婴宁》篇中作者紧紧抓住婴宁的笑，在现实性情节与幻想性情节中反复铺写：有时拈花含笑，有时倚树憨笑，有时纵情大笑，有时边说边笑，有时强忍而又忍不住地笑。像婴宁这样的人物性格在现实生活中是少有的，可以说是偶然而又偶然。作者为她安排在与世隔绝的深山幽谷中生长，幻想性情节在这里点染人物，而从婴宁拈花含笑来到人间，作为情节发端，在非现实世界里笑得那样忘情，对人那样天真坦露，但同王子服结合之后迈入现实世界，却招来人世间责难、敌对、污辱，甚至因为笑被讼于官府，连累亲人，婴宁终于因封建社会的恶俗而失去了笑，也失去了婴宁的性格。这种情节构思又不同于《席方平》，情节作用恰好倒置，幻想性情节中点染出了人物性格特征，在现实性情节中多次反复而引起种种矛盾冲突，结果一个理想性格被毁灭，进而批判世俗礼教的罪恶。

五

对现实作品而言，现实世界中矛盾的发展受到非常严格的限制，除非探寻到表现矛盾的非常偶然的形式，否则是很难巧的。把某种意念翻空，获得意料不到的情节，也并不容易，问题关键在于遵循人物性格的逻辑而翻空，现实与幻想交错，在幻想情节中强化夸张放大人物性格。如《聊斋志异》的《阿宝》篇，小说主人公孙子楚性迂讷，人诳之辄信为真，因而被人称为"孙痴"，城里富翁某之女阿宝，有绝色，大家子争联姻，皆不当翁意。有人戏弄孙子楚，怂恿他求婚，孙"殊不自揣，果从其教"。阿宝告媒人曰："渠去其枝指，余当归之。"孙子楚果然以斧断指，阿宝虽奇之，但又戏请孙再去其痴，孙争辩不痴，然转念阿宝未必美如天人，不过是自我称扬，由此前情顿冷，视阿宝为路人。求婚和断指是两个现实情节，对表现孙子楚的迂讷性格是相当有力的。一个见着女人便红脸的人，居然向美女阿宝求婚，并且是一个绝痴者向一个冠绝一时的绝色者提出，这开头便创造了有声有色的戏剧性情势。

不过，蒲松龄用夸张对比式的描绘现实的方法，把两个极端的事物连在一起，使矛盾从性质上尖锐化、激烈化，尔后在矛盾进程上突变，现实情节突然翻空到幻想性情节，作者显示的不是孙子楚生理上的痴，而是情痴，不是单纯的情痴，而是极大的情痴。情痴则其志凝，让断枝指便自断，虽"大痛彻心，血溢倾注，滨死"也不悔，可谓情痴志凝矣。但孙子楚情痴的性格，作者在现实性情节中略加点明，小作顿挫之后，立即转入幻想性情节中进一步深化。清明节阿宝出游，轻薄恶少围观如墙堵，孙子楚见阿宝，"审谛之，娟丽无双"。当阿宝离去，恶少品头评足，唯独孙子楚却呆立故所，魂魄出舍，从女而归，家人竟然到阿宝家拾魂。从科学的真实性来说，孙子楚魂随女走，朝夕相共，看起来很不合理。作为对情痴性格的歌颂，又有其合理的根据。因为这正是孙子楚爱慕心情的曲折反映。应当说将情痴志凝的性格形象化和立体化，符合孙子楚的性格逻辑，是在更大范围内反映现实的手法。这种方式的可能性和合理性，是建立在作者对生活的特殊感受经验和欣赏者感受经验的基础之上的。作家不拘于现象如实模仿的艺术形式，应用变格来表现孙子楚情痴到出魂，情痴到"思欲一返家门，而迷不知路"，到了忘乎所以的地步，不就是人们在日常生活里某种感觉经验形象化的反映吗？如果说"断指"发生在现实性情节里，较多的表露孙子楚的愚讷执着，而魂魄出舍的幻想性情节，已是情深不能自拔，感情发生了一次飞跃。阿宝也"阴感其情之深"，对孙子楚产生了好感。然有情人毕竟未成眷属，矛盾冲突还没有得到完满解决，孙子楚和阿宝的性格还需要在深处再刻画一下，于是作者又翻空一次，让孙子楚幻化为鹦鹉飞进阿宝住室，真是把孙子楚对阿宝的诚挚爱情做了淋漓尽致的渲染，终于赢得了阿宝的爱情。这样多次的翻空，多次的转折，让主人公游弋在现实与幻想两个不同的天地之间，显然可以看出作者有意运用这种想象化的表现形式，尽情挥洒人物性格和特殊心境，但谁又能说这些夸张放大没有根据？

六

现实性情节与非现实性情节两者的性质和形式截然不同。在一部小说内能不能同时表现几个时间和空间，能不能缩短空间与空间的阻隔和距离，由现实空间过渡到非现实空间？两者之间又靠什么来打通？现实主义作家要根据现实主义创作原则，考虑时间和空间的功能和利用，浪漫主义作家同样要考虑这些问题，目的是更深刻、更巧妙地表达主题，更广阔地概括生活。

浪漫主义与现实主义结合的作品，在不破坏艺术形象统一性完整性的条件下，运用非现实性情节，打破人与花妖狐怪的界限，突破了生死阻隔，把人物活动的场所由人间扩大到天堂和冥府，而这现实的与非现实的，靠着幻化来沟通，这是艺术上的"曝光"，就像点金术可以使铁石变成黄金一样，"幻化使情节呈现出既真且幻的本质，幻化给现实的东西罩上一层薄薄的'仙雾'，使它变成时隐时现，若有若无，超现实的东西，从而把它从生活的真实中升华到了想象和虚构的另一种真实的境界中去"（李厚基《杂议〈聊斋志异〉

中矛盾冲突的艺术构成》）。如《聊斋志异》中的《雨钱》，滨州秀才嫌贫爱财，遇狐仙，交往情洽。生祈请狐仙周济，望举手而金钱可得，狐仙如其请，入密室，令放十数钱作钱母，俄顷，"钱有数十百万从梁间锵锵而下，势如骤雨，转瞬没膝，拔足而立又没踝。广丈之舍，约深三四尺……顷之，入室取用，则满室阿堵物，皆为乌有"。这对于感情卑屑的小市民的描写，以及表现作者对于他所不满意的对象的主观态度，极为巧妙。"锵锵而下，势如骤雨"，恰是这个秀才冀希不劳而获的喜悦心情的一种反映；"没膝""没踝"，两个动作，又透出秀才的贪鄙。这虚拟的幻化的成分，并不妨碍读者透彻地了解主题，相反，倒是因为现实情节中有了幻化的成分，把抽象变成具体的可感的视觉形象，更深切地把握了主题。

现实性情节幻化为非现实性情节，或者现实性情节中出现幻想性成分，无论是突然转折，还是缓慢的变异，都需要有一定条件，并非随心所欲。一般地说，在中国古代小说中，能够起幻变作用的是非现实世界的神怪，以它们的存在作为幻变的因子，发生种种幻化。当然，不能说凡有神怪的小说都能处理好现实情节与非现实情节的关系，这里问题的关键是怎样刻画神怪的形象。《聊斋志异》及其他幻变性的小说，给我们提供的经验是，掌握好人与神怪对立统一的关系，这是引发情节幻变的主要原因。具体一点说，作者首先是以社会生活中的人当作模特儿，是对人的特点的夸张描写，并不是把神怪如狐虎的自然属性当成主要描写对象，因此在小说中狐、虎、蜂、鹦鹉等实质是人而不是禽兽。它们具有人的特征，具有人的喜怒哀乐，表达了人的愿望。所以小说中的禽或兽既是它自身，又不完全是它自身，只是假定象征某一种人物，而假定象征中仍然是以人的性格作为主导方面，通过个性化的性格来表现共性的必然性的东西。然后随着情节的层层递进，小说家们用现实主义的笔法，抓住人物的行动和通过一系列细节，进一步刻画人物性格特征和风范，使读者由朦胧的印象进而对人物的风神有了较深刻的把握。那么，由人物的幻变而引动情节的转换，如《青凤》篇，耿氏家宅因生怪异而移居别墅，其侄耿去病，狂放不羁，夜中独自一人进宅探查，穿楼而过，闻人语切切，窥视之，见胡仙一家"酒肉满案，团坐笑语"，耿突然排闼而入，"笑呼曰：'有不速之客一人来！'群惊奔匿。独叟出，叱问：'谁何入人闺闼？'生曰：'此我家闺闼，君占之。旨酒自饮，不一邀主人，毋乃太吝？'叟审睇，曰：'非主人也。'生曰：'我狂生耿去病，主人之从子耳。'叟致敬曰：'久仰山斗！'乃揖生入，便呼家人易馔。生止之。叟乃酌客。生曰：'吾辈通家，座客毋庸见避，还祈招饮。'"等到耿生看到青凤后，始则"停睇不转，女觉之，辄俯其首"，继而"生隐蹑莲钩，女急敛足，亦无愠怒"，最后耿去病"神志飞扬，不能自主"，以至拍案大叫"得妇如此，南面王不易也！"青凤虽知耿生对她的倦倦之情，但是"叔闺训严，不敢奉命"。当青凤与耿去病相会，胡叟撞入，青凤竟"羞惧无以自容，俯首倚床，拈带不语"。这哪里是狐女，分明是一位谨守礼教的大家闺秀了。青凤的拘谨、多情而又怕事的性格，同耿生的狂放豪爽的性格相映衬对照，越发显得青凤女孩儿家的情态。正是由于作者首先强化了青凤"人"的魅力，加上逼真的生活描摹，造成了一种现实幻觉，使读者不再去追问其人其事的真实性，现实与非现实浑然难分，主观与客观交融，随着角色自然而然地进出幻域，现实情节与非现实情节的组装焊接，也就显现不出硬伤。

　　然而，小说中的神妖只是幻变的动因，重要的是现实世界的逻辑和幻想世界规定的逻辑有内在的联系，有过渡的连接点，才能翻得合理可信，翻得自然。《阿宝》中的孙子楚幻变为鹦鹉，是"家旧养一鹦鹉，忽毙，小儿持弄于床。生自念：倘得身为鹦鹉，振翼可达女室"后才心随境生，幻化为鹦鹉。《骂鸭》中民某盗邻翁鸭才身长茸毛。《香玉》《葛巾》《黄英》则依花木的特征来点染人物形象，出现一系列符合花木性格的幻化成分。这些由鬼狐神怪形象决定的虚幻潜藏在现实性情节里，才构成了特殊的矛盾冲突，才能发生幻化作用，使现实情节具有极其浓重的幻想色彩。

论《三国演义》的情节提炼
对人物刻画的意义

小说创作中，除了主题思想，就数情节选择最为重要了，情节选择得好坏，常常决定作品的成败。因为历史生活和现实生活中任何一个事件，并非都适用作小说情节，作家也不可能把生活中的故事，原封不动地拿来使用。作家总是要选择并提炼出能揭示典型的性格、典型的命运、典型的人与人之间的关系、典型的社会矛盾的情节。而这是同艺术的虚构紧密联系着的。在历史演义小说中，历史真实与艺术真实相结合的问题，实际上也就是如何掌握虚构的问题。

一

不必多言，作家在进行艺术构思时，主题思想、人物性格、生活背景、矛盾冲突、事件选择、情节结构安排等，是同时孕育的。而提炼主题则是艺术构思的中心环节，联系作品内部各方面的纽带，支配着作家构思的全部过程。古代小说家提炼历史情节时，当然要遵照主题需要进行筛选，因此探索古代小说历史情节的提炼，首先要弄清作品的主题。就《三国演义》而言，作者借用充满激烈斗争的故事，通过魏蜀吴三国的历史悲剧，描写了封建社会分裂与统一的过程，形象地展示各类代表人物在镇压了黄巾起义之后，怎样争得霸权和丧失霸权后的经验教训。说得再具体一点，就是什么样的英雄人物可以争得霸权，用什么样的思想和策略争夺天下，在什么样的条件下又会丢掉统治权，以及为了争得霸权而必须采用的一切斗争形式。罗贯中正是根据这个主题需要来选择情节、提炼情节的。他写的是《三国演义》，但也凝聚了对前代各朝盛衰成败的许多观察，提出了封建社会发展过程中带有普遍意义的历史经验教训。我们不能不赞赏这位天才作家在社会思想上惊人的观察力和社会概括的广阔性。正因为如此，罗贯中沿着三国斗争的历史发展，忠实地描写了群雄争霸的过程：董卓专权到官渡之战的中原群雄争霸；赤壁之战的三雄争霸；三分天下后三国政权的中兴与没落。每一次争霸过程都表达了作者的一种意念，显示出不同的情节构思的特点。

二

黄巾大起义之后，地主阶级内部展开了激烈的争夺霸主地位的斗争。以董卓、袁绍、袁术、曹操、孙坚、孙权、刘备、刘表、吕布等为代表的诸路英雄，乘镇压黄巾起义的机会，拥兵自立，称雄各地，所谓"家家欲为帝王，人人欲为公侯"。他们各有一套幌子作为护身符，都有自己惯打的旗号招揽时人。如袁绍拥有"四世五公"的社会地位，刘备是汉高祖之后，刘表标榜为"江夏八俊"之一。曹操没有过硬的招牌，太监之后的不光彩出身又常为人所诟病，可是他占据了挟天子以令诸侯的优越地位，这使许多人不得不俯首。这些如过江之鲫的英雄，尽管在群雄并起的时代都可以参加争霸，可并非所有的人都称得起当世英雄，争得霸主地位。罗贯中写了那么多人物，目的就是要通过具体而真实的形象，表现诸路英雄的各类性格。在群雄争霸阶段，他分明告诉人们，哪种人物是忠是正，哪一种人是奸是邪；更告诉人们，哪一类人是历史上的匆匆过客，哪一种人却站住了阵脚。在作者如此意念指导下，首先强调了或者说赋予了争霸英雄性格中某一种主导因素，并提炼出足以表现出这种性格特点的情节，写出他们是在什么样的情况下为了什么样的目的而争霸，何以能够或者不能得到霸主地位。

在群雄中，董卓是个有武无文，凶暴残忍的军阀，成就不了大业，这无需多说。那么，人称"人中有吕布，马中有赤兔"的吕布，能争得霸主地位吗？也不能。《三国志·魏书·吕布传》陈寿评曰："吕布有虓虎之勇，而无英奇之略，轻狡反复，唯利是视。"所谓"唯利是视"，也就是"勇而无谋，见利忘义"。《三国志》这个提示虽然很重要，但对于吕布这个人性格特点却没作多少说明。比如吕布何以要杀丁原而投靠董卓呢？按元人郑德辉《虎牢关三战吕布》第二折吕布的自述，是由于丁原脚上长一瘤，丁原说有五霸诸侯之福，而吕布脚掌却有两个瘤子，福分岂不大于丁原？于是拿起金盆砸死丁原，骑上赤兔马离去，拜董卓为父。这只能说明吕布的蛮混，无助于刻画吕布见利忘义的性格。《三国志平话》中的吕布则说，"屡长主公常辱我，以此杀了丁丞相是实"，也同"见利忘义"不搭界。《三国志·魏书·吕布传》透露点信息："卓以布见信于原，诱布令杀原。"怎样诱杀，惜没有描述，所以，罗贯中根据"唯利是视"的性格基调，稍加改动，虚构了李肃用一匹千里马、几颗明珠来收买吕布杀丁原依附董卓。相比《三国志平话》杂剧，更为深刻地揭示了吕布见利忘义的性格。

《司徒王允说貂蝉》中，吕布为美色杀董卓又转向新主子王允。这个情节也是实中有虚，虚中有实。王允厚结吕布密谋除董卓史有其事，然而王允巧设连环计，吕布为争夺貂蝉而手刃董卓，则完全出于虚构。可又不是事出无因。按《三国志·魏书·吕布传》云："卓常使布守中阁，布与卓侍婢私通，恐事发觉，心不自安。"没有提侍婢就是貂蝉，但清梁章钜《浪迹续谈》卷六《貂蝉》条说："黄右原告余曰：《开元占经》卷三十三'荧惑犯须女'，占注云：《汉书通志》：曹操未得志，先诱董卓，进刁蝉以惑其君。'此事异同不可考，而刁蝉之即貂蝉，则确有其人矣。"文献上第一次出现了刁蝉或貂蝉的名字，可貂蝉是谁家女子，没有说明。《三国志·蜀书·关云长传》注引《蜀记》也只说吕布妻"有异色"，被曹操留下，未明指就是貂蝉。《三国志平话》貂蝉自述说："贱妾本姓任，小字貂蝉，家长是吕布，自临兆府相失，至今不曾见面……"元无名氏杂剧《连环记》说得更为详尽：

> 您孩儿（貂蝉）不是这里人，是忻州木耳村人氏，任昂之女，小字红昌。因汉灵帝刷选宫女，将您孩儿取入宫中掌貂蝉冠来，因此唤做貂蝉。灵帝将您孩儿赐予丁建阳。当日吕布为丁建阳养子，丁建阳却将您孩儿配与吕布为妻。后来黄巾贼作乱俺夫妻二人阵上失散不知吕布去向。您孩儿幸得落在老爷（王允）府中。

吕布与貂蝉为夫妻关系，似首由平话与杂剧点出。此后明清两代的考证家断定貂蝉是吕布的妻子，如杨慎的《升庵外集》，如俞曲园的《小浮梅闲话》；也有与杨、俞二氏断语相刺谬的，如翟灏的《通俗篇》。

我们无须论证平话与杂剧的安排是否合理。就小说《三国演义》而论，如果貂蝉真的是吕布的妻子，王允的"连环计"这出戏就搞不成，就没有"三国演义"的一篇热闹戏文，从而也就不能构成吕布为了夺色忘义而与董卓发生尖锐冲突，那就变成了吕布为报夺妻之恨而刺卓的正义行动。所以，罗贯中在提炼史料，刻画吕布这个典型人物，为了集中矛盾冲突，使历史事实变成为小说的故事情节时，必须调整吕布与貂蝉的关系，把貂蝉移为王允的义女，派她做连环计的钓饵。这样改变，一方面，揭示了吕布是个好色之徒，另一方面，减少了头绪。让貂蝉做了吕布的姜之后，在《白门曹操斩吕布》中再次出现，显示吕布被曹操困守下邳的危急时刻，陈宫建议他分兵两路，一路由吕布以步骑屯于外，一路陈宫率众闭守于城内。曹操若攻吕布，陈宫则引兵攻其背；操若来攻城，吕布可率军救于后，两地成掎角之势与曹操周旋，待曹操粮尽再一鼓破之。吕布对陈宫分兵之策虽说"极善"，但是，回内室听妻严氏哭说"做一旦有变，妾岂得为将军之妻乎"？吕布被软化了，"遂三日不出"，失去了战机。陈宫又一次建议吕布引精兵猛将断绝曹军粮道，下邳之围可解，并认为"此计最毒"，吕布又一次称赞"公言极善"，然而严氏痛哭劝阻使得吕布愁闷不决，貂蝉一句："将军与妾做主，勿轻骑自出。"彻底打消了吕布出兵的决心，于是"终日不出，只守严氏、貂蝉饮酒"。总之，吕布勇而无谋，谋而无断，在关键时刻，恋妻妾而视将士如草芥，因小失大，终于失去了突围机会而殒命。当吕布与陈宫、张辽同时被俘时，陈宫痛骂曹操不降而死，张辽也视死如归，唯吕布却向曹操屈膝讨饶，甘愿做曹操的步骑。像吕布这类人物，他不只是历史上吕布的写照，而且集中了封建社会那般"有奶便是娘"的帮凶们的特点。这类人见利忘义，反复无常，狼子野心，有如恶犬饿虎，饥则噬人，饱则离去，即使是拥兵自立，也没有什么固定的政治目标，没有什么固定盟友，无论哪一个政治集团都"恶其反复，拒而不受"，所以，他只是历史上的一个匆匆过客，成就不了什么事业。

袁绍的成败更能发人深思。提起袁绍，人们立刻想起他常常把"四世三公"的出身挂在嘴巴上，想到郭嘉对曹操与袁绍十胜十败的评论。在群雄争霸时，袁绍豪门贵族出身的社会地位。袁家门生故吏遍天下的社会影响，坐拥重兵的军事实力，《袁绍传》所谓"合四州之地，收英雄之士，拥百万之众"，被称为"一世之杰"，比任何一个争霸对手都硬气。然而，坚信自己能够成为中原霸主的袁绍，却遭到了可悲的命运，原因何在呢？郭嘉月旦臧否，固然有对曹操面谀之嫌，但不能不承认郭嘉道出了袁绍的致命弱点，特别是外宽内忌，好谋无决，有才而不能用，闻善而不能纳的为人。罗贯中正是抓住袁绍这个性格特点，虚构了"温酒斩华雄"的情节，令人信服地揭示了袁绍的性格悲剧。虚构这样一个场面，一方面，便于制造一种富有特征的情势和氛围，从而烘托出关羽的英雄气概；另一方面，反映联军内部的矛盾，特别是袁绍的性格。关羽顷刻间轻取华雄，破敌解围，理应把酒相庆，立功者赏，但是袁氏兄弟轻贱了这位"弓手"，竟要把关羽赶出帐去。这里不仅使人清楚看到袁绍袁术的褊狭性格，而且也预示了他们失败的命运。因为虚怀纳谏，延揽人才，是争霸者所必具备的。袁绍缺乏这样的胸怀，正是他这位显贵子弟落得一败涂地的原因之一。这不但导致了十八路诸侯联盟的破裂，也决定着以后官渡之战的失败。

关于官渡之战，奇怪的是《三国志平话》只字不提"官渡"二字，倒是《三国志》和裴松之注引提供了人物活动的环境、人物性格冲突的线索，同时也多少预示了袁绍的失败原因，因此罗贯中所要做的是如何丰富情节、扩充情节的范围，把历史叙述变成具体艺术形象，其中特别着重刻画袁绍"有才不能用，闻善而不能纳"、外宽内忌的性格。如袁绍起兵向官渡进发，谋士田丰就上言劝阻："今且宜静守以待天时，不可妄兴大兵，恐有不利。"袁绍不但不听反而大怒，要斩田丰。军队行进到阳武，另一个谋士沮授也提出，北军（袁军）勇猛不如南军（曹军），南军粮草不如北广。南军无粮，利在速战；北军有靠，宜且缓守。这个正确主张，在《三国志·魏书·袁绍传》只云"绍不从"，而在小说中，则增添了袁绍认为沮授和田丰一样，是"漫我军心"，竟然把沮授锁禁军中。这样，作者就把袁绍固执己见的悲剧性格又深入一层。这还不够，此后，待到曹操军粮缺乏，意欲弃官渡回许昌而迟疑未决之时，许攸向袁绍建议分一路军攻许昌。因为曹军主力集中官渡，许昌空虚，如分兵袭许昌，两路夹击，必然打败曹操。许攸献策在《三国志·袁绍传》中并没有明确记载。《三国志·魏书·崔琰传》裴注引《魏略》也只说："官渡之役，谏绍勿与太祖相攻，语在绍传。绍自以强盛，必欲极其兵势。攸知不可为谋，乃亡诣太祖。绍破走，及后得冀州，攸有功焉。"许攸何以知不可为谋而叛逃曹操呢？没有交代。按《三国志·魏书·武帝纪》云："绍谋臣许攸贪财，绍不能足，来奔，因说公击琼（淳于琼）等。"这可能是历史事实，但无助于小说家们刻画袁绍的狭隘性格，相反会转移了人物性格的侧重点。罗贯中在采用上述史料的基本情节时，添加了袁绍不但拒绝了许攸的正确意见，而且怀疑许攸与曹操有旧，受曹贿赂，充当内奸，竟然要斩许攸的情节，这样就把袁绍疑忌不能容人的性格深化了，许攸叛逃曹操的原因也得到了合理解释。

这一切都表明，袁绍心地狭窄，又倨傲放不下贵族的架子，好像谋士们的诤谏深深伤害了他高贵的名分。他不能冷静地听取谋士们的意见，甚至疑所不当疑，又信所不当信。有可能是正确的但听来是反面的意见，有可能是不满的意见，都在过分看重自己的权威面前，顽固拒绝，甚至连田丰、沮授的生命都难以保全。因此，袁绍一战白马而颜良死，二战延津而文丑亡，至三败官渡，三十万大军只存八百余骑，许攸、张郃归降曹操，沮授拒降曹操而自杀，袁绍落得个孤家寡人，被曹操踢出了历史舞台！

三

曹操与刘备显然是沿着不同的路线去夺取霸主地位，尽管罗贯中不见得同意曹操的人生哲学、曹操的为人，甚至在某些方面丑化了曹操，如对曹操的死的描写即是如此。但作者却承认曹操和刘备这两类英雄人物才能夺得天下。历史上的曹操，按陈寿《三国志》的观点，是理应得到天下，因为他是个英雄；小说中的曹操，按罗贯中的观点，也是能争得天下的人物，因为他是个超级奸雄。这两个人物代表着地主阶级的两个英雄夺取政权的两条不同的道路：一条是靠"仁义"起家成就了霸业，最后是为了尽义而死；一条是走"宁教我负天下人，休叫天下人负我"的道路，扫平群雄，独居中原，也成就了霸业。因此，罗贯中并不是把曹操当作一个天生的大坏蛋，也不是像陈寿那样过分美化曹操。罗贯中没有把曹操的性格单一化，当然也没有模糊这个人物的主导思想倾向。作者从当时人的议论中，看到了曹操多方面的性格，从不同时期的评论、传说乃至杂剧话本中，看到了人物性格的发展，罗贯中根据主题要求，把曹操写成既奸又雄的人物。他正是根据这个准则来提炼情节的。

我们不能不承认曹操是三国时期第一流的政治家和军事家。

从《三国志通俗演义》的描写来看，作者并没有掩盖曹操善于发现人才、使用人才的政治家风度。历史上的曹操是以知人善用著称于世的，只要是人才，搜金盗嫂者他都用。司马光在《资治通鉴》卷六十九《魏纪》一文中说他"识拔奇才，不拘微贱，随能任使，皆获其用"。像在曹操刚刚起兵讨伐董卓时，罗贯中虚构的"温酒斩华雄"情节，何尝不是用对比的手法，揭示曹操慧眼识英雄，重视刘备、关羽的才能，反对袁氏兄弟重职位、轻人才的世家大族的偏见，主张"得功者赏，何计贵贱"的思想呢？

在关羽千里走单骑、五关斩将一节里，曹操爱才的政治家风度表现得更为明显。《三国志平话》为这几回书提供了情节素材。我们先看《关羽传》：

> 初，曹公壮羽为人，而察其心神无久留之意，谓张辽曰："卿试以情问之。"既而辽以问羽，羽叹曰："吾极知曹公待我厚，然吾受刘将军厚恩，誓以共死，不可背之。吾终不留，吾要当立效以报曹公乃去。"辽以羽言报曹公，曹公义之。
>
> 及羽杀颜良，曹公知其必去，重加赏赐。羽尽封其所赐，拜书告辞，而奔先主于袁军。左右欲追之，曹公曰："彼各为其主，勿追也。"

这些记述有陈寿的溢美之词，可确也表露了曹操的风度。就连并不以曹魏为正统的裴松之在这一条的注中也赞叹说："臣松之以为曹公知羽不留而心嘉其志，去不遣追以成其义，自非有王霸之度，孰能至于此乎？"

　　罗贯中将上述情节移到小说中来，其中心思想几乎没有加以任何修改，仍旧保存着情节的几个主要环节，不过罗贯中设置千里独行，五关斩将的情节，却大大丰富了关羽的忠勇。关羽为了追随刘备而挂印封金、斩关夺路、千里独行，这种讲忠义的品质，在关羽，是"誓以共死，不可背之"的兄弟加君臣关系的忠义；在曹操，看重的是关羽"事主不可移其志、来去明白"的忠义品格和光明磊落的作风。曹操敬重关羽"不忘故主"的品格，正是借此来激励他的部下，忠于争霸事业。当然，曹操放走关羽的行动，不能不引起很讲义气的关羽思想上的震动，从而达到了笼络关羽的目的。

　　不仅如此，曹操还是意志坚决，思虑周密，勇于进取的军事统帅。且不说罗贯中描写了董卓率军进入洛阳，满朝公卿谈董变色，"尽皆掩面而哭"，曹操毛遂自荐，决意冒杀身之祸谋刺董卓。这个谋刺行为虽然鲁莽，但可看出曹操不同凡俗的敢作敢为精神。本来"献刀刺卓"不见本传，《三国志》只记载了董卓进驻长安以后欲与曹操计事，曹操却逃离京都，采取了同董卓不合作的态度。而在罗贯中笔下却写成了英雄行动。"矫诏讨卓"的情节不见《三国志》，裴松注引《英雄记》虽有类似记载，但那是东郡太守桥瑁的倡议，而非曹操。罗贯中则移到曹操身上，而且写了曹操在群雄各怀异心，按兵不动，没有乘董卓溃退长安，追歼残敌时，愤然引军自去抗卓，打消了他依靠诸路军阀讨卓的幻想，这些虚构显然是为了突出曹操"雄"的一面。

　　特别是曹操在统一中原的过程中，他败袁绍斩吕布，扫荡了北方群雄，把半壁江山搞到手，都是他亲自"运筹演谋"，有时他甚至亲自"披坚执锐"督战，同样都是为了突出曹操的坚强意志，说明有谁能像曹操那样锲而不舍、百折不回呢？

　　小说在描写曹操"雄"的一面同时，也较多地描写了"奸"的一面。

　　曹操这个人非常狠毒残忍，比如杀吕伯奢和其全家。据史载，杀吕伯奢有各种不同说法。大体上有两类：站在捧曹操一面的陈寿《三国志》根本不提杀吕伯奢这回事。站在贬曹方面的裴松之注引，多半说曹操杀了吕伯奢的儿子和宾客。《魏书》说吕伯奢的儿子和宾客劫夺曹操的马匹和东西，曹操才手杀数人，是自卫而杀，但未杀吕伯奢。《世说新语》则说吕伯奢的儿子为曹操准备酒席，曹操以为吕伯奢家人为了稳住自己而设酒宴，于是夜中剑杀八九人，点出曹操多疑的性格，但也不提杀吕伯奢。孙盛《杂记》对杀吕伯奢家属的原因作了补充："太祖闻其食器声，以为图己，遂夜杀之。既而凄怆曰：'宁我负人，毋人负我！'"曹操是否杀了吕伯奢，没有明说，看来是杀掉了。在这里我们不能不佩服孙盛的概括，"宁我负人，毋人负我"这句话点出了曹操的世界观。在这里我们更赞佩罗贯中的再创造，因为在曹操杀吕伯奢之前，小说就虚构了曹操献刀刺卓的情节，因刺杀董卓不成才仓皇出走。到了吕家，吕伯奢匆匆离去沽酒准备款待老朋友曹操，曹操忽闻庄后有磨刀之声，误以为要杀他，又怀疑吕伯奢出门买酒，一定是借故告发，所以曹操才动了杀机，杀了吕伯奢全家，因此也给了吕伯奢一刀。陈宫指责曹操"知而故杀，大不义也"！

罗贯中引申虚构"献刀刺卓""杀吕伯奢"，一方面，写出了曹操在什么样情况下杀吕伯奢和他的全家；另一方面，采用孙盛的论断，点出了曹操为了什么目的、在什么样思想支配下杀吕伯奢全家。从汉末群雄争夺霸主地位的情况看，曹操是非杀吕伯奢不可的，因为作为地主阶级的代表人物，奉行的本来就是"宁教我负天下人，休叫天下人负我"的处世哲学。假如曹操没有损人利己的狠劲，那就混不下去，就不能击败对手，就可能早做了董卓的刀下鬼。

罗贯中如果采用《魏书》的说法，即因吕家子弟和宾客抢劫曹操马匹才引起曹操动刀，进行自卫，不仅和前段刺董卓情节不连贯，更主要的是曹操既奸又雄的性格，就不会像小说描写得如此深刻，如此震惊读者。

　　如果说杀吕伯奢时，曹操还是个落难豪杰，在董卓捉拿得紧的情况下，不得不下此毒手，表现曹操自私狠毒的话，那么曹操升为丞相，占据了挟天子以令诸侯的地位以后，杀人有时杀得很狡诈，很不光明磊落，就更深刻地表现了他的狠毒、他的"奸"的一面。比如借人头杀粮官王垕，既平息了众怒，稳定了队伍，又保护了自己的声誉。罗贯中虚构这个情节，真是把曹操的奸诈性格描绘得淋漓尽致了。

　　另一个"天下英雄"——刘备，无疑是作者塑造的理想人物。在元末风起云涌的历史条件下，罗贯中很有可能借助刘备的形象，寄托着他的理想：三国的刘备未能统一天下，而元末动乱的天下，应当由"刘备"式的人物来统一。在三国时期，刘备进行图王兴霸的活动，比起同辈人来说条件最不利，虽说刘备占了汉家刘姓的便宜，但是，他贩履织席的身份非常低贱。无疑，他既没有曹操独居中原的地位，也没有孙权承继父兄基业的优越条件。他始终处在寄人篱下、风雨飘摇之中。为要战胜强大的对手，又要获取舆论的支持，除了打着刘字大旗外，重要的是他必须把自己打造成一种为时人崇拜的偶像，并且还要有能网罗崇拜者的思想口号。在军阀混战时代，百姓流离，饿殍遍野，统治阶级残酷狠毒，荒淫无耻。在当时社会不尚信义的情况下，刘备向人们宣传仁义思想，乃是收罗依附者的一种得人心的手段。

　　刘备和曹操，在作者看来，是两类截然相反的英雄人物的代表。从而在小说中突出两种不同的性格与人生哲学。作者的倾向毫无疑问是在刘备身上，从性格对比的意义来说，读者不难理解作者为什么要改造史传和平话中刘备的性格及某些情节，把刘备塑造为"仁义"化身的原因。

　　从"三顾草庐"的情节提炼中，更可以看到作者的良苦用心，一方面，表现了诸葛亮的雄才大略，另一方面，也使刘备礼贤下士的风度得到了完满的表现。

我们不可能详细叙述罗贯中为了塑造每个争霸英雄的性格而进行的情节提炼的经过，仅就所举的有限例证，完全可以说明有成就的作家并不任意挑选情节，而把历史的真实置之度外。事实是，情节提炼和历史生活本身的规律分不开，而且是受其制约的。历史演义小说情节提炼上的成败并不以虚构的多寡而定胜场，问题是能否找到并提炼出反映历史规律的典型情节。如果违背了历史的真实（历史发展的内在联系和人物的性格逻辑），单纯追逐情节的趣味，就会减弱历史小说反映历史的深刻性。当然，这并不是说历史演义小说不允许大胆虚构情节，只能拼凑修补，一个遵循历史真实和艺术真实的原则提炼情节的作家，他不可避免地要对史料进行处理，包括改动若干史实，移植事件，等等。

<h1 style="text-align:center">四</h1>

三国的历史时代表明，曹操扫平了北方群雄以后，即刻掉转矛头，挥师南下，击破了刘琮的荆州水师，占据江陵，企图一举消灭刘备和孙权的势力，进而席卷南方。此时此刻，不仅刘备面临着被吞灭的危险，就连观望成败的孙权也感到战火烧身，再也观望不下去了。这样，群雄争霸就进入了三雄争霸阶段，而赤壁一战，终于形成了三国鼎立的局面。

这段历史时间不长，但情况很复杂。有曹操同孙权、刘备的矛盾，有刘备和孙权的矛盾，而且在孙权内部也有主降与主战派的矛盾。罗贯中面对这段历史，怎样既不完全违背历史的真实，又符合艺术的真实，遵照小说创作规律来构思情节，怎样通过艺术形象反映赤壁前后三方的矛盾关系，看来是煞费苦心的。虽然历史文献提供了战争的简略过程，包孕着事物的矛盾，但仅仅原封不动地罗列历史现象，只不过是"机智和智慧"，还不是"思维的理性"（列宁《哲学笔记》），何况历史材料还缺少性格描述，人物之间上升到矛盾顶端的多样性冲突，尤其是缺少能够把诸矛盾凝聚在一起的主要情节，从而造成事件的内在紧张性、冲突的尖锐性。

面对头绪繁杂的材料，罗贯中选定了以周瑜和诸葛亮的冲突作为情节的磁力线，来联结两个集团的矛盾：一方面，反映曹操和孙刘联盟的矛盾（这是主要矛盾）；另一方面，反映孙权和刘备集团的矛盾（这是次要矛盾）。这对中心人物——诸葛亮与周瑜，正像蜗牛的一对触角一样，从两个方面触及了赤壁之战中多方面的矛盾。

为了集中突出地反映曹操、刘备、孙权三强的矛盾，罗贯中不能不改动原型人物的性格特点。例如，周瑜，按《三国志·吴书·周瑜传》说"瑜性度恢廓"。裴注引《江表传》对周瑜的性格有类似的记载："（程）普颇以年长，数陵侮瑜。瑜折节容下，终不与校。普后自敬服而亲重之，乃告人曰：'与周公瑾交，若饮醇醪，不觉自醉！'时人以其谦让服人如此。"《江表传》又载孙权曾称赞周瑜"器量广大"；蒋干游说周瑜不成，回曹营后称瑜"雅量高致"。很明显历史中的周瑜是"性度恢廓""折节容下""谦让服人""雅量高致"的统帅。照历史的原型塑造周瑜，显然是不能同雍容大度的诸葛亮发生性格冲突的，所以作者才把周瑜描绘为忌刻、狭隘的统帅。对鲁肃的性格作者也做了改动。在小说中鲁肃被刻画成有政治远见而又淳厚的老好人。鲁肃主张联刘抗曹的政治远见是依据《鲁肃传》，心地纯厚是作者的虚构。

人物冲突中心线的确立引起了整个情节的变动。在情节上罗贯中对历史素材进行了引申、移植和虚构。"草船借箭"，裴注引《魏略》说是孙权亲自乘船受箭，时间是在赤壁之战后，地点也不在赤壁，并且非出于事前的计谋："权乘大船来观军，公（曹操）使弓弩乱发，箭著其船，船偏重将覆，权因回船，复以一面受箭，箭均船平，乃还。"在《三国志平话》里，这件事移到周瑜身上。到了罗贯中笔下，这件事又移到了诸葛亮身上。至于"舌战""三气""吊孝"则几乎全出自罗贯中虚构。历史上的周瑜是征四川的路上病死的，而演义却改为被诸葛亮气死。类似这样改动的历史情节还很多。

罗贯中何以如此这般改动呢？原来是由主题要求和艺术要求决定的。正如一切文艺作品必须真实地反映生活，而生活的真实不等于艺术的真实一样，历史小说也必须真实地反映历史，历史的真实也并不等于艺术的真实。因此，在描写历史事件，描写历史人物的性格及其冲突时，只要在根本问题上符合历史真实，就必须容许一个作家发挥他的想象，完成创造任务。

对于一个小说家来说，在艺术构思上，总是要把社会矛盾集中凝注到人物性格上，让人物之间的矛盾、人物自身的矛盾来反映社会生活中的矛盾。而人物性格常常是与另一种性格相比较而存在，或者说是在对比中显露出来，对比愈显眼，则个性愈鲜显，愈有强烈的艺术效果。罗贯中把历史上"恢廓大度"的周瑜改为心怀忌刻，我想是为了加强周瑜与诸葛亮性格冲突的强度、性格对比的色度。

作者把历史事件张冠李戴，移花接木，提炼出符合人物自身逻辑的情节，正是为了把"戏"集中到几个主要人物身上，给主要人物提供表现的场合和机遇。这样，从人物性格冲突中导出故事情节，又从故事情节的发展中表现人物、人物在故事情节中一面解决旧的矛盾，一面产生新的矛盾冲突，于是又敷演出新的故事，人物性格也在故事情节的发展中不断获得发展。如此循环往复，不仅写好了人物，而且也同时写好了战争过程。所以作者用"计"构织每个情节，又用各个"计"串联连锁情节，让诸葛亮与周瑜的性格发生激烈的撞击，从而反映出赤壁之战前后的历史。

五

诸葛亮隆中对策的得失以及荆州的归属，史学家们是不乏考证的，但史学家们注意的重点，未必是小说家非要表现的问题。例如，小说家罗贯中就不像历史学家们那样着力诠释隆中决策本身，详尽探索关羽失荆州的诸种因素，而却着眼于关羽非失荆州不可的悲剧性格，来反映赤壁之战后蜀吴两国的矛盾。

客观地说，罗贯中对关羽的忠义是颇多微词的，他形象地向人们展示，关羽以自我为中心的"义"，在关键时刻，可以不顾战争的全局而"以私废公"，也因此罗贯中才虚构了华容道义释曹操的情节。

这种偏重于个人的感情，往往重私义而不顾全局，荆州之失守就生动地说明了关羽的悲剧性格。

在蜀吴联合阵线面临危机的严重时刻，关羽却忘记了"军师之言"，想到的只是自尊心受到的伤害，感情胜于理智，任性而不顾大局，弩下无能，对外失好孙吴，终于丧失战略要地，他自己也遭到杀身之祸。关羽不懂得荆州对于蜀汉的重要性，毁坏了它，也毁坏了自己，而又至死不悟，这就是刚愎自用一类人的悲剧。在任情用事这一点上，刘备与关羽有相同之处。关羽被害，刘备倾军复仇伐吴，虽有秦宓等人谏阻而不听，甚至囚禁了秦宓。诸葛亮在救秦宓的表中曾明确提醒刘备："但念迁汉鼎者，罪由曹操；移刘祚者，过非孙权，窃谓魏贼若除，则吴自宾服。"主要的敌人是魏而不是吴，联吴抗曹仍是根本大计，可惜刘备始终为感情所驱使，还是起兵伐吴，结果几乎全军覆没，到白帝托孤时才责备自己"何期智识浅陋！不纳丞相之言自取其败！"

不难看出，罗贯中在创作思想上是尊刘抑曹的。在天下纷然的情况下，他倾慕刘备式的英雄，但他又不能违背历史，刘备毕竟是个失败了的英雄，而失败的原因，在罗贯中看来，是由于任情用事和策略上的错误。这样，从小说第七十三回以后，侧重描写刘备、关羽的悲剧性格，没有太多的英雄色彩。正是这种基调的确定，小说为刘备、关羽所选择的情节，就很少离开他们这种悲剧性格。他为刘备、关羽虚构的那些细节，也着重体现关羽、刘备狭隘的殉义的特点。作者分明是通过刘、关的败亡，说明在争夺霸权的斗争中，任何一点情感膨胀都可能给事业招来不可补偿的损失，而越是接近图王霸业的胜利阶段，就越显示出驾驭感情的重要性。因为这已经不是二十年前的群雄对垒，而是三个成熟的经过磨炼的政治家考验策略考验意志的决战。在这决定三家最后胜负的斗争中，谁善于正确利用矛盾，谁最能克制，谁就能取胜。当然罗贯中并没有把蜀国的败亡，包括魏吴两国由盛而衰的原因，完全归之于刘备、曹操和孙权，相反却拿出相当篇幅，用春秋笔法描绘了三位枭雄后辈的业绩。这就是在三国演义政权没落阶段，罗贯中采用了对比性的情节、性格对比的手法，把曹丕、孙亮、孙休、孙皓、刘禅和他们的先辈们对照，从而突出这几位年青君主的昏聩无能。曹操、刘备、孙权或是白手起家，或是利用父兄基业，历经艰辛，以他们的智慧争得了三分天下。而承大统的子侄们却懦弱无能，骄奢淫逸，争权夺利，拒忠谏，近谗言，上下交怨而不知警，众叛亲离而不自觉，终被司马氏吞灭。曹操、刘备、孙权在马上得天下的斗争经验，同曹丕、孙亮和刘禅等在马下失天下的教训相比较相对立，这就使《三国志通俗演义》的思想内容得到扩大加深，引起后人进行哲学上的思考。

《水浒传》的叙事艺术

古今中外的小说理论家习惯地认为小说是一种叙事艺术，而叙事的观点（或叙事角度、叙事形式、叙事位势），在传统小说或现代小说的写法中占有十分重要的位置。西方小说史上，自美国作家亨利·詹姆士（1843—1916）在他写的一些小说序言里提出小说叙事观点之后，学界对叙事者的专门研究日益受到重视。学者不断提出叙述模式的分类、结构，以及对各种叙事方法的评价。

中国古代小说批评史中，自金圣叹评点《水浒传》，讨论历史叙事体与小说叙事体之间的嫡亲关系，中国古代小说的叙事艺术引起了人们的兴趣。不过明清批评家对小说结构的安排、细节的呼应、人物的描写等手法的评论，多取法于古文的程式，而忽视了中国小说艺术发展的特殊规律。所以，《水浒传》虽然用细腻的笔触来描写细腻的场面，发展了说话艺术的叙事方法，具有较多小说家小说的意味。可是《水浒传》毕竟是受讲史小说体制的影响，由话本的小说类演化为长篇，它仍然是说书体小说，并没有完全跳出说话窠臼。前辈学者的考索也证明，早期《水浒传》的本子是韵散相间的词话本，明嘉靖前后才逐渐删改为散文本。倘如这个论断成立，那么，我们在探索《水浒传》的叙事艺术时，不能不注意到它是说书体类型小说的特性。

一

《水浒传》是以第三人称评述模式为主要的叙述形式。叙述者以说话人的身份介入故事情节中，超离各个人物之外，以凌驾的眼光交代一切人物事件，引导听众或读者进入故事，并时时表明主观态度和价值判断，发挥陈述和诠释的作用。这种叙事观点，依照西方人的观念，属于"全知的叙述者"，而全知的叙述者被当代批评家贬斥为"教师爷"、令人生厌的向导。其实，叙事观点本身没有好坏之分，也不能说哪一种比较高级，问题是什么样的材料适合于哪一种观点叙述。何况任何一种叙事形式的形成，绝非偶然，亦非突然。"看官听说"的叙事观点，虽同西方早期小说一样属于传统的写作模式，但形成的原因和表现形态并不一律。翻看《水浒传》全书，明明是撰写给人"看"的作品，何以在篇首或章段中冠以"话说""且说""看官听说""说话的"这类用语呢？单从叙事结构看，是受说话艺术的影响，形成了不同于西方的独特的叙事方法。

　　说话是诉诸听觉的艺术。说话人直接面向广大"看官"讲说故事，与听众直接交流。就演员和听众的关系说，说者希望这个距离越短越好；可是在听众或读者与小说中人物世界的关系上，又要与听众保持一定的距离，保持清醒的分析判断能力，形成说书人（叙述者）——也就是作家和读者听众一道作为一个观察者来评判故事。说与听这种特殊的审美关系，使得说书人在嘈杂的环境，面对来自各个阶层的市民和农民，必须现身在听众面前，以直接招呼听众的方式开讲，前先是吟诵诗词，或讲说一段类如入话的小故事，指出故事的源头、历史依据、概括故事意旨，以此吸引聚拢看官。而在叙述过程中，随时注意听众的反映，不时调整叙述线路，规范并引领听众（读者）的思路，常常用说话人特有的、为话语对象所理解的用语——设问、提示、重复的语规，提供背景材料，强调或突出某种人物和事件。例如，为了强调出场人、事件和场面环境，以期引起读者或听众关注，说书人就直接出面设问，然后用"但见"或"有诗为证"细细描绘。像第三回史进初识鲁智深，看他时，"是个军官模样。怎生结束？但见……"第十五回吴用寻阮小二，"只见一个人从里面走出来，生得如何？但见……"此外，如"怎见得好个中秋？但见……""怎见得好座酒肆？正是……"，这几乎成为一种套语被广泛使用，说明《水浒传》的叙述者是现身的说书人，仍然是宋元讲史和话本的叙事模式。不仅如此，假如人物之间的关系，事件的发展，或某个角色含糊不清，或是悬念的扣子系得太紧、拉的时间过长，可能影响故事情节的顺利发展和读者正确判断时，叙述者便公开介入，提供人物或事件的背景材料，交代线索，揭示谜底，说明原委。如第十六回智取生辰纲写得虚虚实实，神出鬼没，读者知其晁盖、吴用所为，但不知谁扮演贩枣子的客人，何人做挑酒的汉子，蒙汗药怎么下进桶里。于是说书人便站出来交代吴用智取的过程："我且问你：这七人端的是谁？不是别人，原来正是晁盖、吴用、公孙胜、刘唐、三阮这七个。却才那个挑酒的汉子，便是白日鼠白胜。却怎的用药？原来挑上冈子时，两桶都是好酒。七个人先吃了一桶，刘唐揭起桶盖，又兜了半瓢吃，故意要他们看着，只是教人死心塌地。次后，吴用去松林里取出药来，拌在瓢里，只做赶来饶他酒吃，把瓢去兜时，药已搅在桶里，假意兜半瓢吃，那白胜劈手夺来，倾在桶里。这个便是计策。那计较都是吴用主张。"第十三回宋江杀了阎婆惜隐藏在自家地窖里，说书人便解释一个农家为何有地窖子。第二十四回作者又借说话人向看官介绍武松有一位一母所生的哥哥武大郎，并顺带说明潘金莲的来历。第十四回详尽介绍晁盖的为人；等等。这"看官听说"和"原来"，同样成了中国古代白话小说补叙的语式。

有趣的是，叙述者为了让读者更清楚地把握人物之间的矛盾冲突和人物行动的内在依据，说者也常常以全知观点，随时出入书中人物的内心世界，并揭示人物内心活动的奥秘。典型的例子，如第二十一回："宋江坐在杌子上，只指望那婆娘似比先时，先来假倚陪话，胡乱又将就几时。谁想婆惜心里寻思道：'我只思量张三，吃他搅了，却似眼中钉一般。那厮倒直指望我一似先时前来下气，老娘如今却不要耍。只见说撑船就岸，几曾有撑岸就船。你不来睬我，老娘倒落得。'看官听说，原来这色最是怕人。若是他有心恋你时，身上便有刀剑水火，也拦他不住，他也不怕。若是他无心恋你时，你便身坐在金银堆里，他也不采你。常言道：佳人有意村夫俏，红粉无心浪子村。宋公明是个勇烈大丈夫，为女色的手段却不会。这阎婆惜被那张三小意儿百依百顺，轻怜重惜，卖俏迎奸，引乱这婆娘的心，如何肯恋宋江。当夜两个在灯下，坐着对面，都不作声，各自肚里踌躇，却似等泥干掇入庙。"这里叙述者站在观察的角度，从外向内看，向读者交代两个人冷漠的原因，并加入自己的分析；时而又通过人物自己的内心独白，吐露心思。这种叙述者剖析和人物主观抒情交叉的叙述方式，可以使听众直接了解人物内心活动的实质性问题，把握他们性格冲突的发展趋向，对于靠听觉来理解书文的听众，不见得全是多余的。

用全知叙述的，有时对于头绪繁杂的情节，复杂的人物之间的关系，叙述者也出来说明前因后果，甚或预测未来的结果，这可使人物行动线不中断，故事连接得更紧凑，让读者获得整体的认识。第四十九回宋江两打祝家庄不下，吴用献连环记，宋江大喜，书中写道："说话的，却是甚么计策？下来便见。看官牢记这段话头，原来和宋公明初打祝家庄时，一同事发。却难这边说一句，那边说一回，因此权记下这两打祝家庄的话头，却先说那一回来投入伙的人乘机会的话，下来接着关目。"这段说话人的插语，典型地说明了早期长篇小说的叙事语言，仍然是说书艺人向听众讲说的口吻。对于这一特点，包括说书人的评述方法，并不符合现在人的胃口。但是，说书人直接和读者对话，要以交代清楚为前提，这就决定了话本与说书体小说没有必要也无须向群众保密，甚至为了沟通说书人与听众（读者）的思想感情，加强抒情功能，说书人直接和听众一起讨论书中发生的问题，或者是在关键的时候改变叙述者的角度，用小说中人物的语气来进行叙述，如第十六回："我且问你，这七人端的是谁？"第二十二回："说话的，柴进因何不喜武松？"第三十七回："说话的，那人是谁？"这里的"你"和"说话的"，是说书人故意设置的听众的反问语气，目的依然是强调突出他讲说的内容。反之，第二十三回："你道那人姓甚名谁？"这里的"你"指的是听众，是说书人向听众提出问题，让听众思考，加强故事的吸引力。有时为了加强感染作用，说话人转换人称进入故事。如第三十一回："若是说话的同时生，并肩长，拦腰抱住，把臂拖回。宋公明只因要来投奔花知寨，险些儿死无葬身之地！"假如说话人真的是和宋江同时生，把宋江拖回，自然就不会发生浔阳楼题反诗，黄文炳告密，宋江就不会问成死罪，最后被迫上梁山。恰恰是作者和书中人物不是同年生，那么这个悲剧事件的发生才是必然的，说书人以第一人称形式强调事情的严重性，这如同第三十一回武松血溅鸳鸯楼，两个丫环见着提刀的武松，"端的是惊得呆了""休道是两个丫鬟，便是说话的见了，也惊得口里半舌不展"，都是"说话的"，并且假定是小说中人物，直接和听众交流。也许正是作者这种疏离意识介入作品中，从而使作者、叙述者可以在故事情节与作者的主观意识、社会伦理道德法则与小说所反映的世俗问题之间，随意调度他的笔力，尽可能提供给读者多层次的意义和解释。而对于听众、读者和小说的关系来说，叙述者的疏离意识又必然造成一种间离效果，即中国人听故事读小说，不可能移情到忘我的地步，总要保持相当的"自我"，较理性地判断小说中的人物和事件。

二

值得注意的是：《水浒传》作者在描绘人物性格、心理活动时，偏偏又非常吝惜笔墨，很少作主观抒情性的叙事、人格化的说明，一切都通过语言（言语性的行动）、动作来展示，人物心理的活动和变化也总是表现在外在行动中，即在动态中表现。且不说作者不仅善于通过重大的斗争行动、激烈的矛盾冲突，去表现诸如林冲、武松、鲁智深的英雄个性，及何九叔、阎婆惜等次要人物的性格，而且也善于在平平常常的动作中透出人物性格，照应人物的遭际。如第二回鲁智深向史进、李忠"借"银子给周氏父女做盘缠，史进去包裹里取出一锭十两银子放在桌上，李忠去身边摸出二两来银子。一个是"取出"，一个是"摸出"；一是豪爽地说"直什么要哥哥还"，一个是无言地摸出，性格、心态迥异。并且史进取出得快，一次就是十两，贵家子弟，原本就散漫惯了。李忠摸得慢，因为靠使枪棒卖药为生，银钱来之不易。再如第九回陆虞候留到沧州草料厂，在李小二店中约管营、差役策划杀害林冲，作者写道："忽一日，李小二正在门前安排菜蔬下饭，只见一个人闪将进来，酒店里坐下，随后又一人闪入来……"用两个"闪"进来的典型动作，把陆虞候、富安偷偷摸摸见不得人的勾当透露出来。又如第八回林冲与洪教头比试棒法，洪教头要争十两银子利物，但又怕输了锐气，便把棒来尽心使个旗鼓，吐个门户，唤做"把火烧天势"。林冲横着棒，也使个门户，吐个势，唤作"拔草寻蛇势"。单从这棒势的名称，可见一个蛮横，求胜心切，一个谨慎，后发制人。再看第十回林冲投奔梁山，王伦不纳，经宋万等人劝说，王伦才答允三天内献"投名状"来才可以入伙，于是林冲下山捉"投名状"。这一节的笔法细腻极了。叙述者无一句说明王伦对林冲的冷遇，林冲心中的委屈、襟怀的落寞。然而，从先时王伦排宴请林冲，到尔后林冲下山，第一日无所获，当晚是"讨些饭吃了"。次日清晨起来，又"和小喽啰吃了早饭"，这一天又无一个孤单客人经过。次日天明起来，又是"讨些饭吃了"，并"打拴了那包裹，撇在房中"……这一系列细节和人物的活动，无一处不写出王伦对林冲的冷遇，以及林冲的委屈落寞。此外像第二十二回武松路过景阳冈山脚下酒店，喝了十二碗酒还要添酒，酒家道："你这条长汉，倘或醉倒了时，怎扶的你住？"从酒家眼中口中写出武松气象。第二十七回李逵赌输了宋江送给的银子向赌友赖账，并抢了别人的银子便走，赌徒们"只在门前叫喊，没有一个敢近前来讨"，同样是背面敷粉，从人们的动作说明了李逵横蛮无赖的性格。

至于在心理描写上，《水浒传》固然有所谓"蓦然寻思道""自肚里寻思说"这类动作进行中的独白，但总体而言，依然是与行动与事体交融，在行动中反射出内省为见长的。这不仅有如西门庆三番五次趑进王婆茶房，欲言不语，语言双关，表露了一个色中恶鬼急于把潘金莲弄上手的急切心理。有如阎婆惜发现晁盖给宋江信件后自言自语的独白："好呀！我只道吊桶落在井里，原来也有井落在吊桶里。我正要和张三两个做夫妻，单单只多你这厮，今日也撞在我手里。原来你和梁山泊强贼通同往来，送一百两金子与你。且不要慌，老娘慢慢地消遣你！"这明快无误地道出阎婆惜的刁钻性格，抓住宋江把柄的喜悦和今后怎样处置宋江的心理活动。同时也有如作者巧妙地用无言行动来揭示人的内心。如第二十九回武松醉打蒋门神，一路无三不过望，约莫也吃过十来处酒肆，接近快活林时，"施恩看武松时，不十分醉"。金圣叹批云："此句非武松面上无酒，只是写施恩心头有事。"原来一路上武松已吃过十来处酒店，如此喝下去，倘若醉了还怎么打蒋门神，怎么能夺回快活林来？但劝武松不喝又不行，武松有言在先，无三不过望，施恩是答应了的，因此施恩的心内很不平静，也很担心，所以才有这一看。

上述种种，古今许多批评家都已作了精辟说明，不必笔者多叙，这里要再讨论的是：《水浒传》及其他优秀的长篇章回小说，何以要通过人物的语言行动去表现人物性格和心理活动？

宗白华先生在《中国美学史中重要问题的初步探索》一文中，分析了中国古代雕塑、园林、建筑、绘画、音乐的美学思想，指出中国的雕刻与绘画，不重视立体性，而注意流动的线索。飞动的美也成为中国古代建筑艺术的一个重要特点。最能充分集中地体现中国传统美学观念的"中国戏曲的程式化，就是打破团块，把一整套行动，化为无数线条，再重新组织起来，成为一个富有表现力的美的形象"。如果把形体化为飞动的线条，在线条的流动中透出姿态，在有限的时空内扩大艺术的表现力，追求虚实相生的空灵境界，揭示对象的神韵（神似），着力表达作者的主观体验（所谓立意），是中国民族的审美情趣，那么，作为传统美学思想组成部分的小说，自然要表现上述特性。更何况说话艺术，是在"动态"中叙述故事，快速推动故事情节的发展。说书艺术要让说的事和人物具有空间的立体感，引导听众从听觉转为视觉，在想象中能够"看见"故事中的角色和事物的图景，从而扩大艺术效果和经济效益。这样，在运动中把握世界，在运动中表现世界，具体形象多于抽象叙述，可以说是中国传统小说的特点。而《水浒传》用种种方法，特别是选择典型的特定的行动，表现特定角色的心理性格，它的成功具有划时代意义，只有《红楼梦》可与之媲美。

三

这种主客观渗透融合的艺术表现，在处理空间场面环境上亦是如此。《水浒传》如同戏曲的舞台体现，讲究通过人物的活动或人物的主观世界的感受来描写客观世界。甚至可以说它以人物的"自我"为中心，空间场面随人走，场面环境或大或小，或详或略，场面的转换和转换的幅度，完全由人物行动的流程来决定。有时为了写人，几乎舍去了物体与背景的描绘，只在与人物的行动、心理情绪有关联处简略地描上几笔，如风雪山神庙的"雪"的描述就是如此，而这一切又都由人物的眼睛看出来的。

用视觉节奏来处理空间行动的方法，应当说是《水浒传》对中国小说的特殊贡献。由于叙述者把视点转移到小说中人物的眼睛，可以突破时空限制，将不同的视角加以融合，以致造成连续动作的印象。且看第二十九回武松醉打蒋门神，一路吃酒，来到丁字路口，早见一个大酒店，檐前立着望杆，上面挂着一个酒望子，写道四个大字："河阳风月。"转过来看时，门前一带绿油栏杆，插着两把锁金旗，每把上五个金字，写道："醉里乾坤大，壶中日月长。"随着武松方位移动，视角由远而近移动，空间内的景致也由隐而显。接近松林，酒店被树林遮掩看不真切。抢过林子背后，只见槐树下乘凉的蒋门神，武松不惊动他，直抢过去，又行不到三五十步，先是望到高杆上的望子，然后是门面，再近前，才看到店堂内的布局陈设。快活林酒店内外，显然皆是借武松的眼睛看出的，其实这里也刻画出了武松的性格。要知道武松不是李逵，虽然武松压根儿就未把蒋门神放在眼里，要把"这厮和大虫一般结果他"，然而，在战术上，武松又不能不重视这个敌手。因为蒋门神毕竟是"有一身好本事，使得好枪棒"的恶霸，所以武松动手前先把店堂内外的结构陈设观察一遍，毋宁说是表现了武松的精细、沉着。也正因如此，武松才把蒋门神的小娘子和两个酒保丢进缸里，随后抢出店堂，在大路上，施展玉环鸳鸯脚，打倒了蒋门神。

再看第四回，"鲁智深取些银两揣在怀里，一步步走下五台山，出得那'五台福地'的牌楼来，却是一个市井，约有五七百人家。鲁智深看那市镇上时，也有卖肉的，也有卖菜的，也有酒店。鲁智深寻思道：干呆么！俺早知有这个去处，不夺他那桶酒吃，也自下来买些吃。这几日熬得清水流，且过去看有甚东西买些吃。"听得那响处，却是打铁的在那里打铁。间壁家门上写着"父子客店"。不用说，小镇上的景象随着鲁智深的行动逐一看出，富于动态感且渗透着鲁智深的主观情绪。问题是：由五台山到村镇总有数十里路程，鲁智深何以瞬间步入？偌大的城镇，他何以只看到卖肉的、卖菜的、酒店、面店和打铁的？原来一切文学艺术反映生活，都要对人类生活流程有选择地分切与组合。而分切与组合实际上就是艺术上的强调与省略，把要表现的放大，把不要表现的隐藏掉。怎样分割与组合，这取决于作者对客观现实的态度，要看作者把读者的注意力集中到什么地方，强调什么问题。小说家有时会延长空间场面环境的比例关系，过细描写中间过程，如武松大闹飞云浦。有时却又删去中间过程，以便从时间上把动作高度集中，集中到几个片段过程。如第二十六回武松杀嫂前请众高邻作证。各个场面都以极快的速度交错展开，从时间上不仅被压缩，场面的连接上，怎样穿堂入室，开头怎样寒暄，高邻们怎样走进武大家门等，中间过程都省却了，只选取了邀请者与被请者一两句对话，甚至武松个人的许多行动也被压缩了。由于作者有意识地省略中间过程，加速场面运动的速度，被组接起来的各个空间场面环境便产生一种独特的节奏：一方面，增强了场面的紧张气氛；另一方面，把读者的注意力片刻集中到杀嫂的场面。同样的道理，省却鲁智深下山的中间过程，只出现几个店铺，目的是让鲁智深在他所看出的环境中表现性格。因为鲁智深揣银下山，本来就"其心不良"，所以一路上注视，细心研究特别感兴趣的肉、菜、酒，当然就会在自己的感觉中改变实际的空间和时间比例，他会在自己的感觉中把远处的东西拉近，去掉多余的场面而集中注意主要之处。

用眼睛这个镜头，依照人物的内心活动、视角的远近而飘瞥四方，映现了各种不同的空间场面，同时也创造了一个自由进行艺术思维的天地。读者遵循着人物心境的律动（节奏）去体会其中的意味，这正是中国小说家们不求逼真于生活（自然）形态，而追求凝练、概括、提炼美学观的体现。倘若作家忠实模拟生活，具体、细致、真实地把人物行动过程的一切场景都摆出来，形成一个固定的框架，然后再把人物装在这个框子里，固然也能令读者赞赏作者的描绘，但那是西方小说家处理空间场面的技法，而不是中国人的小说。

四

眼睛作为人的视觉，在小说中实际上就是作者的视点。作者把介绍人物、穿插情节、点染场面环境的任务转移给小说中的人物，尽量避免直接介入，从而使得叙事的方式更有说服力，更有可靠性。这样，古代小说的叙事观点就不可能是一种叙事角度，而是多角度的。既然是多角度的，也就必然形成流动的多面的视点，而这恰恰是古代传统小说叙事方法上的特色之一。例如，第十三回杨志与索超比武，"两个在教场中间，将台前面。二将相交，各赌平生本事。……月台上梁中书看得呆了；两边众军官看了，喝彩不迭；阵面上军士们递相厮觑道：'我们做了许多年军，也曾出了几遭征，何曾见这等一对好汉厮杀？'李成、闻达在将台上，不住声叫道：'好斗！'"本来写杨志与索超比武，作者却把视点转向教场的各个角落。作者时而站在观察观点叙述二将格斗，时而转向月台上的梁中书、两厢众军官，时而又转向场上军士们的评论，李成、闻达的喝彩。流动的、游移的、散点透视的叙事方法，从多种视点反映这一对好汉的厮杀，衬托出杨志、索超比武非同一般。这不能不使人惊叹施耐庵用笔的活泼跳脱。

又如第九回林冲在柴进庄上与洪教头相遇的写法也是如此。一段写柴进，一段写林冲，一段写洪教头，视点总是处在游移活动的位置上，让读者从三个人的视点去看彼此之间的关系，展现出各人光景、各自的心思。写得错错落落，夹夹杂杂，而且叙三人，如云中斗龙，忽伸一爪，忽缩一爪，虽着墨不多，却很有戏。

第四十回"梁山泊好汉劫法场"的视点就更跳动多变。整个场面看来像是一个广阔的圆形空间，以宋江、戴宗为中心，呈放射线扩展到四周，又从四周回到宋江、戴宗这个中心，那么视点也由中心转移到各个方面，而后又回到中心，形成多视角的巧妙组合。但叙事者采用全知全能和客观观察的观点调度各个视角。这一回的开头是蔡九知府先着地方打扫法场，饭后点起士兵刀仗刽子手在牢门前伺候；巳牌时分狱官禀请监斩，孔目呈犯由牌，判斩字。然后将犯由牌帖于芦席上……都是叙述人的观察观点，客观而不加评论地叙述刑前的牢外部署。小说视点忽而注目于知府大堂，忽而移到大牢门前，忽而又回到大堂。早晨、饭后、巳牌时分也随着视角的频频移动而快速流动。但矛盾冲突的焦点始终集中到宋江、戴宗午时三刻问斩上。之后，作者笔锋一转，又移换为全知观点，向读者介绍节级牢子的心情："江州府众多节级牢子，虽是和戴宗、宋江过得好，却没做道理救得他。众人只替他两个叫苦。"这一笔大约是为了加强事件的严重性，引出下文必须做的铺垫，所以叙事点又移到大牢，细细描写宋江、戴宗。又将胶水刷头发，各绾作鹅梨角儿，又各插红绫纸花，又各吃了长休饭、永别酒，辞了神案，然后六七十个狱卒一齐推拥出牢门。急煞人事偏用缓笔，偏又写得极细。而且，当"宋江和戴宗两个面面相觑，各作声不得。宋江只把脚来跌，戴宗低了头只叹气"时，偏又把视角转向"江州府看的人，真乃压肩叠背，何止一二千人"，写得闹动已极，为下文众好汉劫法场张本。于是视点又回到空间中心，写士兵用枪棒团团围住二人，一个面南背北，一个面北背南坐地，这是叙述人的观察。宋江、戴宗到了法场，妙的是作者又勒住了，把视点推向了看客："那众人仰面看那犯由牌上写道……"总之，这一切都是为了铺垫。即越是渲染临刑前种种情势，就越能衬托出宋江、戴宗的生命危在旦夕，而越是密云不雨，就越能吊群众的胃口。金圣叹夹批云："吾常言写急事，须用缓笔，正此法也。"待到情势蓄足了，气氛渲染够了，这才把视点转向梁山好汉。此时小说一连用了四个"只见"：

只见法场东边一伙弄蛇的丐者，强要挨入法场里看，众士兵赶打不退。正相闹间，只见法场西边一伙使枪棒卖药的，也强挨将入来……闹犹未了，只见法场南边一伙挑担的脚夫，又要挨将入来……只见法场北边一伙客商，推两辆车子过来，定要挨入法场上来。

叙事者置身于行动之外或之上，像一个无所不知的旁观者一样，站在一个特定角度，用空间飞渡的方法，视点射向东西南北四方，把强行挨入法场的弄蛇者、使枪棒卖药的、脚夫、客商——实际是梁山好汉引入法场，用了四个排比式的"只见"，字眼里渗透着叙述者同时也包含着读者对梁山英雄终于在午时三刻前赶到了法场的喜悦、兴奋，看出吴用计谋的用意，而在矛盾冲突的发展上，由缓而急，逐渐逼近矛盾的顶点。

多视角的组合，虽然不是中国传统小说家所独有，但是中国传统小说，特别是《水浒传》，却用游移的、流动的视点，把一个个画面串联起来，赋予了它运动形态，从而造成人物行动的连续性，这却是中国传统小说的特点，一直为各家所承继。

五

最后我们从叙事角度谈谈《水浒传》处理情节的艺术。这倒不是说它有多么高明的手法，而是说它开启了中国说书体长篇小说叙述故事情节的方法，展现了我国小说共同的民族风格和民族特色。

叙事体小说有自身的规律，它的基本要求之一是叙事的连续性。这个特点恐怕与它最初来自民间的说唱文学有关。保证小说连续性的基本手法，在《水浒传》中是依靠叙事人，即说话人讲说故事。由于《水浒传》受说话艺术的影响而形成，完整生动的故事情节自然就成为它的显著特征。作者在叙述故事时，很讲究事件的因果关系，总是用一条符合逻辑发展的中心线索把一连串的事件连缀起来，诸种事件中有一个中心事件。而这个中心事件又有它的前因后果、来龙去脉，故事情节的发展也始终保持在符合前因后果的范围之内。

但是，这类写法也容易流于平铺直叙，单调乏味，不能吸引读者。古代作家意识到了这个局限，便在顺向发展的链条上，经常横向叉出，节外生枝，如三打祝家庄就穿插了解珍解宝遭陷，孙立、顾大嫂劫牢的故事，如由破连环马生出赚徐宁上山，欲要徐宁上山，又生出时迁盗金甲，等等。或是用偶然性的突变引起下文，随之又发生突变，又提出悬念，形成数个连锁性悬念，最后把矛盾冲突推向高潮——总的悬念。这样,《水浒传》整部书分若干回,每个回目依人依事构成一大段故事,主要故事之间又交错着小故事,前一段故事结束之前,就给后一段故事紧紧挽上一个扣子,留下悬念。偶然突变的手法穿插其间,打破了结构上的平衡的比例关系,形成不平衡,使得小说波浪起伏,错综复杂,有很强的节奏感。

有趣的是,《水浒传》的偶然性突变,并不完全在变幻莫测,让人不可捉摸,它却把底交给读者,叫读者知道冲突的内容、人物处境、双方的形势。如林冲误入白虎堂、刺配沧州道、大闹野猪林、火烧草料场,高俅怎样设毒计,林冲处于怎样境地,鲁智深怎样暗中保护,都向读者交代得清清楚楚。在叙述明白中求曲折,在曲折中叙述明白。这个特点,不仅使读者对人物精神面貌有深刻的印象,同时引起他们的联想,以他们的生活经验去推测人物性格怎样发展,挽上的扣子怎样解开,这就更能激发读者寻幽探胜的兴趣。中国小说家们是很尊重和承认读者认识客观事物的能力的。

《水浒传》七十一回本的形态

迄至今日，谁都无直证材料证明金圣叹的批改本《水浒传》是"古本"；反之，谁人也不能不承认金圣叹伪托的"古本"的价值。我们暂时抛开所谓"惊噩梦"的结尾，是否失去了"原作的诚实之处"，抑或所谓表露了统治阶级"征剿"的反动思想的争论。单从小说形态学和古代小说形态发展史的角度而言，金批七十一回本是由说书体小说向书面阅读的小说化小说的过渡，对小说观念的转变与叙事体制的革新，都提出了许多新问题。

一

多年来，笔者始终主张中国古代小说有两条独自发展的系统：文言小说与通俗白话小说。文言与白话两个传统系统，在古代小说发展史上是平行发展的，它们的区别不仅是在文言文与通俗文的使用上，而且更深刻地反映在迥然不同的叙述人形象方面。事实上，叙述人形象是两个小说传统之间的根本区别。这种叙述人的不同形象，分别在各自系统的形成和发展过程中充当了重要角色，并对文体起到了定型和制约的作用。铸成古代白话小说叙述体制和形态的是宋元话本。由说和听之间的审美关系，由说书的商业性和娱乐性为目的而冶炼成的形态，始终为后代白话小说所遵循，可以说明清白话小说的叙事体制，就是宋元说话的变体。无论是乐曲系还是诗赞系，以唱词吟调词与说白结合的体制，应当说是宋元话本小说的基本体制，明清两代的长、短篇白话小说，前后与中间也插入诗词、诗赞和曲调，显然是承袭了宋元格局。

尽管元末明初的白话小说大多为书面阅读小说，审美关系发生了根本性的变化，但是，韵散结合、有说有唱仍是这时代小说的基本体制，这时的长篇小说仍然是词话体，笔者称之为说书体小说。且看明人对《水浒传》体制的评断。徐渭《徐文长佚稿》卷四《布宅诗序》云："始村瞎子习极俚小说，本《三国志》，与今《水浒传》一辙，为弹唱词话耳。"徐渭生于明正德十六年，死于万历二十一年，看来《水浒传》在万历以前，民间流传着一种词话体，好像是可以弹唱的。钱希言《戏瑕》卷一，对这种弹唱词话有更多的说明："词话每本头上有'请客'一段，权做过（个）'德（得）胜利市头回'，此政是宋朝人借彼形此，无中生有妙处。游情泛韵，脍炙千古，非深于词家者，不足与道也。微独杂说为然，即《水浒传》一部，逐回有之，全学《史记》体。文待诏诸公暇日喜听人说宋江，先讲摊头半日，功父犹及与闻。"钱希言记述他听讲《水浒传》时，正文之前有"摊头"一段，他所见的可能就是嘉靖以前的本子。又，胡应麟于万历间至徽州歙县访汪道昆，适遇道昆弟仲嘉，剧谈水浒故事，奚童弹筝佐之，听客为倾。胡氏为此赋诗，有"象牙版筹说宋江"之句，看来当时剧谈的水浒故事是有音乐伴奏的词话本。胡应麟又云："此书所载四六语甚厌观。盖主为俗人说，不得不尔。余二十年前所见《水浒传》本，尚极足寻味，十数载来，为闽中书贾刊落。止录事实，中间游词余韵，神情寄寓处，一概删之，遂几不堪覆瓿。"再证以天都外臣（汪道昆）为《水浒全传》所做的序中说："故老传闻，洪武初越人罗氏，诙诡多智，为此书共一百回，各以妖异之语引于其首，以为之艳。嘉靖时，郭武定重刻其书，削去致语，独存本传。"

"艳段"即引首之诗，与宋元杂剧、院本中的"艳段"相当，不只是诗歌，当有故事性的叙述。所谓"蒜酪"，按《初刻拍案惊奇》凡例云："小说中诗词等类，谓之蒜酪。"《灯花婆婆》本为宋人词话（见《也是园书目》），汪道昆举《灯花婆婆》和《水浒传》并列，极言《灯花婆婆》蒜酪之浓，那么《水浒传》原本中诗词就更不在少数了。从明刊大涤余序百回本《忠义水浒传》第四十八回宋江见祝家庄的气象插人的诗赞，无疑是原词话本中的唱词。孙楷第据此推断李玄伯藏本的原稿，一定是词话本。从今传本一百二十回《水浒传》也可看到词话本的痕迹，如第三十一回、六十一回、八十七回、一百十四回、一百十五回等回开头都有诗词赋。又据郑振铎《中国文学研究》上《水浒传的演化》中指出今发现的嘉靖刊五回残本，每回前面也都有一首诗赞。上述诗赞韵语之所以部分地留下来，其原因如李贽在他评点《水浒传》发凡中所说："第有得此以形容人态，顿挫人情者，又未可尽除。"

二

有宋元话本作模式，是明清人的大幸，也是大不幸。依照宋元话本的样式画葫芦，明清小说家就省事得多，也学得乖巧，可以在技巧语言方面精益求精，逐渐把小说推向了纯文学阶段，文笔比宋元话本也来得通畅可读，语言更趋洗练工整，有时心理分析也比宋话本细腻，情节也更加曲折玄奇。但是有了这个模式，明清人也就依宋元话本的葫芦画下去，放弃了自己的创造，他们仅热衷于说话人的叙事体制，这大约是中国古代小说之所以长期不能实现根本性突破进而与世界文学发展同步的原因之一。

如果韵散结合的叙事形式，适应于宋元话本说和听的审美关系，说话人的提示、设问、重复、诠释等语规，在说话艺术中可以缩短说话与听众的距离，具有线路功能的作用，是不可或缺的手段。转入视觉阅读的小说之后，读者要求直接面对小说中的人物和小说世界，否则叙述者不时地介入，拉长了读者与小说之间的距离。并且与每个出场人物都用固定的模式、大同小异的文字来介绍，什么"怎么打扮？但见……"，什么"怎么结束？但见……""生得如何？

但见……"，在"怎么"之后，常常列一首七言诗。写行路所见之城池、村庄、庙宇、酒店、树林，乃至早晚景色。审案，看某种事物，也照样是"但见"，继而是"有诗为证""有诗赞道他的好处""有诗赞道""后人有诗赞道""有《西江月》为证""有《临江仙词》为证"，等等，无疑是截断了读者与人物直接交流的路线，去读那些毫无韵味的多余的话。例如，一百回本第一回"张天师祈禳瘟疫，洪太尉误走妖魔"，就有十一处是"诗曰""但见""正是""恰似""诗道得好"。这种格式为说话所必需，但用在供读者阅读的小说，从叙事角度而言，不能不说是一种陈旧落后的形式，它影响了小说整体的和谐统一，特别是破坏了小说的内在节奏。所以，金本不仅删削了每回的开头诗词，而且也剪除了文中多余的韵语，读来紧凑流畅。如第四回鲁智深大闹五台山，众僧执杖叉、棍棒，一齐打入堂来，智深抢入僧堂里佛面前，推翻供桌，抢两条桌脚，从堂里打将出来一段，百回本、百二十回本"但见"之后有一大段韵文，接着的开头语是当时鲁智深抢两条桌脚，打将出来。众多僧……云云。金本不仅略去了韵文，也将韵文后的开头语省去，直接转入"众多僧……"前后文衔接紧凑自然，非阅读的小说是不能做如此改动的。

当然并非是小说不应插进诗词，只要诗词与情节和人物性格描写密切相关，能表现人物才情风貌的，金本则一律保留。如百回本第十六回（金本十五回）白胜唱："赤日炎炎似火烧"的著名歌词，第十九回（金本十八回）写何观察率兵征讨石碣村，阮小五唱"打鱼一世蓼儿洼"，阮小七也唱"老爷生长石碣村"；第三十七回（金本三十六回）宋江发配江州，上了张横的船，张横唱"老爷生长在江边……"；第六十一回（金本第六十回）吴用派李俊、张顺，阮氏三兄弟装扮打鱼人，于水路赚卢俊义上梁山，口里唱着"英雄不会读诗书……"的山歌，另一只船人也唱着"虽然我是泼皮身，杀贼原来不杀人……"等山歌，这些诗句未必都是金圣叹喜欢的，有的他就做了改动，如把张横唱"不怕官司不怕天"，改成"不爱交游只爱钱"，变动了诗歌的性格。但是无论金圣叹怎样改动，这些诗句属于小说有机组织的一部分，是不可能删除的。反之，金圣叹的着眼点则是多余的诗词。抛弃话本小说"但见""只见""有诗为证"的叙事方式来描写环境和人物，力求把小说变成更为纯正的散文小说，因此他在删剪诗词韵语的同时，就从原有的韵语中选择精练的词句，组成散文化的句子。请看百回本第二十六回与金本二十五回对武大显魂故事的不同描述。

百回本

武松爬将起来，看了那灵床子前琉璃灯半明半灭；侧耳听那更鼓时，正打三更三点。武松叹了一口气，坐在席子上自言自语，口里说道："我哥哥生时懦弱，死了却有甚分明！"说犹未了，只见灵床子下卷一起一阵冷气来，那冷气如何？但见：无形无影，非雾非烟。盘旋似怪风侵骨冷，凛冽如煞气透肌寒。昏昏暗暗，灵前灯火失光明；惨惨幽幽，壁上纸钱飞散乱。隐隐遮藏食毒鬼，纷纷飘动引魂幡。那阵冷气逼得武松毛发皆竖。定睛看时，只见个人从灵床底下钻将出来，叫声："兄弟，我死得好苦！"武松看不仔细，却待向前来再问时，只见冷气散了，不见人了。

金本

……盘旋昏暗，灯都遮黑了，壁上纸钱乱飞。那阵冷气逼得武松毛发皆竖，定睛看时，只见个人……武松听不仔细，却待向前来再看时，并没有冷气，亦不见人。

毫无疑问，百回本仍是说书体小说的格局，金本则趋向散文化。因而"盘旋昏暗，灯都遮黑了，壁上纸钱乱飞"，已简练概括地表现了武大郎向兄弟托梦的凄凉情景。至于那"盘旋似怪风侵骨冷，凛

257

冽和煞气透肌寒""隐隐遮藏食毒鬼，纷纷飘动引魂幡"云云，就是多余的词句了。

再看第六十六回对元宵佳节的描述。百回本是这样描写的："次日，正是正月十五日上元佳节，好生晴明，黄昏月上，六街三市，各处坊隅巷陌，点放花灯。大街小巷，都有社火，值此元宵，有诗为证：'……'"按照惯例，金本将"有诗为证"后的诗句删去不用，对原句也作了较大改动："次日正是月十五日。是日好生晴明，梁中书满心欢喜。未到黄昏，一轮明月却涌上来，照得六街三市，熔作金银一片。士女摇肩叠背。烟花爆竹比前添得盛了。"比较起来，金圣叹的修改本更富于韵味，也符合读者的阅读需要。

三

删除每回前的诗文和文中的"有诗为证"，以及说话人的大段评议，势必减弱叙事人的主观性，转换了叙事角度，加强了小说的戏剧化成分。因为中国古代小说的叙述者以说话人的身份介入情节中，超离各个人物之外，以凌驾的眼光交代一切人物事件，引导读者或听众进入故事，并时时表明作者的主观态度和价值判断，发挥陈述和诠释的作用。这种叙事观念，则依照西方的观念，属于全知全能的叙述者。而全知者，布思在《小说修辞学》中说："全知者是一位令人生厌的向导。他总是把每个人物的一切都和盘托出，一泻无余。结果这些人物被写得索然无味。他们的动机也极容易被人一眼识破。"当代有的批评家更是贬斥传统小说那种全知全能的说书人的口气，认为这种方法破坏了作品的真实感，反映了古代作家的原始意识。

其实，叙事观点本身没有好坏之分，也不能说哪一种应列入最高级。问题是什么样的故事内容，适用什么样的叙事观点。更何况一个民族小说的叙事形式都有其历史发展过程，任何一种叙事形式的形成都绝非偶然。中国古代起源于说话艺术的"看官听说"的叙事观点，虽同西方早期小说一样同属于各自不同的传统写作模式，但形成的原因和形态并不一样。西方小说作者只是客观地叙述故事情节，以自己的切身感受打动读者，让读者自己去体味小说的内在含义，却很少甚或根本不和读者直接对话。现代小说的作者更是隐藏在作品后面（隐藏得越深越好），用第一人称或第二人称，开卷就同读者照面，直接进行感情交流。由于作者对人物和事件的态度变幻莫测，很难看出他持的是哪种观点。中国古代小说并非如此：就作者、说话人和读者、听众的关系来说，乃是直接面向广大"看官"讲说故事，进行交流，因而，希望这个距离越缩短越好。可是在欣赏者与故事的关系上，又要让听众与故事保持一定距离，保持清醒的分析判断能力，形成作者（说书人）和欣赏者一道作为一个观察者来评断故事的状态。也许正是这种疏离意识的介入，使作者和小说保持了一定的距离，这才能使作者可以随意调动他的笔力，以利于提供给读者多种意义和解释。但对于读者来说，由于作者的疏离意识介入作品，也就必然要造成和小说保持某种间离效果，不能够移情到完全忘我的地步，而是总要保持相当的自我，以利于较为理性地判断小说中的人物和事件。

然而，由于叙述者的不断介入作品之中，读者在欣赏作品的虚构世界的过程中，审美幻觉经常被打破，文气中断，妨碍了读者自己去判断作品。这时全知叙述者的确是个可厌的向导，何况全知者对于人物和事件的评论未必都是正确的，甚至有的竟是陈腐的道德说教。那么，金本在小说中省去原本的"但见""有诗为证""看官听说"等说话人惯用语和诗词套式，将全知全能的叙述者转换为第三人称的叙事观点，让说话人始终站在观察者的地位，并不参与故事中的任何角色，排除或减弱说话人的主观意念在小说中直接表露。某些独立的情节，纯然用描述客观事件的方法来叙说，保持被描绘的现实和人物的客观性，让读者直接进入小说世界，尽量使小说和读者对生活的认识相一致。因此，人物的身世、形体外貌，有时由人物自己介绍，有时通过第二者、第三者补叙。事件的原因与结果，也让人物通过相互对白来揭示，通过人物的自身行动进行肯定或否定。例如，金本的第十四回吴学究说三阮撞筹；第二十回阎婆缠宋江；第二十三回王婆贪贿说风情。这几回中脍炙人口的段子，正由于金圣叹删去了插入对话中的诗词和评论，保存了人物对话的连贯性，像戏剧那样由剧中人用语言和行动来表现故事，道出了人物各自的性格，这就构成了戏剧化的叙事观点，较比原本的说话人在推进故事的过程中时而进入故事叙述事件和人物，时而跳出来念一段诗，发表一番评论，更具客观性与真实性。

而随着戏剧化叙事成分的加强，人物对话代替了非戏剧化的叙事者，故事推进的速度、情节冲突的力度也都异于不同的本子。像金本第二十回宋江怒杀阎婆惜前，阎婆硬把宋江按到自家楼上，企图缓和和宋江的紧张关系。谁知当夜两个人在灯下坐着，对面都不作声，婆惜心里想着张生，宋江则寻思这贱人无礼。彼此无言的动作，表露了各自非常丰富的内心活动。倘如像百回本那样，在婆惜心里想着张三之后插入"看官听说"，说书人借题发挥，由色之怕人，进而评议婆惜喜新厌旧，不肯再念宋江的原因。倘若"有诗为证"和评论也富有感性和感情，能够加强人物事件的戏剧性，加浓对人物性格的描绘，自然就不是多余的成分。但是这种自由也不是绝对的。适应于宋元表演艺术的形式，未必是后代读者阅读小说时的需求。某种小说艺术形态的必要性，都是以听众、小说读者的审美需要和趣味为依据的。不同时代的听众、读者有不同的需要和趣味。在小说中人物的行动已说明了问题的，那就无须再添加"有诗为证"了，因此金圣叹理所当然地要除掉这些段子。

同样的，第四十五回潘巧云请裴如海做法事，两人眉来眼去，以目传情一段，倘若没有金圣叹在石秀撞出来见和尚及二人的对话中加入和尚"连忙放茶，便道""虚心冷气，连忙问道""连忙道""连忙出门去了""连忙走，更不答应"六个"连忙"，又标出八分"瞧科"，删去"看官听说"对和尚色情的评论和"四句言语""但见"后的大段诗，这就能够加快叙事节奏，推进石秀、潘巧云、裴如海之间的矛盾冲突，从而把三人的内心张力揭示得如此深刻么？著者认为未必。

四

如果说金圣叹将百回本、百二十回本全知全能式的叙事观点，转换为第三人称的作者观察时的观点，在中国古代小说形态发展史上是个突出贡献的话，那么他在推行第三人称观察的观点时，又力求把叙事任务交给小说中的人物，透过人物的行动或人物主观世界的感受来描写客观世界这一方面，则又是一项突破性贡献。主观感受的内在笔法，在西方称为"单一观点"，并被认为是西方小说技法上的进步。因为运用这一写法，作者本人就在书中人物与读者之间退居于第二线，使读者与小说中人物马上接近起来，由人物直接向读者交代人物和场景，而不像传统小说所常用的，由作者来说出一切。这说明比较西方十八九世纪的小说，数百年前的《水浒传》早已大量运用作品人物的内视点来进行描写了。尽管宋元话本已使用"只见""但见"的视觉世界来处理空间行动，但却由金圣叹加以完善，应当说是对中国小说艺术发展的特殊贡献。让我们来看第二十七回，在十字坡酒店，孙二娘在武松、公差的酒里下了麻药，武松早已猜测到二娘不怀好意，借机泼掉了药酒，两个公人被麻倒在地。这一段写此时"武松也把眼来虚闭紧了，扑地仰倒在凳边。那妇人笑道：'着了！……'只见里面跳出两个蠢汉来，先把两个公人扛了进去。这妇人后来从桌上提了武松的包裹并公人的缠袋，捏一捏看，约莫里面是些金银。那妇人欢喜道：'……'把包裹缠袋提了入去，却出来看……那妇人看了，见这两个蠢汉拖扯不动，喝在一边，说道：'……'那妇人一头说，一面先脱去了绿衫儿，解下了红绢裙子……"毋庸置疑，百回本采用的是全知全能的叙述观点，说书人以俯视的眼光，观察并介绍小说中所发生的一切。而金本则把叙述任务转给了武松。由于"武松也把眼紧闭，扑地仰倒在凳边"，因此他只能通过感觉来感受周围的活动。"只听得笑道……只听得飞奔出两个蠢汉来，听他把两个公人先扛进去……并公人的缠袋，想是捏一捏……只听得他大笑道……听得把包裹缠袋提入去了。随听他出来……只听得妇人喝道：……听他一头说，一头想是脱那绿衫儿……"

不同的叙事体制和叙事观点产生不同的接受效果。百回本是说书体小说的格局，用全知观点向听众提供他们自己的认识对象，而金本则是书面阅读的小说，由人物感受周围环境和发生的一切，只能依靠读者欣赏。"听得"这一般的常用语出现在这特殊场合时，多么富于个性和传神的内在意味！既然武松说"你看我且先要他"时，那就不怕孙二娘要他，他有本事对付这鸟男女。况且孙二娘酒中下了药，二公差已被麻翻，武松也只得装成被麻翻的样子，于是他就"双眼紧闭，扑地仰倒在凳边"。可是武松又不能玩玄，他毕竟是躺倒在杀人越货的酒店里，时时刻刻得提防那妇人的行动，琢磨着对应的策略。这七个"听"字，就已具备了诱发读者去体味人物做"什么"和"怎么做"的动人力量，更不用说它又是怎样刻画了武松胆大心细而又有狠劲的个性了。

五

尽管《水浒传》的肌理脉络、人物描写，是经过了作者精心设计的，然而也许是从小本到大本、从民间说书到文人编纂，不免使全书中有许多破绽和不合情理处。这就需要金圣叹以小说家的敏感，修整原本中不符合人物性格和事件情理的描写，重造小说世界。让我们且看如下的几个例子。

第二十五回，武大到王婆家捉奸，西门庆慌忙钻入床下，潘金莲怒骂西门庆"急上场时，变没些用，见个纸虎，也吓一交！"西门庆听得这几句话的提醒，便钻出来说道："娘子，不是我没本事，一时间没这个智量。"便来拨开门，叫声："不要打！"捉奸人即将破门而入，西门庆哪里有时间从容地解释是否有智量呢？金圣叹删去"不是我没本事，一时间没这个智量"两句，改为西门庆便来拨开门，叫声："不要打！"更明快地表露当时的紧张场面，也合情合理地刻画了奸夫淫妇的凶狠。

第十回，火烧草料后，林冲夜奔，醉倒在雪地上，被柴进庄客绑吊起来，此时走出一个官人，百回本写作："林冲看时，只见个官人背叉着手，行将出来。"柴进是林冲的恩人，二人相别不久，林冲不应眼睁睁"只见那个官人背叉着手，行将出来"却不认识因而毫无反应。所以金本改作："林冲朦胧地见个官人背叉着手，行将出来"，这就较合理地说明林冲刚刚酒醒，未看真切，更想不到这里就是柴进的庄子，所以未曾向柴进呼救。直到柴进认出被绑吊的是林冲，并问他为何被吊在这里时，林冲才认出是柴进，所以才叫"大官人救我！"

第二十二回，百回本朱仝对宋江说："兄长曾说道，我家佛座底下有个地窖子，上面放着三世佛，佛堂内有片地板盖着，上面设着供床"云云，这段话把设置次序弄颠倒了。金本则改为"佛堂底下有个地窖子，上面供着三世佛，佛座下有片地板盖着，上边压着供床"。可见圣叹用笔之精。

第四十四回，戴宗、杨林于饮马川遇邓飞、孟康，邓、孟"请戴宗、杨林都上了马，四骑马望山寨来"。按杨林是随戴宗到蓟州探听消息，寻取公孙胜还寨的，戴宗是为杨林作了神行法后而同行的。怎么能绑着甲马骑马呢？金本改为"戴宗、杨林卸下甲马，骑上马"，这就合乎情理了。

第六十三回，宋江兵围困北京城，百回本写作："却说李成、索超慌忙入城报知梁中书，连夜再差闻达速领本部军马，前来助战。"看上文好像是李成、索超人城报知梁中书后"再差"闻达的。但实际上，只有梁中书有调动军马的权力，这里显然是"在连夜再差"之前漏了"梁中书"三字，故金本填补上了。

第六回，鲁智深指问崔道成、丘道士何以把寺废了一段。百回本的文字是："师兄请坐，听小僧说。"智深睁着眼道："你说！你说！"金本将"听小僧说"的"说"字删去，境界大变。这"不完句法"既道出鲁智深睁着眼的念念之情志，又刻画出爽快性急的性格。章法如此奇绝而又和谐完美，确是"从古未有"。

第七回，江州劫场后，宋江跪着劝好汉齐归梁山，宋江说："如不愿去的，一听遵命。只恐事发，反遭负累，烦可寻思。"说言未绝，李逵跳将起来，便叫道："都去！都去！"金本在"反遭"后截断，删去"负累，烦可寻思"，紧接"说言未绝，李逵跳将起来……"等语，按前面已有宋江"只恐事发"的提醒，而"事发"后弟兄们必然要遭负累，此句自然可省。而这一省，也是不完句法。

第四十二回，宋江被赵能、赵得追捕，钻入玄女庙神厨内。宋江说："却不是神明护佑！若还得了性命，必当重修庙宇，再建祠堂，阴灵保佑则个！"说犹未了，只听的有几个士兵在于庙前叫……金圣叹为了突出紧张气氛，在"再建"后断开，把"祠堂"后的话语抹去，将"建"改为"塑"，自然又是"不完句法"的重现。问题是为了突出宋江的慌急，金圣叹又为宋江增添了什么"做一堆儿伏在厨内，身体把不住簌簌地抖""宋江在神厨里一头抖""宋江抖定道""宋江抖得几乎死去""宋江这一番抖真是几乎休了"，一连描写了八个抖的动作，固然显示了毫无武功的宋江，面临生死时刻，不免紧张失措，但是否能因此便说这是因金圣叹"独恶宋江"，为了故意出宋江的洋相，他才如此改写的呢？

我们不能否认由于金圣叹的某些偏见而改坏了《忠义水浒传》中的某些字句，但是我们也不能否认金圣叹在中国古代小说形态发展史上的伟大贡献。他像是电影剪接能手，是他使《水浒传》内容、节奏更严密、紧凑、连贯，突破了传统的叙事体制；他以戏剧家眼光，加强了《水浒传》中戏剧化叙事观点，改变了全知全能的叙事方法；他又以小说家的悟性和知性，锤炼了小说的文字，使之准确、精练，一字一句都写人，一字一句都有深的含义在内。应当说没有金圣叹便没有七十一回本，没有七十一回本《水浒传》在前，便没有《红楼梦》成功于后！

论《儒林外史》的叙事观点

所谓小说的叙事观点，乃是指叙述者与小说虚构世界的关系，即作者是选择什么身份和角度叙述故事的。小说有其特有的不同于戏剧、电影的叙述故事的方法，中国小说更有其特有的异于西方小说的叙事方法。

一

中国古代白话小说的叙事观点由宋元话本奠定了叙述模式。它以第三人称评述模式为主要的叙事形式。叙事者以说话人的身份介入故事情节中，超离各个人物之上，以凌驾的眼光交代一切人物事件，引导听众或读者进入故事，并时时表明主观态度和价值判断，发挥陈述和注释作用。这种"看官听说"的叙事观点，虽同西方早期小说一样同属于全知全能的叙事者，但形成的原因和表现形态并不一样。单从叙事结构看，显然是受唐代变文和唐宋元民间说话艺术的影响，在叙事语言上，采用接近日常生活用语的说故事的口头用语，而在语言结构上经常使用设问、提示、重复的语气，以此来调动读者的感受、思考、联想等心理活动的积极运转，引领读者认识审美对象。

《水浒传》的叙事观点又是一变。在中国小说艺术发展史上，《水浒传》是由宋元话本的小说类（银字儿）与讲史类融合的产物，也是口头文学转向书面文学的一个极重要的发展阶段。一方面，它较多地体现了说书艺术的形式，用说书的艺术手段，即"看官听说"的说话人的口吻，来叙述故事，刻画人物；另一方面，作者写出来是为了

"看"，而不是为了"说"，这就使作者不能不从"看"的角度出发，考虑叙述故事的技巧。小说家们已意识到给读者留下更多的幻想天地，争取读者对小说的参与，不能像话本小说那样，说话人讲什么就听什么，故事不但是讲出来，而且也应当是演出来。因此，《水浒传》开始突破传统的全知全能的叙事方法，增加了由故事里人物自不同角度观察与反应的戏剧化方法，使小说的观点成为多角度的。既然是多角度的，也就必然形成流动的多面的视点，而这些恰是中国古代小说叙事方法上的特色之一。《水浒传》是这种特色最精彩的体现。

多视角的组合，虽然不只是中国传统小说家所独占，但中国小说，特别是《水浒传》，却用游移的、流动的观点，把一个个画面串联起来，赋予它运动形态，从而造成一种人物行动的连续性，这一特点一直为各家所继承。

18世纪中叶吴敬梓的《儒林外史》、曹雪芹的《红楼梦》问世后，叙述者的调子更有了新变化。作者把自己隐蔽得更深，叙事手法更加多变，突破了说书人叙述故事的传统形式。这说明中国古代小说向描写的客观性与真实性方面发展，力求缩短作者、形象、读者三者之间的距离。

因为宋元话本的叙事观点，由说和听这种审美关系决定，形成以第三人称为主的夹叙夹评的模式，就作者、说话人和读者、听众的关系来说，直接面向广大"看官"讲说故事，进行交流，希望这个距离越缩短越好，在欣赏者与故事的关系上，又让听众或读者保持一定距离，保持清醒的分析判断能力，使说书人、叙述者和欣赏者一道作为一个观察者来评断故事。也许正是这种疏离意识的介入，作者和小说保持了一定距离，从而才使作者可以随时调动他的笔力，尽可能提供读者多种意义的解释。而对于读者来说，由于作者的疏离意识介入，也就必然造成读者和小说保持某种距离，读者读小说不可能移情到完全忘我的地步，总要保持相当的自我，较理性地判断小说中的人物和事件。很显然，这种叙事方法由于强烈地涵摄着作者的主观成分，势必削弱作品的客观描写。因为叙述者不时介入，缩短了叙述者与故事间的距离，同读者直接交流，而读者与故事间的距离则被拉长了；反之，作者尽量隐藏自我，想方设法让小说中的人物自己说话，通过人物的行动来说明，抹去编造者的痕迹，这如同晚清小说批评家黄摩西所说："小说之描写人物，当如镜中取影，妍媸好丑令观者自知。最忌搀入作者论断，或如戏剧中一角色出场，横加一段定场白，预言某某若何之差，某某若何之劣，而其人老实事，未必尽其言。即先后绝不矛盾，已觉叠床架屋，毫无余味。故小说虽小道，亦不容着一我之见。如《水浒传》之写侠，《金瓶梅》之写淫，《红楼梦》之写艳，《儒林外史》之写社会中种种人物，并不下一前提语，而其人之身份，若优若劣，虽妇孺亦能辨之，真如对镜者之无遁形也。夫镜，无我者也。"（《小说小话》）"无我者"的叙事方法，反映了小说家对生活认识能力的提高和小说艺术的发展。

但是，"看官听说"的叙事方法，并不因其全知全能，或者如某批评家所说的那样，是所谓过时了的方法而否定其存在价值。其实叙事观点没有好坏之分，也不能说哪一种比较高级，问题是作者在叙述故事时宜用什么样的叙事观点和模式，想使读者与小说中的人物和事件接近到何种程度，应根据欣赏对象、涉及的题材和创作意图而定。小说艺术发展的历史表明，在许多小说大师的笔下，从来就不只用一种叙事观点，而是多种叙事观点的混合。吴敬梓在《儒林外史》中力求把自己隐藏得很深，由作品中的人物充当叙述人，展开情节，但又巧妙地运用了作者观察的观点，从外视的角度描写事件和人物，这几种视点又根据情节需要频繁转换，其叙事方法接近于现代小说的美学要求。

二

让我们先看看第一回"说楔子敷陈大义　借名流隐括全文"的

叙事观点。

　　小说开篇是一首词，接着叙述者就词中意旨发表评述，然后再转入正文——王冕的故事。叙事结构和用语毫无疑问沿袭了话本小说入话和长篇小说"引首""楔子"之类的格局。利用入话、楔子和第一回揭示主题，发表叙述者的观感，是话本小说也是后来中国长篇小说的特点。说话人或作者不向读者或听众保守任何秘密，开篇便交代故事内容、创作动机，让读者知道故事的中心题旨，但不知道怎样发展；知道人物将有行动，却不知如何行动，从而引起读者的思考和兴趣。不过宋元话本的入话部分，为了适应娱乐性的需求，从原来变文和民间讲唱的简短、呆滞、平铺直叙的诗句性引言一变而为上场诗或一系列的诗，有时还掺杂一小段或更多的闲话和故事，表达某种生活哲理。它的韵文部分，采用时代流行的曲调，都是配以丝管鼓板来唱的。散文部分，是极流畅通俗的口语。其作用不外是招徕听者，肃静观众，概隐大意，引起下文。举凡诗词故事，虽然多少跟正文发生关系——稍有关联，以各种不同的方式将底下要讲的故事引出来，起着承上启下的作用。但这种关系并非是必然的，而是可有可无的。如《碾玉观音》卷头的春诗、春词，就与正文故事没有严格的内在逻辑关系，说书人不过是用这"入话"把话文本身联系起来，引渡到说书人心目中构好的线路。很明显，这类开场白纯粹是叙述者直接与听众交流，叙述者与他所叙述的内容有明显的时空距离，入话部分与本文是截然分开的。

　　《儒林外史》楔子的开场，虽然叙述者时空与读者是合一的，完全脱离出故事的范围，但说故事者已不是话本小说的说书人，而是叙述者以第三人称的观点出现，叙述的内容不是可有可无的游离成分，已成为全书不可或缺的间架，其构成暗合了《水浒传》和《平妖传》的引首，但又不同于《水浒传》《平妖传》的叙述者时时介入，使整个故事的叙述带有第三人称客观观察性质。因为说话人讲说的故事，一切事件都发生在过去，叙述者介入故事，用"看官听说""我且问你""若是说话的……""原来"等语气，造成现实与故事两个时空的距离，提醒听者只是听故事而已。《儒林外史》则力求缩短故事与读者的距离，省去"但见""只见""有诗为证""看官听说"等说话人语言媒介。作者站在观察者地位，并不参与故事中任何角色的活动。某些独立的情节，纯然用描述客观事件的方法来叙说，让读者直接进入小说世界。所以，从第二回进入故事叙述层以后，叙事角度也由原叙述人转为故事人物的声音，不再是说话人向听众介绍故事和人物，而是由小说中人物说明小说中的角色，或是伴随着情节自然而然地进入小说世界。你看："正说着，外边走进一个人来，两只红眼边，一副铁锅脸，几根黄胡子，歪戴着瓦楞帽，身上青布衣服就如油篓一般，手里拿着一根赶驴子的鞭子……"第四回严贡生的亮相："吃了一回，外面走进一个人来，方巾阔服，粉底皂靴，蜜蜂眼，高鼻梁，落腮胡子。"或者是通过别个人物的眼睛看登场角色；"众人看周进时，头戴一顶旧毡帽，身穿元色绸旧直裰，那右边袖子同后边坐处都破了，脚下一双旧大红绸鞋，黑瘦面皮，花白胡子。""周学道坐在堂上，见那些童生纷纷进来……""云孙看那马二先生时""只见陈和甫走了进来""只见张乡绅下了轿进来""周进看那人时"……通过小说中人物的眼睛来描绘别个人物的外貌，能给人更为直观的感受。这说明《儒林外史》更加小说化。说书人用那种直呼、恳请、质疑的方式与读者直接沟通的功能越来越减弱，代之而起的是小说中的角色与读者不断靠拢，追求更为客观化的艺术描写，尽量使小说和读者对生活的认识一致。这样，小说中的说故事者，可能就是身兼故事中的人物，巧妙而又戏剧性地传达角色信息。就明显的叙述（或补叙）手法而言，作者有时让角色自己介绍自己，如匡超人向马二先生介绍自己的身世，鲁编修向娄三公子补说弃官归家的原因，而马二先生对待科举的态度，则由他同蓬公孙评论选本时说出。有时又由第二者或第三者补叙，如第四回何美之浑家评论范进媳妇道："范家老奶奶，我们自小看见他的，是个和气不过的老人家。只有她媳妇儿，是庄南头胡屠户的女儿，一双红镶边的眼睛，一窝子黄头发，那日在这里住，鞋也没有一双，夏天趿着个蒲窝子，歪腿烂脚的，而今弄两件'尸皮子'穿起来，听见说做了夫人，好不体面！你说那里看人去！"第十二回宦成向萧山二位"客人"问起权勿用，年青的不知，年长的道："你不知道他的故事，我说与你听……"第三十一回杜慎卿向鲍廷玺介绍杜家家族和杜少卿的为人等，都是以故事里的主角或配角从不同角度观察与反映生活的方法，这使小说多了几个视点，减少了观察者的全知全能的作用。

三

如果说吴敬梓在小说中为了减弱作者的主观性的表露，保持被描绘的现实和人物的客观性，那他就必须加强人物的主观性，不是由作者来说明原因和结果，而是让人物不仅通过相互对白揭示事件，并且通过自我否定的形式，否定丑恶现实。因此，对应或者叫二律背反，是吴敬梓实现上述艺术任务的基本方法。

这种叙述方法就是把现实生活中悲与喜、祸与福、渺小与崇高、庄严与滑稽、正与反、肯定与否定等种种对立关系反映在小说中，形成一正一反，貌似肯定而实为否定的叙事路线，这主要表现在人物和人物关系的结构上，常常表露出两重思想、双重人格，表现为理想和现实，现象与本质前后对立的情景。如杜慎卿矜贵自怜，超然高立，却与下流无耻的季苇萧气味相投；自我标榜，轻世傲俗，却又顺应当朝的观念，说方孝孺朝服斩于市不为冤枉的话，最后竟也进京做官去了。顾影自怜，慨叹"一身挟骨"无人知情，其实他所谓的"情"是纳妾，寻觅男美，如同他讥刺萧金铉一样："雅的这样俗"。娄氏兄弟为交结名士，捐金赎友，尚义赠金，然而寄食门下的杨执中、张铁臂、权勿用，却是一伙骗子，以他们的丑剧讽刺了娄氏兄弟高门贵族的豪侠梦。权勿用的生活信条是"你的就是我的，我的就是你的，分什么彼此"。妙的是，杨老六偷走权勿用当衣服的五百文钱喝了老酒，权勿用追问老六时，不料老六回敬他的竟是"你我原是一个人，你的就是我的，我的就是你的，分什么彼此"？马二先生虽是迂阔书生，却也想发财，被洪憨仙愚弄。而洪憨位自称活神仙，但"神仙"患病却要人间医生医治，名与实的背叛产生了反讽作用，这自然是个荒唐笑话。牛浦郎的名实矛盾更为突出，开始他假冒牛布衣的名字，以双重身份，寄食四方，到后来不但真的失去了自己的名字，而且也失掉了原来的本性，干脆借着牛布衣的意识生活。这如同匡超人由孝亲、敬老，对人谦恭滑变到不知羞耻的无赖一样，都属于对应的写法。

这种写法运用到像王玉辉，庄绍光、马纯上等人物身上，则表现两种价值观念的相互冲突。王玉辉起初鼓励女儿饿死殉夫，做那"青史留名的事"，可是贞节牌坊竖完之后，又为女儿的死"转觉悲伤"，不肯参加公祭，见到别家穿白的妇人又想起女儿，"那热泪直滚出来"。一方面，王玉辉肩负着传统道德的重荷，确切地说按照程朱理学的道德模式生活；另一方面，王玉辉毕竟是一个活人，不免要冲出礼教规范，溢出人的真情。这眼泪虽然没有使他从传统道德的束缚中解脱出来，但总算让人们看到人的情感不可能永久被封建礼教所禁锢，永远按照一种思想方式思考。不过，经过几世纪沉淀的信条，在王玉辉心里，却不容易动摇，原因是他脱离了现实生活，一切行动准则都从书本概念里演绎出来，因此，可以想见，刚刚复生的心灵必定再封闭起来，回到旧有的规范，生活在信条里。

庄绍光却没有像王玉辉那样泯灭了个性，他保持了超世遗俗的品格。可是天子偏要征辟，于是庄绍光面临着中国封建社会知识分子出与处的矛盾，"我们与山林隐逸不同，既然奉旨召我，君臣之礼是傲不得的"。看来庄绍光还是想奋力为朝廷行道的。但是在庄严的奉天殿里，当庄绍光正要向天子奉对"教养之事何者为先"的命题时，不想头顶心里一点难忍的疼痛，竟使他答不出话来。原来头巾里藏着一只蝎子，他笑说："臧仓小人，原来就是此物，看来我道不行了。"这一次隐喻式的背叛，无疑是否定了庄绍光"我道"的空幻，因为在归途上，又遇一对贫苦的老夫妇暴死，老妇夜中突然"走尸"的景象，含蓄地说明庄绍光回答天子"教养之事何者为先"的十策不着边际。百姓未尽温饱，何谈行礼乐呢？如果说作者沉痛地揭示王玉辉的天性与礼教的冲突，让人们看一看传统观念把人的心灵腐蚀到了何种程度，那么作者通过庄绍光这一场虚惊，则揭示了庄绍光这一类"名士"严重脱离现实生活，他们所信守的义理无助于解决人民的苦痛，这并不是"义理不深"所致，而是庄绍光们太超脱现实。后来的事实也证明，天子赐他隐居玄武湖，坐拥山水，果然是世外高人。不料虞信侯的官兵，仍然渡过来，把花园团团围住，随意拿人，仍旧要回到现实环境，做不成"神仙"。所以，吴敬梓设置这一正二反的过程，与其说是针砭科举制度，不如说是对现存世界及许多价值观念提出了怀疑。这也如同祭泰伯祠的描述，有的学者说这一事件充分表露了吴敬梓的儒学思想。其实呢，吴敬梓不厌其烦地描述祭祀的每一细节，制造了庄严堂皇的景象，并且由被视为品德高尚的古典理想主义者虞育德主持仪式大典，恰恰是否定了虞育德倡导的精神和返古的道路。事实是参加仪式的二十四位知识分子分属于不同品类，没有几个人实践古人的信仰，或者是在当时的历史条件下能够恢复古老的礼乐制度。所以，祭泰伯这一仪式，纯粹是在形式上对往昔的回忆，缺少真实的生命和现实价值，而某种陈旧的观念不可能永远指导和规范现实生活。于是，祭泰伯祠的仪式一结束，信仰的热情很快消失，跟着发生几起非礼的事件，就连泰伯祠也颓坏荒凉，大殿的屋山头倒了半边，一扇大门倒在地上，隔子楼板不剩一块，里面空无所有，这难道不是从另一个角度对现代的"吴泰伯"的嘲弄吗？

上述列举的正反否定、二律背反的现象，说明正是经济结构和社会结构的紊乱，造成了人们精神上失去平衡和传统意识的丧失。而传统意识和生活显得如此无能腐败，乃至道德理想主义者虞育德的行动，只是理性的回忆。萧云仙文治武功，耕作教化，不过是主观理想，结果也是不得实现。杜少卿虽然不像虞育德那样生活在坚硬的理想王国中，他具有较多的现实主义的生活态度和性格上的浪漫主义色彩，成为一时传统权威的反叛人物。然而卖产破家之后，不得不靠典当卖文生活，甚或也像季苇萧似的寄食于人，放浪形骸，对社会的腐败风气无能为力，似乎有一种难言的苦痛。至于牛布衣、张铁臂、权勿用、季苇萧、匡超人、牛浦郎、杨执中、陈和甫、周进、严监生、严贡生、萧金铉等人物的表演，都暴露了封建末世知识界在精神上的腐败，在生活目的及行动上的失立和失调，而这正是历史意识的沉积。

四

所以，吴敬梓所采用的叙述方法，有别于前代小说《水浒传》，也不同于同时代小说《红楼梦》。尽管吴敬梓继承了《水浒传》的人物单传的连环结构，由一个人物牵引出另一个人物的写法，形成栉比的延伸与先后的连属，但他不以说故事情节布局为主，而着重于人物个性和主观描写，所谓"仅驱使各种人物，行列而来，事与其来俱起，亦与其去俱讫"（鲁迅《中国小说史略》），由人物的主观行动来看事物，分析判断事物，推动故事情节的发展，并非是由作者（或说话人）的主观来叙述故事，在故事的叙述中描写人物。这样一来，作者必然退居幕后，人物与读者直接照面，有如摄影机的镜头，随着主人公的动作和思维轨迹，远近左右，作特写式的扫描。对于事件伏笔，人物行动的动机，对于人物的分析，也尽量由主人公自己去完成，少由作者评说，这大约是《儒林外史》同传统说书体小说的最大区别之一。

可是，在作者与小说中人物的关系的处理上，又不同于《红楼梦》。按理说，吴敬梓和曹雪芹都生活于同一时代，较比前代说来，社会生活越来越丰富复杂，人自身的发展也比前代更加前进了。随着人自身的发展，人对自身完整性和生动性的认识能力也提高了，越来越要求完整、鲜明、复杂的人物性格。曹雪芹就是在这个时代创造了一系列完整丰满的典型，并且具有相对的独立性、客观的自身价值。吴敬梓何以没有像曹雪芹那样创造出完整、丰满、多层次的性格结构？难道是吴敬梓艺术能力不及吗？应当承认，吴敬梓的艺术才能、生活经历不同于曹雪芹，但就他所熟悉的生活来说，非是他不能，而是他的小说观念不同。吴敬梓只是着重于描写社会世相，借《儒林外史》里封建末世诸色知识分子种种丑相，揭示科举制度的弊端、传统意识的僵化，进而指出现存制度的荒谬，完整丰满的性格似乎不是他所追求的。抓住人物有突出特征的言行，进而渲染能表现特征言行的主要的性格侧面，则是《儒林外史》塑造人物形象的基本方法，而这恰好体现了中国传统讽刺文学的典型观。正因为如此，全书缺少《红楼梦》式的心理自白以及大量的对话。人物的经历、彼此间的关系，大都采取模糊方法处理，作者只是展示人物性格的某一个侧面，而且在人物的意识中渗透了强烈的主观情绪。

一般说来，形象的客观性与作者的主观判断并不是等同的。古今中外小说家们的创作实践表明，作者创造的人物一旦获得了生命，便按照事物内在逻辑发展，循着人物本身的性格逻辑行动，常常和作者原来的设想发生矛盾。但是，不管小说中人物的意识独立到什么程度，具有怎样的客观价值，它们是离不开作者制约的。因为逻辑的推动力是作者赋予的，人物的性格是作者塑造的，是作者艺术地认识现实的结果，不可能完全摆脱作者的影响绝对独立地存在。问题是作者要尊重人物自身的客观独立性，不必以自己的思想强加于人物，使之成为作者的传声筒，或者过分注意了思想，忽视了人物个性，那都会遇到艺术逻辑的反抗。从这一点来看，吴敬梓理智胜于艺术，"他以意旨驱使生活，有时甚至不惜牺牲艺术"（何满子《吴敬梓是对时代和对他自己的战胜者》，见《儒林外史论文集》，安徽人民出版社1982年版），形象中理想的光辉很强烈，人物原有的性格却遭到削弱，乃至借人物顽强地表述自己的观点，创作主体的情感没有完全挤压到相当次要的地位，于是客观性的叙事不能贯彻到底，常由作者拉线，演出一幕幕喜剧。

当然，这并不是说笔者反对插入作者评述。笔者在上文早已论证过，就创作实践而言，并不因为时代的发展，小说家们就摒弃了全知全能和作者观察的叙事观点；亦不因为第一人称、第二人称的叙事方法的出现，作者评述观点就不再出现、不再使用。苏叔阳的《故土》，蒋子龙的《燕赵悲歌》里就有许多作者评述，谁也不能说他们使用过了时的叙事方法，而否定小说的艺术价值。这说明能够帮助认识审美对象、促进人们思考的评述，欣赏者是从来不拒绝的。并且不同形式的视点混合使用，可以使小说产生一种节奏，增添变化和色彩，也使读者的认识得到间歇的权利（参阅爱德华·摩根·福斯特《小说面面观》）。只有抽象议论不脱离故事情节，它本身具备着可感受的内容，对人们的审美教育靠生动的艺术形象来完成，而不是靠什么理性的评述，那么，这样的评述不见得是可厌的多余的部分。

综观《儒林外史》，作者的评述如同《水浒传》的叙述模式，有介绍出场人物的，如第五回介绍严致和、严致中、王德与王仁，第十一回交代鲁小姐的文才，第三十六回虞育德亮相前详尽描述了他的身世。有对小说中的典章、制度、地理风情做必要的解释说明的。如第二回作者补叙明朝士大夫何以称儒学生员叫作"朋友"，称童生为"小友"；如第二十七回说南京新媳妇进门，三天就要到厨下去收拾一样菜，发个利市的风俗。也有解释人物行动动机的，如第八回解释娄氏兄弟牢骚不平的原因，等等。

　　这些评述在今人看可能并不稀奇，但倘若拿《水浒传》《金瓶梅》相比较，就可发现,《儒林外史》中作者的评述，逐渐和小说的内容形成了完整的有机体，不再运用那种"你道……""原来……"等"看官"的种种语气，把读者和故事中人物隔开造成明显的时空距离。《儒林外史》减少作者出场次数，压低评述的声口，让读者一直在局中，有一种临场感觉，应当说这是中国古代小说的进步。

小说掺和了戏剧因素

——《儒林外史》讽刺艺术的美学风格札记

一

鲁迅先生在《中国小说史略》中说，从有了《儒林外史》，中国小说"乃始有足称讽刺之书"。若从表现方法或技巧方面看，《儒林外史》不乏讽刺艺术共有的夸张、对比、转折等特征，可是细加思索，它既不同于西方诸家讽刺小说的笔法，又异于中国其他讽刺小说的格调，具有吴敬梓式的艺术风格。说得具体点，吴敬梓是把中国古俳优讲说滑稽故事，并受古优影响而形成的讽刺喜剧、笑话和扬州平话的艺术手法掺和进小说，构成了《儒林外史》既有小说的容量，又有戏剧化的特征。

吴敬梓的《儒林外史》，不仅在表现手法上和笑话、戏剧紧密相关，就是在格调上也是如此。它是以滑稽、幽默和讽刺为其特征的。但这喜剧性因素，又与悲剧性、隐喻性有机地融合成一个艺术整体。在小说里，喜剧性因素加强了悲剧性，提供给读者的不仅是幽默情趣，更多是哲学上的思考，这是一种悲剧性的讽刺。有时幽默的情境由于被过分地渲染、夸张，滑稽的成分被加大，于是便出现闹剧性的场面，变成讽刺的、愤怒性的嘲弄。像范进中举这一回书，悲喜剧交织在一起，出现了许多喜剧情势的转折。这里的转折，就是人物的一种心理状态，突然转折到完全相反的另一种心理状态。由于这种转折出于读者和小说中人物自己的意料之外，就使过去的情势、过去的心理状态和现在心理状态的对比，产生了强烈的讽刺喜剧的效果，而在两种截然相反的心理状态的交错点上深藏着的思想内容，又具有悲剧性质。如范进穷得断粮绝炊，连母亲和妻子都不能养活，这便遭到胡屠户在内的周围人的白眼，而这种穷困处境和屡试不中的遭遇，自然形成他卑怯屈辱的性格。他每次赴试都充满着希望和幻想，而每次结果则是无例外的失望而归，累积数十年的痛苦，他差不多陷入了绝望境地。虽然范进考中了秀才，可是并不甘心安于老相公地位，因为虽中了秀才，幸福的大门还没有向他彻底敞开，所谓"自古无场外的举人，如不进去考一考，如何甘心"。虽说他自我感觉"火候已到"，但能否"金榜题名"，还没有十分把握。希望和失望就是这样复杂地交织在范进心里，因此捷报传来，邻居向他祝贺，"范进道是哄他，只装听不见，低着头，往前走"，再次告诉他中了，还是不相信："高邻，你晓得我今日没有米，要卖鸡去救命，为什么拿这话来混我？"范进的姿态、神情、言语非常真实地表现了那从长期的痛苦经历里发出来的羞愧、绝望和怕人奚落的心理。日思梦想、梦寐以求的前程倏然呈现在面前，反而不敢相信，这种看似反常的现象其实非常正常，非常符合生活的逻辑。正因为如此，当他对着那实实在在高中捷报，证实了本来以为不可能到来的东西真的来到时，时而恐惧，继而惊喜，惊喜而后发疯，由一种情态转向另一种情态，用发疯这个不常见的情势与行为，却令人置信地说明了功名富贵对于知识分子的吸引力。设想一下，考了二十多场的穷书生，场场失利，头脑里一下子怎能转过弯来？待到回家见到报帖，他这才清醒过来，才信以为真。生活境遇和社会地位就要发生变化了，怎能不让人激动？可是这幸福来得如此突然，范进那颗饱经折磨而变得脆弱的心灵，简直难以承受这意外的欢乐。于是，范进不看便罢，看了一遍，又念了一遍，自己把两手拍了一下，笑了一声道："噫！好了！我中了！"此时此刻范进是怎样一种心理状态，是欢乐，还是痛苦？他百感交集，不能不发疯了。就在范进一边狂呼"我中了"，一边往门外飞跑情景的背后，这场滑稽戏隐含着作者对于科举制度使人的尊严、人格遭到侮辱损害的悲愤！

　　这种戏剧性的突转在胡屠户身上表现得更为突出，也更多样。不过，他由一种情感转向另一种情感，不像范进是由于心理上的剧烈变动，而是因为秀才与举人的价格悬殊，才引起胡屠户态度的天地之别。他由范进"现世报穷鬼""烂忠厚没用的人""想吃天鹅屁都没有资格"，到称呼范进为"天上星宿"，为"贤婿老爷"，为"才举又高，品学又好"的姑老爷，这变化并不含有悲剧因素，更多的是讽刺性的批判。这也如同胡屠户两次到范家贺喜。第一次，屠户凶神恶煞般训斥范进，反而范进"母子两个，千恩万谢，屠户横批了衣服，腆着肚子去了"。第二次，胡屠户一边借骂儿子来捧姑爷，一边手攥着银子，"千恩万谢，低着头，笑眯眯地去了"。两次都是贺喜，贺礼有厚薄；前后都是"千恩万谢"，致谢的和被致谢的却换了位置。前者骄横，后者谦卑。由于两种情感如此截然对立，由一种情感转向另一种情感和行动的过程如此短暂，简直看不出转向的合理原因，那么这突然转折就只能是一种讽刺的，是由外部引起的内部不协调的变化。

　　吴敬梓在创造喜剧情境，在人物情感突转的过程中，使用了古优常用的反语和诡辩手法。唐司马贞《索隐》解释《史记·滑稽列传》的"滑稽"的概念时云："滑，乱也；稽，同也。言辩捷之人言非若是，言是若非，言能乱同也。"所谓"言是若非"，就优者论辩的问题，表面看是合理的"是"，而实际是荒诞不经的"非"，正是通过这"是"与"非"的现象，而使读者或观众体味到"非"与"是""是"与"非"的自非矛盾，表面可笑的"是"与"非"的假象，而使读者或观众体味到"是"与"非"的真意。

　　小说不同于优语。从幽默和讽刺艺术的美学角度看，古优主要是通过幽默、讽刺、笑话性的叙述来完成冲突过程，而吴敬梓的小说却靠人物的行动来达到美学效果。因此吴敬梓除了吸收古优的手法之外，又掺和了喜剧刻画人物的方法，高度夸张了人物的行动，把某种需要否定的观点延伸放大，在人们看来是违反常规的、不合逻辑的"言是若非"，而喜剧人物却认为是正常的、符合逻辑的"言非若是"，越是把主观的假定逻辑和现实生活中现实逻辑的关系错列、歪曲，就越发生可笑的行动。范进发疯，众乡邻和屠户商议，采用"震动疗法""打他一个嘴巴"，让范进从歇斯底里的疯狂中清醒过来。胡屠户却不敢打，因为按屠户的见解，举人是天上的星宿，打不得，"打了天上的星宿，阎王就要拿去打一百铁棍，发在十八层地狱，永不得翻身。"在这一段话以后，胡屠户执拗不过众人，同意打一下，要打了却先喝酒壮壮胆，乃至真的动手，手发颤，不敢再打第二下，那个打范进的手，"隐隐地疼将起来，把个巴掌仰着，再也弯不过来。"屠户替自己想出来的那些反常的、装腔作势的姿态，明快无隐地突出了这位粗鄙的屠户的性格。

二

如果说胡屠户的突转过程是在同一回实现的，而严贡生的突转过程却被拉长。胡屠户是两种截然相反的情势的交错，由一种心理转向另一种心理，而严贡生则是人物自我虚构的逻辑，在不知不觉间被真实的逻辑所否定。第四回严贡生吹嘘他同汤知县的亲密关系，虚构了一段同众乡绅迎接新上任的知县，说汤父母两只眼睛如何只看他一人，好像是世家通谊，非常器重他。其实呢，到了第五回，王小二、黄梦统向县府告发严贡生在乡里的劣行，汤知县大怒，下令捉拿，谎言被揭穿。这个突转过程的拉长，恰又体现了古优的另一种方法，即宋马令《南唐书·诙谐传》所言："其廊人主之褊心，讥当时之弊政，必先顺其所好，以攻其所蔽。"严贡生大言不惭地信口雌黄，恰是作者让人物"投其所好"，对自己造成的假象做多方铺陈渲染夸大，为下文的突转垫稳，然后暂时停顿一下，以加强情势的对比，待到读者被麻痹，突然一转，釜底抽薪，"攻其所弊"，赫然揭开谜底，引发读者会心的微笑。

三

突转是先把事物的发展过程缩短或延长，而后突然向相反方向逆转，获取批判效果。但另一方面，倘若把反转过程压缩到最低点，或者完全抽出过程，让两种相反的情势立即相接，让后者的结果否定前者的因，当场出彩，这就一针见血，致那些丑恶人物的死命。如还是那位严贡生，当他庄重地向人们宣告他"为人率真，在乡里之间，从不晓得占人寸丝半粟的便宜"，话音刚落，严贡生的家人就禀告他说"早上关的那口猪，那人来讨了，在家里吵哩"，直接用人物的宣言和行为的矛盾，狠狠抽了他一鞭子。在这里，作者虽然把严贡生在乡里的种种劣行略过了，而只选取霸占猪仔一件事做概括的描写，但却无情地揭露他霸道无赖。因此吴敬梓对这种人真是用了诛心之笔，一掌一掴血，一鞭一条痕，当众显现他的丑恶面目。

作者也把这种处理逆转的方法，运用于描写范进中举以后的活动。当然作者本意不完全是鞭笞范进身上的丑恶，而较多的是幽默性的讽刺。我们看到，范进中举后便死了母亲，七七过后，他换掉孝服同张敬斋一道去高要市汤知县打秋风。汤知县安席时用的是银镶杯箸。范进退缩前后的不举杯箸，知县不解其故。张敬斋笑着说："世先生因遵制，想是不用这个杯箸。"知县忙叫换了一个瓷杯、一双象牙箸来。范进又不肯举动。敬斋道："这个箸也不用。"随即换了一双白颜色竹子的来，方才罢了。知县疑惑他居丧如此尽礼，倘或不用荤酒，却是不曾备办。落后看见范进在燕窝碗里拣了一个大虾圆子送在嘴里，方才放心——这是一种"欲擒故纵"的手法。如同今日相声艺术（其实唐参军戏、宋滑稽戏已有类似手法）的"二翻三抖"。银镶杯箸、瓷杯象箸范进都不肯举动，如此翻了二回，张敬斋二番说明，又为范进的假象垫了二笔，人们以为范进真的"遵制丁忧"，不敢动荤了，谁知到了第三回，情况迅速发生逆转，包袱抖开，生动地暴露了范进内心的矛盾和虚假做作的丑态。

四

同一时间和空间内的逆转，在吴敬梓的《儒林外史》里，一个词、一句话、一个形象往往就起到"返道"（突转）的作用。看得出来，作者依然是借用"投其所好，攻其所蔽"的手法，将真相与假象不协调地并列在一起，让读者自己去得出批判的结论。如第十二回张铁臂虚设人头会，作者一方面写张铁臂在屋顶上"行步如飞"，可另一方面，"忽听房上瓦一片声的响"。既然"行步如飞"，为何又一片瓦响？如果真有功夫就不应当来去总是瓦响的。这个"一片瓦响"就捅破这位侠客一个窟窿。这不着墨的写法，也同样出现在第二十回对匡超人的描写。匡超人吹嘘他选本编了九十五部，文稿已翻刻过三次，数字、发行地区说得毫不含糊，好似匡某真是大学问家。然而，就在他放开嗓门尽情撒谎的时候，作者却轻轻一转，用个所谓家家都在香案上供着"先儒匡子之神位"——"先儒"二字居然出自所谓名家之口，骗子的本相便不攻自破了。

五

《儒林外史》的突转手法，不只用在人物刻画上，有时也用在场面描写上。例如，第十回鲁翰林招蘧公孙为婿，小说从送亲、迎亲、庆宴写得极细致，也极喜庆。假使作者只描述公孙入赘鲁府，饮酒宴乐之后就打住，那么不过是透露上层权贵集团内部的交易，只能是一回很平常的描写。而且依照故事情节来看，写到此为止，也似乎到了尽头。但是作者却在这庄重喜庆的筵席进行的当口，突然转入闹剧场面：只见一只老鼠从梁上走滑了脚，摔了下来，恰好掉在滚热的燕窝汤碗里，把碗跳翻，从新郎官身上跳了下去，把新制的大红缎衣服弄油了。这是戏曲中常用的闹剧手法。在现实生活中不一定发生这种戏剧性的巧合，可是在小说中，作者正利用了巧合逆转，预示了情节发展和人物的命运。原来鲁翰林醉心八股文章，在他看来，只要八股做得好，要诗有诗，要赋就赋，否则任你做什么都是野狐禅，邪魔外道。在他的影响下，他的女儿鲁小姐发现公孙不擅长于八股时非常伤心，气得她痛哭几场，埋怨公孙误了她终身。那闹剧正是预示鲁翰林、鲁小姐的理想和蘧公孙的实际矛盾，蘧、鲁两家的结合完全是个误会。尽管席间演出了《三代荣》，然而历史和艺术中三代中状元的故事，并不像蘧公孙以及他们后代的未来。也正因为如此，作者紧接着峰飞天外，又设置了一出更令人绝倒的闹剧。这就是当酒过三巡，捧着六碗汤粉的小厨役，站在院子里看戏，管家拿走了四碗，还剩下两碗，他看戏看昏了头，以为盘子上汤都端走了，把盘子往地下一掀，却叮当一声响，把两个碗和粉汤都打碎在地上，他一时慌了，弯下腰去抓那汤粉，两个狗争着抢着吃地上的粉汤。这厨役怒从心上起，使尽平生力气，跃起一只脚去踢狗，狗未曾踢着，却因用力太猛，一只钉鞋踢脱了，腾空而起有丈把高，陈和甫坐在左边第一席，席上了两盘点心，那鞋正落在点心上，打了稀巴烂，陈和甫吓了一跳，慌立起来，衣袖又把粉汤碗招翻，泼了一桌。——此事确不甚吉利。

对于现实矛盾的敏锐感受是吴敬梓的突出特征。封建末世的社会现实，坎坷的生活经历，使他深刻感觉到生活中颠倒的、不协调的、荒唐的喜剧一面，他又同时感受到人性被压抑、扭曲的悲剧性的一面。确切地说，吴敬梓怀着悲愤的心情，着力在揭示人的性格变态的过程；或是通过某个事件表明封建理性主义的传统怎样腐蚀着人们的心灵身躯；或者是暴露市井无赖、骗子手和地主豪绅非人的恶行。也许吴敬梓是站在高处俯视人生，看透了一切，所以才以喜剧的形式表现悲剧的内容。这样，《儒林外史》的中心主题不单纯是批判科举制度，它所自觉或不自觉呈现出来的是封建末世精神世界的全面腐朽和崩溃。从人外在的行为节操、内在的精神，到评定事物的标准、信仰价值统统都发生了危机，封建行程也走到了它的尽头。作者这种审美意识自然影响小说中无一主干人物，只是把诸色人等的品性逐一透视出来。由此，吴敬梓的小说，就同时暴露了两种现象的本质——既是可憎的、腐败的悲剧性，又是荒谬的、反常的喜剧性。这两种因素交织在一起，成为生活也是艺术同一整体的两个侧面，它们不是互相矛盾，而是互为因果，互为表里。有时庄重的内容，却用不庄重的喜剧或闹剧的形式来表现，实际是嘲笑了这庄重的内容。如第四十二回"公子妓院说科场"，严肃的科举考场的内容，却放在妓院内说出来，而在范进中举一回，科举考试被翻成一场闹剧，遭到彻底嘲弄。有时讽刺喜剧性的内容，又以严肃的形式表现，如第五回严监生不挑灭一茎灯草不咽气。更有的时候，正剧的内容在发展过程中突然被喜剧形式冲击而转向，最后转化为喜剧性的内容，如上文提到的蘧公孙招赘鲁府的描写就是如此。

值得注意的，当两种因素交织在一起时，吴敬梓往往把悲剧性的或是喜剧性的因素转移为内在，变成一股潜流，含有隐喻性质。

先举个例子。

第四十七回，大盐商方六送他母亲灵牌入节孝祠，祭祀刚结束，一个卖花牙婆走上阁来，哈哈笑道："我来看老太太入祠。"方六便同她站在一处，伏在栏杆上看执事。"方六老爷拿手一宗一宗的指着说与她听。权卖婆一手扶着栏杆，一手拉开裤腰捉虱子，捉着，一个个往嘴里送。"庄重与放荡、崇高与滑稽极不相称地联系在一起。表面看，仿佛是直接显示方六的自我显富和假充孝子，可是，如果从内在潜藏的意义来看，方六向权卖婆介绍节孝祠"一宗一宗"的执事——封建伦理道德，却被权卖婆"一个一个"吃掉了，也抹去了。这里"执事"和"虱子"、"一宗一宗"和"一个一个"的对称，绝不是偶然的巧合，而是作者按着对比的原则有意识的设置。介绍执事和捉虱子，这两种完全合不到一起的举动竟然合到了一块儿，并且轻薄的行动又安排在圣洁的环境中进行，于是从直接的形象中必然产生某种象征性含义，形象就立刻超出个别现象的范围，显现出概括性含义。这是隐喻形象的两面性作用，即从直接的内容中感受到间接的内容，从个别中体味到共性的、概括性的意义。

如果方六向权卖婆介绍执事，或鲁翰林招赘蘧公孙的场面，其隐喻的含义是通过权卖婆和厨役逆反的行动而被人所感知，依然是小说中人物自身的行动。那么，相反的情况，吴敬梓又常用形象以外的形象，即戏曲中的形象来揭示人物形象。这"以外"的客观形象嘲笑着、否定着也象征着小说中人物形象的内在本质，同样具有寓言性的隐喻。像第十回蘧公孙与鲁小姐婚礼时演出《三代荣》，舞台上的宋代王曾中状元、做宰相，儿子又做武状元、封三代的故事，作为情节组成部分写进小说，它不只是表现历史生活，而是理想的象征，或者不妨说是鲁翰林心理形象化的反映。

客观的外在形象有时又起着比拟象征的作用，如第四十九回秦中书宴请万中书、施御史、高翰林，点了《请宴》《饯别》《五台》《追信》四出戏助兴。《西厢记》中张生赴宴时，"笑吟吟，一处来"；饯别时，"哭啼啼，独自归"的景象，比喻四人的欢聚悲散。《五台》一出中杨六郎五台山会兄的情义，反衬施御史兄弟为母迁葬而反目。《追信》中萧何慧眼识英雄，月下追韩信，而高翰林却为假中书万青云买官奔走，使得万青云摇身一变，竟然成了真中书。历史的形象和现实的形象相互对照，是历史讽刺了现实，抑或现实戏弄了历史呢？颇耐人寻味。

有趣的是，吴敬梓时而让戏曲中的形象插入小说。如第十回演出的《三代荣》，"看到戏场上小旦装出一个妓者，扭扭捏捏的唱，他就看昏了，忘其所以然……"第四十九回演出《请宴》："只见那贴旦装了一个红娘，一扭一捏……这红娘才唱了一声，只听得大门口忽然一棒锣声，又有红黑帽子吆喝了进来。众人都疑惑，"请宴"里从没有这个做法的。"小说中人物行动线冲断了外在形象的行动，变成了否定因素，而戏曲形象则又转向隐喻映照小说中的人物和事件。这一切说明，作为陪衬的、附加的外部形象而出现在吴敬梓小说里，并不是与小说中的形象无关的，相反是属于小说中形象的家族，它和小说自身的形象搅和在一起，发生着潜在的矛盾关系。

吴敬梓对于戏曲艺术和梨园生活，毫无疑问是一位里手。他少年和青年时期便向当地有名的演员学歌，并且和伶工厮混在一块。他所交往的文人学士中，有许多是擅长戏曲的。他们经常诗酒唱和，整日与戏曲打交道。吴敬梓虽然没有戏曲剧本留传于世，但他对于戏曲艺术却有着丰富的知识，再参照《儒林外史》对清初梨园生活的描写，引入的剧目，可见其是很熟悉戏剧活动的，否则不可能切中小说里的人物性格。吴敬梓既然深谙于戏剧艺术，也就必然明了戏曲艺术的种种技巧，那也就自然要把这种技巧带进小说创作中。中国小说家又常常是剧作家和鉴赏家这种身份，自然要同中取异，异中取同，相互补充借代。因此，小说家吴敬梓的作品里浸透着"戏剧家"吴敬梓的创作风格，这使他描述事件、刻画人物性格时不是主观地说明一切，而是通过人物行动表现一切。形象永远是立体的，空间场面往往含有多层的视觉空间性质，矛盾冲突又常常是戏剧性的，故事情节总是那么简短、有力，常出奇峭转折之笔，人物性格鲜明单纯，语言明快犀利，富有表现力，而且又总是用对话形式，通过戏剧性的冲突展开情节，刻画人物。总之，吴敬梓的《儒林外史》中的许多回，都可以当作一幕幕讽刺喜剧来读。

吴敬梓与《儒林外史》

　　吴敬梓的《儒林外史》产生在18世纪中叶的清代乾隆十四年以前，是中国小说史上讽刺艺术达到最高峰的第一部巨著。单看小说名目就很有讽刺意味。司马迁《史记》中有《儒林列传》，此后，正史习惯把"儒林"用于著名的文人学士合传的题目，是一个严肃正经的品题。吴敬梓却把儒林列为"外史"，这格调本身就是不协调的。《儒林外史》闲斋老人序中说："夫曰'外史'，原不自居于正史之谈也；曰'儒林'，迥异玄虚荒渺只谈也。"所谓"外史"，顾名思义，是补正史之所不书者。不书者何？从表面层次看，指官师、儒者、名士，间亦有市井细民的种种世相，而其笔锋所向尤在士林，以举业为攻击的箭垛，而实际是揭露了封建末世统治秩序的弊恶、传统文化的僵化，并且他的描写"迥异玄虚荒渺只谈"，即其描摹是建立在生活真实的基础之上，以他明睿的智慧与深刻的人生体验，指摘时弊，也因此《儒林外史》才遭到正统儒林君子们的冷淡和轻蔑，直到嘉庆八年（1803），人们才有机会看到现存最早的卧闲草堂刊本。

一

　　《儒林外史》作者吴敬梓，字敏轩，一字文木，号粒民，安徽全椒人。移家南京后，称自己为"秦淮寓客"，晚年又号"文木老人"，生于康熙四十年（1701），卒于乾隆十九年（1754）。出身于官僚世家。高祖吴沛是一个廪生，生五子：国鼎、国器、国缙、国对、国龙，皆进士。国器以布衣终，国对则中探花，是吴敬梓的曾祖。国对有三子：旦、勖、昇。吴旦是敬梓的祖父。国龙有子昺，康熙时榜眼，所以"家门鼎盛"。但到他父亲吴霖起，只是个拔贡，是一位重节操、淡泊名利，不以富贵为意的人，所以到晚年才出任江苏赣榆县的教谕。吴敬梓十三岁丧母，十四岁随父至赣榆任所，十八岁考取秀才，二十三岁这一年父亲去世，家道也中落了，吴敬梓又豁达大度，不善治生，不到十年家产荡尽。由于亲族长辈、叔伯兄弟对遗产的争夺，富贵族人的责骂，乡邻的嗤笑与歧视，三十三岁那年二月，吴敬梓怀着无限愤懑，移家南京。从此便"寄闲情于丝竹，消壮怀于风尘""妙曲唱于旗亭，绝调歌于郢市"。❶他又喜好宾客交游，足迹遍历淮安、扬州、芜湖、宁国、宣城、溧水、苏州、杭州等地。

雍正十四年（1736），吴敬梓三十六岁时，安徽巡抚赵国麟举荐他参加"博学鸿词科"试，吴敬梓托病拒绝了。《儒林外史》大约是在这一年开始动笔。这时期吴敬梓的生活更加贫困，主要靠卖文和朋友的接济，有时竟陷于"囊无一钱守，腹作于雷鸣""近闻典衣尽，灶突无烟青"的困境。❷五十四岁时，终于在穷困潦倒中突然病逝于扬州。著有《诗说》七卷（已佚），《文木山房集》十二卷，今存四卷，解放后又曾发现了《金陵景物图诗》，是他晚年所作。

二

《儒林外史》成书于乾隆十四年以前，此书在 18 世纪七十年代初，只以抄本流传。据程晋芳为吴敬梓写的传，以及《全椒县志》，都称五十卷。叶名沣的《桥西杂记》亦说"坊间所刊小说《儒林外史》五十卷，穷极文士情态"。

---

❶ 吴敬梓：《文木山房集·移家赋》。
❷ 程晋芳：《寄怀严东有》《勉行堂诗集》卷五《白门春雨集》。

《儒林外史》的初刻本，据金和《儒林外史跋》中说："全椒金棕亭先生官扬州府教授时梓以行世，自后扬州书肆刻本非一。"此种刻本迄今未发现，叶名沣所说的五十卷坊本也未见。

今所见最早刻本为嘉庆八年（1803）卧闲草堂刻本，共五十六回，卷首有乾隆元年闲斋老人序。

嘉庆二十一年（1816）的清江浦（今江苏淮阴）注礼阁本，五十六回。

嘉庆二十一年（1816）艺吉堂刻本，五十六回。

同治八年（1869）苏州书局活字本，五十六回，有金和跋。

同治八年（1869）群玉斋活字本，五十六回。群玉斋本实为苏州书局本的复印。

同治十三年（1874）申报馆第一次排印本，卷首有闲斋老人序，有回评。

光绪七年（1881）申报馆第二次排印本，卷首有闲斋老人序、天目山樵语，书后有金和跋。此书校订了第一次排印本讹误。

同治十三年（1874）齐省堂活字本，五十六回。卷首有同治甲戌十月惺园退士手书的序言，闲斋老人序和齐省堂增订《儒林外史》例言五则。齐本对原书做了大量减省改订。

清抄本只见苏州潘世恩抄本，上海图书馆藏，五十六回。

三

吴敬梓的《儒林外史》，是与曹雪芹的《红楼梦》同时代产生的两部辉耀文坛的不朽名著。

如果说曹雪芹以艺术家的敏感捕捉到社会的种种矛盾，并再现了生活真实，以艺术家的直觉接触到了社会发展规律中某些本质性的东西，通过一个家族的盛衰，对封建社会末世的发展和传统文化做出了违背自己意愿的判决；那么，吴敬梓在小说里则表露了很强的主观意识，就是说他比较自觉地、理性地意识到在科举制度下经济结构和社会结构的紊乱，传统价值体系和现实生活实际价值的矛盾，因而《儒林外史》通过知识分子各个层次的心态，展现了中国社会的传统生活全貌。如人与人的伦理关系与社会关系由于人们追逐名利而遭到破坏，道德价值贬值，人的价值得不到肯定。知识阶层智能低下，随意糟蹋自己的人格，既不讲究以道德自守，又丧失了吃饱肚子的能力，在传统和世俗生活所形成的矛盾中漂浮。知识分子在封建社会是各级官吏的后备军，政治权利的基础，文化传统的承先启后者，其道德行为与心态，反映着一个时代和社会的心理趋向。知识分子自觉意识的丧失，价值取向的转移，标明社会存在着严重危机。

吴敬梓在小说开篇就把批判矛头指向了培养官僚队伍的科举制度，通过周进、范进中举的悲喜剧，揭示科举制度怎样腐蚀文士的心灵，以及士子们热衷科举的原因。读书人竭智尽虑的只是模仿那八股时文，除此以外，什么也不懂。官居学道、职司衡文的范进，竟然不知道苏东坡是哪一朝人。既然举业与学问的距离日远，何以士子们仍热衷此业呢？原来科举和官僚制度是联系在一起的，举业是读书人唯一的进身之阶，是攀缘富贵巅峰的云梯，一旦中举、中进士就取得了做官的资格，也就有了一切。有的居官则为贪官污吏，无所顾忌，无所不为；居乡则为土豪劣绅，鱼肉乡里。南昌太守王惠就是如此，他念念不忘"三年清知府，十万雪花银"，对当地百姓非常残暴，上任不久，衙门里整日响着三种声音；"戥子声、算盘声、板子声"，全城无人不怕，梦中也怕。范进中举之后，退休知县张敬斋穿起朝服，亲自登门拜访，并且又送银子，又送房子，称范进为"世兄弟"。

吴敬梓在小说里还提示了科举一旦渗入农村，原来谨慎老诚的青年如匡超人、牛浦郎醉心于举子业，离开了他们曾生根的本土，也就和素朴的古老传统生活割断，丧失了劳动人民的品质：醉心功名，假充选家，乃至背恩负义，包揽词讼，广放私债，停妻再娶，成了一伙不知羞耻的无赖汉。倘若八股颓风深入闺阁，爱情同死板的八股结合，爱情也就变得僵硬，缺少人情味了。鲁编修的小姐沉湎于八股文，新婚宴尔竟"制义难新郎"。这正是吴敬梓对这个科举文化提出来的最严肃的问题。如果说周进、范进有明确的政治价值取向，朴实厚重、憨头憨脑的马二先生以选本为业，还做一点事情，那么以季苇萧为首的，包括辛东之、金寓刘、季恬逸、萧金铉、诸葛佑、郭铁笔、金东崖等，这一帮浪子文人则以游荡为务，没有定处，而且根本就没有行业，甚至我们既不清楚他们的来历，也不知道他们除了诈骗以外究竟靠什么为生。他们只是以"选文"为名，到处说谎、骗钱、拐妻、吃白食而已。同样地，出身豪门的杜慎卿永远在自我矫饰的优越感中讨生活，形成了人格上的双重构造，以至于不敢去正视潜意识里的阴阳面，名实暌离，表里不一，缺少吐露自己真实思想的勇气。他自诩超然不群，却终日和季苇萧那帮流氓文人周旋。他当着朋友的面大骂："妇人那有一个好的？小弟性情，是和妇人隔着三间屋就闻见他的臭气。"背地里却求媒婆替他寻找"标致"的姑娘做妾。看来杜慎卿也属于"雅的这样俗"之类。

　　这样看来，与其说吴敬梓歌颂高人的品格，倒不如说是对现存世界和许多价值观念提出了怀疑。这也如同小说对祭泰伯的描述，并非是歌颂儒学理想。吴敬梓不厌其详地描绘祭祀的每一细节，制造了庄严堂皇的景象，并且由一位被视为品德高尚的古典理想主义者虞育德主持仪式大典，恰恰是否定了虞育德倡导的古典神话精神和返古的道路。事实是参加仪式的二十四位知识分子属于不同品类，没有几多人实践古人的信条，或者是在当时的历史条件下能够恢复古老的礼乐制度。因此，祭泰伯这一仪式纯粹是在形式上对往昔的回忆，缺少真实的生命和现实价值，陈旧的观念不可能永远指导和规范现实生活。于是，祭泰伯祠的仪式一结束，信仰的热情随之消失，跟着就发生几起非礼的事件，连泰伯祠也颓败荒凉，大殿的屋山头倒了半边，一扇大门倒在地上，隔子楼板不剩一块，里面空无一有，这难道不是从另一个角度对现代"吴泰伯"们的嘲弄么？

另一位正面理想人物杜少卿，具有较多的现实主义的生活态度和性格上的浪漫主义色彩，成为一时传统权威的反叛人物。作为正面人物歌颂他不满八股取士制度，轻视功名富贵，不愿受封建礼法的约束，轻财重义，在某些方面作者把自己的某些性格糅进了杜少卿的形象之中。但杜少卿卖产破家之后，不得不靠典当卖文生活，甚或也像季苇萧似的寄食于人，放浪形骸，对社会的腐败风气他也照样无能为力，并未能找出一条解决问题的道路，吴敬梓似乎有一种难言的苦痛。

剩下来只有楔子中露面的王冕，五十五回尾声中同王冕呼应的四大奇人。这是吴敬梓歌颂的寄以希望的理想人物。出身市民，有点文化知识，不慕名利，痛恨权势，不与上流同流合污，保持恬淡高洁的品格，甘愿过自食其力的清贫生活。吴敬梓设置这几位"奇人"作为首引和尾声点题，是不是说儒林中无高品，把挽救腐朽社会的希望寄托在这些市民身上呢？——自然，任何一位伟大作家，都不能超越时代的局限。无拘无束、逍遥自在的生活是不可能永久存在下去的。所以奇人的情感中，也不免流露出空虚之叹，这正反映了吴敬梓深深陷入了理想幻灭的苦闷之中，也不过聊以寄意而已。因此，论其开掘生活的深度和广度，吴敬梓不如曹雪芹，但要论表达感情程度，吴敬梓却要比曹雪芹明快分明。

四

《儒林外史》是我国第一部长篇讽刺小说，从有了《儒林外史》，中国小说"乃始有足称讽刺之书"[1]，完整而又全面地体现了中国的美

---

[1] 鲁迅：《中国小说史略》第二十三篇，1925年9月北新书局版。

学传统。

由于《儒林外史》是一部讽刺性很强的小说，所以在叙事观点上不同于前代，突破了说书人叙述故事的传统形式，作者把自己隐藏得很深，或是减少作者出场的次数，压低评述声口，尽量由作品中的人物充当叙述人推动故事情节发展，但又巧妙地运用了作者观点，从外视的角度描写事件和人物，这几种观点又根据需要频繁转换，因而缩短了小说和读者的距离，使读者一直身处局中，有一种亲临其境感觉，这与以往把读者和故事中人物隔开的叙事模式比较，已接近于现代小说的美学要求，标志着中国小说的进步。因此，小说除了几处有议论外，几乎看不到作者的主观描写与论断，而是让人物通过自身的言语行动，把可笑可鄙的嘴脸显露在读者面前，正所谓"无一贬词，而情伪毕露"❶。

让我们先看看第一回"说楔子敷陈大义　借名流隐括全文"的叙事观点。

小说开篇是一首词，接着作者就词中意旨发表评述，然后再转入正文——王冕的故事。从叙事结构和用语看，毫无疑问沿袭了话本小说入话和明初长篇小说"引首""楔子"之类的格局。

利用入话、楔子和第一回揭示主题，发表叙述者的观感，是话本小说也是后来中国长篇小说的特点。不过宋元话本的入话部分，为了适应娱乐性的需求，从原来唐代变文和民间讲唱的简短、呆滞、平铺直叙的诗句性引言一变而为上场诗或一系列的诗词，有时还掺杂一小段或更多的闲话和故事，表达某种生活哲理。说书人不过是用这"入话"把话文本身联系起来，引渡到说书人心目中构好的线路。很明显，这类开场白纯粹是叙述者直接与听众交流，叙述者与他所叙述的内容有明显的时空距离，入话部分与本文是截然分开的。

《儒林外史》楔子的开场白，虽然叙述者的时空与读者是合一的，完全脱离出故事的范围，但说故事者已不是话本小说的说书

---

❶　鲁迅：《中国小说史略》第二十三篇，1925年9月北新书局版。

人，而是作者以第三人称的观点出现，叙述的内容不是可有可无的游离成分，已成为全书不可缺少的间架，其构成暗合了《水浒传》和《平妖传》的引首，但又不同于《水浒传》《平妖传》的叙述者时时介入，使整个故事的叙述带有观察者第一人称叙事的特性。因为说话人讲的故事，一切事件都发生在过去，叙述者的介入，用"看官听说""我且问你""若是说话的……"等语气，造成现实与故事两个时空的距离，提醒读者只是听故事而已。《儒林外史》则力求缩短故事与读者的距离，省去"但见""只见""有诗为证""看官听说"等说话人这个媒介，作者站在观察者的地位，并不参与故事中的任何角色的活动，某些独立的情节，纯然用描述客观事件的方法来叙说，让读者直接进入小说世界。所以，作者在楔子的开头诗和评述中点题之后，便引出王冕，叙事角度也由原叙述人转为故事中人物的声音，从此不再是说话人向听众介绍故事和人物，而是由小说中人物说明小说中的角色，或是伴随着情节自然而然地进入小说世界。如"正说着，外边走进一个人来，两只红眼边，一副铁锅脸，几根黄胡子，歪戴着瓦楞帽，身上青布衣服就如油篓一般，手里拿着一根赶驴子的鞭子……"，这是夏总甲。如第四回严贡生的亮相："吃了一回，外面走进一个人来，方巾阔服，粉底皂靴，蜜蜂眼，高鼻梁，络腮胡子。"人物的肖像描画丰富了，但不是那种"那人生得如何？""怎生打扮？但见……"之类的套话。除此之外，小说也有通过别个人物的眼睛看登场角色的叙述。"众人看周进时，头戴一顶旧毡帽，身穿元色绸旧直裰，那右边袖子同后边坐处都破了，脚下一双旧大红绸靴，黑瘦面皮，花白胡子。""周学道坐在堂上，见那些童生纷纷进来……""只见陈和甫走了进来""只见张乡绅下了轿进来""周进看那人时"，等等。通过小说中人物的眼睛来描绘个别人物的外貌，比由作者道出，或如说书体小说中说书人直接出面提出设问，而后引诗为证作为回答，能给人更为直接的感受。这说明《儒林外史》更加小说化，说书人用那种直呼、恳请、质疑的方式与读者直接沟通的功能越来越减弱，代之而起的，是小说中的角色与读者不断靠拢，追求更为表现性的艺术描述，尽量使小说和读者对生活的认识相一致。这样，小说中的说故事者，可能就是身兼故事中的人物，巧妙而具戏剧性的传达角色信息。就明显的叙述（或铺叙）手法而言，作者有时让角色自己介绍自己，如匡超人向马二先生介绍自己的身世，鲁编修向娄三公子补说弃官归家的原因，而马二先生对待科举的态度，则由他同蘧公孙评论选本时说出。有时由第二者或第三者补叙，如第四回何美之浑家评论范进媳妇道："范家老奶奶，我们自小看见他的，是个和气不过的老人家。只有他媳妇儿，是庄南头胡屠户的女儿，一双红镶边的眼睛，一窝子黄头发，那日在这里住，鞋也没有一双，夏天靸着个蒲窝子，歪腿烂脚的，而今弄两件'尸皮子'穿起来，听见说做夫人，好不体面？你说那里看人去！"第三十一回杜慎卿向鲍廷玺介绍杜家家族和杜少卿的为人等，都是以故事里的主角或配角从不同角度观察的，这使小说多了几个视点，减少了观察者的全知全能的作用。

吴敬梓在小说中为了减弱作者的主观性的表露，保持被描绘的现实和人物的客观性，就必须加强人物的主观性，不必由作者来说明原因和结果，而是让人物不仅通过相互对白揭示事件，并且通过自我否定，自己糟蹋自己的形式，否定丑恶现实。因此，对应或者叫二律背反，是吴敬梓实现上述艺术任务的基本方法。

这种叙述方法就是把现实生活中悲与喜、祸与福、渺小与崇高、庄严与滑稽、正与反、肯定与否定两种对立关系再现在小说中，形成一正一反，貌似肯定而实为否定的叙事路线。这主要表现在人物和人物关系的结构上，常常表露出两重思想、双重人格，表现为理想和现实、现实与本质前后对立的情景。如杜慎卿矜贵自怜，超然高立，却与下流无耻的季苇萧气味相投；自我标榜，轻世傲俗，却又顺应当朝的观念，说方孝孺朝服斩于市不为冤枉的话，最后竟也进京做官去了。顾影自怜，慨叹"一身侠骨"无人知情，其实他所谓韵"情"是纳妾、寻觅男美，如同他讥刺萧金弦一样"雅的这样俗"。娄氏兄弟为交结名士，捐金赎友，尚义赠金，然而寄食其门下的杨执中、张铁臂、权勿用，却是一伙骗子，以他们的丑剧讽刺了娄氏兄弟高门贵族的豪侠梦。名与实的背叛产生了反讽作用，这自然是个荒唐笑话。又有胡屠户那一派势利小人的性格，只要把屠户前倨而后恭、前后背反的神态勾画出来，也就被读者理解了，作者不必再多说什么。像这样让作者退居幕后，完全客观的、十分含蓄的表现方法，正是摆脱了说话人夹叙夹议的叙事传统，真正是属于纯文人的创作。

《儒林外史》是用讽刺笔法写的小说，从格调来说，小说是以滑稽、幽默和讽刺为其特征的。但喜剧性因素，甚至荒诞闹剧因素又与悲剧性有机地融合成一个艺术整体，在小说的发展过程中又各向相反的方向转化，由滑稽转向崇高，或由崇高转向滑稽渺小，读者在轻快的笑声和心灵的震撼中，体验着悲和喜两种快感。如范进因中举而发疯，当然是喜剧的并且是荒诞的，但是透过喜剧性形象直接透视出悲剧性的社会现实，隐含着作者对科举制度使人的尊严和人格遭到侮辱损害的悲愤。这里的悲剧不是浮在喜剧之上，而是两者融为一体，最惹人发笑的地方，往往是悲剧性最强烈的地方。王玉辉赞同女儿殉节，把荒谬奉为神圣，他自己并不感到荒谬，因而当他仰天大笑时是富有戏剧性的。后来想到女儿的死转觉伤心时，悲剧因素就上升到突出地位，此时不再有喜剧性地笑了。马二先生的悲喜性格的融合又不同，他并不是在一个事件、一个场景同时映出悲喜剧因素，而是在不同场合、不同事件上表现着悲与喜。马二先生的喜剧性表现在这个人物性格中主观逻辑和生活的客观逻辑所发生的矛盾。

悲与喜两种对立因素反映了生活本身的不同侧面。吴敬梓不仅敏锐地感觉到现实矛盾中喜剧性的一面，同时感觉到了悲剧性的一面，因而他揭示了这两种现象的本质——既是冷酷悲剧性的，也是荒谬可笑性的。这两种对立因素反映在人物身上，就表现为人物性格中同时具有两种或两种以上的特征，而且是滑稽与崇高、粗俗与高雅同时并存，相互对比，从而开拓了人物性格和心灵的表现力。

所以，吴敬梓在小说中运用中国传统喜剧中"投其所好，攻其所弊"❶，"言是若非，言非若是"的手法❷，通过两种情势的高度对立，或意料不到的突然转折，或现存的内容与形式的矛盾，达到批判的目的。比如说范进由于心理上的剧烈变动（中举），从一种心理状态突然转到完全相反的心理状态（发疯），由于这种转变出于读者和小说中人物自己的意料之外，就使过去的情势、过去的心理状态和现在的心理状态的对比，产生了强烈的讽刺喜剧的效果。这种戏剧性的突转，在胡屠户身上，不像范进是出于内在心理上的强烈震动，而是因为秀才与举人的价值悬殊，才引起胡屠户态度的天地之别。可是两种情感如此截然对立，由一种态度转向另一种态度的行动过程如此短暂，简直看不出转向的合理原因，那么这突转就只能是一种讽刺性的，是由外部引起的内部不协调的变化。

《儒林外史》的突转方法，不只用在人物身上，有时也用在场面描写上，如第十回鲁翰林招蘧公孙为婿，小说把送亲、迎亲、庆宴写得极喜庆，但是小说在庄重喜庆筵席进行的当口，突然转入闹剧场面：一只老鼠从梁上走滑了脚，摔了下来，恰好掉在滚热的燕汤碗里，把碗跳翻，从新郎官身上跳了下去。这是戏剧常用的闹剧手法。作者用了巧合逆转，预示了情节发展和人物的命运。

《儒林外史》在性格塑造上既不同于《三国演义》《水浒传》的人物性格具有明快单纯的特征，也有别于《红楼梦》讲究性格的完整、丰满、多层次。《儒林外史》似乎比较强调人物有突出特征的言

---

❶ 马令：《南唐书》《谈谐传》序，转引自任二北编著《优语集》，上海文艺出版社1981年1月版。

❷ 司马贞：《史记》《索隐》，转引自任二北编著《优语集》，上海文艺出版社1981年1月版。

行，进而渲染能表现特征性言行的主要性格侧面。这些性格侧面，同样包含着深刻的社会内容、深刻的性格内涵。如范进中举时痰迷心窍而发疯，严监生弥留之际伸出两个指头，让家人灭掉灯盏里两根灯草的一根，否则不肯咽气，入木三分地展露了人物性格的主要特征。有时吴敬梓把某种需要否定的性格特征延伸放大，高度夸张，让喜剧人物主观的假定逻辑同生活中现实的逻辑错位，在人们看来是违反常规的不合逻辑的言是而若非，而喜剧人物却认为是正常的、符合逻辑的言非而若是，在这错列歪曲中显出人物丑相。如范进发疯，众乡邻和屠户商议，采用"震动疗法""打他一个嘴巴"，让范进从歇斯底里的疯狂中清醒过来。胡屠户却不敢动手，按屠户的见解，举人是天上的星宿，打不得，"打了天上星宿，阎王就要打一百铁棍，发在十八层地狱，永不得翻身。"可是胡屠户执拗不过众人强求，只同意打一下。要打了还要先喝酒壮壮胆，乃至真的动手，手发颤，不敢再打第二下。那个打范进的手，"隐隐地疼将起来，把个巴掌仰着，再也弯不过来。"胡屠户替自己想出来的那些反常的装腔作势的姿态，明快无隐地凸现了这位屠户的粗鄙性格。

法国大喜剧家莫里哀说过："规劝大多数人，没有比描画他们的过失更见效的了。恶习变成人人的笑柄，对恶习就是重大的致命的打击。"❶对严贡生这类恶棍，吴敬梓就不是规劝，而是抓住他性格恶习的亮点，让他当场出彩。如严贡生庄重地向人们宣告他"为人率真，在乡里之间，从来不晓得占人米粟的便宜"，话音刚落，家人就来告他说："早上关的那口猪，那人来讨了，在家里吵哩。"在这里，作者显然把严贡生在乡里的一系列罪行略过了，而只选取霸占猪仔一件事，作为概括的描写，并且让严贡生当众出丑，现世现报，真是用了诛心之笔，一掌一掴血，一鞭一条痕。

由于作者着重在描写世相，借人物描出世态的画像，因此，《儒

---

❶ 莫里哀：《〈达尔杜弗〉的序言》。

林外史》继承了史传、"三言"和《水浒传》的结构方法，形成了独特的连环短篇的结构，所以全书无主干人物贯穿。在这回书中为主要人物，到另一回则退居次要地位，又以另一人为主，如此传递、转换，各有中心，各有起止。而每个以某人物为中心的生活片段，又互相勾连，在空间时间上连续推进，彼此连贯，形成巨幅的画面。每一幅画面，每一个镜头，有以人为主的单传体结构，表现人物由善转恶或由恶转善，如匡超人、牛浦郎的堕落过程。也有以事为主的，如第十回名士大宴莺脰湖。有一回写一人一事的，如写范进；有数回写一人之事的，如第十三回至第十五回写马纯上；有一回写数人之事的；有一人数次在各回出现的；也有事件的结果在后几回才交代的。各回彼此看似不相属，但内里却由展示文人社会传统思想和生活的崩溃这样一个总体构思串联。

　　作为讽刺小说，吴敬梓《儒林外史》的语言，具有形象性和造型性的特点。但是，讽刺语言的形象性总是伴随着对丑恶事物批判的笑声，引起讽刺滑稽的美感，而不是庄严的美感，显著地区别于一般描写和抒情语言。比如第四十二回土豪劣绅方六在妓院里逼着细姑娘唱曲，细姑娘不肯唱，方六道："我这脸是帘子做的，要卷上去就卷上去，要放下来就放下来！我要细姑娘唱一个，偏要你唱！"把自己的脸比作帘子，已经是够无耻不要脸的了，一个人怎么可以把脸比喻作帘子呢？正是因为有这一比，再加上卷上去、放下来的补充说明，就把这个无赖反复无常的性格形象化了，形象内部的矛盾被暴露在显著地位上。最后一句"偏要你唱"，则直接露出了方六的横蛮本相。

　　使用讽刺的形象性语言的目的，不仅在创造形象，给人鲜明的印象，重要的是透过形象揭示矛盾，刻画性格，推进情节运动。第二十三回牛浦郎吹嘘黄知县接待他怎么隆重，说自己骑着驴，一直"走到暖阁上，走得地板咯噔的一路响"。"咯噔的一路响"，显出牛浦郎幻觉中的自鸣得意，一派神气，但联系上文细思之，骑着驴进入县府衙门，而且直接进入父母官的暖阁，可能吗？形象自我矛盾的语言，揭穿了牛浦郎吹得天真无着落，加强了喜剧的美感。

在《儒林外史》富于形象性的讽刺语言里，我们还可以找到许多造型性的描写。但这语言的造型，不像《红楼梦》里那样诱发读者诗画般的想象，创造出诗画的意境。讽刺语言不走此路，它透过形象的造型性，最终要把读者带进喜剧里去。比方为了讽刺小市民趋炎附势，装腔作势，作者用造型性的语言，赋予了胡屠户造型性的典型动作。并且，吴敬梓继承了传统小说略貌取神的方法，但又摈弃前代小说家描写人物肖像总是从人物的身世性格角度落笔的固定套路，深刻地考虑到造型的要求，考虑到具体的人在具体情势下的肖像特征，运用漫画和淡墨的手法，完成人物造型。请看作者对萧总甲的造型："两只红眼边，一副锅铁脸，几根黄胡子，歪戴蔫瓦楞帽，身上青布衣服就如油篓一般；手里拿一根赶驴的鞭子，走进门来，和众人拱一拱手，一屁股就坐在上席。"这肮脏的家伙，闯进门来便坐在上席，配合着吩咐和尚给他的驴子喂草，把腿跷起一只来，拿拳头在腰上只管捶的动作，神气活现的自我吹嘘的腔调，可不是恰恰反映了一个鱼肉乡里小恶棍的形象吗？

《儒林外史》的语言风格，鲁迅先生说是"戚而能谐，婉而多讽"，也有人说是犀利、冷峻。生动的口语化当然也是一个重要特点。但是如同一个画家使用漫画的笔触不能使用在油画上一样，一个语言大师也必须按照内容的特点，赋予语言风格以相应的色彩。这里问题的关键是作者用什么色调赋予作品风格色彩。吴敬梓把古优谏、戏曲和笑话的幽默、明快、动作性和冷峻、犀利融合到一起，形成独特的活生生的吴敬梓式的讽刺语言。这突出表现在小说中的对话：如众人劝胡屠户打范进的对话，颇似古优谏和戏曲中咸淡相宜的对白，有"邻居内一个尖酸人""报录的人"和"老太太"的反讽、诱发、揭示等几个铺垫，才引出屠户的可笑行动。不用说，由于吴敬梓在许多篇幅中，如胡屠户行凶闹捷报，打秋风乡绅遭横事，严监生寿终正寝等，写出具有舞台性的戏曲语言，把人物的形态、对话和空间场面交叉有机的结合，才使得整个场面绘声绘影，仿佛跃动着一般。

固然古优谏、戏曲的传统给了吴敬梓以巨大影响，铸成了小说的独特风格，从此没有第二部讽刺小说能超过《儒林外史》。同时不能不承认，吴敬梓从民间文学中吸取艺术养料，是他取得伟大成就不可缺少的条件。如第八回写南昌府两任太守，前任蓬太守是清官，衙门里有三样声息："是吟诗声，下棋声，唱曲声。"后一任王太守王惠是贪官，换了三种声息："是戥子声，算盘声，板子声。""诗声"与"戥子声"、"下棋声"与"算盘声"、"唱曲声"与"板子声"几组词汇的对照，"声"字的反复，表面看似相混而实际上是矛盾对立关系，揭露了两类官吏的作风。在讽刺语言里，这种对照可以起强化印象的作用，而利用复字可以重复加深印象，同时由于各组辞义不同，排列起来就有不同的节奏，它有助予人们从情感上对真善美的赞赏，对于假恶丑的轻视和嘲笑。

丑恶，可以因辞组的对比、排列、反复等修辞手段而再现，获得形象生动的暴露。当然，用在人物行动对照上也能造成讽刺作用，它的特点在于用相类似的词语描写相类的动作，从而鲜明地揭示出矛盾。如第四十五回写余敷、余殷兄弟两个风水先生鉴别坟土，一个是"把头歪在右边看了一会，把头歪在左边又看了一会，手指头掐下一块土来，送在嘴里，歪着嘴乱嚼"；另一个是把土"拿着在灯底下翻过来把正面看了一会，也掐了一块土送在嘴里，闭着嘴，闭着眼，慢慢地嚼"。歪着头又歪着嘴乱嚼的显然是个急性子；闭着嘴，闭着眼，慢慢嚼着，自然是慢性子的情态了。假如把这个场面放在两张画面上，可构成漫画夸张的统一性。反复看，用嘴嚼，反映了风水先生的职业习惯，然而对一块土的品尝做得如此庄重严肃、装模作样，显得极其滑稽可笑而不协调，这就构成了讽刺性对照。这还不够，吴敬梓积极运用语言结构的变化，再给可鄙的人物一鞭子：余殷介绍新造坟地的好处，说道："大哥你看，这是三尖峰。那边来路远哩！从浦口山上发脉，一个墩、一个炮；一个墩，一个炮；一个墩，一个炮；弯弯曲曲，骨里骨碌一路接着滚了来。滚到县里周家冈，龙身跃落过峡，又是一个墩，一个炮，骨骨碌碌几十个炮赶了来，结成一个穴情。这穴情叫作'荷花出水'。"这很类似歌谣里的复沓结构，复沓的句子，以比较齐整的结构，在反复加强某种难忘的情绪上起着作用，它甚至可以构成抒情文的基调。但要把它挪到讽刺小说里，却构成嘲弄的气氛，幽默的旋律。你看余殷"一个墩一个炮"的强调，再配上"骨骨碌碌"象声词，好像他发现了绝好的土穴，多么得意啊！很显然，余殷内心的得意之情，是透过紧密复辟结构而显露的，读者也正是在这急速的旋律中，捕捉到了作者的轻蔑和憎恶。

有些时候，吴敬梓把民间谚语、歇后语、职业用语引进小说，构成丰富的话语。如第十三回，自古"钱到公事办，火到猪头烂。"第十四回，差役不满意蘧公孙低价赎取枕箱，说道："这个正合着吉语'蹦天讨价，就地还钱。'我说二三百银子，你就说二三十两，'戴着斗笠亲嘴——差着一帽子。'怪不得人说你们'诗云子曰'的人难讲话。这样看来，你好像'老鼠尾巴上害疥子——出脓也不多。'倒是我多事，不该来惹婆子口舌！"第十九回潘三道："你是'马蹄勺瓢里切菜，滴水也不漏'，总不肯放出钱来。"

本来谚语、歇后语为下层人所常用，封建士子们讲究高雅，不屑于说这类话的，但对于那些落魄书生、商人却例外。第十八回商人景兰江说："俗语说得好：'死知府不如一个活老鼠。'"第四十回赵麟书不赞成余有重把余有达的官司缠在自己身上，说道："这里'娃子不哭奶不胀'，为什么把别人家的棺材拉在自己门口哭。"

四种《三侠五义》说唱本
与《龙图耳录》的异同辩证

说唱本存在两种版本系统

笔者看过四种说唱《三侠五义》的本子：日本东京大学东洋文化研究所藏双红堂石韵书七种抄本与说唱《龙图公案》王茂斋抄本，北京首都图书馆存清蒙古车王府藏说唱《三侠五义》与《包公案》。

双红堂七种抄本为：《全本救主盘盒打御》《全本小包村》《全本铡庞坤》《全本天齐庙断后》《全本南清宫庆寿》《全本三审郭槐》《全本石青山》。每本唱词都三字句居多，应是石派书的特点。本子的抄录年代都不能确指，看其题名似石玉昆的嫡传本，可细按之，仍系某个说书人的过录本。揣测说书人讲说中一再提及"石三爷"的声口，不像是石氏的嫡传弟子，其唱本也非是石玉昆的祖本，仍系某个堂的抄卖本。《全本青石山》第二页有一方印，中间写"百本张"，上眉写"世"字，底栏写一"传"字，右写"言无二价"，左题"童叟无欺"，显系张抄本；但这几部《包公案》散抄本，既未记抄者姓名，也不知是哪个堂抄卖的。

《龙图公案》说唱本共四十一部。每部封面均题《龙图公案》，体例如前所述。

清蒙古王府藏曲本，系指北京蒙古车臣汗府收藏的戏曲、曲艺的总称，简称车府本。《三侠五义》与《包公案》即所藏之两种唱本。

《三侠五义》也是分部而不分回，共八十部。每部如同王茂斋的过录本，包含三个或两个大段落，相当于回。由于每段故事后也有"且听下回分解"，开头有"却说"做引起，那么共含二百二十一段落。

《包公案》则又分卷不分回，也不分部，共一百二十七卷。每卷中划分三个段落，好似散文体小说中的回。每段故事开讲以前均有七言开场诗两首，但不标以"且听下回分解"和"却说""话说"字样。如以开场诗作为标识，《包公案》共三百一十六个段落。

值得注意的是，车府本《三侠五义》与《包公案》的文辞有不同，个别情节不一致，但基本的故事情节，或者说绝大多数情节，乃至出场人物、姓名、情景完全相同，联系石韵书存在情况，说明当时除了流行单本散卖的说唱本外，也流传着长篇足本。

由于石玉昆的现抄现卖本已烧毁，或不存于大陆，无法找到一个确切坐标，判断哪一个本子贴近祖本，我们只能以《龙图耳录》作为参照，看其不同系统本子的差异。以《全本小包村》为例：

《龙图耳录》第一回

　　且说江南庐州府合肥县内有个包家村，村中有个包员外，名怀，家道巨富，良田千顷，为人乐善好施，安分守己，因此人人皆称为"包百万"。包怀原是谨慎之人，既是有"百万"之称，唯恐担当不起，他又难以拦阻众人，只得将包家村改为小包村，以为自己谦和、不敢当的意思。就此一事，可见他为人再不是妄自尊大、欺压良善那一类的人了。院君周氏。夫妻二人皆在四旬以外，所生二子：长名包山，娶妻王氏，生了一子，才经满月；次子包海，娶妻李氏，尚无儿女。他弟兄两个虽是同胞所生，禀性却不相同：大爷包山为人忠厚老成，妻王氏也贤德有余的。二爷包海为人尖酸刻薄，偏偏的妻子李氏又是心地不端的。……不意院君周老安人年纪已过四旬，忽然怀孕在身，员外好生不乐。

石韵书《全本小包村》

江南庐州府合肥县，离城三里有一座庄名叫包家庄，庄中一位乡人，姓包，名怀，众乡民都称包家庄三字之名。这日包怀邀请邻居合村大小老幼，大家商议，将包家庄改为小包村，言其为不敢自大。包氏门中作德三世，广行善事，远近的众乡亲有求必允，故此人都称为善人。又因家财有万贯，骡马成群，牛羊满圈，良田万顷，又称"包百万"，家财大富就以员外称之。包员外之妻周氏安人，年纪五十二岁，员外五十三岁。员外并无闺门之女，只有二位官人。因小包村前有一座绵屏山，指山为唤作包山。因庄后有一带河，名曰玉带河，二官人指海为名，名唤包海。包山大官人娶妻王氏，二官人娶妻李氏。王氏为人心田良善实诚，李氏嫉妒，心地不良。老安人身有贵恙……

王茂斋抄本《龙图公案》第一部

单说文曲星君落凡。在庐州小包村中，有一位员外姓包，名如梅，安人赵氏。所生二子，长名包忠，次名包全，俱是完过了婚。忽然间老安人身怀六甲，到有十三个月分娩。

车府本《包公案》卷六

却说庐州小包村有位员外，姓包，名叫如海，安人赵氏。所生二子，长名包忠，次名包全，俱各完婚。这位赵氏安人，忽然身怀有孕，到有十三个多月并无（按："并无"疑为误字）分娩。

车府本《三侠五义》首部

（原抄本缺页）

无独有偶，石韵书《全本小包村》的人物姓名和《龙图耳录》的文辞大体一致，而王茂斋抄本与车府唱本的文字则相差无几。倘如说《龙图耳录》是"当年故旧数友（小字注：有祥乐亭、文冶庵二公在内），每日听评书，归而彼此互记，因凑成此书"，显然此书较接近石玉昆的唱本，那么双红堂的石韵书也是较靠近祖本的一种，而王茂斋抄本与车府本，肯定属于另一个系统的本子。再举《全本天齐庙断后》为例：

《龙图耳录》第十五回

即将马勒住，吩咐换地方。不多时，地方来到马头跪倒。老爷闪目观瞧，见此人有三旬上下，手提一根竹竿，双膝跪在尘埃，口称："小人范华宗与钦差大人磕头。"包公问道："此处是何地方？"范华宗道："此处名叫草州桥。虽然有个平桥，却没有河，也没有草，不知当初是怎么起的这个地名儿。小人也很纳闷儿。"两旁吆喝道："少说！少说！"包公又问道："可有公馆无有？"范华宗道："此处虽是通衢之路，却不是镇店马头，并无宾馆。再者，也不是站头。"包兴在旁着急，暗道："你就答应没有公馆就完了，何必说这许多的话呢！"包公在马上用鞭指着，问道："前面高大房子是何人家？"范华宗道："那不是住家的，那是天齐庙。虽说是天齐庙，里面菩萨殿、娘娘殿、老爷庙都有。旁边还有个土地祠，跨所里还有个财神殿。就只有老道看守，也没有和尚。因没有什么香火，也不能多养活人。"包兴喝道："你太唠叨了，谁问你这些！"

石韵书《全本天齐庙断后》

包公说道："叫本处地方。"包兴儿赶着大声说道："叫地方！"众人也连忙接着声道："地方！地方！"地方范华宗正在后面跟着伺候送大人呢，因见前边一迭连声叫地方，他连忙飞跑到老爷的马前，双膝跪倒，冲着文正公磕了几个头，口内说道："小的范华宗，是草州桥的地方，自从一十五岁就在此处充当地方差使，今年四十岁，共在此处充当二十五年了……"包兴在旁边拦住说道："大人叫你原是有话问你，没有叫你来背履历！"地方答应："是，是，二爷说的是。"一面说着，一面把他那两只小眼儿，左瞅瞅这个，右瞅瞅那个，回来又瞅瞅大人，那光景也不知他要怎样。大人问道："范华宗！"地方答应道："小的就是范华宗。"文正公说道："此处可是草州桥的地面？"地方说道："此间正是草州桥。只管都叫草州桥，可是净有桥，就是这一座桥，可就并没有这么一个草州。"一傍喝道："少说！大人没问你这些事。"地方说道："二爷，你那不知道回话的是总得清楚，不家，大人要望（问）我要草州，叫我哪儿找去？"包公问道："此间方（附）近地方可有公所？"地方答道："此处并无有公所。"包公说道："此处既无公所，可有庙宇？"地方答道："这里到（倒）有庙宇，有这么大的一个天齐庙。天齐庙只管天天齐庙，可就是没有杨七郎打擂。"包兴儿暗说道："这小子说话一句一代靶儿，到也别致。"

王茂斋抄本《龙图公案》第十六部

大人命手下人换地方，此处地方姓范名华宗。忽听得一遍声音换地方，这范华宗闻听跑至大人面前跪倒，报道："小的范华宗伺候大人。"包爷问道："此间什么所在？"地方磕（磕）头说："草州桥。"

大人又问前面高大房子，地方说天齐庙。这话未毕，那马直奔天齐庙而去，大人吩咐暂宿此庙。

车府本《包公案》卷三十三

却说草州桥的地方，跑至大人马前跪倒，说："小人地方名叫范华宗，伺候大人。"包大人问道："此间什么地名？"范华宗叩头说道："此处叫作草州桥。"大人又问道："前面大房子是何所在呢？"这地方说："那高大房子，那是天齐庙。"大人吩咐打道天齐庙。

车府本《三侠五义》第十六部

大人命手下之人换地方。此处的地方姓范，名叫华宗，正在那里赶撵闲人。忽听一片声音说换地方，这范华宗闻听跪在大人的马前，报道："小的草州桥地方范华宗伺候大人。"包爷问道："此间什么所在？"地方叩头说："草州桥。"大人问道："前高大房子是何所在？"地方说："是天齐庙。"大人吩咐打道天齐庙。

上述例子再次说明石韵书《全本天齐庙断后》，如同《龙图耳录》的描述，都侧重于刻画范华宗话多而又啰嗦的性格，而其他三本的范华宗则缺少性格描写，文辞也大体相同，我们有理由怀疑这两个本子属于一个说唱系统的本子。按王茂斋抄本第四十一部封底注明的抄录时间，是咸丰年末、同治年初就已存在这个母本。至于王茂斋，抑或车府《三侠五义》与《包公案》抄录自哪一个本子，或是彼此互抄，很值得求证。例如，三个本子的情节文字基本雷同，可对于李宸妃入宫，《包公案》则详细描述了李宸妃的家世，太山庙戴发修行，真宗游山，一见钟情，收入中宫，册封玉宸宫。而王茂斋抄本和车府本《三侠五义》，则叙述得极为简略：

王茂斋《三侠五义》抄本

原来这位皇帝，八字犯天狗星串宫，所以不立子嗣。后来圣上代领群臣太上行山（上太行山）焚香，收了一位李妃，封为后宸宫的娘娘，十分得宠，这才惹出一件大事来。若非文曲星下凡，保宋氏江山，断明此事，焉能分出忠奸二字。此是后话，别论。

车府《三侠五义》唱本

谁知这位天子，八字之中命犯天狗星川宫，所以不立子嗣。后来，天子代领群臣上太山庙焚香，收来一位李妃，封后哀宫的一位娘娘，十分得宠，这才惹出一件大事。到后来，并（若）非文曲星下凡，来保大宋的江山，因此与幼主分出忠奸二字。此是后话。

很明显，两个本子应属于同一个血缘关系的本子，至于它们的谱系关系，谁前谁后，谁抄谁，就如同《水浒传》《三国演义》的版本问题一样，难以准确说清楚来龙去脉的。

至于石韵书，则属另一种说唱系统的本子，这不仅是文辞上同三个唱本有区别，重要的是某些情节和细节也不同于其他三个唱本，先看以下例证：

石韵书《全本小包村》	龙图耳录	王茂斋抄本	车府本
包拯山中放牧，忽雷电交加，避雨古庙，一女狐也躲进庙中，免去一难。	同	无	无

石韵书《全本小包村》	龙图耳录	王茂斋抄本	车府本
包拯赴京会试，在饭店初识展昭。错投金龙寺，展救出包拯、包兴，孟老伯店内吃豆腐。	同	无	无
三元镇缺盘费，包兴诓称包拯能捉妖，隐逸村招亲。	同	无	无

石韵书《全本斩庞坤》	龙图耳录	王茂斋抄本	车府本
包拯假称帮庞坤解困，诱庞签字画押，铡了庞坤。	同	无诱骗	同王茂斋抄本
陈州太守姜顽追随庞坤，助纣为虐，庞坤被斩后畏罪自缢。解救了田启元家人田忠，平反了田启元冤狱，与母亲妻子团聚。	同	无	无

石韵书《全本天齐庙断后》	龙图耳录	王茂斋抄本	车府本
包拯坐轿行到草州桥，突然轿杆双折，换乘马马不行。	同	乘马马不行，无乘轿	乘马马不行，无乘轿
包拯向朝廷保举公孙策、张龙、赵虎、王朝、马汉之功，仁宗授公孙策部郎，其余四人从校尉，仍跟随包拯效力。	同	无	无

　　本书所举的例证，看来均属于少量的细小例证，还不足以说明分属两种版本系统，可是倘若我们以三种唱本同《龙图耳录》比较，不难发现两者的后半部与结尾截然相反。

　　由于留传于世的石韵书仅是散本，并非是有头有尾的长篇足本，我们无法确切判断石韵书的后半部是否同其他三个唱本一致还是不一致。但是前文所举的许多例证都证明，石韵书的故事情节贴近《龙图耳录》，而《龙图耳录》是依据石玉昆的说唱本整理而成书的，那么以三种唱本同《龙图耳录》比较，可以反证另一种说唱本的版本情况。换言之，说唱本后半部，也存在两种不同的描述和结尾。

唱本的后半部与结尾同《龙图耳录》截然相反

车府本《三侠五义》与《包公案》从首部或卷一狸猫换太子始，到第四十八部或卷一百八蒋平扮云游道士私访，桑花镇巧遇韩章，二人协力捉花冲，基本情节大体与《龙图耳录》一致。而从第四十九部或卷一百九，则叙说襄阳府捉赵王，攻打赫郎山，破通网阵，同《龙图耳录》第八十四回以后的情节，如救沙龙，定军山劝钟雄反正，丝毫不搭界。后半部凝聚众侠客的核心官员，则由颜查散改为倪继祖。主要情节的区别分述如下。

1. 捉住花冲后蒋平又捉到盗取小儿心肝的徐黑虎，一并解往开封府。徐黑虎交代，他本是赵王手下的旗牌军，赵王的军师蔡世雄建议赵王修建一高楼，内放定国瓶，这可保证襄阳兴旺，大宋倾倒。盗取小儿心肝是为明年起兵时聚魂瓶用。

2. 公孙策认为襄王乃仁宗族叔，建议包拯暂不奏明仁宗为好，待私访查明真相后再决定下一步行动。公孙策装扮江湖郎中，带领叶千到汉阳府。恰好赵王的儿子赵方好色贪淫，掏空身子，命在旦夕。公孙策吹嘘自幼受过异人传授，不论何种怪病都能治好，被请进王府，趁住王府花园之机，潜入高楼，发现乾坤瓶，并从管家口中探得，明春襄王将会同赫郎山人马起事。

3. 包拯根据徐黑虎案，马忠盗取九龙冠联结赵王，以及公孙策拿到的乾坤瓶，上奏仁宗。仁宗大怒，传旨派锦衣卫带领校尉捉马忠来京审问，"再访襄阳王赵凯，如有形迹奏寡人"。

4. 元宵灯节，欧阳春、治（智）化、丁照兰、艾虎等潜入马强家中，救出马强家人抢来的张巧云，杀死匪徒张豹、王春，混战中，赛孔明沈仲元保护马强逃走。沈仲元是马强的死党，而不是卧底的侠士。

5. 徐彦龙为配合倪继祖擒拿马强，带领独风岭贺兰英、徐凤英两女将和喽兵堵截，在土地庙内捉获马强和沈仲元，转送汉阳府，又解往开封府，连同马忠共七人斩首。

6. 襄阳王赵凯逃往赫郎山，仁宗命五军都督定远侯高钦，殿前太尉党怀忠，带领三千人马剿赫郎山贼寇，捉拿赵王来京问罪。军师蔡世雄请师父陷空岛的碧霞真人朱道灵出山，布下八卦铜（通）网阵。

7. 叛逆集团的元帅邓车率五千人马攻打襄阳城，为解孝感之围，北侠欧阳春大战二郎山寨主花茂。

8. 洪秀才告黑猿精奸淫妻子，治化捉拿黑猿精被困树上，倪继祖只好祈祷上天降妖。此时惊动了一位大罗天仙，乃是天台山孙腆老祖，遣护法灵官去降服。欧阳春、艾虎与众兵战黑猿精时，又来了一位关帝圣君，挥动青龙刀，砍落猿头，祥云一纵，神归本位。

9. 高钦率前部先锋白玉堂，左哨韩彰，右哨蒋平，后队徐庆等攻打赫郎山。穿山鼠徐庆主动讨战被擒。白玉堂心想仗着自家本领，刺杀山中众寇，擒拿襄阳王，救出徐庆，建立奇功，颜面增光，于是独自一人上赫郎山，闯通网阵。但是，刚过寨门，猛见山坡上有一个大如车轮，浑身漆黑，双眼发亮的怪物，口中喷出白丝，将白玉堂紧紧裹住。那怪物上来咬破白玉堂咽喉，吸吃周身的血气，一代英雄死在妖邪之手。徐庆运用缩身法逃出石洞，在山凹中发现一个白毡包，摸了摸好像里边包着一个人，大约是喽兵所说的"奸细"。徐庆扛了回去，以为可以救活他，打开一看，原来是白玉堂。

10. 包拯卧游仙枕到阴府查碧霞真人朱道灵是何许人，阴君秦王迎接，判官查出乃千年蜘蛛修炼成人形，在陷空岛内，参星拜斗成大道；又偷听过佛祖讲经文，通网阵系蜘蛛丝织成。秦王带领包拯到天庭拜见天帝，请求降服。玉帝下旨，众神前往协助，并赠给包拯照妖镜，先用照妖镜锁住，现其原形，再焚烧用黄纸书写的九天应元雷声普天化尊的符咒，可调雷部轰击妖道。

11. 朱道灵又请圣手真人吴飞天助阵，对抗宋军。

12. 贺兰英的师父火云圣母，给贺一个仙葫芦，内有纯阳三昧真火，称用此可破妖阵，又给贺一神帖，焚烧后神将可下界助阵。

13. 高钦率军征讨赫郎山，丁照蕙与吴飞天争斗，徐凤英焚烧灵符，惊动了天神下界，吴飞天吓得变了原形，原来是一个一丈多长金蜈蛤，天神用诛妖剑斩杀了蜈蛤。朱道灵派蔡世雄保护通网阵，随即亲自上阵，与高元帅大战。朱道灵运动丹田，把口一张，喷出一股白气，高钦自觉一阵腥臭气扑鼻，头迷眼昏。正在此时，哪吒三太子奉李天王之命，唯恐妖灵损伤宋将，用九龙神火罩破了邪法，朱道灵驾妖风逃走，雷神阻住去路，雷部中四帅轮番轰击，朱道灵现出蜘蛛原形死去。

14. 徐凤英、贺兰英破了通网阵，杀了蔡世雄，宋军踏平了赫郎山，襄阳王被捉，寨主马隆投奔西凉。

15. 欧阳春、展昭、丁氏兄弟、智化、卢方等五义向包拯提出辞官归隐，得到仁宗批准。襄阳王在开封府被斩首。

王茂斋抄本《龙图公案》虽然是未完稿的抄本，只抄录了相当于《龙图耳录》的七十六回，没有后半部和结尾，但从文中提及的许多细节及情节设置看，显然和车府本《三侠五义》与《包公案》一致，而同《龙图耳录》有别，请看下表：

王茂斋抄本	车府本	龙图耳录
诸葛遂与包拯为同窗好友，就学于宁老先生，同考科举，诸葛未中，出家相国寺，即了然和尚。	同	无
包拯审乌盆案，为了获得证据，焚香祈祷钟馗显灵作证。	同	无
杀僧案插入妓女马玉鲜与张巧云。	同	无
陈州饥民逃难到芦花荡，卢方派白玉堂去陈州查看庞坤罪行，卢方之子卢勇青跟随。	同	无
白玉堂与项福自幼同师学艺。	同	无
雨墨为救颜查散告状开封府。	同	无
寇准断水月庵三尼僧被杀案。	同	无

王茂斋抄本	车府本	龙图耳录
公孙策私访卜良杀尼案。	同	无
公孙策叶千私访李保谋杀许明亮案。李孟兰、张自成被诬为奸夫淫妇谋杀许明亮案。	同	无
太平庄马眼抢走包兴的坐骑，包兴告吴江县。	同	无
太平庄马岗家奴嘎七、马八向倪继祖老家人倪忠讨债，丁照惠代还债务。	同	无
徐黑虎奉襄阳王命盗取小儿心肝放入聚魂瓶内，将瓶放置十三尺高楼上。	同	无
襄阳王仗着赫郎山中众贼寇，朝内马忠与庞文，还有西湖文武皆一体，他稳坐襄阳起反心。	同	无
包拯命公孙策去襄阳私访，了解襄阳王动态后再决定上奏仁宗。	同	无
沈仲元（按：说唱本为沈仲文）不是卧底的侠客，而是马强的死党。智化系信阳府总兵治龙之子，名为治（智）化，号赫猿狐，他的母亲韩氏，却是韩章的姑母。	同	无
欧阳春说卧龙崖的沙龙，和他同师学艺，可邀请他参与平定襄阳王叛乱的行动。	同	无

上述排列无疑传递了两种信息：一是说唱本可能存在两种版本系统，前半部许多情节与细节不一致，后半部与结尾竟然是两种写法；二是散文体的《龙图耳录》《三侠五义》，乃至《小五义》，同王茂斋抄本、车府本唱本，也属于不同系统，开创散文系统故事情节的是《龙图耳录》。

两个版本系统：说唱系统与散文系统

谢蓝斋本《龙图耳录》卷首云："《龙图公案》一书，原有成稿，说部中演了三十余回，野史内读了六十多本，虽则传奇志异，难免鬼怪妖邪。今将此书翻旧出新，不但删去异端邪说之事，另具一番慧妙，却又攒出惊天动地之文。"这已明确指出《龙图耳录》成书之前，已"原有成稿"，而这个成稿，在说部中演述的，或野史续编的，是有"鬼怪妖邪""异端邪说之事"的。《龙图耳录》编者们则另具一番慧眼，"翻旧出新，添长补短，删去邪说之事，改出正大之文。"换言之，《龙图耳录》并非仅是"耳录"的成果，其间有许多整理者的再创作，这就形成了说唱《三侠五义》或《包公案》，与散文体的《龙图耳录》《三侠五义》(《忠烈侠义传》)，分属两个不同系统的版本，这不只是有无唱词的区别，重要的是有无鬼怪妖邪之分。毫无疑问，车府本《三侠五义》与《包公案》，包括王茂斋的未完本《龙图公案》，都同属于一个系统的本子。

我们从《小五义》中也可以获得点滴反证，证明《龙图耳录》后半部与结尾不同于说唱本；证明散文系统版本的存在；同时也证明《小五义》是沿着《龙图耳录》的思路进行创作的。文光楼主人《小五义》序中曾说："适友人与石玉昆门徒素相往来，偶在铺中闲谈，言及此书，余即托之搜寻。友人去不多日，即将石先生原稿携来，共三百余回，计七八十本，三千多篇，分上、中、下三部，总名《忠烈侠义传》。原无大小之说，因上部《七侠五义》为创始之人，故谓之'大五义'，中、下二部《五义》，即其后人出世，故谓之'小五义'。余翻阅一遍，前后一气，脉络贯通，与坊刻前部略有异同。"其实文光楼主人看过的所谓原稿，特别是其中的第二部，即《小五义》，是否为石玉昆原稿，很值得怀疑，因为他所谓上部《七侠五义》的书名，本是俞樾（曲园）的更名，并非是石玉昆原说唱本的总名；况且《小五义》的叙事风格不同于《龙图耳录》，显然出于不同人之手，非是石氏原稿。

但是，《小五义》的回目设置，叙述者关于创作背景的评述，却向我们印证了《龙图耳录》后半部的主要情节，其中心议题是定军山劝钟雄归正，而车府本《三侠五义》《包公案》与王茂斋本《龙图公案》，根本就没有定军山的故事情节。至于《小五义》，尽管说是石先生原稿，可四十多回《龙图耳录》回目的重述，说明他传承的是散文系统而不是说唱系统，系依据《龙图耳录》提示进行延伸，而不依从说唱本。此其一。

其二，第三十三回，说话人评述说：

> 列公，你们看书的，众位看此书，也是《七侠五义》的后尾，可与他们先前的不同。他们那前套还倒可以，一到五义士坠铜网，净是糊说。铜网阵口称是八卦，连卦爻都不能说得明白，故此余下此书，由铜网阵说起。列公，请看书中的"情理"二字。他那个书上也有君山，这书上也是君山。君山与君山不同，众公千万不可一体看待。

"五义士坠铜网"，即《龙图耳录》第一百五回的三探冲霄玉堂遭害，而说唱本是白玉堂赫郎山探营，被设通网阵的蜘蛛精，人称碧霞真人的朱道灵，吐毒丝裹住，咬破咽喉，吸血而死。显然，《小五义》的铜网阵非说唱本的通网阵。定军山情节说唱本无。

其三，第四十八回，叙述人评论北侠欧阳春与沈仲元的关系时说道：

> 列位，前文说过，此书与他们那《忠烈侠义传》不同，他们那所说北侠与沈中元是师兄弟，似乎北侠这样英雄，岂肯教师弟入贼队之中？这是一。二则间沈中元在霸王庄出主意，教邓车涂抹脸面，假充北侠，在马强的家中明火。若是师兄弟，此理如何说的下去？这乃是当初石先生的原本，不敢画蛇添足。原本两个人，一个是侠客，一个是贼。如果真若是师兄弟，北侠也得惊心。

按：说唱本《三侠五义》的确将欧阳春和沈中元判定为师兄弟，并且沈中元死心塌地跟随襄阳王和马强，终以大逆谋反罪押送开封府，和马强一起被包拯斩首。《龙图耳录》的沈仲元则是卧底的侠客，先是混迹于马强的招贤馆内，马强被抓，则又跟随马强的残部投靠襄阳王，"在其中调停，暗暗给他破格"，继续充当卧底的角色。《小五义》则让沈仲元回到宋朝廷，第一百一十二回，他向颜查散解释"屈情"时说道：

> 罪民姓沈，叫沈仲元……先在王爷府，非是跟着王爷叛反。罪民料着大宋必然派人捉拿王驾千岁，罪民在府中好得他消息。不料大人特旨出京，不想白五老爷一旦之间失于检点，误中他们的诡计，为国捐躯，丧于铜网。可惜他老人家那样年岁，竟自丧在王府。……可惜罪民一人独为难成。可巧王爷派邓车行刺，罪民明与他巡风，暗地保护着大人，一者拿住刺客，以作进身之计。不料大人那里徐、韩二位老爷，把他追将出来，追来追去，不知他的去向了。那时罪民在旁边嚷道："邓大哥，桥底下可藏不住你。"竟有如此者好几次。罪民明是向着邓车，暗是向着徐、韩二位老爷……这才把韩二爷提醒，用拍箭将他打倒，将他拿住。

白五爷"失于检点"，丧在王府"铜网""邓车行刺"，向徐、韩二人提供邓车行迹云云都发生在《龙图耳录》，而同说唱本毫无关系。"原本两个人，一个是侠客，一个是贼"，说唱本就是如此设计的，那么，"这乃是当初石先生的原本"，显然是指说唱系统的本子。可见不同的版本系统，沈仲元有不同的命运。

其四，第五十三回，艾虎对胡小记说他是杭州霸王庄人氏，说话人道：

> 你道艾虎就打开封府出首，六堂会审，认真假马朝贤，发配大名府之后，无论谁问，总不爱说出他是杭州的人氏来。自打到了卧

虎沟，见沙伯父之后，再有人问，就说卧虎沟人氏。

出首马朝贤事在《龙图耳录》第八十一回至第八十三回。说唱本《三侠五义》《包公案》与《龙图公案》，只记艾虎带着倪继祖写给包拯的信函，谓马忠盗取龙冠献给襄王，并呈上龙牌，证明珍珠冠确为马忠盗走，没有六堂会审及辨认真假马朝贤的情节。卧虎沟事也为《龙图耳录》所有，不见说唱本。

其五，第五十七回，说话人评论徐良的山西口音道：

按说徐良说话可是山西的口音，这要写在书上就不能按山西口音了。要论山西的口音，盆明不分，敦东不分。不信，诸位与山西人说话，就说棚底下有一个大盆，到东边敦一敦。要教山西人说，盆底阿有一怀大棚，到敦边东一东。要是打油，他告诉妈恼；要是买蜡，他就说妈油。再说前套《三侠五义》，有段男女错还魂的节目，屈良、屈申两个说话，下面都要缀上山西的字音，这可不能，是何缘故？

屈良、屈申事在第二十三回、第二十四回、第二十五回。兄弟俩为山西人，开设一木厂，买卖做得兴旺。屈申出外贸易，夜晚住李保店中，被李杀害，丢在北上坡庙后。过路人发现，屈申突然苏醒，开口竟然是娇滴滴女人腔，述说自己被马强抢去，关闭在后楼，欲行苟且的经过。原来这女人是钦点状元范仲禹妻子的阴魂附在屈申身上，而屈申的阴魂却附在了白玉莲的身上，包拯借游仙枕到阴府查明魂魄错附体的原因，用古镜恢复了各自原身。令人诧异的是，这匪夷所思的情节，并没被说唱本系统所吸收。

其六，第一百十八回，双锤将崔德成强娶朱文女儿为妻，智化、北侠、南侠等充做送亲团打杀崔德成，智化仍装扮乡下人，说话人补充道："智爷装的乡下人，仍像前套上盗冠的时节，学了一口河间府话，滑拳净叫'满堂红'。"所谓"前套上盗冠的时节"，系指《龙图耳录》第七十九回、第八十回，智化为了到京城盗取九龙珍珠冠，请来双侠老管家裴福和孙女英姐，扮作父子、祖孙三辈逃荒者，悄进东京，在御河打小工，说的是一口河间话。说唱本系统虽然也有治（智）化盗御冠的情节，但却是独自一人潜入皇宫，尾随值班警卫找到四值库，从正门进人。盗走龙冠后，又跑到大殿内，看仁宗进膳，显然不同于散文本的情节处理。

勿论文光楼主人怎样强调《小五义》为石氏原稿，属《三侠五义》的后套，可他在书中屡屡提到的前套《三侠五义》的情节和细节，其实皆为《龙图耳录》所有，而同说唱本《三侠五义》或《包公案》《龙图公案》有别。我们可以肯定地说，改造说唱系统的故事情节，建构散文体的是《龙图耳录》，《三侠五义》《七侠五义》乃至《小五义》《续小五义》，都是在"耳录"的基础上进行雅化，或是再演述形成散文体系统，谁都不是独立的石氏原稿。问题是，倘若说唱本为两个系统，那么两个系统中哪一个系统接近，或者就是石玉昆演唱的内容？石玉昆说唱《龙图公案》带不带"鬼怪妖邪"的内容？因为问竹主人、退思主人及迷道人序中只云说部中演述的有鬼怪妖邪、异端邪说，而没有指明是石玉昆的演述，或是石玉昆弟子或再传弟子的演述，所以此问题是有待进一步的研究的课题。

侠客短打转向阵地战

说唱系统的《三侠五义》的后半部转向清剿赫（黑）郎山叛逆，侠客们骑着马作战，一派正规军的编制。试看车府本说唱《三侠五义》第七十二部的描写：卢方按照包拯的指示，去支援高钦攻打赫郎山。次日清晨，同徐庆、韩章、蒋平、白玉堂上马出城，到教军场领三千军往汉阳而来。次日到高元帅大寨，高元帅、党太尉同随军众将出营迎接。天晚，大家安歇。次日，元帅传令，人马合为一处，大队起程，只听三声炮响惊天地。前部先锋为锦毛鼠，左是韩彰，右是蒋平，后队压阵为徐庆。来到赫郎山，高元帅问："哪位将军前去讨战？"白玉堂性子急，闻听此言，才要向前，穿山鼠徐庆先走了一步，向前高呼："印主，末将不才，愿去与山寇见阵！"只见徐庆穿着连环金甲，前后护心镜，骑一匹浑红枣骏马，手拿一杆钢枪，高叫道："快报上名来，好在疆场做鬼！"山寇张川问："汝是何人？胆敢前来讨战！"徐庆答道："我乃大宋天子驾下称臣，官拜前卫之职，奉旨前来协助高元帅捉拿反王赵凯……"

更让人忍俊不禁的是，擅长水战、惯使短武器钢刺的蒋平，也穿上铁甲，斜插宝剑，手持大砍刀，开口也是"我乃大宋仁宗天子驾下称臣，官拜御前侍卫，姓蒋名平，绰号翻江鼠是也，奉旨……"使剑的展昭，改用渗金枪，只有欧阳春还握着宝刀，目的是让他砍削对手的兵器，但也是骑马作战。读者不免要问：这是写侠客们斗狠，还是历史演义小说的战将们对阵呢？倘如不表现侠客们高来高往，轻功、暗器、剑术、刀法等，这小说还能看下去吗？

细节描写不精细

也许说唱本属于抒情艺术，偏重于情感心理的描述，不同于叙事小说《龙图耳录》，突出强调故事情节和细节的丰富性，因而不同的表现手段就产生了不同的艺术效果。例如，说唱系统和散文系统都写了雨墨跟随颜查散上京赶考，双义镇遇金懋叔——实为白玉堂的情节。这位穿一件零碎的蓝衫，系一根少穗的旧丝绦儿，登一双无跟的皂靴头儿，满面的尘垢，一派寒酸的穷书生竟然对吃鱼很有研究：不但要一斤的活鲤鱼，而且尾巴像那胭脂瓣儿一般，新鲜的刚打上来的鱼。鲜爆鱼时的配头，要加青笋尖儿上头的尖儿，不但嫩，而且是碧绿的，切成条儿，要吃时，着嘴里一咬，那样咯吱吱的才好。鱼做好后，小二端来，你看金生的吃相：

金生便让颜生道："鱼是要吃热的；若冷了，就要发腥了。"雨墨在旁暗道："冷了就发腥，这要是豆豉鱼，不是冷的么？炖细鳞白定冻儿，不是冷的么？人家偏要吃凉冻儿，怎么一点儿不发腥呢？独他说鱼又吃不得冷的，充假姥姥来了。"又见金生先布了颜生一块，自己便从鱼背上用筷子一桦，蘸了姜、醋，吃一块鱼，喝一盅酒，连称："快哉，快哉！"将这一面吃完了，把筷子往鱼鳃内一插，一翻手就将鱼的那面翻过来，又布了颜生一块，仍用筷子一桦，又是一块一盅，将这一面也吃了，然后要了一个中碗来，将蒸的面食双落儿一对拼在碗内四个，舀了鱼汤，泡上个稀烂，端起呼喽喽吃了，又将碟子扣上，将盘子那边支起，舀了三匙汤喝了，放下碗道："吾是饱了，颜兄自便，莫拘。"颜生此时也就饱了，二人离席。

金懋叔显然是吃鱼的里手——严格说来只限北方人吃鱼的方法。他不仅知道加什么配头，而且知道怎样下筷子，配什么酒吃鱼。可是金生的吃相很难看，旁若无人，只布了颜生两块鱼，一条鱼几乎让他吃光，并且用一对双落儿泡鱼汤，好像饿了几天，没有吃饭似的。其实一方面，再现了白玉堂对鱼的偏爱，因为其他的菜，"金生连筷子动也不动"；另一方面，白玉堂以狼狈的吃相测试颜查散的为人，白玉堂是很有心计的。正因为颜生的豪爽义气、真诚纯正感动了白玉堂，因而才同颜查散结为生死之交，此后为协助颜查散打击襄王，误坠铜网阵，牺牲了自己。反之，说唱本《三侠五义》却是另一种描写：

当下走堂的端鱼桶，好几条金色鲤鱼，金相公挑一条，命堂官拿去，对鸭汤，抛去浮油，加口蘑、香草、紫菜外用尖上尖。一个走堂的愣了，并不知何为尖上尖。玉（雨）墨说："尖上尖是要上好的青笋尖，还要嫩，其名就是尖上尖。"……当下见走堂的端进鱼来，玉墨将酒坛打去泥，斟上四大盅。听相公说："这个盅儿几时才能吃完呢？"命堂官取一个大碗来，就一碗一碗的吃个不住，这玉墨手脚不闲，尽是斟酒。金相公将鱼一阵吃个干净，将馒首辫在鱼汤内，也（吃）完了，将盘子一推。

　　很明显，说唱本叙述重点不在刻画人物性格上，为了快速推进故事情节发展进程，常用说书人的唱词和叙述代替人物的语言动作，这就节省了细节描写的笔墨，当然也减弱了人物性格刻画的力度。因此说唱本对白玉堂的挑剔、顽皮而又有心计，雨墨的精细、小气，颜查散的豪放与呆气的性格特征，及彼此间的矛盾冲突作细腻描绘，不如散文本切割得清楚，因而读来不够生动有趣。

老调重弹——从形态学角度修正
古代白话小说研究的观点

笔者不能说读懂了中国古代白话小说发展历史和发展中存在的诸种问题，因为迄今仍有许多困惑，对时下小说研究觉得存在许多误区。现列几条请教方家。

一、别拿西方小说贬低中国古代小说

夏志清在《中国古典小说导论》中曾说："无论中国批评风尚如何，我们有一点是不辩自明的：尽管我们清楚地知道中国小说有许多特色，但这些特色唯有通过历史才能充分了解，而除非我们以西方小说的尺度来考察，我们无法给中国小说以完全公正的评价（除了像《源氏物语》这种孤立的杰作而外，所有非西方传统小说与中国小说相比都显得微不足道，但在西方小说冲击之下，它们在现代都采取了新的方向）。……我们不能指中国的白话小说以其脱于说书人的低微出身满足现代高格调的欣赏要求。"❶ 夏志清先生的话有一定道理，如用西方小说的尺度考察中国小说，如古代白话小说，当然不能满足现代高格调的欣赏要求。但遗憾的是，夏先生虽然也承认中国小说有许多特色，"所有非西方传统小说与中国小说相比都显得微不足道"，言外之意，西方传统小说，或是在西方小说冲击之下，采取了新的方向的小说，优越于出身低微的说书人说的小说。与此

---

❶ 夏志清：《中国古典小说导论》第一章《导论》，安徽人民出版社 1988 年 9 月版。

同理，在夏氏看来，我们在评价中国古代小说时，"除非我们以西方小说的尺度来考察"，否则"我们无法给中国小说以完全公正的评价"，显然，这话说得有点绝对，并且还散发着文化沙文主义和欧美文化中心论的意味，至少潜意识中含有文化优越的傲慢。

客观地说，研讨中国古代小说，特别是分析其形态时，西方小说的艺术创作经验及其理论批评可以作为借鉴和参照，但要以此为尺度判定中国小说的优劣，高雅与低俗，则未必准确公正。因为各个国家民族小说及其形态的形成，都有其独特的社会、经济、文化、心理诸多因素的原因，无论哪种形式，都显露出本民族的审美意识，不同于别个民族和国家而存在，反映了某个特定历史时期的文化现象，无所谓高低之分，更不必扬此抑彼。中国古代小说研究者的任务，是探究分析白话小说形成的原因与特征，诸种表象在发展过程中的变异，而不是借用西方理论一般性的论说小说典型、情节等缺乏个性的老生常谈的论证，更不应以某个国家的小说形态去否定另一个民族形态的小说。比较优劣固然有历史错位的可笑，驴唇不对马嘴的牵强，同时含有企图建立世界统一的、唯我独尊的文艺尺度，把自己的价值观强加于人之嫌，"你为什么要求最丰富的东西——精神只能有一种存在形式呢？"❶这里的问题关键在于西方学者和学界的某些年轻朋友，始终未读懂中国古代白话小说的性格。

二、别忽视中国古代白话小说的特殊性格

严格地说，说话艺术及转入书面阅读的话本小说——著者称之为说书体小说，是曲艺而不是现代意义上的小说。可宋元人偏偏把说话四家中的短篇话本称之为小说，从此古人乃至今人也认定话本与讲史嫁接而形成的长篇白话小说如《水浒传》叫小说，显然同西

---

❶ 马克思：《评普鲁士最近书报查令》，《马克思恩格斯全集》第一卷，人民出版社1956年12月版。

方小说具有不同形态。"小说"只是个符号，值得研究的是在怎样的
情势下形成如此的特性。

研究其特性形成，应从两个方面挖掘：一是从说与听的审美
关系入手，说得具体点，宋元时的说话，是说话艺人面对听众讲说
（有形体动作）各类故事和朝代历史，说与听的审美关系决定了白话
长短篇小说看官听说的叙事语式。开篇的开卷诗入话，有诗为证的
诠释与描绘，我且问你的种种套语，散场诗的收尾，以及讲究故事
性，缀段式情节结构，单纯明晰的人物性格，善于铺排而又带有装
饰性的语言等，都有别于西方小说❶。即便是明以降，转入书面阅读
的小说，仍然是沿袭虚拟的说话人向看官——虚拟的听众讲说故事，
并未因此而改变其特性。

二是中国人的哲学思想、审美意识、审美情态怎样影响和制约
着小说家和小说。此问题看来有点广泛，不着边际，可细思之，时
下的研究又常常脱离了中国小说的实际。例如，小说人物的塑造，
且不说儒家的人格理想、实用理性的思想影响着作者，使得他们的
审美意识与封建伦理观念紧密地结合在一起，审美情趣沉积着伦理
观念和道德要求，传统的义务本位精神影响着作者审美感情，这就
使中国小说家在创造每个典型人物时，都要经过理性主义染色板的
调制，美与丑、善与恶都要非常明晰和确定，以强烈的理智形态呈
现出来。人物性格的结构不可能是多层次的，性格的光谱也不可能
是多色的，而是比较单纯，并且往往强调那些具有社会普遍伦常观
念，描写那些最能培养高尚品质和高尚情操的东西。中国小说家这
种以个体与社会的统一作为自己典型创造的前提，力求从这统一中
寻找美，并且把美同伦理道德的善联系起来，把美与善提到首位。
因此，本质的说，中国传统文化心理造成了小说人物自我性格的压
缩，为突出和强调某一方面的审美理想和伦理观念，抑制了人物性

---

❶ 参见鲁德才：《古代白话小说形态发展史论》第一章《总论》，南开大学出版社
2002年12月版。

格其他侧面的表现。显然不同于西方小说突出自我的确立，认为每个人都是他自己内在因素的创造物，强调个人的美感，欣赏自我意识和意志能否实现，能否以自我组织的方式去面对社会的挑战，实现自我完成。近世的存在主义自我疆界的观念更为明确，他们主张一个人只有从所有的社会角色中撤出，并且以自我做为基地，对这些角色做出内省式的再考虑时，他的存在才开始存在。所以，西方的小说必然要表现个体的灵与肉的激烈冲突的人物。灵与肉的分裂，个体与社会的对抗，必然形成人物性格的复杂多面。

传播的形式培养了观众或读者的审美习惯；反之，观众或读者的审美习惯又影响了作者或传播者的创作选择。比较地说，说话艺术和说书体小说塑造人物性格的方法限制了小说家的手脚。因为说话是诉诸听觉的艺术，说和听的审美关系，决定叙述人首先要适应听众的审美需要和趣味，然后再征服听众。因此人物性格要单纯明确，能使听众很快把握每个人物的主要性格特征，不大可能接受和理解人物性格内部多层矛盾关系的写法，否则听众把握不住人物性格，便失去了听书的兴趣，离场而去，影响票房收入。转入书面阅读的小说除了《红楼梦》有新创造而外，似乎没有根本性的改变。

不过说来好奇怪，从《红楼梦》传抄至正式刊出后，没有一个艺人像《水浒传》《三国演义》那样，讲说全本《红楼梦》的，即使清末民初有说唱子弟书《红楼梦》段子，之后的话剧、戏曲及电影有搬演《红楼梦》的某个情节，但多撷取场面张力强烈、人物性格鲜明的回目，如红楼二尤，王熙凤大闹宁国府；或突出在情感上做戏，如晴雯之死、黛玉葬花；或表现宝黛爱情的单一主题，而小说的多重主题和潜藏的内在意蕴，所谓《红楼梦》初看容易细思难的部分，根本无法体现。

乃至新版电视剧《红楼梦》之所以不叫座，之所以失败也在这里。编导者和小演员们不懂得中国古代白话小说的性格，不懂得进入现代意义小说《红楼梦》和说话艺术或说书体小说《三国演义》

《水浒传》的区别。《三国演义》《水浒传》的人物性格突出，有较强的张力，粗线条的形貌，夸饰的动作，紧张而又有故事性的情节，是很容易转向视觉艺术的影视形式。反之，《红楼梦》人物性格的多侧面，意在言外，象外之象，形散而神不散的结构，高贵而又庸俗的生活环境，适合于读者阅读时反复体味，而演不出内在三昧。这方面的例子有许多，无须我唠叨。

再说时空处理上也不同于西方小说家。也许中国古代小说家接受传统的天人合一的观念，视天（自然）与人的关系上，为心天合一的人生共相——主观的心境与客观自然融而为一，和谐共生，生活的节奏紧密地符合自然界的韵律 ❶。这也必然形成中国人将自然世俗化、生活化，以人与人生为中心的运思趋向，当然也将时间人性化，偏重于时间的流动，追求心理时空。于是中国小说和戏曲、绘画、书法等持有相同的时空意识。如戏曲由演员的主观感觉，虚拟动作表现空间环境，并且不受舞台空间和时间的限制，随着人物（演员）的流动，展示不同时空。又如中国画家对自然界的观照也是能动的，画家的视角不固定在一角，不在一个视点内割取画面，不受视觉规律的约束，而是用画家心灵的眼睛纵横俯仰地观照世界，然后把景界组成一幅气韵生动、有节奏而又和谐统一的画面。

看来中国古代小说同戏曲、绘画、书法有相同相似的观照事物的意识，同受"天人合一"的思想制导，把现实时空放在心里时空的基础上，按照主观心理的原则，重新加以组合，让空间呈现于流动的时间过程中。人物的运动制约了空间的存在、规模及转换的方式，如同戏曲舞台的体现，讲究通过人物的行动或人物主观世界的感受来描写客观世界。甚至可以说以人物自我为中心，空间场面随人走，行动的感觉和空间意识并存，空间场面环境或大或小，或详或略，场面转换或转换幅度，完全由人物行动的流程来决定。有时为了写人，几乎舍去了物体与背景的描绘，只在与人物行动、心理

---

❶ 参见宗白华：《文化幽怀与审美象征》第二章、第三章，北京出版社2005年1月版。

情绪有关联处，简略的描写几笔。由于作者把视点转移给小说中人物的眼睛，如同摄影机的镜头，可以突破时间限制，将不同视角加以融合，形成多视角组合，造成连续动作的印象。这可以说是传统文化思想培植了中国人的审美思想，而中国人的审美思想体现在中国白话小说的叙事形式，处理时空的方法，则形成了独特的有别于西方小说的形态，无疑是对世界小说艺术的一种贡献。

三、过分欣赏通俗化是古代小说家的悲哀

如果说李卓吾、汤显祖、袁氏兄弟、冯梦龙、金圣叹等张扬通俗的小说，把小说提升到和正统文学相同的位置，同时确定了中国白话小说的命名、功能及其性格，是个伟大创举，那么经过数百年间的发展，除了《儒林外史》《红楼梦》还可称道外，白话小说的形式则越来越趋向僵化、凝固，究其原因有三：

（一）小说创作程式化、模式化

有了固定的程式，小说家们便依葫芦画瓢，无须创造什么新形式，只是对固定格式作点改进。且不说整理编辑旧篇，如《清平山堂话本》和"三言"，即使是新作如"二拍"，也同样刻意模仿说话模式。承继原有说书的段子，如《水浒传》，更是完整地保留了原有的模样。清初才子佳人小说创作出现点新气象，出现了专业性的创作群体，倘若通俗白话和文言传奇小说结合，可以实现一次小说革命，可是一切都是浮云，小说家们仍然沉醉于说书体，没有实现革命性的突破。只有《儒林外史》和《红楼梦》的写法有些突变。

（二）书商是通俗化小说的积极推手

明代嘉靖万历年间的熊大木、余象斗既是书商又是小说家刊印了一批《三国志通俗演义》《唐书志传通俗演义》《大宋演义中兴列传》以及《廉明公案》《诸司公案》等小说，其实"三言""二拍"也是奉书商之命而编辑小说。书商们关心的是市场卖点，趣味、通

俗、实用成为他们选材的标准，在万历年间何以出现《详刑公案》《廉明公案》《律条公案》《详情公案》《诸司公案》《明镜公案》六部似小说而非小说，似法家书非法家书，用小说形式宣传诉讼判案的法律大全？显然书商们并未有意识创造一种新的短篇白话小说形式，追求利润价值远远超出追求艺术价值。每当小说萎缩，对市场需求有极高灵敏度的商人们，便立即将民间书场中的段子转印成书面小说。转换的多为历史英雄传奇与侠义公案，这就是为什么清康熙之后，特别是道光咸丰年间，几十种民间说书被刊行的原因之一，古代白话小说又重返说书形式，但无任何新创建。

（三）小说家缺少独立的气质、批判的精神

古代小说家们为了迎合大众的口味和水平，始终流连于通俗的说书体小说之间，并且是整理加工，甚或是改编既成的材料——有的则是相互抄袭借用（这也是古代小说不能创新的原因之一），无法表现出作者的个性和精神价值。那么，以一种浅度的思维及各类逸事奇闻刺激和满足读者的好奇，文人深度思想及理性思考、幻想的天地必然受到阻隔，不可能如《儒林外史》《红楼梦》那样，写出作者自己的神韵和有力度的作品。特别是小说家和古代小说太贴紧封建政治和伦理道德，缺少独立的气质、自由的精神和批判的锋芒。因此，充当作者的知识分子们，既要信守和宣泄自己独特的体验和观念，又要受书商和市场的制约，不得不参与通俗化的促销。既提倡通俗化，与正统的雅文化抗争，又不愿长久受说书体小说的限定；既想独立自主的创作表露作者主体意识的小说，又在从事移植、整理、改编与抄袭，于是白话小说家们始终无法解脱这种二律背反的矛盾，终不能为中国后代白话小说闯出一条新路。

四、《红楼梦》打破传统写法了吗？

鲁迅先生在《中国小说的历史的变迁》中说："至于说到《红楼

梦》的价值……总之自有《红楼梦》出来以后，传统的思想和写法都打破了。"著者以为《红楼梦》对传统写法有因袭，有突破，但并没有彻底打破。对此我曾在《红楼梦》学刊二零零九年四期发表过我的观点，这里再简要概述如下。

（一）叙事观点选择上的困惑

细按《红楼梦》的叙述者大约有编纂者（作者）、说书人、石头、戏剧化的叙述者。尽管我们不能说《红楼梦》是作者的自传，但小说有他自己的经历和家世的影子，却是不争的事实。按其抄本的架势，似乎要采用石头第一人称的叙事，因而石头几次用"蠢物"和"自己"的口吻站出来说话。问题是第一人称视点是有限的，只能限定在他（她）个人的视点内，不能超出感受能力、知识范围和语言能力、他不能事事都在场，通晓一切发生过的事件，于是作者不得不限制石头亮相次数，百二十回本干脆删去了石头的叙事，统改为全知全能的看官听说的观点。但这全知观点又不完全同于传统职业说书人讲述别人写的故事，站在事件之外评述与他的现实无关的故事情节和人物，同小说世界保持一定距离，或像一个唠唠叨叨的向导，不时介入小说，而是站在小说世界之内，如同小说世界中的一个角色，家族中的一个成员——不是作为小说中的人物讲述家族的故事。所以，这种以全知叙事为主，又隐含石头的影子，因而在叙事时，常常不自觉地由全知或第三人称滑落至第一人称，或者说第三人称中含有第一人称因素。从叙事观点而言，可谓是多种叙事的综合。不过小说中不时出现的"看官""正是""因有一诗道"的叙事语式，出入于人物内心的评述，还未能完全摆脱传统的全知观点。比较地说，《儒林外史》除了开头的"看官"，书中有一段对五河县风情的议论外，叙述者退居幕后，采取了客观的第三人称叙事，显然超越了《红楼梦》。

（二）仍是说书体的人物介绍

尽管对出场人物外貌形体的介绍不同于《水浒传》和传统小说

的程式化，有点个性化的描写，如王熙凤、薛宝钗，问题是仍走不出固有的套路，如林黛玉初见贾宝玉，"看其外貌，最是极好，却难知底细，后有人作《西江月》二词批宝玉极确，其词曰……"云云。比较《儒林外史》第二回夏总甲的上场："正说着，外边走进来一个人，两只红眼边，一副锅铁脸，几根黄胡子，歪戴着瓦楞帽，身上青布就如油篓一般；手里拿着一根赶驴的鞭子，走进门来，和众人拱一拱手，一屁股就坐在上席。"这才是小说家的描写，几笔就把一个无赖刻画出来。

（三）因果循环模式的因袭

中国古代小说家有自己的结构观念，即常常按照循环的、宿命的因果观念，在第一回开头和结尾构筑一个准神话故事，以命定观念作为框架，预示王朝成败，人物发生矛盾的原因以及作者的创作意旨，如《三国志平话》《水浒传》《说岳全传》《隋唐演义》等。用因果循环整合小说结构的模式，是古代小说家诠释社会矛盾的一种思维方式，构思的手段。有的小说家相信命定论和前世有缘，后世现报，因而按此理念安排故事情节；反之，有的小说家不过是受说话艺术的影响，引进神仙怪异传说增加趣味性，作者们自己未必全信有此循环，可是遵此法则编织故事，却构成一种模式。

从文学层面和准神话形式看，尽管作者借用大荒山本体世界，预示了宝黛爱情的主线和悲剧结局，更主要的是为转世的宝玉和黛玉提供了最基本的人格特质：纯洁的本性，真实情感与人性，对青春生命的追求，对美好事物的同情与爱心。转世之后，在现实世界中追求理想的人格，而同儒家"归仁养德"为核心的人格模式发生冲突，在真我与假我之间煎熬，到头来，一切追求破灭而重回大荒山。这都是在因袭了传统的滴水之恩，涌泉相报，士为知己者死的报恩主题和两世因缘的循环结构中完成的。笔者提及此点，并非过分苛刻要求古人，而是从是否"都"打破角度论证，进而说明包括《儒林外史》的对应结构，中国小说还未发展到彻底突破的时代。

（四）情节设置的无奈与人物的多余

笔者并不认为《红楼梦》的情节安排已是天工化境，突破了传统的结构观念。事实是第一回作者向读者提示小说的创作意图，提供小说背景的写法，仍是传统小说的老套。第二回冷子兴与贾雨村演说荣、宁二府，似乎借用戏剧化的叙事方法，介绍贾家的历史和人员结构，特别是贾雨村从哲学高度论证贾宝玉的性格特质，这较比用全知观点由叙述者评述，多了一种叙事角度。可是贾雨村关于灵秀之气与残忍乖邪之气混合之论，有点代作者介绍之嫌。就如同有第五回太虚幻境对贾宝玉及十二钗命运的预示，再设计此回介绍贾府主要代表人物，这势必让读者感到非天工而成，而有斧凿痕迹，不得不为之的无奈之举。

至于第四十九回李纨的寡婶带着两个女儿李纹、李绮、薛宝钗的妹子薛宝琴，薛蟠的从弟薛蝌，还有邢夫人的嫂子带着女儿岫烟进京来投邢夫人。笔者觉得他或她们凑在一处，进入大观园，并不是成功之笔，而是累赘。试想一部小说已演进到第四十九回，主要人物与次要人物均已亮相，性格已固定，矛盾都已展开的情景下，除非新出现的人物具有特异的性格，能改变情节发展路线，否则就是可有可无的人物。薛宝琴的出现，既不能参与或是制造宝玉、宝钗、黛玉之间的矛盾，因为宝琴已经许配给梅翰林之子为妻，正欲进京聘嫁，不能成为宝玉妻子的候选对象，对于三角关系不起什么作用，也不能加强或减弱主要人物的张力，更不能加强主题，只不过陪着作诗，增加点大观园色彩，凑凑热闹而已。除非曹雪芹第八十回之后的数十回内有所作为，问题到第八十回还看不到端倪。至于邢岫烟丢弃当票，给小说增加点社会背景材料，提示人们中产之家尚且困窘，更不必说下层百姓。或给史湘云增加些家贫之人资金周转的知识。而由贾母做媒与薛蟠联姻，只能印证封建家长制主导下的婚姻制度，同宝黛的自由婚姻对应，此后和薛蝌一同消失，笔墨措置得并不高明。此外，小说中的诗词并非都是为刻画人物，描绘各种背景材料所必须，在此不必多叙。

五、清官、侠客与流民意识

这是一个问题的两面，体现中国人性的弱点。

当社会制度固有的腐败现象越来越明显，贪官污吏俯拾皆是，社会上的恶势力越来越猖獗，小民遇害而不能自救时，只能寄希望于侠客和有如包公似的清官出来主持公道，扶正扬善，惩治邪恶，以获得精神上的安全感和情绪上的稳定。他们甚至幻想自己就是包公，日剖阳事，晚断阴灵，手握尚方宝剑和金牌，携持三铡，巡按各州府，铲除人间不平。或如自己是会武功的侠客，不畏强暴，快意复仇。这如同阿Q手持钢鞭将你打一样，在想象中超越自己，在想象和崇拜中分沾清官、侠士们的光彩和热情，最终获得心理上的平衡和满足。但是，一个民族过于沉溺侠客与清官，只能是时代混乱，法制建设不健全，个体人格不独立的弱者心态的反映。

反之，以《水浒传》为代表的小说，又突出表现了类似血缘家庭关系的歃血为盟的结拜形式，类亲属结构，如武林师徒关系形成的忠义观念，梁山好汉身上所体现的江湖义气，如鲁智深的路见不平，拔刀相助，反抗强暴；或如武松、林冲为了自身名节勇于复仇，雪恨洗冤，除奸惩恶等。总之，就与主流文化和政治制度的关系而言，他们都属于"不轨正义"的文化离轨者，都具有强烈的独立性和个性，因而游离于社会政权之外，藐视他们所处的社会文化的价值观念，更藐视当时的法制。且不说一部分离轨者官逼民反，参与农民起义，或市民暴动；另一部分或被招安，所谓改邪归正，弃暗投明，但他们身上的"水浒气"仍影响着后代。著者甚至认为，古代的流民习气，经过"文化大革命"打倒在地，再踏上一只脚，乃至今仍有人"东风吹，战鼓擂，这年头谁怕谁"而挑战法制。或是帮会风盛行，难道不是"水浒气"的流毒？

我为何要研究中国古代白话小说的形态*

研究小说艺术形态学的缘起

　　1956 年 9 月，我由广州国企考入南开大学中文系。按教育部的规定，从五六级始改为五年制，可是 1960 年 4 月，中文系却让我提前毕业留校任教。也许是 20 世纪 50 年代，曾跟随著名戏曲家华粹深教授学习戏曲评论，并同河北省戏曲研究室合作编写过河北梆子史，发表过几篇评论电影和戏曲的小文章，所以，1960 年 10 月，经华先生推荐，派至北京中国戏曲研究院戏曲理论研究生班学习戏曲理论和戏曲表演艺术。谁知中文系王达津先生突然患重病，没有人接续中国古代文学批评史课，只有我这个闲人在外游学，于是 1961 年 4 月被调回中文系接课，1973 年才归队，继续研究和讲授元明清文学，1976 年中文系小说戏曲研究室成立，我就专攻中国古代白话小说。

　　中国古代小说可研究的层面很多，我必须寻找一个契合个人兴趣的切入点，深入钻研下去，为小说研究提供一个新角度。考虑到我曾讲授过多年的中国古代文学批评史和元明清文学史，在北京戏曲研究院研修时，看过梅兰芳、程砚秋、荀慧生、尚小云、马连良、

　　＊ 形态学的概念和形态学的研究最初由生物学、解剖学而被引入语言学和文学艺术领域。美国学者托马斯·门罗在《走向科学的美学》（中国文联公司 1984 年版）中说："用科学的方法对艺术进行分析、描述和分类，对这种尝试我们称之为'审美形态学。'"苏联当代美学家莫伊谢伊·萨莫依络维奇·卡冈的《艺术形态学》（生活·新知·三联书店 1986 年版），也是从宏观角度诠释诸家各派对艺术形态学的见解，并不专论小说形态。今人徐岱《小说形态学》（杭州大学出版社 1992 年版），虽专论小说形态学，让人受益匪浅，可惜只论中外小说共有形态，中国古代小说，特别是古代白话小说只是作为例证偶尔出现。

周信芳、盖叫天、李少春、谭富英，以及地方戏曲和话剧著名表演艺术家的演出，对中国戏曲的表演艺术做过深入研究。我深刻感到每个国家和民族的文学艺术，都因其政治、经济、社会、传统思想、民族心理、风格习惯、地域风情等因素，形成各自独特的文学艺术性格，独特的表现形态，从而在历史发展过程中，呈现出不同于别个国家民族的特点。毫无疑问，中国戏曲和古代小说有自己独特的个性，并且有着非常丰富的遗产，亟待我们开掘和研究。遗憾的是，从晚清引进西方文化，特别是"五四"的文学革命，强烈冲击着中国文化的各个领域。就小说而言，否定中国古代白话小说形式，代之以模仿西方小说的创作模式独占文坛。与此同步，欧美文艺思想和小说理论，逐渐为中国学者观照小说的尺度。20世纪50年代始，苏联的文艺理论，如毕达克夫文艺理论教程，为时人奉为圭臬，中国传统的小说观念和小说批评，反而被认为是落后原始的，历史的记忆越发淡漠了。改革开放之后，西方各种理论，各种时尚的小说批评，如结构主义、叙事学、符号学、接受美学、主题学、传播美学、心理学、比较文学等，又像潮水般涌入。许多学者（包括本人）为了开拓学术领域的思维空间，借鉴西方某些批评理论和方法，论证中国古代小说。问题是某些西方学者运用西方理论分析中国白话小说时，却把他们的价值观念强加给中国小说，本末倒置，没有把某种理论批评当作一种工具、一种参照，而是衡量标准和模式，几乎用典型、个性以及情节结构等概念评判各类小说，千人一面，说不出每部小说的特殊性。更令人遗憾的是，某些西方学者，竟然以西方小说作为判定高下的模式，进而贬低中国古代白话小说的价值。种种遗憾激发我去探索中国古代白话小说有怎样不同于西方小说的特殊性，中国人的传统文化心理和审美习惯，民族的认知方式和思维活动的特点对中国小说艺术表现形式的构成有怎样影响，白话小说的发展规律及在发展过程中有怎样的变异等。

我不会像阿Q那样寻找"老子的祖先比你强"的证据，而是按照学术规范，钩沉出史料，来论证中国古人写的中国白话小说的特性，这是我研究小说的意旨。

从小说艺术论到小说形态学

早期的研究偏重于从小说的艺术表现形式来证明小说的民族形式。1982 年天津人民出版社《中国古典小说戏曲探艺录》上载的《中国古代长篇小说艺术表现方法的几个问题》，集中反映了我的研究思路。在这篇文章中，我指出古代小说在发展过程中，诗歌、俳优、说唱、史传、绘画、书法、戏曲都曾给小说以深刻影响，渗进许多因素。其间说书和戏曲艺术形式的影响是最主要的，甚至可以说白话长篇小说的艺术形式，就是宋元说话的变种，小说的民族形式，也是由此而形成的。毫无疑问，我已明确提出了古代长篇小说"是宋元话本的变种"，因此在第一节论证了长篇小说有三条发展线索：一条是《水浒传》类型的小说。它是由口头文学转向书面文学的一个极重要的发展阶段，可是它仍然较多地体现了说书艺术的形式，用说书的艺术手段来结构情节、刻画人物、描绘场面。第二条发展线索是以《三国演义》为代表的历史演义小说。自《三国演义》问世之后，没有一部能与之比肩。其原因就在于说话转向案头小说之后，史实与艺术虚构的矛盾，始终成为讲史小说创作的难题。《三国演义》之所以超出其他历史演义小说，是因为在"谨按史书"的基础上，按照小说创作的内在规律，进行合理的必要的虚构，通过艺术的真实反映历史真实的内在联系和必然规律。写的是《三国演义》，概括的却是有普遍意义的主题，显示出作者对于历史时代和历史人物所做的高出于一般人见解之上的独到认识。第三条小说发展路线，是由《金瓶梅》前行，后继者《儒林外史》《红楼梦》将小说推进到了完美的境界。因为此时的小说已表现出一种新的小说美学观点。即着重表现人的日常生活，人物性格的多面，而不是追求传奇式的人物，也没有那么多夸饰性的描写，并且它已由早期的整理改编，转向纯粹小说家的想象虚构。

在本书的第二节中，我进一步论证了说书作为时间艺术而含有空间艺术的表现方法，这形成了长篇小说艺术表现特征的一种因素。而中国戏曲艺术流动的、富有表现力的形象美的美学思想，也影响了小说创作。

在第三节，我概括了长篇小说的艺术表现方法，受说唱艺术影响而构成共同的特征，即分章回的连环体结构、冲突的戏剧性、性格的行动性、场面的丰富性与趣味性、行动的言语与语言的叙事性。

毫不夸张地说，这篇文章有许多独到的见解和亮点，为小说界提供了某种参照，当然许多问题只是概括性的说明，尚须深入打磨。为此，1983年9月，我为1979、1980级本科生讲授选修课《中国古代小说艺术论》，共八章：第一章说书戏曲与小说；第二章中国古优与小说；第三章中国古代小说的叙事观点；第四章中国古代小说处理空间的艺术；第五章中国古代小说历史情节的提炼；第六章现实情节与非现实情节的结合；第七章偶然性与偶然性情节；第八章中国传统思想与中国古代小说家的典型观念。1984年，天津百花文艺出版社的编辑准备出版我的书稿，书名仍为《中国古代小说艺术论》，茅盾先生为书名题签。令我惊诧的是，一审、二审均通过，交到三审总编手里却压了下来。原来老先生不与时共进，他搞不清什么叫叙事观点，什么是小说的空间艺术，以为我是在"玩花活"。稿子拖延了四年，经我一再抗议，总编放手了，但只印了七百本！后来，据研究生告诉我，此书已被全文贴到网上，点击率很高。

的确，有些问题同传统的论说有点不同，如在第三章中，我借用了法国结构主义的叙事观点，全面总结了中国古代白话小说"看官听说"的叙事模式，也就是说书人（作者）采用第三人称全知视点的叙事形式。叙述者以说话人的身份介入情节中，超离各个人物之外，以凌驾的眼光交代一切人物事件，引导读者或听众进入故事，并时时表明主观态度和价值判断，发挥陈述和诠释的作用。因此，为了调动听者的感受、思考、联想、想象等心理活动的积极运转，缩短说书人与听众的距离，在叙事过程中，经常使用提示、设问、提问、交代、说明、预示、诠释等语气。此外，我在本章第四节中特别提出了中国古代白话小说流动的、多视角组合的内视点，也就是用小说中人物的眼睛来担负叙事任务，其作用之一是用"只见""忽见""但见"引进和介绍人物，并且"只见"视线的转移带动叙事观点和场面的转换，而"只见"的人不只是一个，而是多角度的；既然是多角度，也就必然形成流动的多面的视点，这恰恰是有别于西方小说的独特的表现方法。

也许我曾用叙事学理论来研究《水浒传》，发表在某些杂志上❶，所以齐裕焜、王子宽合着的《中国古代小说研究》第六章《古代小说研究多元化的时期》中说："新时期较早运用西方小说叙事学理论来研究《水浒传》的叙事特点的是鲁德才。"齐王之文大体道出了我早期的研究状况。

至于第四章中国古代小说处理空间艺术的论述，则得益于我对中国戏曲的了解。因为从先秦的优与优语盛行时，小说与戏曲便同为一体，而后分离。至汉唐时带有表演性质的说笑话、说话、俗讲，降至宋元说书艺术，同杂剧戏文同一瓦舍场子演出，彼此影响，相互移植。它们都受传统文化思想制约，如同中国绘画书法和舞蹈，有着一致的处理时空的意识，即把现实时空放在心理时空的基础上，按照主观心理的原则重新组合，让空间呈现于流动的时间过程中，于是由人物的运动制约时空的存在与转换，由人物的眼睛看出时空场面。只要仔细阅读《水浒传》各回，特别是鲁智深酒醉大闹五台山的场面，《红楼梦》宝玉被打、抄检大观园时空场面的处理，人们不难理解古代小说和戏曲的关系，从而摸到中国小说家的时空意识。

---

❶ 《水浒传的叙事艺术》，《水浒争鸣》第四辑，长江文艺出版社 1985 年 7 月版。后收入竺青编《名家解读水浒传》，山东人民出版社 1988 年 1 月版。

1986 年初，中国台湾某年青学者在一篇文章中转引了夏志清《有关结构、传统和讽刺小说的联想》❶的观点，彻底否定中国古代小说的艺术价值。夏氏说："如果我们动不动就拿中国人的独特思想和宇宙观来解说一切，那么中国小说大小弱点，都可以化为优点了。"说来好奇怪，中国小说家创作的小说，不用中国人独特的思想和宇宙观来解读，用西方国家或别个国家和民族的观念，难道能够说清楚中国小说的"独特"吗？夏志清不看好中国古代白话小说的艺术表现方法不只是这一篇文章的表露，在《中国古典小说导论》第一章《导论》中也有类似的意思："尽管我们清楚地知道中国小说有许多特色，但这些特色唯有通过历史才能充分了解，而除非我们以西方小说的尺度来考察，我们将无法给予中国小说以完全公正的评价（除了像《源氏物语》这种独立的杰作而外，所有非西方传统的小说与中国小说相比都显得微不足道，但在西方小说冲击之下，它们在现代都采取了新的方向）……我们不指望中国的白话小说，以其脱于说书人的低微出身满足现代高格调的欣赏要求。"❷

夏志清虽然也承认中国古代小说"有许多特色""所有非西方传统小说与中国小说相比都显得微不足道"，但言外之意，是西方传统小说，或是受西方小说冲击之下"采用了新的方向"的小说优越于出身低微的说书人说的小说。与此同理，在夏氏看来，我们在评价中国古代小说时，"除非我们以西方小说的尺度来考察"，否则"我们无法给中小说完全公正的评价"。显然，这话有点绝对，并且散发着文化沙文主义和欧美中心论的气味，至少潜意识中含有文化优越感的傲慢。

严格说来，从 20 世纪七八十年代，我对中国小说艺术表现方法的研究已经不仅限于，或者说根本不是研究小说的艺术技巧，而是形态学方面的探究。因为小说艺术技巧方面的研究，只是说明作者

---

❶　香港《明报》1983 年第 8 期。

❷　《中国古典小说导论》，安徽文艺出版社 1988 年 9 月版。

怎么写的，而形态学则是探究作家何以这样写，挖掘铸造成某种特征的诸种因素，这需要用各种版本，大量的实证材料加以说明。因此从 20 世纪 90 年代开始，将艺术论改为小说形态学，2002 年南开大学出版社出版的《古代白话小说形态发展史论》、2013 年出版的《中国古代白话小说艺术形态学导论》，则是我对中国古代白话小说艺术形态的特征与发展的判断。概括言之，我以为小说形态学应探索如下问题：

1. 中国人的小说观念、欣赏习惯及怎样认知小说的本质、功能及文体。宋元人何以把说话中的小说（银字儿）冠以小说名字？何以将小说和讲史列为说话四家中的两家，又何以严格区分两者的不同？这两者的界定对白话小说的创作与发展，尤其是对中国白话叙事小说的形成有何影响和意义？

2. 说书艺术转化为长短篇说书体小说后，对小说取材、故事、构思、叙事、情节、结构、人物、语言以及文体等层面有何影响？形成了怎样的内部结构和形态？

3. 中国的传统思想和文化心理怎样影响白话小说形态的构成？特别是小说结构、人物形象，以及形象的模式化、程序化是怎样受传统文化思想制约的？

4. 白话小说是门综合艺术，戏曲、绘画、书法、歌舞、曲艺、史传，以及文言小说与白话小说怎样相互吸收、渗透，形成了迥异于西方小说的形态？

5. 探索白话小说的源头和发展过程的变异，是形态学不可或缺的题目。事实是唐前、唐、宋元及明清均有不同形态。宋元时的口头说话转换为书面的短篇话本和长篇白话小说，是一次突变。明中叶六部白话公案小说集、明末清初才子佳人小说创作群体的出现，也是一次变异。清代《儒林外史》《红楼梦》，力图摆脱说书体小说的影响，向阅读小说转化，无疑是革命性变革。而清末西方小说涌入，白话小说又发生了变动，其形态走向更值得关注。

说与听的审美关系是解析古代白话小说的钥匙

文言小说和白话小说是两个不同的发展系统，彼此间尽管在题材、体制、语言之间有借鉴，相互渗透，但毕竟是系统不同的小说，两者不宜混杂，应各自独立叙述其发展。

众所周知，白话小说是从宋元话本和讲史转化而来。严格地说，说话艺术是曲艺而不是现代意义的小说，可宋元人偏偏把说话四家中的短篇话本称作小说。文人们将讲史与话本两者嫁接而产生了长篇白话通俗小说，我称之为说书体小说。从元明始，林林总总、档次不同的文人，加工、整理、改编，甚或创作长短篇小说时，仍然遵循"看官听说"的说书体模式，用虚拟的说话人（作者或小说的代理人），向听众（读者）叙说故事，并没有根本改变说书体的性格。

因此研究白话小说的形态必须从说与听的审美关系入手，正是说与听的关系才决定了白话小说的表现特征。换言之，早期的说书艺人以说书卖艺为生，属商业性演出，在瓦舍、广场、街道、酒楼嘈杂喧闹的场合，面对文化水平不高的贩夫走卒、小市民、手工业者、小商人和家庭妇女，并且和其他伎艺同台竞争的情况下，说书艺人必须用生动风趣的特定地区的话语，讲说有趣而又曲折耐听的、一环套一环的故事，运用偶然突变的节奏，反复铺垫、过细的细节描绘，表（叙述、描绘）、白（人物对话）、评（说书人的评论）融为一体的表演动作。还要不时采用"看官听说""我且问你""怎的"种种提示来加强与听众交流，收拢听众的注意力；而在人物性格塑造上，力求单纯、明确，能使听众很快把握每个人物性格的主要特征，不大可能接受和理解所谓人物性格内部的正反、善恶交融组合在一个人物身上的性格形态，以及过于复杂的人物之间的关系。因为听众听不懂，听不明白便丧失听下去的兴趣，影响了艺人的票房收入。不过转入书面阅读的小说，尽管叙事模式是说书体的，但小说家与读者已是"写与读"的审美关系，人们需要的是深沉的，经得住案头推敲的人物和内容，而不是浅层次的满足。于是中国白话小说家和小说向自觉境界转型了。试看古今中外凡是将"初看容易细思难"的《红楼梦》搬入说部者，有哪一部是获得世人首肯的？那书中暗藏暗寓的色空观念，和尚道士似是而非的判词、人物之间看似说笑话斗嘴，实际上是暗自较劲，倘如不多看几遍，细细案头推敲，单靠稍纵即逝的听是听不出来的。也因此，搬上舞台银幕的，不过是靠葬花、焚稿之类以情动人，或是被打、抄检的情节，王熙凤、尤三姐动作尺寸较大的人物取悦于人。这如同《水浒传》《三国演义》的情节，人物的言语和场面，无须多大改变便很容易直接转换为戏曲和影视，很显然，说与听的小说与表演艺术的戏曲有着相似的审美情趣，与"写与读"的小说，在形态上是有区别的。当然早期如《水浒传》《三国演义》的人物性格单纯明晰，不只是说话艺术塑造人物性格的方法束缚了小说家的手脚；更主要的是中国古人的实用理性观念，即传统的义务本位精神强烈影响作者的审美情感，小说家在创造每个典型人物时，都要经过理性主义染色板的调制，美与丑、善与恶都要非常明晰和确定，以强烈的理智形态呈现出来，抑制了小说家的创造。《红楼梦》在写法上的突破，无疑是时代社会的变迁，白话小说进入个体创作后，小说自我觉醒的结果。关于这类问题，我在拙作《古代白话小说形态发展史论》和《中国古代白话小说艺术形态学导论》中都有详细的论证。

小说的横向发展系统比纵向系统更值得关注

纵向系统，系指按时代的发展顺序，如先秦两汉至唐宋元明清，选择具有代表性的作者作品逐家论述，鲁迅先生的《中国小说史略》开创了纵向研究小说发展系统的模式。但是古代白话小说还有横向发展系统，横向的子系统。横向系统源于宋元话本和讲史的家数。罗烨《醉翁谈录》卷一《舌耕叙引》之《小说开辟》条明确指出话本小说"讲历代年载废兴，记岁月英雄文武。有灵怪、烟粉、传奇、公案、兼朴刀、捍棒、妖术、神仙"。讲史类也有不同的家数。《梦粱录》卷二十《小说经史》说"讲史书者，谓讲说《通鉴》汉唐历代书史文传，兴废战争之事""又有王六大夫……敷衍《复华篇》及中兴名将传"。所谓"《复华篇》及中兴名将传"，即是《醉翁谈录》所说"新话说张、韩、刘、岳"，包括《杨令公》和《收西夏说狄青大略》。洪迈《夷坚支志》丁集卷三《班固入梦》条称"四人同出嘉会门外茶肆中坐，见幅纸用绯帖尾云：'今晚说《汉书》'"。《东京梦华录》卷五《京瓦伎艺》记述说书人名单，有专说三分，即三国演义志的，说五代史的如此等等。总之，由于艺人专说某种题材的分工，随着时空进程，必然形成讲史、世情、公案、神仙妖怪、侠义等大系统，而大系统中某一门又各自独立为子系统，子系统则有横向系统，形成不同形态的小说，如讲史演义小说中有史传记述式的《大宋宣和遗事》，讲究一字不差转述历史真相的《东周列国志》，还有亦实亦虚的《三国志通俗演义》，穿插神仙志的《孙庞斗智》。而在历史演义小说大系统下有讲三国演义、说汉书之分，因而形成子目，如说汉书系统有《两汉开国中兴传》《西汉演义》《全汉志传》《东汉十帝通俗演义志传》《通俗演义东汉志传题评》《东西汉演义》《西汉通俗演义》《重刻西汉通俗演义》。

说唐系统的小说更可观，有罗贯中的《隋唐两朝志传》(佚)，《残唐五代演义传》相传也为罗贯中的，但今存的《残唐五代史演义传》已非罗氏的原貌。此后有熊大木的《唐书志传通俗演义》、杨慎《批点隋唐两朝志传》、徐文长评《隋唐演义》、钟惺《混唐后传》《大隋志传》、袁于令的《隋史遗文》，以及《说唐全传》《说唐演义后传》《隋唐演义》《说唐小英雄》《反唐演义传》《粉妆楼全传》《瓦岗寨演义》等。我曾以罗贯中的《三国志通俗演义》同杨慎批点

《隋唐两朝志传》加以比较研究，发现《隋唐两朝志传》压根儿就不是罗贯中的原著，虚实处理、时空设置、人物描写都存在许多问题。所以过早地被踢出小说舞台，如今我们只能从日本看到两个本子❶。同样地，清褚人获的《隋唐演义》，胜过熊大木的《唐书志传》和徐文长评《隋唐演义》。袁于令的《隋史遗文》虽然开启了以人物为中心的英雄传奇，可是抵挡不住清代从说书场中直接移植过来的《瓦岗寨演义》之类的小说。可以说研究子目系统中三四流小说可以更深刻地了解古代白话小说形态发展的多样性。可惜此类研究还未引起小说界的广泛兴趣。

再举公案小说发展为例。罗烨《醉翁谈录》甲集卷一《舌耕叙引·小说开辟》条中将小说分为八类，其中有"公案"类，列十六个名目，如石头孙立、大相国寺、圣手二郎等。这是否就是短篇话本小说《清平山堂话本》和"三言"中收录的公案话本呢？暂且不论。值得注意的是甲集卷二写有《私情公案》，列一书目《张氏夜奔吕星哥》，有简略故事介绍。又，《醉翁谈录》庚集卷二又列花判公案，其名目有十五篇，每篇均有简明的概述，如《判娼妓为妻》《子瞻判和尚游娼》《判渡子不孝罪》等名目。所列各篇只有审判官的判词，没有录下原告与被告的诉状，但细看简略提示，是有原告被告诉词的，只是罗烨省略了。花判公案的判词，在明刊本《国色天香》上层《山房日录》的《私通判》中，可见王刚中的花判，字句同《醉翁谈录》所载稍异。又《绿窗新话》和《醉翁谈录》所记的《子瞻判和尚游娼》，宋赵德麟《侯鲭录》卷八也记有苏东坡花判

---

❶ 罗贯中著《隋唐两朝史传》（又称《隋唐志传》），原本已佚，今得见标有罗贯中名字的《隋唐两朝史传》，以明万历乙未（万历四十七年，公元1619年），姑苏书林龚绍山所刊《镌杨升庵批点隋唐两朝史传》为最早的版本，今藏日本东京前田育德会尊经阁文库，系海内孤本。1986年11月，日本学者横山弘又购得同为万历乙未金间永寿堂刊本。横山藏本与尊经阁本，在内容文字、版面各项均相同，很可能是同一雕版印成，但两者文字略有差异。参看横山弘《隋唐志传版本小考》，奈良女子大学文学部研究年报第31号。我得到的是尊经文库影印本。

故事。

这里令人疑惑的是，宋元时期除了话本中所列公案小说，如《简帖和尚》之外，是否还有一种私情公案和花判公案的形态？其实这个问题不难解决，只要我们向明代延伸，发现明万历二十二年先后出版了六部白话公案小说集，就是南宋私情与花判公案小说的延续。这六部小说为《详刑公案》《廉明奇判公案》《律条公案》《详情公案》《皇明诸司公案》《明镜公案》。六部书多藏于日本，国内学者少见，因此没有几人做过研究。1992 年我在日本东京大学中文系任教时，有幸在日本文部省图书馆看过明刊本《详情公案》及其他影印本。孙楷第先生在《东京所见中国通俗小说书目》评论日本内阁文库本《详情公案》，包括其他各短篇公案小说集时，曾说此类小说"似法家书非法家书，似小说亦非小说"，的确说中了这类小说的形态。但下文又说"殊不足一顾耳"，则未是。因为我们为了研究小说形态发展的历史是不能不顾的。

毋庸置疑，从分类、诉状、判词的刊列，到故事题材来源，都是似法家书的。比如，小说《详刑公案》《廉明公案》《律条公案》《诸司公案》《明镜公案》，均以"类"分谋害、人命、奸情、盗贼、强盗、抢劫、奸拐、威逼、索骗、婚姻等排列案情性质,《详情公案》则以"门"分类各案。"类"与"门"正是宋元明刑律和法家类书分类各案情的称谓，如《唐律》《宋刑统》。在明代官场做过官的退休官员写的折狱、详狱、招判之类的法家笔记，如万历二十三年刊《萧曹遗笔》卷一《词稿文锋》，也是分盗贼、人命、坟山、争占、婚姻等各类。万历二十九年《折狱明珠》的分类同《萧曹遗笔》一致。毫无疑问，法家类书的分类实际也是公案小说集的分类原则。特别是各篇均详列原告的诉状，被告的辩护词，以及主审官的判词。这就不难理解《律条公案》之所以在卷首列刑法六律、五刑、拟罪问答、金科一诚赋、执照类、保状类的原因。并且公案小说集不只是袭用了律书和法家类书分类方法和款式，连同案例也移进了小说。

如《诸司公案》从宋代的《疑狱集》《折狱龟鉴》和《棠荫比事》择取了三十六条，《明镜公案》用了五条，而《廉明公案》全书六十三篇短文全盗自《萧曹遗笔》。反之，法家类书如《大明律临民宝镜》《折狱要编》，又盗用了公案小说集的案例和判语。由此可证明，白话公案小说集是编纂者以小说的形式传播法律知识的通俗读物，因此是"似法家书"。不过当时人并不把公案小说集看作是纯粹的小说，所以是"非小说"。

既然是以小说形式宣传法律知识，那么，除了少数短文之外，许多篇目有小说因素，或者是小说模样，个别篇目写得很精彩。如《详刑公案》的《戴府尹断姻亲误贼》《苏县尹指腹负盟》，《廉明公案》的《洪大巡究淹死侍婢》与《滕同府断世子金》，也同样让人称道。冯梦龙的《古今小说》就移植改编为《滕大尹鬼断家私》，西湖渔隐主人则将《洪大巡究淹死侍婢》转移为《欢喜冤家》第四回的《香菜根乔妆奸命妇》。

比较话本小说而言，故事情节不复杂，一人一事，写得完整集中，有动作有话语，并透过言语行动写出了人物性格。故事情节有较多的真实性，但也有一些虚构的志怪类的篇子，读来颇有点诙谐喜剧性的意味，如《详刑公案》的《钟府尹断猛虎伤人》。

但是，公案小说集叙事结构的突出特征，是介乎文言小说与白话通俗小说之间，吸收文言小说表现一人一事的结构方法，开门见山的介绍人物引进故事，亦文亦俗的叙事语言，没有话本小说的篇首诗、入话、头回、正话、结尾诗或判词的诸构件。由于在叙事人身份上，既不同于文言小说第一人称，或含主观色彩的第三人称的叙事，亦不同于长短篇小说看官听说的叙事，因此不需要"话说""原来"等语规。我常想，假如当时有几位进入小说自觉境界的作者，将文言小说和话本小说的叙事方法，或是文言小说与公案白话小说集的叙事结合起来，摆脱说书体的叙事模式，说不定中国白话小说将创造一个全新的小说体制。可惜当时的艺人说小说不过是娱人营利，身为文人兼出版商的熊大木、余象斗出书也是为了营利，习惯于依葫芦画瓢，沉溺于"看官听说"的模式，谁也不想彻底改变小说的形式，因此失去了变革的机会。

明代公案小说集的出现并非是无源之水，其源头来自南宋说公案；换言之，私情公案、花判公案，以及烟粉欢合的小说，和明代公案小说属于同一个系统，都是带三词（诉词、辩护词、判词）的公案小说。至于罗烨冠以私情公案和烟粉欢合，那是按案情性质的分类，如同花判公案，只是主审官的判词诙谐风趣，所以才把判词分出来，冠以花判公案的名目，并非指小说文体，这就解释了罗烨《醉翁谈录》之所以称之为私情公案、花判公案的原因。

明代之后，接续白话公案小说体制的是清初刊的《龙图公案》。尽管开篇用"话说"二字，但题材的来源，回目编排，叙事形式均相似于白话公案小说集。全书繁本一百则，简本六十二则和六十六则，至少有三十九则抄自《详刑公案》，四十九则抄自《百家公案》，十二则为作者自撰的议论性短文。如果说公案小说是小说形式传播诉讼和断案知识，而《龙图公案》则偏重在教化，因而其选排编目，就将内容相近的编成对偶的一组，如卷一《阿弥陀佛讲和》与《观音菩萨托梦》均属于和尚奸情。一是逼奸不从杀人；一是为日后复仇而暂时屈从；一是杀人的和尚念阿弥陀佛不灵验；一是受难者哭拜观音而脱难。再如《嚼舌吐血》与《咬舌扣喉》，虽同属奸杀，但被杀的两人都是贞妇等。

关于南宋的私情公案、花判公案、明代六部白话公案小说集以及清初《龙图公案》，在拙作《古代白话小说形态发展史论》中有详尽论证❶，不再多叙。总之，我之所以不厌其烦地叙述带三词的公案小说，无非是想说明研究横向系统小说发展的价值。因为除了话本公案小说外，还有如《百家公案》《三侠五义》类型的长篇公案小

---

❶　参见《古代白话小说形态发展史论》第七、八、九章，南开大学出版社 2002 年 12 月版。

说，带三词的公案小说。研究其间的特性与变异，可以准确地把握白话小说不同时期的不同形态。

用文献实例说话切忌夸夸其谈

古代小说研究来不得半点虚假，不需要夸夸其谈不着边际的理论，一切说明和理论判断都应产生于对大量可信的实例分析之后，而不是先有一个理论框架，把自己的主观意旨强加给古人。小说形态学的研究也同样如此，不要以为小说形态学是玩理论的，其实每个项目的研究都需要文献资料的支撑。例如，1976 年，我为了探索元代《三国志平话》和罗贯中《三国演义》，以及其他历史演义小说怎样处理历史事实与艺术真实的关系，怎样提炼情节的，我细读陈寿《三国志》及裴松之的注引，并且用《三国志》逐项和《三国演义》对照比较，有了较多认识。一九八三年四月，在成都召开第一次全国《三国演义》学术讨论会上，我发表了《论〈三国演义〉的情节提炼对人物刻画的意义》❶，论证是否准确，另行别论，但用大量历史文献资料说话却合我的学术主张。近几年，我又一次翻看《三国志》《资治通鉴》、前后《汉书》《晋书》，再一次探索罗贯中的心迹，写完了一部《三国演义人物的性格悲剧与悲剧命运》(待出版)，仍是用历史文献支撑论点。我不能不赞佩罗贯中对三国演义历史哲学的沉思，他对于历史人物的性格决定人的命运的敏锐判定！我们对罗贯中和《三国演义》认识还是很肤浅的。

再如，1990 年，我在东京大学东洋文化研究所发现两种有关《三侠五义》的唱本：一种为双红堂石韵书七种抄本，一种为说唱《龙图公案》王茂斋抄本。加上清蒙古车王府收藏的《包公案》与《三侠五义》，共有四种本子，都是清末抄本。传说石玉昆现抄现卖的原本已烧毁，或已移往台湾，不存于大陆，无法找一个确切

---

❶ 《社会科学研究》，1983 年第 4 期。

坐标，判断哪个本子更贴近原始记述本，我们只能以被称为"听而录之"的《龙图耳录》作为参照，看其不同系统本子的差异。比较之后我发现，这四种本子没有一部是原本，而是同门弟子的再传本。更令人吃惊的，竟然有两种不同的说唱系统。双红堂的石韵书散本七种是一个系统，王茂斋与车府本两种是另一个系统。石韵书七种则接近于《龙图耳录》，而王本与车府本在许多故事情节与人物设置上同《龙图耳录》本根本不搭调。其间的区别就在于是否含鬼怪妖邪。简略言之，带妖邪的车府本与王茂斋本从第四十九部或卷一百零九，叙说襄阳府捉赵王（又称襄阳王），攻打赫郎山，破通网阵，同《龙图耳录》第八十四回以后的情节，即救沙龙，定军山劝钟雄反而不同。后半部凝聚众官的核心官员，则由颜查散改为倪继祖。千年蜘蛛修炼成人形的朱道灵布下由蜘蛛网织成的八卦铜（通）网阵，白玉堂不是死在三探冲霄楼遭乱箭穿身，而是独自上赫郎山，闯通网阵，见一怪物，口中吐出百丝，将白玉堂紧紧裹住，怪物咬住白玉堂咽喉，吸吃白玉堂周身血气而死。后来包拯下地府查证了朱灵道人是何许人，然后到天庭拜见天帝，请求派兵降服，于是天帝下旨，众神前往协助，什么火云圣母、哪吒三太子、雷公雷母众天神下界，终于降服了朱灵道人，捕获了襄王斩首，众侠与包拯辞官归隐。

按《龙图耳录》卷首所说，编者是知道"野史内续了六十多本，虽则传奇志异，难免鬼怪妖邪"，他是"将此书翻旧出新""删去异端邪说之事"。问题是石玉昆的原唱本是否有"异端邪说之事"呢？无祖本可查。我以《小五义》佐证。因为《小五义》说唱者说此书是石先生原稿，书中人物及叙述人评论中多次提到《三侠五义》的情节和人物，据此大体可推断《小五义》提及《三侠五义》的故事情节与《龙图耳录》，与石韵书一致，都属于不带妖邪的系统。石玉昆的说唱本有可能亦是不带神仙鬼怪的，但目前尚不能定论，需寻访台湾"中央"研究院是否存石玉昆说唱本祖本加以证明，再断

《三侠五义》的归属。因为版本不同，小说形态自然有不同的判断。关于《三侠五义》的说唱系统，我曾写过一篇《〈三侠五义〉说唱本与〈龙图耳录〉异同的辩证》，载于《文学遗产》2007 年第二期，后收入拙作《鲁德才说包公案》，中华书局 2008 年 1 月刊，可参看。

深谙艺术理论体味小说家的用心

俄罗斯文学批评家别林斯基、车尔尼雪夫斯基、杜勃罗留波夫，古希腊亚里士多德的《诗学》，德国的莱辛《拉奥孔·论绘画与诗的界限》，英国莎士比亚的戏剧意识，法国高乃依的《论悲剧》与《论三一律》，德国尼采的悲剧学说，近代苏联斯坦尼斯拉夫斯基和德国布莱希特的戏剧理论和表演体系，特别是 20 世纪 50 年代叶米尔洛夫《论契诃夫的戏剧创作》，中国戏曲和话剧表演艺术家、导演谈表演经验，王朝闻《以一当十》为代表的几部美学论著，提升了我艺术欣赏和判断的能力，使我体悟到解析任何一部戏曲和小说，都必须从作品实际出发，换位思考，把自己看作是一个剧作家和小说家，设想怎样选择故事情节，为何选择此类而舍弃彼类，怎样提炼情节的，何以要设置此种结构，为什么采取全知叙事而不用第一人称。在细节配置上，西方一位导演说"上帝存在细节之中"，那么该选取怎样一个细节突显人的品性，带动情节的发展呢？在人物性格的分析上，也许我长期研究过各种流派的表演理论，我自己也演过戏。所以我特别赞赏苏联斯坦尼斯拉夫斯基和中国戏曲的表演体系。斯坦尼斯拉夫斯基讲究体验，就是说你演什么要像什么，演员和角色合二为一，这如同金圣叹的"因缘生法"，也就是"设身处地法"，作者要"亲动心而淫妇，亲动心而为偷儿"，化身为人物，进入人物的精神世界。中国戏曲的表演体系则略有不同，演员化角色之中，你就是我，我就是你；可是在舞台上做戏时，演员与角色又要保持某种疏离意识与间离效果，既是你，又不完全是你。但是有一点值得我们注意，倘若小说用"看官听说"，由说话人讲说故事，那么他有时跳进小说世界，和故事和人物一体，有时又跳出来，以第一人称的形式，同听众（读者）评判小说世界的人物，这种疏离和间离与戏曲的审美意识是一致的。只要认真考察以《三侠五义》代表的说书体小说人物的语言有时带有装饰性，不完全符合人物的性格逻辑，原因就在于说书人采用了间离法。

正因为如此，我在分析小说人物性格时，效仿斯坦尼斯拉夫斯基和金圣叹，设身处地去体验角色，好像是我要演出，要挖掘每一句台词，每个动作背后的表层意识和潜意识，他（她）有此动作与言语的动机与目的是什么，找出一个性格逻辑线，沿着这条线再看哪些言语行动是符合人物性格逻辑，哪些不符合。我在拙作《〈红楼梦〉八十回解读》《古代小说艺术鉴赏》❶就采取了这种体验式分析方法。你若设身处地探究小说家的用心，再看《红楼梦》中人物的话语行动，你会深刻感到曹雪芹真是吃透了人物。在作者采用第三人称乃至全知叙事中，常常感受到小说家对荣、宁二府发生的事件陷入深度的纠结，好像曹雪芹在讲述他曾经历过的非常熟悉的事件，因此叙事人情不自禁地由第三人称滑向第一人称"我"。作者是在用心灵和血泪说话。吴敬梓写《儒林外史》当然也有他自己的影子，可他没有曹雪芹那么多感性的流淌，反而是站在儒林身旁，以冷峻的眼光，反讽的手法，让人物自己去表演。同样用反讽笔法的《金瓶梅》，却杂有调侃的笔墨，任凭没有希望的一代作践自己。同样是写历史的，熊大木等人创作的《隋唐志传》胜不过罗贯中的《三国志通俗演义》，原因就在于熊大木是为了出版营利而组织闲散文人编写历史，没有心灵感应而粗制滥造，好像是编造历史通俗读物，远不如罗贯中似的历史沉思。从明末清初出现的几部攻击李自成、张献忠的小说，如《剿闯通俗小说》《樵史通俗演义》《新世宏勋》，人

---

❶ 《〈红楼梦〉八十回解读》，岳麓书社 2009 年 10 月版。《古代小说艺术鉴赏》，珠海出版社 2006 年 1 月版。

们不难发现，为了达到某种政治目的而将历史过度政治化，历史真实不存在了，小说艺术也随之消失。

至于怎样看待和吸收 20 世纪 70 年代以来涌入的西方批评方法，我在 1987 年出版的《中国古代小说艺术论》后记中明确说过，我不是一个食古不化者，应当学习借鉴有益的方法拓展思维空间，多增加一些观照点。事实是我看过西方许多学派的著作。但是我始终坚持一个原则：取其一点为我所用。我只取其对我有用的、能启发我思维的方法，绝不做某种学派的奴隶和应声虫。因西方人的批评是从语言学语义学衍生出来，把小说艺术解剖成硬邦邦条文或数字排列。何况有的专著说了许多废话，不知所云，与其浪费时间，还不如不看。

后 记

天津市红楼梦研究会赵建忠会长电告：拟为几位学人各出一本红学或与红学有关联的明清小说论文集，感谢对老朽的关照。

遵嘱：从拙著《〈红楼梦〉八十回解读》摘十五回，论文选三篇，组成红学篇；明清小说论文选十四篇，组成明清小说篇。三十余万字。

行将就木之人，老眼昏花，精神不济，校编时必有漏误，请方家见谅。

鲁德才
2019 年 6 月于南开大学